Caryl Férey

Condor

Gallimard

© *Éditions Gallimard, 2016.*

FOLIO POLICIER

Caryl Férey, né en 1967, écrivain, voyageur et scénariste, s'est imposé comme l'un des meilleurs auteurs de thrillers français en 2008 avec *Zulu*, Grand Prix de littérature policière 2008 et Grand Prix des lectrices de *Elle* Policier 2009, et *Mapuche*, prix Landerneau polar 2012 et Meilleur Polar français 2012 du magazine *Lire*.

*À Renata Molina,
à ta mère qui t'a ramenée vivante
au pays alors des Droits de l'Homme.*

*À Camila Vallejo,
jeunesse manquante à l'Europe.*

*À Catalina Ester Gallardo Moreno,
une victime parmi d'autres,*

*À la beauté dans tout ce bordel
– à David Bowie.*

PREMIÈRE PARTIE

GUET-APENS

1

L'ambiance était électrique Plaza Italia. Fumigènes, musique, chars bariolés, les hélicoptères de la police vrombissaient dans le ciel, surveillant d'un œil panoptique les vagues étudiantes qui affluaient sur l'artère centrale de Santiago.

Gabriela se fraya un chemin parmi la foule agglutinée le long des barrières de sécurité. Elle avait revêtu un jean noir, une cape de plastique transparent pour protéger sa caméra des canons à eau, de vieilles rangers trouvées aux puces, le tee-shirt noir où l'on pouvait lire *« Yo quiero estudiar para no ser fuerza especial*[1] *»* : sa tenue de combat.

C'était la première manifestation postélectorale mais, sous ses airs de militante urbaine, Gabriela appréhendait moins de se frotter aux *pacos* – les flics – que de revoir Camila.

Elles s'étaient rencontrées quelques années plus tôt sous l'ère Piñera, le président milliardaire, lors de la révolte de 2011 qui avait marqué les premières

---

1. « Je veux étudier pour ne pas faire partie des Forces spéciales. » *(Toutes les notes sont de l'auteur.)*

contestations massives depuis la fin de la dictature. Ici l'éducation était considérée comme un bien marchand. Chaque mensualité d'université équivalait au salaire d'un ouvrier, soixante-dix pour cent des étudiants étaient endettés, autant contraints d'abandonner en route sauf à taxer leurs parents, parfois à vie et sans garantie de résultats. À chaque esquisse de réforme, économistes et experts dissertaient sans convoquer aucun membre du corps enseignant, avant de laisser les banques gérer l'affaire – les fameux prêts étudiants, qui rapportaient gros.

Si après quarante années de néolibéralisme ce type de scandale n'étonnait plus personne, leur génération n'en voulait plus. Ils avaient lu Bourdieu, Chomsky, Foucault, le sous-commandant Marcos, Laclau, ces livres qu'on avait tant de mal à trouver dans les rares librairies de Santiago ou d'ailleurs. Ils n'avaient pas connu la dictature et la raillaient comme une breloque fasciste pour nostalgiques de l'ordre et du bâton; ils vivaient à l'heure d'Internet, des Indignés et des réseaux sociaux, revendiquaient le droit à une «éducation gratuite et de qualité». Les étudiants avaient fait grève presque toute l'année, bloqué les universités, manifesté en inventant de nouvelles formes, comme ces *zombi walks* géants où deux mille jeunes grimés en morts-vivants dansaient, synchrones, un véritable show médiatique devant des bataillons casqués qui n'y comprenaient rien. Piñera avait limogé quelques ministres pour calmer la fronde mais les enseignants, les ouvriers, les employés, même des retraités s'étaient ralliés aux contestataires.

Les forces antiémeutes ne tiraient plus à balles

réelles sur la foule, comme au temps de Pinochet : elles se contentaient de repousser les manifestants au canon à eau depuis les blindés avant de les matraquer. Des dizaines de blessés, huit cents arrestations, passages à tabac, menaces, Gabriela avait tout filmé, parfois à ses risques et périls.

Chassée par les gaz lacrymogènes et la charge des *pacos*, elle fuyait parmi les cris et les sirènes quand une main l'avait tirée sous un porche. Celle de Camila Araya, la présidente de la Fech[1], croisée plus tôt en tête de cortège. Elle aussi était essoufflée.

— Ça va, rien de cassé ?
— Non, non...

Elles étaient deux réfugiées trempées des pieds à la tête quand la guerre hurlait dehors : on entendait des tirs sporadiques derrière la porte cochère, le crépitement des barricades en feu, les haut-parleurs recrachant les ordres de dispersion, les sabots de la police montée et les cris des étudiants qu'on jetait sur les trottoirs pour les frapper. Leurs regards s'étaient croisés, sur le qui-vive. Des lycéens avaient été arrêtés un mois plus tôt, déshabillés dans un commissariat et soumis à toutes sortes d'humiliations – d'après les témoignages, les flics se focalisaient surtout sur le sexe des filles...

— N'aie pas peur, avait murmuré Camila.
— Je n'ai pas peur.

Il y eut une série de chocs contre la porte cochère derrière laquelle elles se terraient, des appels à l'aide et des insultes : les forces antiémeutes s'acharnaient sur un étudiant à terre, là, à moins d'un mètre.

---

1. Fédération des étudiants de l'Université du Chili.

Camila tenait toujours la main de Gabriela, comme si la lâcher pouvait les trahir. Chaque seconde en paraissait mille jusqu'à ce qu'enfin le danger s'éloigne. Il leur fallut un long silence pour ralentir leur rythme cardiaque. Camila ne serrait plus la main de Gabriela pour se donner du courage, elle la caressait, son sourire comme un nénuphar sous ses yeux vert d'eau... Avait-elle senti son trouble ? Ce danger qui l'excitait ? Elles s'étaient embrassées dans la pénombre du porche, furtivement...

Les deux étudiantes étaient sorties indemnes de la manifestation, ce qui n'avait pas calmé les ardeurs de la future égérie, aussi incandescente au lit que sur les plateaux de télévision. Dans un pays macho où le divorce avait été autorisé depuis peu, Camila Araya avait tout pour plaire aux médias : lesbienne, communiste, d'une beauté sans fard, piercings à l'arcade gauche, tempérament fonceur et discours maîtrisé, la leader étudiante de l'ère Piñera avait profité de l'attrait cathodique de son physique pour plastiquer les convenances patriarcales, briser le consensus d'un pays en manque de ruptures et tenir tête à l'arrogance des ministres.

Outre l'éducation gratuite, Camila Araya réclamait la création d'une assemblée constituante, un changement de la Constitution héritée de Pinochet pour en finir avec le bipartisme et le blocage des institutions. Gabriela avait intégré sa garde rapprochée, se tenant en première ligne des manifestations, caméra au poing : elle était devenue les « Yeux de Camila », assurant ses arrières en cas d'incident.

Les promesses du milliardaire Piñera étaient restées lettre morte mais les revendications des étudiants n'avaient pas fléchi, devenant un mouvement national. Pour qu'il vive, Camila avait rejoint un nouveau parti alternatif, Révolution démocratique, et venait d'être élue, à vingt-neuf ans, comme la plus jeune députée du Chili : un pied dans la rue, l'autre au Parlement, mais «les deux pieds bien fermes».

Les socialistes de retour au pouvoir avaient promis des réformes pour l'éducation mais tout le monde savait que les banques et le secteur privé ne lâcheraient pas le morceau si facilement : trop d'argent en jeu, de campus high-tech à rentabiliser auprès d'une élite peu encline à partager un atavisme de classe marqué au fer dans le corps social du pays.

Craignant des échauffourées, les enseignes du centre-ville avaient baissé leurs rideaux sur le parcours des étudiants. Gabriela se faufila à travers le service d'ordre qui ceinturait la tête de cortège et retrouva Camila au milieu de sa garde rapprochée, une vingtaine de filles parmi les plus déterminées, le visage maquillé de blanc et noir, comme les rayures des zèbres les protègent des fauves.

La jeune députée rayonnait, un simple foulard de soie rouge au cou et un œillet au revers de sa veste.

— Tu n'as pas répondu à mon texto hier, la cueillit-elle dans un sourire, je me demandais si tu allais venir !

— Je suis là, fit Gabriela.

Trois mois s'étaient écoulés depuis leur rupture et personne n'avait donné de nouvelles. Les deux femmes avaient rompu d'un commun désaccord (il était clair qu'elles s'aimaient) mais, avec ses nouvelles fonctions parlementaires, l'emploi du temps déjà chargé de Camila repousserait Gabriela à la marge et elle n'avait pas l'âme d'une tricoteuse.

— Comment tu vas ?

— Bien, comme d'habitude.

Gabriela soutint son regard étoilé. Trois mois : leur deuil était encore boiteux.

— Rien de changé alors ? insinua Camila.

— Non, rien.

Elles se dévisagèrent, moins souveraines qu'elles ne voulaient le laisser croire, avant qu'un mouvement de foule les ramène au présent. Les montagnes casquées des Forces spéciales attendaient le long de Providencia, tortues compactes sur le bitume. Camila se tourna vers la horde protestataire ; ils étaient des dizaines de milliers, peut-être cent mille, carambolage d'étudiants, d'associations issues des mouvements sociaux réunis sur la grande place de Santiago, dressant drapeaux et banderoles dans un brouhaha vitaminé. Les hélicoptères survolaient les buildings du centre-ville : canons à eau, véhicules blindés, groupes de voltigeurs à moto, escadrons tenant leurs boucliers de Plexiglas le long des barrières en fer, les forces de l'ordre aussi étaient parées.

Gabriela enclencha sa GoPro, gonflée à bloc. Elle avait vingt-six ans : l'amour était passé, pas l'envie de tout brûler derrière elle. Camila lui lança un regard de louve, le mégaphone à la main, avant de rameuter ses troupes qui n'attendaient que ça.

— *Viva el Chile, mierda !*

Atacama – 1

Dès deux mille mètres, l'aridité est extrême dans le désert d'Atacama : dans la Vallée de la Lune, il ne tombe pas une goutte d'eau. Plaques fracturées, reliefs de plissements tectoniques d'une beauté muette, sauf les oiseaux au repos, chaque animal de passage ou égaré y est voué à une mort certaine.

Ici les pierres parlent. Leur mémoire est lente, de l'infini minéral lissé par un vent multimillénaire – fossiles, brutes, chromatiques, sauvages ou neutres, elles racontent l'inénarrable du temps qui est et ne passe pas, ce pouls secret dont les chamanes atacamènes perpétuaient l'odyssée.

Les pierres parlent, ou chantent quand, dévalant les sommets, le souffle gelé des Andes les polit en mordant l'éternité. Usures dynamiques, telluriques, primitives, c'est le vent qui dicte et façonne en architecte capricieux l'inclinaison du temps. Tout est immobile dans le grand désert du Nord, immanent. Les conquérants incas les avaient assujettis les premiers, mais on trouve encore les traces des premiers Atacamènes dans les peintures murales des grottes : dessins d'animaux, de mains plaquées selon la texture du pigment, autant de tentatives de survie pétrifiée dans la roche.

Les pierres parlent et crient parfois : c'est dans ce désert que la dictature avait installé ses camps de concentration. Des centaines d'opposants politiques étaient emprisonnés dans des baraquements sommaires, souvent sans identification, plus sûrement assassinés et jetés dans les poubelles de l'Histoire. Des disparus, hommes et femmes que les militaires enterraient au petit bonheur d'un océan rocailleux, une balle dans la nuque en guise de linceul.

Leurs squelettes s'étaient mêlés aux os des quatre mille Atacamènes tués par les Incas. Fraternité des barbelés. Mais le propre d'un disparu est de différer le deuil pour ses proches, jusqu'à l'hypothétique découverte du cadavre aimé... L'absence d'eau ralentissant la décomposition des os, on peut encore croiser de vieilles femmes errant à la recherche de leurs fils ou maris assassinés, grattant le sol pour en découvrir les tombes, retournant les pierres, quêtant les signes, de pauvres folles qui tous les jours arpentent un territoire de deux cent mille kilomètres carrés.

Elizardo Muñez les croisait parfois, au hasard des hauts plateaux où il habitait depuis son retour, des femmes-saules penchées sur le destin de leurs disparus, ratissant la croûte terrestre comme si les os allaient en sortir.

De pauvres folles, oui – mais Elizardo non plus n'avait pas toute sa tête...

2

Stefano ébouriffa ses cheveux blancs, comme tous les matins après la douche, mettant fin à sa toilette. Il ne pouvait pas encadrer les peignes, les déodorants pour homme, les lotions après-rasage revitalisantes. Stefano avait dû être beau mais, à soixante-sept ans, un coup d'œil dans la glace suffit à vous rappeler que ce n'est pas avec des crèmes de jour qu'on refait surface.

Une impressionnante vidéothèque tapissait les murs de sa chambre, réduisant le mobilier à un lit simple et à un unique placard, où s'entassaient ses vêtements et quelques paires de chaussures. Stefano enfila son costume, un modèle gris anthracite acheté il y avait longtemps à Paris, ajusta sa fine cravate noire sur sa chemise blanche et quitta sa garçonnière.

L'appartement se situait à l'étage du Ciné Brazil, le seul en exercice dans le quartier, un trois pièces fonctionnel dont l'escalier de service donnait sur la cabine de projection. Le confort était spartiate, la décoration sommaire, mais Gabriela avait le don de transformer les objets trouvés dans la rue pour égayer la cuisine commune – guirlande de lampions au-dessus de l'évier, collages, détournement de tracts publicitaires plaqués aux murs repeints de couleur vive, deux vieux fauteuils retapés pour former leur coin salon, une caisse renversée près du poêle où trônait l'affiche de *La Dolce Vita*.

Stefano la trouva ce dimanche-là, presque fraîche, prenant le petit déjeuner dans la cuisine. Gabriela portait un peignoir blanc terriblement échancré sur la poitrine, ses cheveux noirs défaits, rêvassant par la fenêtre à la peinture écaillée, un café tiède entre les mains.

— On dirait que tu n'as pas beaucoup dormi, dit-il.
— Toi non plus, répliqua-t-elle, sauf que ça se voit.
— Ha ha !

Il l'avait entendue rentrer cette nuit, tard, et lui n'avait jamais été tellement «du matin».

— La manif d'hier, ça a fini comment ?
— Bah, le bordel, comme d'habitude…

Les *pacos* avaient sonné la fin de la manifestation en chargeant de tous les côtés, semant une brève panique avant de disperser les derniers réfractaires à coups de grenades lacrymogènes et de canons à eau. Il n'y avait bien que les chiens des rues à s'amuser, courant après les véhicules blindés qui les aspergeaient, comme s'il s'agissait d'un nouveau jeu… Stefano traîna la jambe jusqu'à la cafetière italienne encore fumante sur la gazinière, pesta en silence contre ce genou qui certains jours le faisait boiter, constata que l'étudiante n'avait pas touché à ses tartines.

Gabriela gardait un air mélancolique, le regard

perdu vers le ciel éteint au-dessus de la cour – ça ne lui arrivait jamais.

— En tout cas il y avait du monde, commenta Stefano, qui avait défilé une heure avec les jeunes avant la première projection. Pourvu qu'ils se bougent, cette fois-ci.

— Hum.

Elle rêvassait toujours, un œil sur les hirondelles qui nichaient sous les toits.

— Camila était avec les syndicats étudiants, dit-il. Tu l'as vue ?

— Hum hum...

Gabriela s'était couchée à cinq heures, abusant de tout chez des types croisés à la manif pour oublier ses «retrouvailles» avec Camila – ça avait tellement bien marché qu'elle se souvenait à peine d'être rentrée à l'appartement... Stefano n'épilogua pas sur sa gueule de bois ; Gabriela était assez grande pour piloter ses dérives, et les amours à son âge étaient fluctuantes.

— Tu viens à la projection ? demanda-t-il.

La belle endormie haussa un sourcil paresseux. Stefano était tiré à quatre épingles, ses cheveux neige en ordre de bataille, prêt à rejoindre La Victoria où les attendait le père Patricio.

— Merde, on est dimanche, réalisa-t-elle.

— Bien vu.

Gabriela bâilla malgré elle.

— C'est quoi, le film ?

— *The Getaway*.

Un Peckinpah, qui défouraillait méchamment. Steve McQueen, Ali MacGraw, profession pilleurs de banque, une relation amoureuse recrachée d'une benne à ordures. Gabriela fit le point sur les yeux gris-bleu du projectionniste.

— La camionnette est chargée ?
— Oui.
— OK, dit-elle, j'arrive, le temps de m'habiller.

Les pans de son peignoir bayaient aux corneilles ; Gabriela oublia le couple d'hirondelles à la fenêtre, manqua de renverser sa tasse sur la table et fit craquer le parquet fatigué de la cuisine.

— Trois minutes ! dit-elle en s'envolant vers sa chambre.

Stefano respira le courant d'air abandonné à sa suite... Gabriela n'imaginait pas le charme qu'elle opérait sur les hommes. Tant mieux.

*

Allende, Marx, Neruda, Guevara, les fresques et les noms des rues de la *población* témoignaient d'un passé radical et combatif mais il ne fallait pas s'y tromper : les visages aujourd'hui peints sur les murs de La Victoria étaient ceux des victimes de règlements de comptes entre bandes rivales.

Gabriela conduisait la camionnette, ses cinquante-huit kilos rebondissaient sur le siège de toile élimée, il fallait s'accrocher au volant pour ne pas partir en torche mais elle connaissait le chemin. Assis à ses côtés, Stefano pestait contre les nids-de-poule qui ravivaient les douleurs de son genou.

— Ça va, *tío*[1] ?
— Aaah !

1. « Oncle », ou « camarade ».

La blessure était vieille, plus de quarante ans. Au propre comme au figuré... Stefano faisait partie des Chiliens de retour d'exil dans les années 1990, les *retornados*, comme on les appelait, qui avaient passé des diplômes à l'étranger – les «bourses Pinochet», disaient les mauvaises langues, comme si vivre sans racines permettait aux arbres de grandir.

Après quinze ans de dictature, Augusto Pinochet s'était résolu à organiser un référendum national – pour ou contre la poursuite de sa gouvernance –, attendu comme un plébiscite. En dépit de son âge avancé et la fin de la menace communiste, les conseillers du dictateur n'étaient pas inquiets : tous les médias appartenaient aux groupes privés affiliés, les défenseurs du «Non» au référendum n'auraient que des spots télévisés à proposer face au vieux Général, présenté comme père protecteur de la nation. Ils avaient tort : le monde avait changé sans eux, qui n'avaient rien vu.

Malgré la victoire de la Concertation (la coalition des partis démocrates) au fameux référendum, Stefano appréhendait son retour au pays. Ce fut pire. Jaime Guzmán, un jeune professeur de droit constitutionnel formé à l'École de Chicago, avait adopté les théories d'Hayek et de Friedman, dérégulant tous les secteurs d'activités pour faire du Chili, dès 1974, la première économie néolibérale au monde.

Vingt ans plus tard, le contraste était saisissant. Le centre-ville de Santiago, les enseignes, les mentalités, tout avait changé : Stefano ne reconnaissait plus rien. Qu'était-il arrivé à son pays ?

L'oubli fait aussi partie de la mémoire. Atomisé par les années de plomb, la société chilienne, autrefois si généreuse, s'était confite dans la morosité d'un puritanisme bien-pensant où la collusion des pouvoirs pour la privatisation de la vie en commun était sans frein : supermarchés, pharmacies, banques, universités, énergies, les Chicago Boys de Guzmán avaient passé le pays au tamis de la cupidité, interdisant syndicats et revendications salariales. Un Chilien sur cinq vivait dans des conditions de pauvreté extrême, sans droits sociaux, mais qu'importe puisqu'il y avait des *malls* et des *shopping centers* où ils pourraient acheter à crédit la télé à écran plat qui étoufferait dans l'œuf toute velléité de protestation.

Les militaires ayant piétiné cent fois le droit international, Pinochet avait modifié la Constitution pour graver dans le marbre les rouages du système économique et politique (une Constitution en l'état immodifiable) et s'octroyer une amnistie en se réservant un poste à vie au Sénat, où les lois se faisaient. La mort du vieux Général au début des années 2000 n'y changea rien. Manque de courage civil, complicité passive, on parlait bien de mémoire mais tout participait à tordre les faits, à commencer par les manuels scolaires où le coup d'État contre Allende était dans le meilleur des cas traité en quelques pages, voire pas du tout…

Oui, le monde avait changé. Les défenseurs du « Non » lors du référendum ne s'y étaient pas trompés : personne ne voulait revoir les images de la Moneda en flammes, la répression, la torture. Trop anxiogène. Et ce n'était pas en sermonnant des gens qui ne voulaient rien entendre qu'on rendrait la démocratie attrayante : les communicants de la Concertation avaient gagné la campagne contre

Pinochet en multipliant les spots télévisés survitaminés où les gens dansaient pour le « Non », sur la plage, dans les rues, les usines et les lits conjugaux, *ola* d'un bonheur lénifiant mais follement gai.

La génération de Stefano avait peur de la dictature, la suivante qu'elle revienne, préférant oublier dans l'espoir de s'enrichir. Quant aux jeunes des classes aisées, ils avaient salué en 2010 le retour de la droite au pouvoir en chantant « *Communistes, pédés! Vos parents sont morts et enterrés! Général Pinochet! Cette victoire t'est dédiée!* ».

Stefano était dégoûté. Tout ça pour ça…

Jusqu'à sa rencontre avec Gabriela.

Arrivé de France avec un petit pécule, Stefano avait racheté le cinéma à l'abandon près de la Plaza Brazil, et l'avait retapé pour redonner un peu de magie au quartier de son enfance. Dix ans de ciné-club, de solitude pelliculée, sûr que le temps avait eu raison de ses illusions. Et puis Gabriela était venue un soir pour la projection d'un Hitchcock, *Les Enchaînés*, le premier d'une série qu'elle verrait jusqu'au dernier.

Il n'y avait pas grand monde lors des rétrospectives en noir et blanc : l'étudiante sans le sou venait chaque soir depuis l'autre bout de la ville, seule, et passait rarement inaperçue parmi les vieux passionnés. Gabriela avait le sourire pétillant et la parole facile. Stefano l'avait invitée à boire un verre après *Psychose*, dans l'appartement au-dessus du cinéma où il logeait. L'entente avait été immédiate, sans calculs ni sous-entendus – Gabriela était le genre de fille à lui faire tourner la tête trente ans plus tôt mais c'était beaucoup trop tard… Ils avaient parlé ce soir-là pendant des heures, avec chacun des avis bien tranchés. Gabriela disait détester le cinéma ampoulé d'Hathaway, le sentimentalisme patriotique de Spielberg, les potacheries de Tarantino, les paillettes de Bollywood, les films de producteur calibrés pour le *prime time* qui inondaient les écrans du monde entier. Ils préféraient Pasolini, Godard pour *Pierrot le fou*, Comencini, Fuller, Friedkin, Iñárritu. Le vin aidant, Gabriela avait évoqué la misère et la répression dans les territoires du Sud, sa fuite vers Santiago et la banlieue déshéritée de La Victoria où elle squattait, les révoltes étudiantes et les images dont elle voulait faire son métier.

Gabriela avait alors vingt-deux ans, militait pour l'accès à l'éducation universelle et se méfiait de la politique : pour elle la gauche était vendue au pouvoir, la droite une belle bande de connards et les Droits de l'Homme au Chili semblaient s'arrêter à ceux des Indiens Mapuches.

Stefano lui avait raconté sa folle jeunesse au sein du MIR – le Mouvement de la gauche révolutionnaire – au début des années 1970, sa rencontre avec Manuela, la chute d'Allende, la torture et son genou fracassé, les trahisons et ses vingt ans d'exil en France qui l'avaient ramené là, dans ce cinéma de quartier où il allait petit… Ils avaient bu si tard cette nuit-là que Gabriela était restée dormir.

Pour Stefano aussi, cette rencontre fut une bouffée d'air – d'où sortait cette petite fée ?

L'étudiante habitait alors chez Cristián, un ami de ses frères qui venait de créer Señal 3, la première télé associative de La Victoria, et travaillait comme télévendeuse pour payer ses études de cinéma. Stefano curieux de nature, Gabriela n'avait pas tardé à lui montrer les films qu'elle réalisait : l'ancien gauchiste, qui comme beaucoup de désabusés tendait à tout trouver mauvais, avait été impressionné. Ce que cette gamine faisait avec les moyens du bord valait mieux que la production chilienne depuis quarante ans…

Le format numérique avait eu la peau de la pellicule et des vingt-quatre images par seconde, reléguant ses bobines aux oubliettes d'un folklore gominé ; suite à des travaux, Stefano avait proposé à Gabriela d'emménager dans l'ancienne cabine de projection, sa chambre dorénavant si elle le voulait. Le quartier de La Victoria était loin de l'université et il ne lui demandait rien en échange, qu'un coup de main à la billetterie les jours d'affluence.

Gabriela n'avait pas hésité longtemps. Cristián vivait seul avec son fils Enrique, ce dernier grandissait, ils commençaient à être à l'étroit dans sa chambre, c'était l'occasion de les laisser un peu respirer, sans parler des heures de transport gagnées sur la vie. Gabriela avait aidé Stefano à déménager ses machines dans le hall du cinéma avant d'investir l'ancienne cabine à l'étage. Un lit, un lavabo, une odeur, argentique, pas d'autre ouverture que la lucarne donnant sur les rangées de sièges : sa «chambre noire», comme elle l'appela pour mieux l'adopter. La cuisine serait commune, la salle de bains disponible à heures fixes pour ne jamais s'y croiser.

Ils cohabitaient depuis maintenant quatre ans. Les diplômes n'étant validés qu'à l'issue du cursus universitaire, Gabriela ne terminerait pas sa formation avant deux ou trois ans de jobs alimentaires, mais Stefano était le genre d'ami à décrocher la lune pour lui donner un peu de lumière et elle fournissait régulièrement des images pour Señal 3. Personne n'était payé mais Cristián lui remboursait les frais et le matériel. Gabriela était fantasque mais facile à vivre, le cinéma de quartier fonctionnait vaille que vaille et, à soixante-sept ans, Stefano s'estimait heureux. Il ne songeait plus à l'amour. Manuela, la seule femme qu'il ait jamais aimée, l'avait abandonné à son sort et il n'en aurait pas d'autre. Restait l'amitié, ce vieux soleil qui lui réchauffait les os.

Gabriela l'appelait *tío*, le rembarrait quand il s'aventurait à se prendre pour son mentor, s'affinait chaque jour un peu plus, trouvait son indépendance près de lui. Mais ce que Stefano préférait chez elle, c'était son rire, merveille spontanée, si plein de vie...

Stefano n'avait pas eu de fille.

L'avenue Treinta de Octubre avait des langueurs dominicales. Seul un air de tango s'échappait d'une fenêtre ouverte.

— Tu as prévenu Patricio qu'on serait en retard?
— Bah, ça traîne toujours après la messe.

Un chat déguerpit à leur approche, partit se réfugier sous les chaises en plastique du bar qui venait d'ouvrir et les regarda bifurquer à l'angle de Matte comme s'il s'agissait d'une meute canine à ses trousses.

Un soleil pâle crevait le jour quand Gabriela gara la camionnette devant l'église. Le père Patricio les attendait sur le trottoir, affublé de son éternelle chasuble qui dévoilait ses chaussures de montagne et ses mollets de coq. Le curé de La Victoria avait des cheveux gris coupés court, un corps anguleux rompu à la marche mais, à soixante-dix-huit ans, gardait des traits de jeune homme qui faisaient des ravages chez les bigotes. Stefano sortit le matériel du coffre.

— Alors, comment vont les affaires du Seigneur? lança-t-il au prêtre.

— Du moment que les choses ne peuvent pas être pires..., répondit Patricio.

Un vent de désolation soufflait sur son église colorée.

— Ça n'a pas l'air de marcher terrible, tes prières, observa Stefano.

— La lutte armée non plus : demande à ta jambe.

La canaille souriait, monastique.

Gabriela donna une accolade à leur ami, sous les jappements extatiques d'un bâtard aux poils touffus.

— Salut, Fidel! dit-elle à l'animal qui lui léchait les mains.

Le chien gesticulait comme dans un film muet.

— Vous avez failli être en retard, fit remarquer Patricio.

— Gabriela a fait la fête hier soir, l'excusa son logeur.

— À la bonne heure.

— On en reparlera quand tu auras vu le film, s'amusa l'étudiante qui se lavait les mains dans la gueule du bâtard.

— Quoi, encore de la tuerie?

— Steve McQueen et Ali MacGraw : je ne sais pas ce qu'il te faut.

— Pas trop de sexe, hein?

— Une baffe, c'est tout, répondit Stefano, quand Doc apprend que sa femme a couché avec le directeur de la prison pour le faire libérer.

Le prêtre hocha la tête.

— Si tu appelles ça de l'amour...

— Dieu nous a faits à son image, non?

Patricio souriait toujours à son vieux complice. Loger une étudiante sans le sou, rouvrir un cinéma de quartier, projeter un film le dimanche aux gens d'une *población* qui n'en voyait jamais, Stefano aussi se battait avec les moyens du bord.

— Allons-y, dit le curé, on vous attend.

Gabriela suivit les deux hommes, éprouvée par l'interminable gueule de bois qui avait puni ses retrouvailles avec Camila. Une cinquantaine de personnes étaient entassées dans la salle paroissiale étouffante, public hétéroclite installé sur les bancs de bois. Un brouhaha joyeux salua leur arrivée. *Les lumières de la ville,* la semaine précédente, avait fait un tabac. Gabriela aida Stefano à installer le vidéo-projecteur tandis qu'on couvrait les fenêtres de carton, puis le silence se fit. Jonglant selon un numéro de duettistes bien huilé, ils présentèrent *The Getaway* sous forme d'anecdotes – Ali MacGraw sortait avec le producteur du film quand elle rencontra Steve McQueen, aussi ordurier dans la vie qu'irrésistible à l'écran. Quant à Sam Peckinpah, après deux ou trois westerns dits crépusculaires, il avait signé des chefs-d'œuvre aux titres guillerets, *La Horde sauvage*, *Apportez-moi la tête d'Alfredo Garcia*, *Croix de fer*, ou trompeurs, comme *Les Chiens de paille*, un film ambigu sur le thème du viol. Enfin les premières images apparurent sur le mur de l'église qui faisait office de toile.

The Getaway. Gabriela ne l'avait jamais vu projeté. Elle oublia la mélasse de son cerveau où surnageait le souvenir de Camila et se concentra sur la lumière si particulière du cinéma américain des années 1970. L'époque où les réalisateurs avaient pris le pouvoir sur les producteurs. Pour eux aussi, le retour de bâton des années Reagan serait rude...

Ali MacGraw et Steve McQueen se voyaient expulsés dans une carrière parmi les ordures compressées d'un camion-poubelle, quand la porte de bois grinça, laissant jaillir le jour.

— Mon père! lança sœur María Inés en cherchant parmi les spectateurs. Mon père!

María Inés était accompagnée de sœur Donata, son ombre, le visage rougi après leur course d'octogénaires. Stefano suspendit la projection tandis que Patricio se dressait.

— Qu'est-ce qui se passe?

Les sœurs reprirent leur souffle, le monde au bout de la langue.

— Tu... Vous devriez venir.

*

Un cheval d'un blanc douteux broutait les racines du terrain vague, la crinière secouée de tics, insensible à l'attroupement qui s'était créé un peu plus loin. Une centaine d'hommes et de femmes se pressaient, curieux attirés par les sirènes, voisins, témoins potentiels et policiers confondus; seule la tête de Popper dépassait de la mêlée.

— Reculez! Reculez!!

Alessandro Popper tentait de repousser la foule mais ce matin le chef des carabiniers ne faisait peur à personne : on serrait les rangs, penché vers le sol où gisait la nouvelle victime. L'info s'était répandue comme une traînée de poudre dans la *población*, des gens affluaient encore. Le capitaine Popper jaugea les forces en présence – Sanchez et deux auxiliaires, face à une vague humaine qui allait grossissant. Le carabinier glissa un mot à son second, qui fila vers la voiture garée en bordure du terrain vague pour demander du renfort. Ses hommes avaient toutes les peines du monde à contenir la foule ; Popper fit rempart de ses cent kilos pour protéger le corps à terre.

— Reculez, nom de Dieu ! ordonna-t-il d'une voix tonitruante. Reculez !

Mais les gens n'avaient que de l'amertume à la bouche, des insultes à l'encontre de la police qui ne faisait rien pour protéger les jeunes de La Victoria.

— Vous attendez quoi, qu'ils crèvent tous ?!
— C'est le quatrième depuis mardi, putain de merde !
— Vous savez l'âge qu'il a ?!
— Un jeune tout ce qu'il y a de poli ! assurait une vieille en fichu.

Les esprits s'échauffaient, blocs de vie opposés au destin qui frappait la jeunesse, prêts à chasser les *pacos* d'un territoire dont ils se fichaient. Popper ne fléchit pas, mais à cinquante contre un, ils seraient vite submergés. Les têtes se tournèrent alors vers la camionnette vermoulue qui venait de se garer près du véhicule de police.

Rare autorité morale dans le quartier, le père Patricio fendit la foule excitée, accompagné d'un sexagénaire à demi claudicant et d'une Indienne à la robe coquelicot.

— Où est-il ? demanda Patricio après avoir brièvement salué le chef des carabiniers.

Le corps gisait dans le dos de Popper qui, sous les regards haineux, laissa le vieil homme approcher. La victime portait des habits bon marché, une veste de survêtement à capuche et des tennis fatiguées ; Patricio eut un regard de compassion en se penchant vers le cadavre, puis il découvrit ses traits d'adolescent et son cœur se figea... Enrique : les sœurs avaient parlé d'un nouveau jeune retrouvé sans vie, pas du fils de Cristián.

— Mon Dieu, souffla Gabriela à ses côtés.

Le fils du rédacteur de Señal 3 était étendu là, subjugué par la mort, les yeux ouverts sur le ciel gris qu'ils ne voyaient plus. Enrique et son fusil en bois, Enrique et ses figurines d'animaux qu'il disséminait partout dans la maison : des bouts d'enfance sautaient au visage de l'étudiante. Le choc la cloua à la portion de terrain vague mais l'heure n'était pas au recueillement ; déjà les voix se ravivaient. Les familles prenaient le curé à témoin, répétaient que c'était le quatrième décès inexpliqué en moins d'une semaine, qu'ils venaient de laisser un message sur le portable de Cristián, qu'aucun père ne méritait ça, surtout pas lui qui avait déjà perdu sa femme.

— Calmez-vous ! tempérait Patricio au milieu de la confusion. Je vous en prie, calmez-vous !

Les carabiniers avaient empoigné leur matraque, protégeant la dépouille du gamin à terre. Stefano sentit que les choses allaient mal tourner : la foule devenait menaçante, certains regards franchement hostiles, comme si la rage accumulée depuis des années remontait du cloaque. Gabriela ravala sa salive, pâle souvenir de son petit déjeuner, ouvrit discrètement son sac en vinyle et déclencha sa GoPro.

— Calmez-vous! exhorta le curé du quartier. S'il vous plaît, écoutez-moi! Écoutez-moi!

Patricio agitait ses bras maigres mais la multitude n'avait plus d'oreilles : les plus virulents secouèrent la voiture des carabiniers, arrachèrent antenne et gyrophare, bourrèrent les portières de coups de pied dans un flot d'injures, vite reprises par les gorges déployées. Qu'on connaisse ou non Enrique n'était plus la question, c'était le mort de trop. Encouragés par le nombre, des jeunes commencèrent à ramasser des pierres. Popper lut la panique dans le regard de ses hommes – ils allaient se faire lyncher si ça continuait. On fracassait les phares de la Toyota à coups de bâton, un vent de révolte soufflait et l'avenue restait désespérément vide. Le père Patricio se posta devant les carabiniers mais les premiers crachats fusèrent par-dessus son épaule. Popper reçut de la salive sur le col de son uniforme, garda son sang-froid face aux émeutiers.

— Vous piétinez la scène! les invectiva-t-il. Comment voulez-vous qu'on mène une enquête si vous salopez tout?!

Certains avaient des cailloux à la main, le regard de ceux qui allaient les lancer.

— Lâchez ces pierres! fit Popper en brandissant sa matraque. Lâchez ça tout de suite!

Ses hommes étaient morts de trouille. Qu'un seul empoigne son arme de service et c'était le carnage. Quelques gouttes d'eau tombèrent du ciel, ajoutant au décor. Le chef des carabiniers aperçut enfin le camion blindé qui déboulait de l'avenue.

La section antiémeute accourue en renfort n'eut pas le temps d'activer les canons à eau : déjà les premières pierres volaient sur le pare-brise grillagé, ricochant plus fort à mesure que le camion fondait sur eux. Les femmes s'éparpillèrent les premières, abandonnant une arrière-garde de jeunes adultes bien décidés à se battre. Une pluie de cailloux rebondit sur le blindage, piqûres inoffensives pour le monstre d'acier.

— Reculez ! Reculez !

Popper poussa ses hommes vers l'arrière : leurs collègues allaient bientôt tirer. De fait, un jet de gaz lacrymogène aspergea les civils, qui se dispersèrent en les couvrant d'insultes. Une odeur âcre serra la gorge de Stefano : il saisit le bras du prêtre, hébété au milieu du chaos.

— Il ne faut pas rester là…

Les soldats jaillissaient du camion blindé, masques à gaz sur le visage, protégés par des boucliers de Plexiglas, prêts à charger la foule. La mort de l'adolescent virait à l'émeute : Patricio se laissa entraîner par Stefano, qui se retourna vers le champ de bataille.

— Gabriela, putain, qu'est-ce que tu fous ?!

Elle ne filmait pas la scène d'émeute mais le cadavre d'Enrique, en gros plan…

3

Edwards guettait l'entrée du bar dans un état de confusion extrême, pas seulement à cause de la mallette rangée sous la table... Bon Dieu, il savait qu'il ne devait pas faire des choses pareilles, c'était tirer la queue du diable, s'exposer au boomerang : c'était surtout plus fort que lui.

Certains fouillent les messageries de leur conjoint, leur portable, dans leurs poches ou les tiroirs de leur bureau, ce matin Edwards avait fouillé la machine à laver où s'entassait le linge sale. Un doute, ou un manque de confiance en lui qui s'était transformé en soupçon. Levé comme souvent le premier, il avait extirpé les sous-vêtements que sa femme portait la veille et inspecté le fond de sa culotte. Son cœur avait pompé du verre pilé en découvrant les traces blanchâtres. Des traces sans équivoque : du sperme. La semence d'un autre, qui avait reflué quand Vera s'était rhabillée à la va-vite.

Le ciel, déjà gris, avait viré à l'orage. Vera avait dû se faire baiser debout. Ou par-derrière. En tout cas sans préservatif. La salope. La pute. Edwards ne savait plus ce qu'il disait, ce qu'il pensait. Les fils lâchaient, ses pauvres certitudes d'avocat marié à l'une des femmes les plus convoitées du marigot de la justice où il grenouillait, quinze ans de complicité et d'amour aux yeux crevés. Edwards se parlait à voix haute comme on tombe des sommets. Sa femme le trompait. L'affaire était banale, seulement Edwards aimait sa femme. Dès leur premier regard à la Católica, quand il l'avait vue au bras d'Esteban, il avait su qu'elle était l'élue. Il n'y a pas si longtemps encore ils se retrouvaient pour déjeuner, à mi-chemin entre la rédaction du journal où elle travaillait et le cabinet d'avocats. Qu'avait-il fait pour que Vera cherchât ailleurs ce qu'elle avait à portée de main ? Ou plutôt que n'avait-il *pas* fait ?

Edwards était malheureux. Cocu désemparé. Leur amour fichait le camp quand lui n'y voyait que du quotidien. Bien sûr ils avaient peu de rapports sexuels, ou si difficiles que Vera pouvait légitimement estimer en manquer, mais elle savait d'où venaient ses problèmes d'érection, non ? Le plus terrible, c'est qu'au début les choses marchaient bien ; s'il n'avait jamais été le genre étalon, Vera semblait heureuse à défaut d'être comblée. Le désir avait dû fuir peu à peu, ou l'amitié avait pris le dessus. Edwards croyait compenser en tendresse ce qu'il n'offrait plus en sexe et il se fourrait le doigt dans l'œil. Comment pourrait-il s'endormir près d'elle sans se demander si elle ne songeait pas à l'Autre, à leur prochain rendez-vous, à la façon dont elle se ferait le mieux baiser – debout, à la sauvette, dans une alcôve quelconque du journal, ou lors d'une pause déjeuner, au champagne dans le lit d'un hôtel particulier ?

Edwards avait honte, de lui, d'avoir inspecté la culotte de sa femme, de ses faiblesses érectiles, toute cette impuissance dévoilée au grand jour. Sans parler de ses compromissions avec son beau-père...

La mallette reposait sous la table de bistrot. Un modèle Samsonite noir renfermant des journaux sans importance, comme on lui avait demandé. Son café refroidissait sur la table de bois verni. Edwards chassa l'amant de Vera de ses pensées, se concentra sur la porte vitrée du bar. Il n'aurait jamais dû accepter ce rendez-vous. Il n'avait pas su dire non, ou pas pu. Edwards, qui se targuait d'être l'honnêteté même, se retrouvait ce matin-là assis sur une banquette à l'écart des rares clients d'un bar, surveillant les allées et venues en se maudissant, lui et celui qui baisait sa femme.

Les klaxons résonnaient depuis l'avenue embouteillée du centre-ville malgré les jingles publicitaires à la radio. Le serveur ne prêtait pas attention à lui, relégué au fond du bistrot, plus intéressé par les jambes dodues des passantes qui défilaient derrière sa vitrine. Bientôt dix heures. Edwards suivit du regard l'homme qui venait d'entrer, une mallette à la main semblable à la sienne. Une minute d'avance. La soixantaine, massif, des cheveux poivre et sel sur une large tête, l'homme commanda un café au comptoir, paya le barman indolent et se dirigea vers l'arrière-salle où ils avaient rendez-vous.

Sa démarche était lente, lourde, sûre de son effet. L'émissaire de Schober glissa sa mallette sous la chaise tout en s'attablant, dévisagea le fiscaliste d'un air peu amène qui semblait chez lui naturel. Des taches brunes constellaient sa peau, sa veste beige était mal coupée, ses traits affaissés, avares en expressions, son strabisme légèrement convergent. Edwards resta une seconde interloqué : il n'y avait personne derrière ce regard, qu'un vide sidéral. Il vit les verrues sur ses mains, que l'homme gratta sans cesser de le jauger.

— On dit quoi dans ces cas-là ? fit l'avocat comme s'il était possible de détendre l'atmosphère.
— Rien.

Le rendez-vous ne devait durer qu'une poignée de minutes ; le serveur caché par la pâle imitation de Rothko qui ornait le mur de l'arrière-salle, ils échangèrent les mallettes sous la table. Un film de série B, comme Edwards n'aurait jamais cru en vivre. Ses mains tremblaient un peu ; il vérifia rapidement le contenu, referma l'attaché-case avec un signe approbateur.

— C'est parfait, dit-il.

C'était faux. Il jouait le porteur de valise pour le compte de son beau-père et sa femme baisait ailleurs. Sans parler de l'allure de ce type, franchement sinistre. Ses petits yeux marron le fixaient comme s'il était une proie prête à s'échapper. L'homme sortit une feuille de sa poche, qu'il déplia sur la table.

— Vous allez signer cette décharge, dit-il d'une voix sans réplique. Sachez aussi que nous sommes pris en photo, en ce moment même... Inutile de s'agiter, ajouta-t-il avant que l'autre ne se torde le cou, c'est juste une couverture. Une assurance, si vous voulez...

Il tendait un stylo à Edwards. Pris au dépourvu, celui-ci regarda le visage impénétrable du sexagénaire, puis ses mains épaisses sur la tasse de café, des mains couvertes de verrues, certaines si anciennes qu'elles n'étaient plus que des croûtes blanchâtres. Edwards réprima un rictus de dégoût, saisit le stylo et lut la décharge. Le texte, bref et précis, les impliquait jusqu'au cou.

L'émissaire de Schober tripatouillait son café qu'il ne buvait pas, aussi chaleureux qu'un hameçon. Après quelques secondes d'hésitation, Edwards se résigna à signer la décharge. C'était de toute façon trop tard pour reculer. L'homme rangea le papier dans la poche de sa veste, visiblement satisfait, empoigna la seconde mallette d'un air blasé et se leva pour lui serrer la main comme à un collègue de travail.

— *Hasta luego...*

La sensation était désagréable au contact des verrues. Oui, une vraie sale gueule, songea Edwards tandis que l'homme s'éloignait, sans un mot pour le serveur. Il regarda l'émissaire de Schober quitter le bar avec un sentiment étrange : non pas une impression de déjà-vu, plutôt une réminiscence... Produit d'un esprit surmené, télescopage d'événements malheureux ? Ces verrues, son âge, ce regard glaçant... Edwards resta prostré sur la banquette de l'arrière-salle. Il ne pensait plus à sa femme, à cette histoire de mallette : un doute énorme le saisit à la gorge, et ne le lâcha plus.

4

Le Wenufoye – le drapeau mapuche – trônait au-dessus du bureau où Gabriela avait installé son matériel vidéo, face au lit de sa «chambre noire». Stefano lui avait offert une caméra de poche haute définition pour ses vingt-cinq ans, une GoPro qui depuis ne la quittait plus.

La révélation était venue au lycée catholique de Temuco, le seul qui acceptait les autochtones méritants moyennant une «remise à niveau morale et spirituelle», sans effet sur Gabriela. Un atelier l'avait initiée à l'art de l'image, vécue comme un coup de foudre. D'abord pour l'image animée vingt-quatre fois par seconde, puis pour Lucía, une fille de dernière année elle aussi interne, qui l'avait déflorée après qu'elles eurent fait le mur. Lucía l'avait surtout encouragée à fuir sa condition de citoyenne de seconde zone pour vivre sa vie comme elle l'entendait, sexuelle ou autre... La jeune Mapuche avait bien saisi le message.

Épine dorsale du continent, la cordillère des Andes couvrait plus des trois quarts du pays : les émigrants européens qui suivaient les conquêtes espagnoles avaient dû la contourner par le nord, essentiellement des hommes chargés de grossir les rangs des armées d'invasion. Faute de femmes, le métissage était de mise, ce qui n'avait pas altéré un racisme latent envers les «Indiens». Parmi eux, les Mapuches étaient les plus nombreux, les plus virulents.

Les Mapuches – «les gens de la terre» – avaient refoulé les Incas au-delà du fleuve Bío Bío, imposant alors leur frontière naturelle à celles de l'empire. Plus tard, après avoir érigé des fortins au nord du fleuve, l'armée de Pedro de Valdivia, qui s'était aventurée sur leurs territoires, avait été massacrée jusqu'au dernier, le cœur du conquistador dévoré cru. En cinq cents ans de résistance, les Mapuches avaient survécu aux Espagnols, aux colons chiliens, au bain de sang appelé «Pacification de l'Araucanie» qui avait salué l'invention de la Remington, à l'assimilation forcée, aux propriétaires terriens qui les avaient parqués sur des parcelles infertiles, à la dictature : ils survivraient aux multinationales et à leurs laquais à la tête de l'État qui leur refusaient l'autonomie, même partielle, sur leurs territoires ancestraux.

«Porcs, chiens, Indiens de merde, fils de pute d'Indiens», le langage des Forces spéciales et des carabiniers n'avait en effet guère évolué depuis Pinochet. Les méthodes non plus : la loi antiterroriste qui frappait les opposants à la dictature avait été abrogée au retour de la démocratie, sauf pour les Mapuches. À l'instar des frères de Gabriela, les messagers des communautés qui revendiquaient la récupération de leurs terres étaient arrêtés, battus, jetés en prison après des procès iniques : ils n'étaient qu'une bande de terroristes, de délinquants sociaux, un ramassis de pouilleux qui baisaient des vaches et qui accouchaient de porcs.

Un problème autochtone jamais résolu malgré une visibilité accrue. Cartes postales, magnets, cahiers, posters, livres, même les toilettes de certains bars étaient à l'effigie des Selk'nam, Ona ou Yamana, ces peuples mythiques devenus cultes une fois disparus : leur liberté d'Indiens faisait rêver à condition qu'ils n'en aient plus.

Lasse des arrestations, des querelles internes, du climat de suspicion alimenté par les agents de l'État et de la pauvreté chronique qui sévissaient dans sa communauté, Gabriela avait suivi le conseil de Lucía et tenté sa chance à Santiago, où la moitié des Mapuches se concentrait. Elle y avait vécu les premiers mois en déracinée malgré l'accueil de Cristián, évitant les bus de nuit qui la ramenaient à la *población*, les ivrognes, les mains baladeuses et les insultes machistes des jeunes désœuvrés. La lune sur le lac Lleu-Lleu, sa famille, les transports célestes de la *machi* Ana qui l'avait initiée au chamanisme, tout lui manquait, sauf sa foi dans un destin peu ordinaire.

À l'école d'art, Gabriela était tombée sur Luis Mendez, professeur influencé par la Nouvelle Vague française, le néoréalisme italien et les documentaires américains des années 1970, dont elle essayait de ne rater aucun cours. Mendez encourageait ses élèves à réaliser des films sur leur propre vie, leur quartier, les gens qu'ils connaissaient. La majorité des étudiants étaient des enfants de *cuicos* – de bourgeois – qui, n'ayant pas grand-chose à raconter, essayaient tant bien que mal de régler les éclairages en se familiarisant avec la technique ; Gabriela, qui pouvait citer des dizaines de films scène par scène, partait tourner dans les *poblaciones* où personne ne s'aventurait, rapportait des images que personne n'avait vues et fabriquait déjà de petits joyaux.

Gabriela filmait tout, tout le temps, de manière compulsive, les révoltes étudiantes comme les scènes de la vie quotidienne. Ses premières livraisons avaient été bien reçues mais elle voulait aller plus loin. Cherchant à capter «l'humain naturel», Gabriela avait tenté plusieurs techniques de caméra cachée et, au fil du temps, fini par opter pour la plus simple : depuis son sac à main.

Stefano l'avait aidée à bricoler de quoi y caler la GoPro. Facile à mettre en place, invisible une fois son sac en vinyle fermé, les gens n'y voyaient que du feu. Gabriela fragmentait les rushes des images ainsi volées, en récupérait d'autres sur la Toile qu'elle intégrait dans certaines scènes, créait des collages, des détournements, sans jamais perdre en sens ce qu'elle gagnait en ingéniosité. La jeune femme avait créé une vingtaine d'ovnis cinématographiques, documentaires-fictions protéiformes stockés sur son disque dur, qu'elle mettait sur YouTube. Les réactions étaient variées, rarement neutres.

Mais ce matin-là, la vidéo rapportée de La Victoria lui laissait un sentiment partagé.

Le visage d'Enrique, sa posture figée parmi les papiers gras, ses yeux ouverts sur le néant : Gabriela avait visionné le film en boucle dans sa chambre, à la fois fascinée et révulsée par l'image de la mort captée sur le terrain vague. Elle avait dû faire abstraction de son affection pour le fils de Cristián avant de se concentrer sur les rushes. La confusion régnait autour du cadavre, cependant, en grossissant le plan, on distinguait une trace blanchâtre sous la narine droite... De la drogue ?

Gabriela s'était empressée de montrer la scène à Stefano mais lui aussi restait dubitatif. Enrique n'avait jamais été un enfant facile – sans mère, qui l'était ? – mais il obtenait des résultats corrects à l'école, gagnait de l'argent de poche en désossant les moteurs de voiture chez le ferrailleur, bref, il semblait échapper à la délinquance... Ça ne l'avait pas empêché de fuguer.

Les hirondelles pépiaient dans leur nid, saluant le soleil à l'assaut des toits ; Gabriela trouva son ami logeur aux fourneaux, le journal du jour ouvert sur la table et à la main une poêle où grésillait du bacon. Elle portait un short noir effiloché et un des tee-shirts qu'elle mettait pour dormir. Il lui sourit en guise de bonjour mais une partie d'elle était toujours dans le noir.

— Tu en veux ? lui lança-t-il.

— Oui... Merci.

Stefano attendit qu'elle fût assise pour remplir son assiette de bacon fumant. Il avait revêtu un pantalon de toile et son pull col V bleu marine, les manches retroussées sur ses avant-bras, dévoilant ce qui avait dû être des muscles d'acier. Gabriela oublia les images macabres de sa chambre, du nez désigna le journal sur la table.

— Alors ?

— Ils parlent de l'émeute avec les carabiniers après

la découverte du corps d'Enrique mais pas un mot sur les autres jeunes, répondit Stefano. « Une enquête serait en cours pour déterminer les causes du décès », cita-t-il en prenant l'article à témoin. Une insolation, peut-être ?

Il repoussa le journal sur la table comme une paire de deux. Gabriela se pencha sur *El Mercurio*.

— Pourquoi tu lis ça, aussi…
— Pour me tenir informé de la propagande.
— Tu t'attendais à quoi ? dit-elle en croquant une lamelle de bacon grillé. Que la mort d'un jeune de La Victoria mettrait la nation debout ?
— Le sort des *poblaciones* n'intéresse personne : c'est politique, délibéré. L'oligarchie a déclaré une guerre de basse intensité contre ses pauvres, elle dure depuis toujours.
— Mais toi, tu en penses quoi ?
— D'*El Mercurio* ?
— Non, des traces de poudre et de l'hécatombe à La Victoria.
— Ça changera quoi ?
— Réponds, tête de mort.

Les effluves de café se mêlaient au parfum de sa nuit.

— De la drogue, oui, peut-être, concéda Stefano. Ça n'explique pas comment Enrique a pu se la procurer, ni ce qui a pu provoquer sa mort. Celle des autres jeunes… La poudre est chère pour les gens des *poblaciones*, et Enrique n'avait que quatorze ans.
— Et si tout ça est manigancé ? fit Gabriela. Imagine que des salopards inondent La Victoria avec une nouvelle dope pour, je ne sais pas… éliminer les parasites.

— Comme dans un roman de gare.

— La réalité a toujours un pas d'avance sur la fiction.

— Ils n'iraient pas jusqu'à éliminer des gens, objecta Stefano. Pas physiquement… Il faut bien qu'ils paient les crédits qu'ils ont sur le dos.

L'ancien gauchiste avait toujours réponse à tout.

— Peut-être, mais La Victoria est un symbole de résistance, s'entêta la jeune femme. Beaucoup seraient heureux de rayer le quartier de la carte ou de le transformer radicalement… Il y a peut-être un projet immobilier dans les cartons, un plan de gentrification qui en effacerait aussi le passé.

— Personne n'a intérêt à soulever les banlieues. Et puis on n'a aucune preuve au sujet de la drogue, ni pour Enrique et encore moins pour les autres gamins, répéta-t-il.

Gabriela plongea le nez dans son maté.

— Les images que j'ai rapportées laissent quand même planer des doutes.

— Tu comptes en faire quoi, de ces images, les montrer aux carabiniers pour qu'ils arrêtent les dealers du quartier ? Vu comme Popper et ses hommes ont été reçus hier, ça m'étonnerait qu'ils se foulent pour ces pauvres gosses.

Stefano lavait la poêle, ses beaux cheveux blancs tout ébouriffés.

— Peut-être, concéda Gabriela, mais si Cristián et les autres familles se fédèrent, je peux les suivre dans leurs démarches auprès des carabiniers, faire un reportage sur l'affaire, qu'on diffuserait sur Señal 3… Les flics seront bien obligés de se bouger.

Il fit la moue.

— Tu sais, même si les familles des victimes se portent partie civile, sans un bon avocat pour les défendre, ça ne mènera à rien.

La Mapuche acquiesça le nez dans sa tasse vide tandis qu'il lavait la table. Stefano avait raison : l'indifférence envers les *poblaciones* était générale, et Cristián trop bouleversé pour mener une action en justice ; mais Gabriela était le genre de femme à payer ses dettes.

— Tu en connais, des avocats ? demanda-t-elle.

Stefano fouilla dans sa mémoire, n'y vit que des trous noirs.

— Aucun de confiance, dit-il.

Gabriela rumina ; le commis d'office qui avait défendu ses frères activistes portait de belles cravates et c'était à peu près son seul contact avec le milieu de la justice... Les hirondelles volaient par deux à la fenêtre quand Stefano brisa le silence ailé.

— Et Camila ? dit-il. Maintenant qu'elle est députée, elle doit connaître des tas d'avocats, non ?

Gabriela croisa son regard à deux faces : il n'y a pas de hasard, qu'une concordance des temps.

D'autant qu'au texto laconique envoyé dans la foulée (« *Il faut que je te voie* ») la réponse de Camila avait fusé (« *Où ?* »).

*

Le soleil perçait la brume grisâtre qui stagnait sur la capitale. Gabriela sortit de la bouche du métro Santa Lucía, attendit près de la pharmacie mapuche que le feu passe au rouge, traversa l'avenue O'Higgins au milieu d'une foule disciplinée en proie aux gaz d'échappement. Des jeunes faisaient claquer leur skate sur l'esplanade de la Bibliothèque nationale, un des bâtiments séculaires créés après l'Indépendance de 1815 ; elles avaient rendez-vous un peu plus loin, dans la verdure...

Les Mapuches l'appelaient *Huelen* – «douleur» – mais Pedro de Valdivia avait baptisé la colline «Santa Lucía», aujourd'hui point culminant et principal parc du vieux centre-ville ; Gabriela salua les étudiants qui vendaient des poèmes photocopiés devant les grilles, gravit les jardins arborés et trouva Camila ponctuelle sur la petite place aux dalles orange.

Midi. C'était la fin de l'été, la nature embaumait et la jeune députée resplendissait : teint halé, jupe fleurie à mi-cuisse, cheveux châtains détachés, un brillant à l'arcade, ses bientôt trente ans lui allaient mieux qu'aux autres. Gabriela ne le lui dit pas.

— Tu as un nouveau tatouage ? nota-t-elle.
— Oui...

Camila retourna son poignet pour dévoiler la phrase inscrite à l'intérieur de son avant-bras : *«We are accidents waiting to happen»*...

— «Nous sommes des accidents qui attendent d'arriver», traduisit l'étudiante comme pour mieux l'imprimer dans son cerveau. C'est un peu lugubre mais c'est joli... C'est de qui, John Kennedy ?
— Non, répondit Camila en souriant, Thom Yorke... Une glace, ça te dit ?

Refuge des amoureux et bouffée d'oxygène dans le poumon pollué de la ville, le parc de Santa Lucía grimpait jusqu'à la Torre Mirador et ses vieux canons sur roues pointés sur les immeubles de Providencia. Elles prirent des nouvelles après la manifestation de samedi, un cône à la vanille au kiosque où quelques gamins s'agitaient et s'assirent à l'ombre de Caupolicán, le chef autochtone dont la statue défiait toujours l'autorité *winka*.

Gabriela avait revêtu un jean moulant et un tee-shirt de fille qui soulignait la fluidité de ses bras. Camila y goûtait de loin, sa glace à la main.

— J'ai des échos de la Moneda, dit-elle. Il paraît qu'ils veulent ouvrir une commission spéciale pour l'éducation et chercheraient à nous y intégrer... Ils vont surtout chercher à nous enfumer. Il faut qu'on soit ensemble. Sur nos gardes. Affûtés.

Gabriela opinait en silence. Camila sentait qu'elle gardait ses distances mais la députée n'avait qu'une demi-heure devant elle.

— Bon, j'imagine que ce n'est pas pour parler de politique que tu voulais me voir.

— Non... (Gabriela releva la tête.) En fait, je cherche un avocat pour une affaire à La Victoria. Tu te souviens de Cristián, le journaliste de Señal 3 avec qui je travaille ?

— Bien sûr.

— Son fils a été retrouvé mort là-bas hier matin, dans un terrain vague. Enrique... Il n'est pas le premier, malheureusement.

Camila compatit. Señal 3 se faisait l'écho des mouvements sociaux, elle ne connaissait pas Cristián personnellement mais elle savait ce qu'il avait fait pour Gabriela à son arrivée à Santiago.

— C'est aux carabiniers de s'en occuper, dit-elle bientôt, en expédiant sa glace dans la poubelle voisine. Pourquoi faire appel à un avocat ?

— Les flics n'ont pas l'air pressés de mener une enquête et les médias ont à peine relayé l'info, répondit Gabriela. On a pensé qu'un avocat pourrait aider les parents des victimes à porter plainte collectivement... Tu connais quelqu'un qui ferait l'affaire ?

Pigeons et tourterelles s'encanaillaient sous les eucalyptus. Camila, qui fumait comme un pompier, réfléchit à peine.

— Hum... Il y a bien le type avec qui j'ai fini la nuit l'autre jour : Roz-Tagle... Esteban Roz-Tagle.

Gabriela haussa un sourcil.

— Depuis quand tu couches avec des mecs ?

— Depuis que tu ne veux plus coucher avec moi, salope.

Leur sourire spontané évacua la tension de leur entrevue.

— On s'est rencontrés dans un bar il y a un mois ou deux, poursuivit Camila d'un ton volontairement léger. Un rendez-vous de boulot au départ, avec un journaliste de *Clinic* que l'avocat voulait mettre sur un coup. Ça a vite dérapé... Tu verras, il est pas mal comme mec.

— Et comme avocat ?

— Quand je l'ai vu, il travaillait sur la réouverture du dossier de José Huenante, le jeune Mapuche embarqué par une voiture de patrouille et jamais retrouvé. Les flics sont évidemment les premiers suspects mais aucun n'a été inquiété. Roz-Tagle cherchait des contacts pour convaincre un juge de poursuivre l'instruction.

— Cette affaire remonte au moins à une dizaine d'années, non ? s'étonna Gabriela.

— Roz-Tagle est un spécialiste des causes perdues,

fit Camila en guise d'explication. Enfin, c'est ce qu'il m'a dit, mais comme on commençait à être bien bourrés…

— Sympa.

— Bizarre, surtout : le matin quand on s'est réveillés, il m'a demandé si je ne m'appelais pas Catalina… Oui, dit-elle devant la moue interrogative de son ex, je n'ai rien compris non plus.

Les plumes de Caupolicán irisaient l'azur au-dessus d'elles.

— On a besoin d'un avocat, pas d'un malade, fit observer Gabriela.

— Ne t'en fais pas, assura Camila dans un nuage de fumée bleue. Ce serait plutôt le genre de type à se réveiller au gin tonic mais Esteban est un gosse de riche, il connaît tout le monde.

Gabriela repoussa la vapeur empoisonnée de la cigarette, perplexe.

— Tu crois qu'une affaire à La Victoria l'intéressera ?

— Tu lui demanderas, petit chat.

Le nom qu'elle lui donnait au lit… Camila observa l'étudiante sur le banc où elles se tenaient sagement assises – ses cheveux de jais répandus sur ses épaules, son petit nez, ses lèvres ourlées, sensuelles, quel dommage… Gabriela ne réagissait pas, l'esprit visiblement parti vers de lointains ailleurs. Son genre. Camila scalpa sa cendre d'une pichenette.

— Bon, tu veux ses coordonnées ou pas ?

5

Daddy et ses hommes s'escrimaient sous les voûtes de l'immeuble désaffecté, un masque d'hôpital sur la bouche. Delmonte venait d'arriver avec les nouveaux lots de cocaïne qui occupaient la conversation. El Chuque observait la scène à l'écart de la lampe à gaz, fasciné. L'immaculée conception de poudre blanche. Une impression surréelle pour le petit délinquant de la *población*.

Ce n'était pas la première fois qu'El Chuque assistait à la coupe; à la livraison, si. Daddy grommelait sous le béton humide du plafond, le lot de coke arrivait quasi pur, il répétait que c'était pas leur boulot, surtout avec des abrutis pareils – ses hommes. Ils étaient quatre, vêtus d'une combinaison de chimiste, et la bouclaient adroitement, un œil sur la balance sensible, l'autre sur les sachets de poudre qui s'accumulaient sur la table de fortune. El Chuque ne savait pas d'où venait cette dope, juste que Daddy la lui refourguait en exclusivité.

El Chuque avait une bande à ses ordres qui, sous des oripeaux de *cartoneros,* s'éparpillait en essaim pour revendre la coke aux *cuicos* du centre-ville. Une drogue foutrement à la mode, qui attirait le gogo comme des mouches. Jusqu'alors, la bande se contentait de ramasser les cartons et de piquer le cuivre, une petite affaire qui leur rapportait à peine de quoi survivre. Ce salaud de ferrailleur les entubait carrément, prétextait des chutes brutales à la bourse des crevards, un profiteur de guerre qu'il enverrait bientôt au diable. Fini les cambriolages foireux, le kilo de cuivre à cent pesos : malgré les cicatrices qui barraient son visage, les filles lui courraient bientôt après. Il s'en enverrait jusque-là, consentantes ou pas, El Chuque ne faisait pas la différence.

— Putain, faut que je pisse quelque part, annonça Daddy.

— Pas sur ma gueule! s'esclaffa une voix sous un masque.

Les autres pouffèrent, par habitude. Delmonte, dans une tenue de ville autrement plus élégante, ne fit même pas semblant de rire. Il s'adressait à Daddy avec un brin de condescendance alors qu'il faisait pourtant beaucoup moins peur...

— Je t'accompagne, annonça-t-il. De toute façon, faut que j'y aille.

Le vent du soir soufflait entre les piliers de l'immeuble abandonné. Les deux hommes s'éloignèrent, conversant comme de vieilles connaissances. C'était le cas.

— Ma sœur, au fait, ça va?

— Ouais ouais... Faudra que vous veniez pour un barbecue un de ces jours, lança Daddy sans qu'on sache s'il en avait très envie.

— J'ai pas mal de boulot en ce moment, comme tu peux le voir. Allez, salut... Et embrasse Guadalupe de ma part.

— OK. Salut...

Delmonte s'éloignant, Daddy se soulagea entre les boîtes de conserve vides et les sacs plastique éventrés, avec un soupir de ravissement. El Chuque entendait son jet puissant inonder le sol bétonné... Personne ne lui avait prêté attention l'autre nuit, quand il avait escamoté un lot de coke au nez et à la barbe de Daddy et ses hommes. L'instinct du pickpocket avait repris le dessus. La tentation. Entre les doses coupées ou non, les différents sachets éparpillés et leur organisation d'amateurs professionnels, personne n'avait vu que le chef de bande avait glissé un paquet dans son froc... Oui, songeait-il dans la bise nocturne, un putain de bon pickpocket.

Daddy revint en remontant sa braguette d'un air satisfait, évalua la coupe à la lumière blanche de la lampe à gaz. Ses hommes suaient sous leur masque, malhabiles – ils en mettaient vraiment partout, heureusement qu'il y avait pléthore...

— Bon, au rythme où on va, y en a pour la nuit, grogna-t-il. Tiens, toi, prends déjà ce lot, lança-t-il au chef de bande, on verra le reste plus tard...

Ils recomptèrent ensemble les sachets de cocaïne, il y en avait cinquante, soit autant de grammes à écouler dans le centre-ville. Daddy se pencha sur la figure blême d'El Chuque, ses cicatrices boursouflées.

— Pas d'embrouille, crapaud, si tu sais pas compter, moi si...

Ses hommes ricanèrent de concert. L'adolescent sourit jaune. C'était moins une blague qu'une menace, et la lueur de concupiscence dans les yeux de Daddy le mettait mal à l'aise.

6

Le cabinet d'avocats se situait rue Carmen, à quelques numéros de l'ancienne *peña*, le mythique cabaret de chanson populaire où se produisaient Violeta Parra et Víctor Jara, rasé par la dictature – une lubie d'Esteban, qui n'en manquait pas.

La secrétaire était encore en congé, son associé parti Dieu sait où, et Edwards était seul dans son bureau, en état de choc ; il avait espéré cent fois se tromper, que son imagination lui jouait des tours, mais les photos qu'il avait sous les yeux ne laissaient aucun doute... Par quelle circonvolution de l'Histoire se retrouvait-il aujourd'hui face au visage de ces hommes surgis du passé ?

Tout le monde l'appelait Edwards mais son vrai nom était Juan Edwards Manuro. Son père Arturo, officier et chauffeur du général Prats, avait été tué lors d'un attentat ciblé à Buenos Aires, où l'ancien chef des armées fidèle à Allende s'était réfugié après le coup d'État. Edwards n'avait jamais connu son père, sa naissance même relevait d'un hasard sordide. Sa mère Alicia était enceinte de trois mois lorsqu'elle avait été arrêtée et transférée au stade de

Santiago. On l'avait pendue par les mains dans un vestiaire suintant la peur et la mort, pendant des heures. Les abus sexuels auraient dû rythmer ses séances de torture mais les geôliers avaient causé une telle boucherie parmi les détenues précédentes que l'officier responsable avait sanctionné les gardiens : interdiction d'abuser des prisonnières pendant deux mois.

Alicia Manuro avait bénéficié de ce délai pour quitter l'enfer du Stade national : son mari assassiné entre-temps en Argentine avec le général loyaliste, elle enceinte et les pressions de sa famille revenant à trop d'oreilles haut placées (son père était un médecin réputé de Santiago), Alicia avait été libérée. Edwards était né quatre mois plus tard, prématuré mais vivant.

Privée de pension militaire, Alicia avait trouvé un travail d'employée dans un grand magasin, vendu tous leurs biens pour payer les études de droit de son fils, et n'avait plus jamais parlé de politique. La défaite de Pinochet au référendum et l'ouverture démocratique des années 1990 allaient changer la donne. L'avocat en herbe avait accompagné sa mère chez le juge pour porter plainte contre les assassins de son père. Edwards avait lu le rapport de la commission Valech qui réunissait pour la première fois les dépositions et témoignages des familles de victimes, participé aux dénonciations publiques devant les maisons des coupables qui vivaient dans l'impunité, il avait étudié les dossiers en suspens dans les tribunaux, accumulant articles de presse, interrogatoires, profils, rumeurs, sans qu'aucune démarche n'aboutît.

Sur les huit cents enquêtes menées contre les criminels de la dictature, seules soixante et une avaient mené à des peines de prison effectives.

— Tu perds ton temps, lui avait signifié le juge Fuentes, un soir où Edwards était invité chez eux.

Víctor, le père de Vera, considérait la clique de Pinochet comme « une bande de voyous » mais, en servant le général Prats fidèle à Allende, le père d'Edwards avait eu la malchance de se retrouver du mauvais côté du manche. Le passé était le passé, et il fallait regarder devant : Vera, sa carrière, des enfants. À lui de devenir un grand avocat pour que de telles horreurs ne se reproduisent plus.

Avec le temps, les obstacles et la lenteur de la justice chilienne, Edwards avait fait comme tout le monde : il avait laissé tomber.

La mort de Pinochet, puis celle de sa mère, ferait de son père une victime sans bourreau.

Edwards était aujourd'hui un des avocats fiscalistes les plus sollicités de Santiago grâce à l'entregent de son beau-père, qui lui avait ouvert sa maison et son carnet d'adresses, sans qu'il se résignât à jeter les documents liés à l'assassinat de son père à Buenos Aires. Des centaines d'heures de recherches étaient consignées dans un placard de son bureau au cabinet, des piles de dossiers reconstitués au prix d'attentes interminables dans les bureaux des magistrats, souvent déjà en place durant la dictature : c'est là qu'il les avait débusqués.

Edwards avait eu un doute après l'échange de mallettes dans le bar. Plusieurs témoignages de la commission Valech parlaient d'un tortionnaire aux mains couvertes de verrues qui avait sévi dans différents centres de détention entre 1973 et 1977, une jeune brute particulièrement sanguinaire jamais identifiée. Edwards s'en souvenait car d'autres proches de victimes avaient dressé un portrait-robot similaire d'un agent de la DINA, la police secrète de Pinochet. Il avait épluché les documents qui prenaient la poussière dans le placard du bureau, avant de retrouver sa trace dans les archives du Plan Condor.

Un avocat tenace avait fini par découvrir les papiers relatifs aux opérations du Condor dans une maison abandonnée au Paraguay, archives secrètes aujourd'hui disponibles sur la Toile, soit des centaines de pages avec les noms et les photos des officiers et autres agents chargés du sale boulot.

Extermination d'opposants politiques sans jugements ni procès : le concept avait été mis au point par les militaires français en Algérie avant que Washington ne généralise la méthode en Amérique du Sud. Avec l'aide d'agents de la CIA, Pinochet et ses généraux avaient, sous le nom de Plan Condor, étendu l'opération criminelle et secrète non seulement au Chili mais dans les dictatures voisines – Uruguay, Brésil, Argentine, Paraguay, Bolivie –, puis ils avaient poursuivi la traque dans le monde entier.

Soixante mille morts : une hécatombe intercontinentale, silencieuse. On retrouvait des opposants réfugiés en Europe empoisonnés, suicidés, accidentés de la route ou froidement abattus lors d'attentats jamais revendiqués ou alors par des organisations fantoches. L'ancien ministre proche d'Allende, Orlando Letelier, avait été exécuté avec sa secrétaire en pleine rue à Washington même. Letelier n'était pas la seule icône de la résistance visée par les tueurs de Pinochet : Pablo Neruda, cancéreux, était mort d'une brusque rechute à l'hôpital quelques jours après le coup d'État, Frei, l'ancien président chilien leader de la Démocratie chrétienne, était lui aussi mystérieusement décédé lors d'une banale hospitalisation. Agissant le plus souvent avec la complicité des services secrets locaux, les agents du Condor avaient propagé partout ce terrorisme d'État sans qu'aucun de ses auteurs ne soit jamais inquiété.

C'était le cas de l'attentat de Buenos Aires qui avait coûté la vie au général Prats et à son aide de camp, le père d'Edwards. L'assassinat de l'ancien chef des armées avait été revendiqué par un groupuscule gauchiste inconnu, mais il était clair que l'opération portait le sceau du Condor.

Quarante ans plus tard, Edwards se retrouvait dans son cabinet d'avocats rue Carmen, seul face à ces hommes qui avaient comploté dans l'ombre de Pinochet. Il avait peine à y croire. Il n'y avait pas que Jorge Salvi, l'homme aux verrues : Schober aussi figurait dans les archives électroniques du Plan Condor...

Edwards frotta ses cheveux dans ses paumes moites. L'impression qu'ils partaient par poignées, comme dans les pires cauchemars. Le visage de ces hommes le renvoyait dans l'inframonde, dans le ventre de sa mère pendue par les mains dans ce vestiaire immonde. Son cœur se recroquevilla dans sa poitrine, petite bête souffrante et apeurée, comme s'il redevenait l'enfant supplicié *in utero*. Il s'était résigné à laisser les crimes de la dictature impunis mais chacune de ses cellules en était imprégnée.

Le destin aujourd'hui le rattrapait. Ou plutôt l'empoignait par le col et le plaquait au mur. La raison lui échappait encore mais il y avait forcément une explication, comme à tout phénomène, une relation de cause à effet, une conjonction d'événements retors qui l'acculait aujourd'hui à l'écran de son ordinateur.

Víctor connaissait-il le passé de ces hommes ? Et lui, que devait-il faire : en parler à son beau-père ? Edwards avait déjà remis la mallette au juge. Pire, on l'avait filmé pendant qu'il la recevait des mains de l'ancien tortionnaire. Lui et Schober avaient un moyen de pression sur eux, dorénavant pris au piège. L'indécision le taraudait.

Edwards se versa une rasade de whisky sans voir qu'il était à peine onze heures du matin, but d'un trait en regardant fixement la toile impressionniste au mur de son bureau, cherchant un sens à tout ça. Ce cas de conscience. Un deuxième verre n'apporta pas de réponse. Il s'en servit un troisième. Pour quelqu'un qui ne buvait jamais, l'addition serait corsée. Edwards croyait se donner du courage, il perdait pied. Tout s'effondrait, les piliers de sa vie château de cartes. Víctor Fuentes le considérait comme un fils, il ne pouvait pas le trahir. Et puis il dirait quoi à Vera ? Que la mémoire d'un père inconnu valait plus que l'amour qui les liait tous les trois ?

Son esprit alcoolisé divaguait, dans les cordes, quand la sonnette retentit à l'entrée.

Edwards mit plusieurs secondes avant de réaliser qu'il était seul dans le cabinet. On sonna encore, avec insistance. Un emmerdeur. Ou un client. Le concierge de l'immeuble avait dû dire qu'il était monté un peu plus tôt... L'avocat souffla de dépit, reposa son verre sur le bureau, traversa comme un fantôme le hall moquetté, ouvrit la porte de bois verni et tomba sur une jeune femme.

— Monsieur Roz-Tagle ?

Elle portait une robe bleue à motifs sombres, des ballerines bon marché, quelques bracelets de pacotille. Une Indienne élancée qui faisait des efforts pour sourire. Edwards la dévisagea à peine.

— Non... Non, Esteban n'est pas là, dit-il en se tenant à la porte. Qu'est-ce que vous voulez ?

Gabriela s'accrocha à son sac de vinyle. Toutes ces dorures lui donnaient le tournis et le type en costard qui venait de lui ouvrir ne semblait pas dans son assiette.

— Je m'appelle Gabriela Wenchwn et je le cherche. Vous êtes son associé ?

— Aux dernières nouvelles, oui. Mais Esteban n'est pas là, répéta Edwards.

— Ah. Vous savez quand il revient ?

— Non... Quand ça lui plaira... Je n'en sais rien. Repassez plus tard, conseilla-t-il d'un ton mécanique, ou laissez-lui un message pour qu'il vous rappelle.

Un mètre soixante-dix, un costume bleu nuit sur une chemise ouverte, le regard trouble et le visage ravagé : l'avocat fit un geste pour refermer la porte mais Gabriela n'avait pas fait le chemin depuis Brazil pour qu'on la rembarre.

— Je tombe toujours sur sa messagerie et il ne me

rappelle pas, dit-elle. Vous savez où je peux le trouver ?

L'associé de Roz-Tagle avait les yeux rouges, comme s'il avait pleuré.

— Non, répondit-il. Non… Il est parti il y a trois semaines et je ne sais pas quand il rentre.

— Il ne vous a pas dit comment le joindre ? C'est pour une affaire importante, insista la jeune femme.

Edwards recula pour faire le point. Son haleine puait l'alcool.

— Vous êtes indienne ?

— Non, mapuche, fit Gabriela.

Il acquiesça mollement, le regard tourné vers l'intérieur.

— Je cherche un avocat pour une affaire à La Victoria, poursuivit l'étudiante comme si son interlocuteur était d'humeur à l'écouter. Si votre associé n'est pas joignable, peut-être que vous pouvez m'aider à…

— Je suis fiscaliste, coupa Edwards d'une voix pâteuse. Les affaires pénales ne sont pas de mon ressort. Je vous l'ai dit, on ne sait jamais quand Esteban passe au cabinet. Si vous êtes pressée, je vous conseille de choisir un autre avocat.

— C'est une amie, Camila Araya, qui m'a parlé de votre associé. D'après elle, mon histoire pourrait l'intéresser. Plusieurs adolescents sont morts et leurs parents n'ont personne pour les épauler dans leurs démarches auprès des autorités.

— Ce n'est pas mon problème, mademoiselle. Et j'ai du travail… Excusez-moi mais je ne peux rien pour vous. (Edwards saisit la poignée de laiton.) Au revoir, dit-il avant de lui fermer la porte au nez.

Gabriela essuya le courant d'air sur le palier, circonspecte. Elle n'était pas impressionnée par le luxe des lieux, ce n'était pas une raison pour se montrer désagréable.

Ses ballerines imitation lézard juraient avec le tapis bordeaux qui dévalait le grand escalier; elle repassa par le hall, vit la plaque dorée à l'entrée.

Esteban Roz-Tagle
Avocat à la cour
(spécialiste causes perdues)

Gabriela grimaça – c'était qui ce guignol?

7

Des algues tentaculaires dansaient dans le ressac, bouillon blanc crémeux aux reflets turquoise. Plus loin les vagues rognaient les récifs perdus en mer, où des mouettes au ralenti s'inventaient des planeurs. L'air était vif, les embruns jamais loin des hauteurs qu'Esteban gravissait chaque matin pour survivre à la nuit, un goût de sel perpétuel pour ce qui ne serait jamais qu'une brève accalmie. Il portait en lui leur amour de sauvageons, d'enterrés l'un dans l'autre – ses héros. Il tanguait devant l'océan furieux en songeant à la fin de leur histoire. Témoins du chaos, quelques cactus gris à houppes brunes se terraient derrière les rochers comme des marins naufragés.

Le roman, visible sous toutes ses formes.

De retour au chalet, Esteban renifla la dernière ligne de méthédrine sur le bureau et se remit au travail. Sourd aux fracas des vagues, il se laissa entraîner : Catalina et son Colosse étaient de retour, forces mouvantes sur le papier, guidant sa main.

L'écrivain échappe rarement aux clichés. Si Esteban s'était regardé dans une glace, il aurait croisé un visage ravagé par le manque de sommeil, ses pupilles dilatées ne distinguant plus le jour de la nuit, une chimie de chien ou de fauve aux abois pourvu qu'il y ait la chasse, celle qu'il menait contre les formes d'un bonheur général réservé aux particuliers. Les mots rampaient sous ses doigts : il en voyait mille autres, comme un torrent de larmes brûlantes à l'affût – pudeur, acuité du réel, désespoir. Vingt jours qu'il n'en dormait pas, les Drones, Ghinzu ou Deity Guns fort dans son iPod, enfilant les sentiers de poudre comme autant de féeries maléfiques. Un monde toxique, un peu moins que le nôtre, qu'il vivait en boucle avec cette musique noire pour ciment. Esteban était pris dans la lave, rivé à la chaise du bureau qui donnait sur la plage : l'univers s'agençait lentement, s'articulait, comme par miracle. Portée d'une muse féconde, alchimie baroque, les mots tombaient par grappes du Colosse, il suffisait de se baisser pour les ramasser. Les yeux lui piquaient, il s'en fichait, le livre se terminait, ça sentait l'écurie céleste, la terre retournée. L'âme des morts flottait quelque part entre brumes et plume, à mi-chemin de rien du tout où il se sentait libre. Libéré.

De ce flot impétueux, Esteban ne garda que l'écume. Quand tout fut achevé ou presque, les derniers vers aspergés de pétrole, il referma le Moleskine ouvert trois semaines plus tôt, sans y mettre le feu.

Il manquait le dernier chant de Catalina pour son Colosse. Esteban n'était pas pressé d'en finir. Quelque chose arriverait bientôt, quelque événement imprévu qui clôturerait le bal des morts qui le hantaient... Esteban repoussa la chaise du bureau avec un léger vertige et traîna son fantôme las jusqu'à la chambre du chalet loué pour l'occasion.

L'atmosphère y était enfin paisible, avec ses murs peints en bleu, ses coussins brodés sur le lit et la fenêtre qui donnait sur la baie déserte. Il s'allongea comme une épave entre les roches d'un grand fond et s'endormit, massif, avant que les bulles ne remontent à la surface.

Non, ses héros ne mourraient pas… Pas encore.

*

Esteban Roz-Tagle avait grandi à Las Condes, la banlieue huppée de Santiago, choyé par l'ineffable Teresa, bonne et nounou historique de la maison, qui lui avait donné toute l'affection qui pouvait manquer à un fils de bonne famille. L'aîné de la fratrie avait vécu une enfance heureuse dans un monde où les choses s'acquéraient facilement, entouré de ses frères et sœurs. Le jeune aristocrate avait traîné de club-houses en terrains de polo où il s'était frotté aux jeunes gens de sa classe, aiguisant un appétit de conquêtes et de popularité propre à sa lignée, sur les terrains de sport mais aussi dans les fêtes privées où son allure racée tournait les têtes de princesses caquetant à l'idée de se laisser déplumer.

Esteban perfectionna son jab sur les rings amateurs, noua des liens avec la future élite d'un lycée où son père et son grand-père avaient fait leurs classes avant lui, fréquenta assidûment la gente féminine avec un succès qui flattait l'ego fragile de sa mère actrice, avant de rejoindre l'inévitable Católica, l'Université catholique de Santiago. Là encore, Esteban fit preuve d'une conduite parfaite, réussissant tout avec brio ; en récompense, on l'envoya étudier le droit à Berkeley, États-Unis, trois années californiennes dont il était revenu bronzé, bilingue, bardé de diplômes.

L'avenir lui tendait les bras. Il était l'héritier légitime d'une famille multimillionnaire, on avait vu plus d'un homme politique commencer sa carrière comme avocat et Adriano avait une ambition démesurée pour son fils aîné. Fort d'un pactole célébrant son entrée dans la vie active – une coutume chez les Roz-Tagle –, Esteban s'était associé à son ami Edwards, avec lequel il avait monté un cabinet d'avocats rue Carmen, dans le centre historique de la capitale. Le premier était pénaliste, le second fiscaliste, Adriano Roz-Tagle et Víctor Fuentes étaient des amis proches, puissants, tout semblait clair, tracé, organisé... Que s'était-il passé ?

Esteban avait quarante ans et déjà une solide réputation d'hurluberlu dans le petit milieu de la justice. C'était ce que pensaient son père Adriano, sa mère, leurs amis, le reste de la famille, les personnes qui fréquentaient les prétoires. Plutôt que de « faire de l'argent » comme tout le monde, Esteban s'était mis à le jeter par les fenêtres – celui de ses parents en l'occurrence. Il perdait son temps à nocer tandis que son associé trimait au bureau, achetait des petits bolides importés où les maîtresses grimpaient selon l'humeur, un sale gosse qui crachait dans la soupe tout en profitant sans scrupules des largesses de cette poire d'Edwards, et content de lui encore. Sabotage, provocation, autodestruction, l'ex-futur brillant avocat de Santiago prenait les affaires du tout-venant avec une nette préférence pour les minables : on l'avait ainsi vu plaider au tribunal contre les nouveaux boîtiers électriques des *poblaciones*, soutenir une coopérative de pêcheurs contre la nouvelle loi concernant les quotas d'exploitation des eaux territoriales, des affaires qui souvent ne rapportaient rien, attaquant à tort et à travers avec une éloquence devenue légendaire – même les huissiers se pressaient pour entendre ses plaidoiries loufoques, dont l'humour décalé frisait l'insolence. Esteban obtenait parfois des résultats – remises de peine, raccordement au tout-à-l'égout, relogement. Un travail foutrement déprimant que l'intéressé prenait avec une bonne humeur suspecte.

Le temps n'avait pas arrangé les choses : Esteban ne passait plus au cabinet qu'en coup de vent, laissait la poussière s'accumuler sur son bureau, multipliait les conquêtes sans qu'aucune curieusement ne s'en plaignît, était de tous les clubs underground de la capitale où le pisco-champagne coulait à flots, une vie de draps défaits.

Son père avait tenté de le raisonner, en pure perte évidemment. À croire qu'il le faisait exprès. Pourquoi ? Pour ridiculiser leur nom ? Sa famille ? Pauvre pitre, éructait Adriano, il y a longtemps que plus personne n'attendait rien de lui !

Esteban les laissait dire. Selon toute logique, il n'avait pas beaucoup de temps à vivre, à moins d'un miracle qui soulagerait sa conscience. Autant croire à la paix dans le monde, au partage des richesses, toutes ces foutaises…

Il était onze heures du matin au cadran de l'Aston Martin. La Panaméricaine filait sous le capot, boa de bitume longeant les Andes. Le vent attisait les braises de sa cigarette dans la décapotable. Fini les vacances à la mer, la défonce, les histoires de Colosse, Esteban roulait, les yeux gonflés derrière ses lunettes, sondant le bleu du ciel sur la Cordillère. Quelques neiges éternelles bravaient l'inéluctable, réchauffant leur peau blanche au soleil austral.

Le retour à la réalité était toujours difficile, le sentiment plutôt neutre. Esteban avait dormi deux jours d'affilée, à peine réveillé par la soif postchimique qui le voyait tituber du lit au robinet de la cuisine, et retomber dans le coma dépressif consubstantiel à la prise répétée de méthédrine. Quand il s'était senti mieux, il avait roulé jusqu'au restaurant de Quintay, un bord de mer où les pélicans attendaient le retour des pêcheurs, et mangé pour trois – lui, Catalina et le Colosse. Ses héros. Il les sentait encore couler, sang d'encre dans ses veines.

Il pensait toujours au texte qui manquait à *L'Infini cassé*, l'épitaphe de Catalina. Esteban l'avait laissé en suspens, comme ces peintres japonais qui, méditant devant leur toile pendant des jours, achèvent soudain leur œuvre d'un seul et unique coup de pinceau... Soleil de plomb et vent debout dans l'habitable. L'esprit vaporeux, Esteban s'inventait des mirages sur l'asphalte chauffé à blanc.

Cent cinquante kilomètres-heure : le bitume défilait au rythme des cigarettes ventilées. Sans nouvelles du monde extérieur depuis près d'un mois, l'avocat n'était pas pressé de le réintégrer. Des rangées d'oliviers rectilignes se tenaient au garde-à-vous dans les collines, nargués par les cactus anarchiques du bord de route. Il traversait les vallées fertiles du centre, les serres et les taudis où les ouvriers agricoles s'entassaient, sans rien reconnaître. Le monde avait-il tant changé en un mois ? L'Aston Martin ralentit à l'approche d'une zone de travaux, enfer de camions à benne et de goudron chaud répandu sur la piste – tout le pays semblait en travaux.

Enfin la Panaméricaine fit place à une banlieue grise qu'Esteban ignora, encore imprégné de sa virée littéraire hors du temps. L'arrivée sur l'avenue Providencia le ramena vite sur terre. Circulation incessante, bus ou camions crachant leur fumée noire, la brume de pollution était si dense dans la cuvette de Santiago que les Andes toutes proches demeuraient invisibles : une purée de pois où le ciel était gris même en plein soleil.

Esteban prit son mal en patience. Les voitures rugissaient sur l'artère qui saignait la ville, se répandaient dans les rues sans y croiser aucun cinéma ni théâtre. Santiago n'avait presque rien gardé des vieux bâtiments qui marquent l'histoire d'une ville, les urbanistes de Pinochet s'étaient empressés de raser les lieux trop « typés » pour ériger des buildings austères, administratifs. L'avocat s'extirpa du trafic à hauteur de Lastarria et gara la voiture un peu plus loin dans la rue, près du bar qui lui servait de QG.

L'atmosphère était plus calme près de Bellas Artes ; les terrasses échappaient aux poisons des voitures, il y avait même une petite place piétonne avec des restaurants, quelques moineaux pour oublier les murs fades. Esteban marcha pieds nus jusqu'à l'immeuble numéro 43, son sac de voyage à l'épaule, encore incognito derrière ses lunettes noires.

L'appartement avait l'avantage de couvrir le dernier étage et de se situer à dix minutes du cabinet d'avocats. Mobilier moderne d'un blanc aseptisé, lumière du jour omniprésente, terrasse en bois exotique, Esteban vivait seul dans le loft de Lastarria, ce qui à quarante ans constituait ici une anomalie. Mais qu'avait-il à partager? Ses délires schizophrènes, son dilettantisme affectif, ses affaires de caniveau? Esteban était trop lucide pour croire en lui-même, et pas assez ravagé pour entraîner quelqu'un dans sa chute.

Clos pendant près d'un mois, l'appartement aussi avait besoin d'un grand coup de frais; Esteban leva les volets électriques, ouvrit les baies vitrées pour laisser couler la brise du dehors et fit quelques pas sur la terrasse, chat reprenant ses marques. On apercevait la façade de la Católica de l'autre côté de l'avenue, le Jésus géant aux bras ouverts sculpté au sommet, ses murs noircis par les moteurs. Ses années d'études passées là-bas lui semblaient une autre galaxie.

Midi. Ses affaires de vacances jetées dans la machine, il descendit l'escalier de marbre qui menait chez la concierge pour récupérer Mosquito, le perroquet.

Patricia, la concierge, était une grosse femme toujours enjouée.

— Alors ces vacances, s'enquit-elle, c'était comment?!

— Plein de morts, répondit Esteban.

— Ho ho! s'esclaffa-t-elle, rodée aux facéties de l'avocat. C'est vrai que tu n'as pas très bonne mine pour un vacancier!

— Je bronze de l'intérieur, comme les Noirs, dit-il, ça se verra bien un jour.

— Comme les Noirs, ho ho!

Un gilet informe tombait sur son corps de bouddha. Esteban remercia la brave femme de s'être occupée de l'affreux bestiau, rejoignit son antre et consigna l'oiseau sur la terrasse.

Mosquito faisait la gueule, ses petites griffes nerveuses rivées au perchoir de la cage. Une ex lui avait laissé son perroquet en le quittant avec perte et fracas. Esteban l'avait gardé, comme on garde un vieux bibelot de famille. Il se concentra sur l'atmosphère qui régnait dans le loft et les objets, peu à peu, retrouvèrent leurs vertus familières. Une descente en douceur, cotonneuse. Il faisait chaud, presque étouffant malgré la brise du cinquième étage. Esteban prit une douche, s'habilla d'un costume noir – il en avait une ribambelle –, bouda les restes périmés du frigo et, désœuvré, fuma une cigarette en observant la Torre Mirador du parc voisin…

À l'instar de Joaquín Bello, l'écrivain dandy qui avait abandonné ses titres et son rang pour défendre la cause du peuple, pourquoi n'était-il pas devenu tout simplement auteur, quitte à perdre son héritage au casino et reprendre sa vie de zéro? Une fois son roman achevé, devait-il chercher à le faire publier en laissant tout tomber, le cabinet, Edwards, cette ville avariée où il pourrissait sur pied, se foutre en l'air une bonne fois pour toutes? Mais publier, à quoi bon : la moitié des maisons d'édition du pays appartenait à son père, l'autre à ses amis, toutes plus portées sur les récits people et le développement personnel que sur les élucubrations politico-métaphysiques d'un Colosse et de sa belle arrachés au néant structurel chilien.

Au fond, il se sentait lâche. Ou le courage lui manquait. L'envie. Il affûtait chaque jour un dégoût de lui-même un peu plus profond sans affronter ses monstres endormis, inoffensifs tant qu'il les couchait sur papier... L'étaient-ils vraiment? Et lui, qu'attendait-il au juste? Esteban se posait des questions existentielles et ce n'était pas très bon signe. Il n'avait jamais parlé à personne de ses écrits, de ce qu'il en ferait, pas même à Edwards.

Mosquito poussa un cri de détresse sur la terrasse, qui lui vrilla les tympans; langue violette, bec croquant les barreaux, le perroquet se dandinait sur son perchoir dans une mauvaise valse, sans cesser de brailler. Une fois, Esteban avait essayé de le libérer mais l'animal avait refusé de sortir de sa cage – quel débile...

Tout ça ne répondait pas à l'énigme que constituait sa vie. À force de brouiller les cartes, l'envie de jouer s'étiolait.

Esteban enfila sa veste noire, prit ses clés et les paquets de cigarettes qui traînaient sur le bar. Il fallait qu'il parle à quelqu'un et jusqu'à nouvel ordre Edwards était son seul ami.

*

Ils s'étaient rencontrés à la Católica. Jouant d'une grâce innée et du regard magnétique de sa mère actrice, l'aîné des Roz-Tagle se montrait brillant, fantasque, généreux jusqu'à l'absurde, égocentrique et, contrairement à Edwards, peu impliqué dans les Droits de l'Homme.

— Je préfère le droit des femmes, prétendait-il.

Esteban lui avait présenté sa petite amie, Vera

Fuentes, la fille d'un des juges les plus influents de Santiago. Esteban sortait avec elle à l'insu de leurs parents, lesquels n'auraient guère apprécié une liaison sans mariage. Vera était une petite brune piquante qui entrait en première année à la Católica : Edwards, à sa plus grande honte, en était tombé spontanément amoureux. Il aimait la détermination de ses propos, ses jambes fines, sa peau, le monde quand elle riait... Il détestait l'idée de la voler à son meilleur ami mais son regard rêveur en présence de Vera n'avait pas échappé à Esteban.

— Elle te plaît, hein ? lui avait-il lancé alors qu'ils sortaient de l'université. Eh bien, prends-la.
— Quoi ?
— Tu es amoureux de Vera, non ?
— ...
— Te fatigue pas, ça se voit comme le nez au milieu de la figure.
— Bah...
— Prends-la, je te dis. De toute façon personne n'appartient à personne, encore moins à moi... Et puis je suis sûr qu'elle t'aime en secret : elle me l'a dit.

Trop troublé pour savoir jusqu'où son ami plaisantait, Edwards n'avait su que balbutier.

— Tu ne seras pas jaloux ? Je veux dire, si jamais elle m'aime...
— Bah ! (Esteban avait haussé les épaules.) Pas si elle continue de coucher avec moi de temps en temps...

Edwards sidéré, Esteban dut lui taper sur l'omoplate en riant pour le rassurer. Esteban n'avait rien dit des sentiments qu'il éprouvait pour Vera, juste qu'il partait pour trois ans en Amérique. Sans la famille de Vera Fuentes, Edwards ne serait sans doute qu'un obscur collaborateur griffonnant des calculs pour le compte d'associés rapaces : Esteban le savait, ce qui n'était pas la moindre de ses élégances.

Edwards lui passait tout, comme à un petit frère turbulent, certain qu'il taisait des maux plus obscurs...

Une heure de l'après-midi sonnait à l'église de la rue Carmen quand l'aîné des Roz-Tagle fit irruption dans l'agence : alerté par le bruit de la clé dans la serrure, Edwards eut le temps de cacher la bouteille de whisky sous la table.

Esteban fit un bref panoramique sur l'accueil en open space ; Marta, la secrétaire, devait être toujours en vacances, son bureau parfaitement rangé attendait son retour, cerné de plantes grasses. Il foula la moquette, dépassa la photo de Mandela souriant dans son cadre de verre et aperçut Edwards par la porte entrouverte de son bureau.

— Salut ! dit-il en entrant.

Son sourire s'effaça.

— Qu'est-ce qui se passe ?

Edwards avait une mine épouvantable. Les yeux creusés, le regard fuyant, il semblait sortir de terre malgré son costume Hugo Boss et sa chemise blanche ouverte.

— Tu as vu ta tête ? relança Esteban.

— Bah...

— C'est quoi, le problème ?

— Oh ! rien, je suis juste un peu crevé...

— En rentrant de vacances ?

— Ça fait une semaine déjà, corrigea son ami comme une excuse.

Edwards n'avait jamais été très bon pour mentir – tout juste s'il ne louchait pas.

— Je ne me pose pas comme modèle de vie saine, nota Esteban, mais c'est quoi, ça ?

Un verre vide reposait près de l'ordinateur, qui empestait le whisky.

— Tu vois, plaisanta l'autre en guise de réponse, quand tu n'es pas là le cabinet part en vrille !

Mais l'ironie du fiscaliste tombait à plat. Il y avait une sorte de détresse dans ses yeux bruns, rougis, vitreux.

— Qu'est-ce qui t'arrive ? s'inquiéta Esteban.
— Pourquoi tu dis ça ?
— Tu ne bois jamais. Alors ?

Ils se connaissaient trop bien. Sous tension, Edwards lâcha du lest – après tout, une demi-vérité valait mieux qu'un mensonge.

— C'est… C'est Vera, dit-il dans un soupir. Elle a quelqu'un.
— Vera ?
— C'est récent.

Esteban compatit : Edwards était fou d'elle, depuis toujours.

— Comment tu l'as su ?
— Par la bande, bredouilla Edwards.

Il rougit imperceptiblement – il allait dire quoi, qu'il reluquait les fonds de culotte de sa femme, masochiste, minable, cocu ?

— On a pu te raconter des bourres, tenta de relativiser Esteban, des jaloux, des vipères. Ça court les rues.

— Non, c'est moi qui l'ai découvert, par hasard...

Esteban alluma une cigarette devant son récit contradictoire. Malgré les années, le visage d'Edwards était resté poupin, le regard sans malice.

— Je croyais que ça marchait entre vous...

— Moi aussi.

— Il s'est passé quelque chose ?

— Non... Enfin je ne sais pas... Vera va bientôt avoir quarante ans : peut-être qu'elle a peur de vieillir, de ne plus plaire... Ce qui pour moi est absurde.

Ils passaient pour un couple modèle. La nouvelle ébranlait Esteban, qui ne s'attendait pas à ça.

— L'amant de Vera, tu le connais ?

Son ami secoua la tête.

— Tu lui en as parlé ?

— Non plus.

— Tu devrais. Vera t'aime. Même si elle voit quelqu'un d'autre, ce n'est qu'une passade. Parle-lui.

— Peut-être... Tu as raison... Excuse-moi de t'emmerder avec mes histoires.

— Tu n'emmerdes personne... Mais ce n'est pas en picolant dans ton coin que tu vas la séduire, ajouta-t-il.

— Oui...

Edwards souffla pour évacuer le surplus de stress, prit un air bonhomme.

— Bon, et toi, relança-t-il pour changer de sujet, ces vacances ?

— J'ai vu des étoiles de mer.

— C'est tout ?

— Je n'avais pas d'épuisette, autrement je t'en aurais rapporté.

— Tss ! Tu étais où ?

— Sur la côte, dit Esteban, évasif.

Son associé ne releva pas. Les « vacances à la mer » d'Esteban restaient un mystère, et s'il y avait quelqu'un qu'il voyait mal en sandales, c'était bien lui.

— Tu as eu mon message ? demanda Edwards.

— Non. Quel message ?

— Tes parents donnent une garden-party pour la nomination de Víctor à la Cour suprême, déclara-t-il en faisant un demi-tour sur son siège pivotant. Ce soir... Je voulais te tenir informé, au cas où.

Esteban soupira d'un air entendu. Il était venu pour parler de son avenir sur terre mais ce n'était visiblement pas le bon jour.

— Au fait, il y a une fille qui cherche à te joindre pour une affaire, reprit son associé. Elle est passée ce matin à l'agence. Ça avait l'air urgent... Gabriela-quelque-chose : tu connais ?

Esteban fit une moue peu inspirée.

— Tu as tort : c'est pour une affaire en banlieue sud et la fille en question a l'air complètement fauchée.

Edwards se détendait après ses aveux mais son regard tourmenté ne plaidait pas en sa faveur. Esteban écrasa sa cigarette dans le fond de whisky. Son associé ne lui avait pas tout dit mais il avait assez à faire avec lui-même...

Il faisait une chaleur moite dans le bureau au fond du couloir. Une nouvelle couche de poussière tapissait les dossiers plus ou moins en attente accumulés sur la table, les étagères... Esteban remonta les stores qui donnaient sur l'ancienne *peña* de la rue Carmen, récupéra son téléphone laissé dans le coffre un mois plus tôt, avec les dollars en liquide et son passeport.

Il y avait onze messages sur le répondeur, qu'il laissa dérouler : un client à qui il manquait un document quelconque, une invitation à une soirée passée depuis dix jours, des nouvelles de gens qu'il n'avait pas tellement envie de voir, un vendeur de voitures anciennes, un autre de cuisines high-tech, le caviste du coin qui avait reçu sa commande de pisco, une demande pour un divorce, Gabriela-quelque-chose, une amie de Camila Araya, qui voulait le voir pour une affaire urgente, Edwards qui lui rappelait la garden-party pour la nomination du juge à la Cour suprême mercredi 3, c'est-à-dire le soir même, le greffe du tribunal d'instance, enfin un second message de la dénommée Gabriela, qui datait du matin.

« C'est de nouveau Gabriela Wenchwn, l'amie de Camila Araya. Vous seriez bien inspiré de me rappeler, au pire me conseiller quelqu'un qui maîtrise le téléphone. Il s'agit d'une cause perdue, il paraît que vous êtes spécialiste... Contactez-moi à ce numéro, s'il vous plaît : dare-dare, ce serait mieux... »

Sa voix était légèrement éraillée, un rien sardonique. Esteban alluma une cigarette, ouvrit la fenêtre en grand pour chasser les semaines de confinement, se demanda ce qu'il fichait là, dans son bureau, alors qu'il avait un livre à finir et le reste de sa vie à épandre dans les champs du possible. Ses pensées se désarticulaient. Même de simples actes comme aller chercher sa commande de pisco chez le caviste lui tiraient des soupirs d'ennui... De guerre lasse, il rappela la fille.

La discussion fut brève : un adolescent décédé à

La Victoria, les carabiniers aux abonnés absents, le père de la victime dépassé par les événements...

— Le plus simple serait de se voir, abrégea Gabriela.

— Oui.

— Quand ?

Il était une heure et demie.

— Aujourd'hui vous êtes libre ? demanda Esteban.

— De toutes mes forces.

— OK. Détendez-vous et retrouvez-moi au Clinic : c'est aussi un bar de Bellas Artes, rue Monjitas. Il y a un ginkgo dans la cour intérieure, un arbre japonais : retrouvons-nous dessous... Dans une heure, ça vous va ?

— Vous y serez ?

— Bien sûr, pourquoi vous dites ça ?

— Je suis passée à votre cabinet ce matin : votre associé n'avait aucune nouvelle de vous, ni la moindre idée du jour où vous reviendriez travailler.

— C'est vrai que je viens rarement au bureau, concéda Esteban, mais quand je suis là, je fais des étincelles.

— Il faut tomber le bon jour, quoi, ironisa la fille au téléphone.

— Tout juste.

— OK. Dans ce cas, à tout à l'heure...

Un clic et puis plus rien.

Le destin.

8

Monjitas 578 : l'hebdomadaire satirique *The Clinic* avait ses bureaux dans le bar-restaurant éponyme de Bellas Artes.

Des affiches et des caricatures étaient placardées dans le long couloir de l'entrée ; Pinochet y était recherché avec une récompense de huit millions de dollars (la somme détournée par le dictateur), Piñera, Bachelet et les différents présidents issus de la Concertation s'y voyaient brocardés sur tous les tons, souriant comme des vendeurs de moquette à Berlusconi, Bush, Poutine, photomontages ou détournements irrévérencieux qui accompagnèrent Gabriela jusqu'à la cour intérieure.

Un échafaudage de bambous supportait des voiles de bateau qui ombrageaient le patio où, de fait, régnait un ginkgo aux feuilles jaunes éclatantes. Des tables aux mosaïques colorées étaient éparpillées sous ses branches. Gabriela trouva une place à l'une d'elles et, constatant que personne ne l'attendait, commanda un maté à la serveuse aux seins rebondis sous son tee-shirt. L'ambiance était détendue, les discussions enjouées ou sardoniques. On y parlait des derniers scandales politiques, de vins fins et d'amourettes, sans trop d'exigence quant à la qualité des plats servis. L'étudiante observa la fontaine romaine, avec ses lions rugissants et sa statue de Marie décapitée où brûlait une bougie, les ex-voto mexicains qui honoraient on ne sait quels morts, fourbi provocateur et plutôt sympathique...

— Gabriela ?

Échappant au feuillage du ginkgo, un rayon de soleil se ficha dans sa rétine : Gabriela fit un mouvement d'esquive solaire et le spectre devint chair, un homme dont le regard sombre étincelait.

— Esteban Roz-Tagle, se présenta-t-il. Désolé pour le retard, mon caviste m'est tombé dessus dans la rue...

Des yeux bleu pétrole qui raviveraient la nuit en plein jour. L'apparition lui fit un choc mais Gabriela ne resta pas longtemps subjuguée : l'avocat portait un élégant costume noir, une chemise blanche, mais pas de chaussures.

— Je ne vous ai jamais vue ici, dit-il en s'asseyant.

— Non, c'est la première fois que j'y mets les pieds. Mais Camila m'en a parlé.

La jolie serveuse s'arrêta à leur table.

— Salut, qu'est-ce que tu veux ? s'enquit-elle.

— Pisco *sour*... Deux ?

— Merci, répondit Gabriela en désignant le maté sur la table, je vais finir mon eau chaude.

— Mets-m'en deux quand même, dit-il à la fille. Avec un *ceviche*. Un mix de ce que tu as, ça ira.

La serveuse repartit avec son plateau, dribblant les touristes paresseux attirés par le patio, sans un regard pour les pieds nus de l'avocat.

— Je n'ai rien avalé de la journée, s'excusa-t-il.

— Je croyais que vous vous réveilliez au gin tonic, insinua Gabriela.

— C'est Camila qui vous a dit ça ?

— Oui.

— Eh bien, cette chère petite vous a raconté des blagues : je ne bois que du pisco *sour*. Avec un peu de poisson mariné, vous avez le secret de ma forme.

Gabriela le jaugea sommairement. Ses cheveux bruns étaient désordonnés, le reste n'avait pas l'air très réveillé non plus.

— Alors, reprit-il, vous vouliez me voir ?

— Oui… Comme je le disais au téléphone, le fils d'un ami a été retrouvé mort dans le quartier de La Victoria. Enrique, un jeune de quatorze ans… Vous savez qu'il y a eu une émeute là-bas dimanche dernier ?

— J'étais en vacances à la mer, se dédouana l'avocat, coupé du monde comme sur une île déserte. Expliquez-moi.

— Les carabiniers ont failli se faire lyncher, dit Gabriela. La population est à cran ; trois autres jeunes ont subi le même sort en l'espace d'une semaine et personne n'en parle. Il y a à peine deux lignes dans la presse, les carabiniers font la sieste, mais Camila m'a dit que vous connaissiez tout le monde.

— Des rabat-joie pour la plupart, ou qui se prennent au sérieux, ce qui revient à la même chose, dit-il. Vous ne perdez rien, je vous assure.

— Il s'agit d'une affaire sérieuse, recadra Gabriela.

— Je suis sérieux.

La jeune femme portait une robe bleue à motifs,

87

une paire de ballerines assorties en plastique imitation lézard et un collier d'argent mapuche sur un décolleté que son cardigan noir peinait à cacher.

— Excusez-moi, mademoiselle, mais vous faites quoi dans la vie ?

— Je suis étudiante en cinéma. Enfin, j'essaie de poursuivre mes études en faisant des petits boulots... Le reste du temps je suis vidéaste.

— Vous faites des films ?

— Je fais aussi des reportages pour Señal 3, la télé communautaire de La Victoria. Enrique est le fils du rédacteur, Cristián.

— Ah oui ?

Ses études semblaient plus intéresser l'avocat que les histoires de banlieue.

— J'étais présente lors de l'échauffourée avec la police quand ils ont découvert le corps d'Enrique dans un terrain vague, reprit Gabriela. La situation est explosive là-bas, comme je vous l'ai dit, les trafics se multiplient et les gens en ont assez de voir leurs enfants mourir. Il nous faut un avocat pour leur rendre justice, quelqu'un sur qui les familles des victimes puissent compter, pas un dilettante.

— Je peux être vilain comme tout si je veux.

— Tenace suffira.

Les pisco *sour* et le plat de poisson cru mariné arrivèrent.

— Enrique est le quatrième jeune qu'on retrouve mort en l'espace d'une semaine, répéta l'étudiante. Les gens de La Victoria n'ont pas confiance dans la police mais, mes amis et moi, on se disait qu'avec l'aide d'un avocat on pourrait fédérer les familles pour se porter partie civile et forcer les carabiniers à mener une vraie enquête.

Esteban avala une lamelle de congre à la coriandre.

— Ils sont morts de quoi, vos jeunes?

— Je ne sais pas pour les autres, mais il est possible qu'Enrique ait fait une overdose.

L'avocat grimaça au-dessus de son assiette.

— J'imagine qu'il ne jouait pas dans un groupe grunge en tournée mondiale : quatorze ans, c'est un peu jeune pour faire une overdose, non? D'où vous sortez ça?

— J'ai filmé le cadavre, répondit Gabriela d'une voix neutre. Il y a des traces suspectes sous ses narines, comme de la poudre...

Esteban oublia son *ceviche*.

— Vous avez *filmé* le cadavre?

— Je filme tout, dit-elle en désignant le sac de vinyle noir et blanc posé sur la chaise.

— Montrez-moi.

— Ça risque de vous couper l'appétit.

— Je prends le risque.

Il acheva le premier cocktail tandis qu'elle sortait son smartphone, déplaça sa chaise pour visionner la scène et se cala près d'elle.

— J'ai transféré les images, pour vous donner une idée...

L'image était réduite, plus ou moins nette selon les déplacements : la confusion régnait sur le terrain vague où carabiniers et habitants du quartier se faisaient face, vindicatifs. Esteban se pencha sur l'écran. On apercevait le cadavre aux pieds des policiers, la foule en colère, puis le camion blindé qui débarquait sous les jets de pierres, enfin un plan fixe de l'adolescent à terre, les yeux encore ouverts. Gabriela stoppa l'image, zooma sur son visage : une trace blanchâtre apparaissait sous le nez du gamin, comme de la poudre séchée...

— Vous en pensez quoi ? demanda-t-elle bientôt.

Esteban remarqua que les motifs sombres de sa robe n'étaient pas des pois mais des petites fleurs.

— Vous feriez mieux de filmer des moineaux qui sautillent dans une flaque après l'orage, ça vous éviterait des tas d'emmerdes. Mais vous avez raison : votre affaire me semble bel et bien perdue d'avance.

La nouvelle semblait le revigorer.

— Enrique avait des antécédents ? Drogue, délinquance ?

— Non. Non, au contraire.

— Comment pouvez-vous en être sûre ?

— Son père a toujours veillé sur lui, répondit Gabriela.

— Les lionnes aussi veillent sur leurs lionceaux, ça n'empêche pas les lions de les bouffer. Je veux dire qu'il y a toujours un prédateur dans la chaîne. Et les ados sont des proies faciles.

— Sans doute, concéda-t-elle. Mais si Enrique prenait de la drogue, c'était récent. On a dû lui mentir, ou c'était la première fois qu'il en prenait. Enfin, il s'est forcément passé quelque chose.

Il hocha la tête, pensif.

— Son père est au courant de votre démarche ?

— Oui. Mais Cristián a perdu le goût de tout, même de réclamer justice pour son fils.

— Hum, pas besoin d'avoir d'enfant pour comprendre ça.

Il entama son deuxième cocktail sous l'œil dubitatif de Gabriela. Difficile de se faire une opinion sur ce type. Il la regardait à peine, comme si elle était transparente, ou une trop vieille connaissance.

— Vous êtes d'accord pour nous aider ? demanda-t-elle tandis qu'il piochait dans son plat.

— Bien sûr.

Cela semblait un peu trop évident. Gabriela se méfiait toujours.

— Il y a une chose dont nous n'avons pas parlé, dit-elle bientôt, vos tarifs.

— Ça dépend, dit-il en relevant la tête de son assiette, vous avez de l'argent ?

— Vous savez ce qu'on dit ici, «Quand on fait des études, on a plus de chances d'avoir des dettes qu'un diplôme»... Mais j'ai déjà réfléchi au problème, ajouta l'étudiante. En vendant des brioches à la sortie de l'église, on devrait pouvoir rassembler assez d'argent pour payer vos honoraires.

Vendre des brioches... Ces mots lui fendaient le cœur.

— Laissez tomber, dit-il.

— Quoi ?

— L'argent. N'en parlons plus, voulez-vous ? Ce n'est vraiment pas important. Surtout en ce moment.

Gabriela ne voyait pas où il voulait en venir.

— Vous êtes sûr ?

— Aussi sûr que je me fiche du sort de vos jeunes drogués.

De fait, il mangeait avec un bel appétit.

— Dans ce cas, pourquoi nous aider ?

— Je vous l'ai dit, votre affaire est une cause perdue : c'est ma spécialité, je vous rappelle.

Un pince-sans-rire. Ou un cynique. Le feuillage

jaune du ginkgo qui les abritait tamisait le soleil. *Reflets dans un œil d'or*, songea Gabriela, Marlon Brando aussi cachait son jeu...

— Je peux vous poser une question? dit-elle tandis qu'il finissait le *ceviche*.

— Allez-y.

— Pourquoi vous n'avez pas de chaussures?

— Ah... J'habite à deux pas, répondit Esteban en se tournant vers la rue, et comme je les perds tout le temps...

Gabriela le regarda, un instant interloquée, mais Esteban se leva et jeta sur la table les billets qui traînaient dans sa poche.

— Venez, dit-il en achevant d'un trait son pisco.

— Où ça?

— Eh bien, à La Victoria. C'est là qu'ils sont morts, non?

Prise de court, Gabriela arrangea ses cheveux dans un nœud savant, saisit son sac à main sur la chaise et suivit l'avocat vers le couloir qui menait à la sortie.

— Dites, ça vous dérange si je vous appelle Gab? lui lança-t-il.

— Pourquoi, vous n'aimez pas Gabriela?

— Si, beaucoup, mais Gab, c'est comme si j'en gardais un petit bout pour moi...

C'était joli dans sa bouche.

— Tant que tu ne m'appelles pas Catalina, répondit-elle sur le même ton familier.

Gabriela ne vit pas son visage pâlir dans la pénombre du couloir. Une Aston Martin bleu vintage attendait sous le soleil, tous chromes dehors.

9

L'hiver 1957 avait été si froid que trois mille familles sans ressources avaient investi le terrain à l'abandon dans le sud-ouest de Santiago ; briques, bois, amiante, tôles, cartons, boîtes de conserve aplaties, rebuts de construction, chacun s'était empressé de construire un abri avec ce qui lui tombait sous la main. Légalement ou non n'était pas la question : ces gens-là n'avaient rien.

Ils avaient essayé de s'organiser, parfois de s'entraider, plus souvent de survivre aux maladies qui tuaient dix enfants par mois. Ou vingt. On les enterrait avec les chiens, compagnons de crève-la-faim, loin des ordures qui jonchaient les ruelles de terre battue. Les femmes de la *población* s'en allaient vers les contreforts des Andes ramasser le bois qui chaufferait l'unique plat de la journée, trente kilomètres à pied, tous les jours, les hommes qui n'étaient pas alcooliques ou en prison vendaient du maïs à la sauvette dans les marchés du centre, les gamins se démerdaient. Une population analphabète, livrée à elle-même, qui ne figurait sur aucun état civil mais créerait la première *toma*[1] de l'histoire du pays.

Les forces de police avaient bien tenté de déloger les squatteurs mais il aurait fallu les tuer sur place. Vivre était déjà une victoire; «La Victoria», une verrue urbaine dans une vallée encaissée où les Espagnols avaient posé leurs armes quatre siècles plus tôt.

La révolution sans morts d'Allende allait tout changer : pour la première fois de leur vie, les gens purent participer aux syndicats, aux associations de quartier, aux centres sociaux ou d'entraide qui voyaient le jour un peu partout dans le pays. On aménagea même une petite place au cœur de la *población*, avec des arbres et une ébauche de jardin public où les gens se retrouvaient. Des commissions de surveillance, de subsistance ou d'hygiène florissaient, soutenant l'action du Parti populaire. Cette brève éclaircie ne dura pas : le putsch entériné, les militaires rasèrent l'esplanade au bulldozer sitôt levé le couvre-feu, recouvrirent le sol de ciment et déroulèrent des barbelés, transformant la première place publique de La Victoria en camp de concentration.

On y enfermait les hommes de plus de dix ans pendant les perquisitions, ceux qui l'ouvraient étaient battus, ou tués. La Victoria était la *población* la plus pauvre de Santiago, celle où la répression s'était acharnée. Pour mater les révoltes, on l'avait plongée tête la première dans la misère, appliquant la technique du sous-marin des tortionnaires à une population entière. Une asphyxie. Quand la détresse mena-

---

1. Prise de possession.

çait d'exploser en émeutes, les carabiniers jetaient des grenades lacrymogènes par les fenêtres des bicoques, tiraient sur tout ce qui bougeait, les hommes, les femmes, les chiens. Soixante-quinze morts, un millier de blessés, six mille arrestations, La Victoria avait payé cher sa résistance à Pinochet.

Ils étaient des dizaines de milliers, entassés dans des maisons exiguës. Chômage de masse, alcoolisme, drogue, la fin de la dictature n'avait pas engendré de grands soirs. Non seulement la Concertation avait accouché d'une amnistie générale pour les crimes passés mais elle n'avait pas eu un mot de reconnaissance pour le combat des *poblaciones*. Le nouveau pouvoir les avait niés, démobilisant une société civile déjà meurtrie.

L'électricité privatisée changeant d'actionnaires, on avait coupé le courant pour remplacer les vieux compteurs de La Victoria par des boîtes contenant des fusibles haute sécurité envoyant de violentes décharges à ceux qui voulaient se brancher illégalement. Ici les affiches électorales ne restaient pas longtemps aux murs – le papier se vendait au kilo. Et puis ça changerait quoi ? Les rêves étaient des mensonges.

« Ils » avaient privatisé la santé, l'éducation, les retraites, les transports, les communications, l'eau, l'électricité, les mines, et puis ils avaient privatisé la Concertation.

Tout avait été vendu, même le présent était à crédit. Alors non, les gens de La Victoria ne voulaient plus rêver : ça les mettait en colère.

Dans cet océan de rancœurs, le père Patricio faisait figure d'exception. Le curé avait l'Amour chevillé au corps «comme Bach à Dieu», aimait-il répéter.

Patricio Arias appartenait à la Congrégation des Frères de Foucauld, une fraternité catholique extra-territoriale proche des plus pauvres : le curé avait travaillé en Afrique, au Congo, où l'on repêchait les cadavres à demi dévorés par les crocodiles, au Soudan, où les gens tombaient aveugles de malnutrition, avant de se voir parachuté à La Victoria au début de la dictature. Misère et répression y faisaient bon ménage ; via le Vicariat de la Solidarité et des groupes de mères, Patricio avait mis en place des cantines populaires, des aides pour les chômeurs et même un dispensaire où, avec les moyens du bord et des volontaires qualifiés, ils avaient pu soigner des centaines de personnes livrées à elles-mêmes.

Les années 1980 n'avaient pas desserré l'étau sur le quartier rebelle : son ami français, le père André Jarlan, avait été tué d'une balle perdue tirée par les carabiniers lors d'une énième manifestation, alors qu'il lisait sa Bible à la table de son bureau. Aujourd'hui, André Jarlan était le nom du parc voisin, le visage du curé français peint sur les murs comme étendard de la non-violence. Patricio suivait son exemple, sûr que ces gens maintenus dans la misère risquaient de perdre foi en Dieu, et en eux-mêmes. Ce genre de considération ne lui avait pas apporté que des amis dans le milieu ecclésiastique (l'Église était pour ainsi dire coupée en deux lors de la dictature) mais une popularité inoxydable parmi les habitants.

À bientôt quatre-vingts ans, le père Patricio jouait encore au football avec les gamins du quartier (goal, une vraie passoire), aidait les élèves en difficulté après l'école, soutenait les familles. Il leur servait aussi de relais auprès des institutions dont beaucoup se sentaient exclus, de conseil et d'arbitre quand les choses tournaient mal. C'était aujourd'hui le cas, et Patricio connaissait assez les lieux pour ne pas prendre les menaces de Popper au sérieux : échauffé par la détérioration de leur véhicule, le chef des carabiniers était venu en personne sommer le prêtre de calmer ses ouailles s'ils ne voulaient pas se retrouver avec des patrouilles de l'armée dans les rues.

— Faites votre travail, capitaine, et je ferai le mien, avait rétorqué l'intéressé.

Le prêtre attendait devant l'église en compagnie de Stefano, qui fumait à l'ombre, et de leur ami Cristián. Ils l'avaient sorti de sa torpeur mais l'amitié ne valait pas grand-chose face à la perte d'un enfant.

Señal 3 n'émettait plus depuis trois jours, Cristián se nourrissait à peine, pétrifié de chagrin à l'idée des obsèques. À quarante-deux ans, sa vie était foutue. Lui non plus ne comprenait pas ce qui avait pu arriver : il était parti tôt le dimanche matin pour interviewer un ponte de la pédiatrie dans le centre-ville, persuadé qu'Enrique dormait encore, et avait appris l'horrible nouvelle en rallumant son portable. Enrique jouait sur sa console quand il lui avait dit bonsoir la veille, Cristián croyait qu'il dormait quand il avait quitté la maison, pas que son fils avait fait le mur... La douleur de sa disparition se mêlait à une rage plus sourde. Les carabiniers traitaient les jeunes du quartier comme des délinquants en puissance ; à travers la télé communautaire, Cristián s'efforçait de donner une image positive de La Victoria, de ses habitants, et son fils avait été retrouvé mort dans un terrain vague, comme un vulgaire malfrat victime de règlements de comptes...

Le soleil se réfléchissait sur l'église blanche et les symboles de paix peints sur la façade juraient avec l'attente morose des trois hommes. Fidel, le chien de Patricio, se tenait à leurs côtés, quémandant une caresse dont le rédacteur n'était d'ordinaire pas avare. Bourré d'anxiolytiques, Cristián se demandait seulement si ça valait le coup de continuer à vivre : il était déjà veuf, il lui restait quoi ?

— Roz-Tagle doit avoir le bras long, fit Stefano sur le trottoir. Son père est multimillionnaire, d'après ce que j'ai pu voir.

— Oui. Et si Camila nous le conseille, on peut lui faire confiance, renchérit le père Patricio.

Leurs mots sonnaient faux, Cristián n'était pas dupe mais leur présence, même malhabile, le touchait.

— J'ai préparé du maté, fit sœur María Inés dans son dos. Tu en veux ?

— Hum... Pourquoi pas ?

La sœur prit Cristián par le bras pour l'inviter à se rafraîchir. Stefano et Patricio ne firent pas de commentaires. La détresse de leur ami se suffisait à elle-même. Fidel agita bientôt sa queue de bâtard, puis se mit à trépigner sur le trottoir comme s'il était brûlant. Une voiture bleue décapotée apparut au bout de la rue.

— Les voilà, fit Stefano.

*

Esteban Roz-Tagle n'avait jamais mis les pieds dans le quartier de La Victoria : il s'attendait à trouver un amoncellement de bicoques et de ruelles en terre battue où les rats étaient si familiers que les habitants les connaissaient par leur prénom, il découvrit une petite banlieue à l'aspect tranquille accolée à l'autoroute du Sud, avec ses toits de tôle ondulée, ses murs en ciment et ses *kioscos* plus ou moins achalandés. Les maisons étaient modestes et pour la plupart sécurisées par des fils barbelés mais les rues étaient bétonnées, arborées de bougainvilliers en fleur. Un drapeau chilien sale et déchiqueté pendait à la façade d'une cabane, plusieurs d'entre elles étaient faites de bric et de broc, mais c'est surtout les fresques sur les murs décatis qui attirèrent son attention ; on y voyait des carabiniers casqués tirant sur des jeunes armés de cocktails Molotov, des chiens et des femmes qui accouraient à la rescousse, un bâton à la main.

Gabriela lui avait parlé du quartier en chemin, du désœuvrement des jeunes qui se défonçaient à la *pasta base*, résidus de cocaïne et autres merdes chimiques à la mesure des bourses locales qu'on inhalait à la manière du crack, provoquant des dégénérescences neurologiques irréversibles et les violences qui allaient avec.

— Tu as vécu longtemps dans ce petit coin de paradis ?

— Presque deux ans, répondit Gabriela, quand Cristián m'a accueillie chez lui à mon arrivée à Santiago. Enrique avait huit ans à l'époque.

— Et Stefano, c'est qui au juste ?

— L'ami projectionniste qui me loge aujourd'hui. Il tient un cinéma dans le quartier Brazil. Je l'aide de temps en temps à la billetterie, en plus des films qu'on passe le dimanche à La Victoria... C'est aussi un ancien du MIR. Stefano était avec Allende quand ils ont bombardé la Moneda. Il a réussi à s'exiler en France mais je te déconseille de le chatouiller sur le sujet...

Esteban ralentit à l'approche d'une petite fille à vélo, qui roulait seule sous le soleil. Le ton franc et direct employé par l'étudiante n'était pas pour lui déplaire.

— Je peux te poser une question, Gab?
— Essaie.
— Pourquoi tu as filmé le cadavre dans le terrain vague?

Elle repoussa une mèche derrière son oreille, ses yeux noirs brillant au soleil.

— Je veux faire une sorte de documentaire sur l'affaire, dit-elle.
— Pour Señal 3?
— Je ne sais pas encore. Ça dépend de pas mal de choses...

Elle ne dit pas quoi, l'esprit ailleurs.

La décapotable ne passait pas inaperçue dans le quartier; ils croisèrent quelques moues hostiles devant les rares terrasses, des gosses qui poussaient des charrettes de ferraille, et bifurquèrent enfin à l'angle d'Eugenia Matte. L'église du père Patricio se situait face au siège décrépi du Parti communiste, qui faisait aussi office de centre culturel, une église blanche au Jésus coloré peint sur le mur, avec des guitares, des colombes, des bougies, des croix...

Gabriela était mapuche : à l'instar de Stefano, tout ce bazar chrétien ne lui disait rien mais le cœur de Patricio avait de la place pour tous les dieux de la terre.

— Tu ne mets pas de chaussures ? fit-elle tandis qu'ils claquaient les portières.

— Si, si.

Il avait plusieurs paires en vrac dans le coffre de l'Aston Martin, identiques.

— C'est quoi, toutes ces godasses ?

— Je t'ai dit, je les perds tout le temps, répondit-il en les laçant, le pied sur le pare-chocs.

Chaussé de cuir, Esteban suivit les ballerines de l'étudiante sur le bitume poussiéreux où attendaient ses amis. Le père Patricio, albatros famélique, tenait ses longues mains croisées sur une chasuble usée, son acolyte portait un costume sombre miraculeusement revenu à la mode, ses courts cheveux blancs en bataille encadraient un visage aux yeux perçants, vieillis, toujours d'attaque.

— Esteban, fit-elle, je te présente Stefano.

— Salut, Pépé, dit-il en serrant sa main.

La tête du projectionniste arracha un sourire à Gabriela.

— Et voici le père Patricio.

Un visage anguleux, des rides au silex et des expressions pleines de vitalité : Patricio salua l'avocat sous le regard noir de l'ancien ministre.

— Merci de votre aide, monsieur Roz-Tagle.

— Votre ambassadrice a l'âme sensible, dit-il comme une vérité première, et les mots qui vont avec. C'est pour moi un devoir.

— À la bonne heure... Venez, dit Patricio avec un

geste vers l'église, nous serons mieux au frais pour discuter. Cristián est là aussi, qui vous attend…

Fidel remuait dans tous les sens tandis qu'ils retrouvaient la pénombre. Une odeur d'encens flottait entre les bancs vides, un tissu blanc recouvrait l'autel où fumaient des cierges *made in China*. Le père d'Enrique était assis à la table de la cuisine attenante, la figure du malheur sous ses lunettes de vue malgré les attentions des sœurs. Donata et María Inés avaient préparé le maté pour le conciliabule et rivalisaient de courtoisie envers l'avocat. La première, petite boule d'énergie aux bas défraîchis, s'activait même quand il n'y avait rien à faire, la seconde, gestes de soie et fine mouche, avait dû être reine d'Autriche dans une autre vie. Elles servirent des petits gâteaux tandis qu'ils se regroupaient sur des chaises rempaillées plus ou moins bancales.

Cristián ne disait rien, les bras croisés sur un tee-shirt de Motörhead. Ce n'est pas un avocat qui allait lui ramener son fils. Esteban devina à ses traits métissés ses origines indiennes, ce qui expliquait peut-être sa ressemblance avec l'écrivain Sepúlveda. Les présentations faites, Patricio dressa un bref topo du quartier, encouragé par les sœurs qui dodelinaient de concert. Le constat n'était guère brillant. L'éducation se résumait à une école publique médiocre et obligatoire jusqu'à quatorze ans, la moitié de la population n'avait pas de travail, l'autre se débrouillait sans espoir d'ascension sociale. Taux d'abstention aux dernières élections gagnées par les socialistes : cinquante-six pour cent.

— La dictature était terrible mais au moins les gens de La Victoria étaient solidaires, résuma Patricio. Au bout du compte, la démocratie a apporté des écrans plats, des téléphones portables et la drogue. Victimes ou trafiquants, c'est souvent la seule porte de sortie pour les jeunes du quartier, déplora-t-il.

— J'ai cru comprendre que ce n'était pas le cas d'Enrique.

— Effectivement, confirma le prêtre. Il allait à l'école, comme tous les garçons de son âge. Et les copains que j'ai interrogés n'ont rien remarqué d'anormal dans son comportement, ajouta-t-il en prenant son père à témoin. À part son chagrin d'amour avec Sonia, une petite copine de sa classe, mais c'était avant l'été, je crois?

Cristián acquiesça d'un signe morne, le chien couché à ses pieds.

— Ce n'est donc pas pour elle qu'il a quitté la maison pendant la nuit, avança Esteban.

— Non. Sonia était chez ses parents cette nuit-là, répondit Patricio, qui avait mené l'enquête.

— Aucune idée de la personne avec qui Enrique avait rendez-vous?

Cristián secoua la tête.

— Non…

— Une possibilité qu'on cherche à vous atteindre à travers votre fils?

— Que voulez-vous dire? s'étonna le rédacteur.

— Señal 3 a le don de s'attirer des ennemis, si j'ai bien compris. Vous avez pu blesser des susceptibilités… Pas de gros travaux ou bouleversements urbains prévus dans le quartier, d'intérêts que vous auriez pu mettre en cause?

On se regarda, guère convaincus.

— OK. Et les autres victimes, reprit l'avocat, vous avez des infos ?

— Oui.

Patricio s'était rendu chez les parents de Juan Lincano, un jeune Mapuche trouvé mort un jour avant Enrique. La famille vivait à six entassée dans un baraquement de briques mal cimentées sans chauffage ni eau courante, quatre enfants qui n'étaient plus que trois et un couple qui survivait de commerce informel. Le raccordement à l'électricité, l'humidité, le poêle où l'on cuisinait, la maison familiale laissait l'impression d'un courant d'air empoisonné. Juan avait contracté une pneumonie deux ans plus tôt, mal soignée, et sa cadette avait failli mourir peu après sa naissance. Pour le reste, les parents semblaient eux aussi dépassés par les événements ; ils ne savaient pas si leur fils aîné se droguait, comment il avait pu s'en procurer, ce qu'il faisait la nuit dehors – on avait découvert son corps un matin en bordure du parc, à la sortie de la *población*... Le curé, increvable, avait arpenté les rues pour convaincre les autres familles de victimes de se fédérer, mais eux non plus n'avaient pas confiance dans les carabiniers. Personne n'avait oublié que les assassins d'André Jarlan avaient couvert la Bible qu'il lisait au moment de sa mort avec une feuille de chou de l'opposition dans l'espoir de maquiller leur bavure, que des jeunes disparaissaient toujours dans les commissariats du pays. Esteban écoutait, réprimant son envie de fumer devant son maté refroidi.

— On a trouvé de la drogue dans les poches des ados ? demanda-t-il.

— Pas à ma connaissance, rétorqua Patricio.

— Une paille, ou une pipe, qui étayerait l'hypothèse d'une série d'overdoses?

— Non... Non.

Les sœurs étaient d'accord.

— Vous vous êtes renseignés auprès de la police? poursuivit Esteban.

— Ils ne nous tiennent pas au courant de l'enquête, fit le curé aux fines mains nervurées. Si Gabriela n'avait pas filmé Enrique dans le terrain vague, on n'aurait pas pensé à une affaire de drogue.

— On ne sait pas de quoi sont mortes les autres victimes, corrigea Esteban. L'hypothèse de l'overdose est donc peut-être un cas isolé.

— Quatre décès inexpliqués en moins d'une semaine, il y a quand même de sérieux soupçons, intervint Stefano.

— Les jeunes avaient entre quatorze et seize ans, renchérit sœur María Inés, des proies idéales pour les trafiquants.

— Vous avez vu leurs corps?

— Non.

— Il y a eu des autopsies?

— Non. Les médecins qui ont constaté les décès ont conclu à un arrêt cardiaque, répondit Patricio. Faute d'hôpital et de services compétents, la police a rendu les corps aux familles.

La pendule en bois massif posée sur les napperons du vaisselier s'était arrêtée à midi et demi.

— On les trouve où, ces médecins?

— Ils ne sont pas du quartier, répondit sœur María Inés.

— Ils venaient d'un hôpital du centre, relaya sœur Donata. Je crois...

— Les jeunes d'ici se défoncent à la *pasta base,* fit Esteban, une drogue bas de gamme qui tue à petit feu. La police a interrogé les dealers ?

— L'enquête suit son cours. C'est ce que m'a dit le chef des carabiniers.

— Vous n'avez pas l'air convaincu, mon père, nota l'avocat.

Patricio haussa ses épaules de héron cendré.

— Disons qu'à La Victoria la police est considérée comme un moindre mal.

Tout le monde à table semblait d'accord sur ce point. Esteban jeta un œil aux pauvres bibelots accrochés aux murs défraîchis, à ces vieilles personnes déprimantes pleines d'espoir.

— Le plus simple serait de leur poser la question nous-mêmes, déclara-t-il. Les dopés courent les rues, n'est-ce pas ?

— Oui, opina sœur Donata avec vigueur. L'après-midi, c'est le seul moment où ils ont l'esprit encore à peu près clair !

Gabriela n'avait pas dit un mot depuis dix minutes. Esteban sentait qu'elle le sondait de loin, renarde dans les fougères.

— Allons voir ces pauvres types, conclut-il, avec une méchante envie de fumer.

*

Une chanson de Violeta Parra s'échappait à l'angle du *kiosco*, *Gracias a la vida*... une autre vie. Les sœurs accompagnant Cristián pour les préparatifs des funérailles, le quatuor chemina dans les rues, suivi par le fidèle bâtard. Ils ne cherchèrent pas longtemps. Un homme en béquilles chancelait au milieu de l'avenue Treinta de Octubre, un éclopé de trente-deux ans qui en paraissait le double, les dents pourries et les membres atrophiés par la dope : Pablo, un drogué notoire à la *pasta base* d'après le curé, que les passants évitaient comme s'il était porteur d'une maladie contagieuse.

Esteban l'aborda le premier sans s'attarder sur les politesses. Pablo n'en demandait pas tant.

— Enrique, le gamin retrouvé dans le terrain vague dimanche dernier, dit-il bientôt, tu connais ?

Le débris jaugea le *cuico*, se tourna vers le père Patricio et le petit groupe qui l'entourait.

— C'est qui, çui-là ? baragouina-t-il, l'œil vitreux.
— Un ami, assura le curé.
— T'es flic ?
— Non, riche, répondit Esteban en faisant jaillir un billet de sa poche.

Cinquante mille pesos miroitaient au soleil de la *población*. Autant de voyages en enfer.

— Tu as croisé Enrique ces derniers temps, je me trompe ?

Pablo saisit l'argent entre ses serres malades. Les gosses qui jouaient dans la rue s'étaient arrêtés pour observer la scène – tout le monde connaissait le curé.

— Alors ? insista Esteban.

Fidel vint renifler l'entrejambe de l'éclopé comme une vieille connaissance.

— Oui, fit Pablo. Oui, je l'ai vu deux ou trois fois, genre la semaine dernière...

Pablo maintenait péniblement l'équilibre sur ses béquilles en bois. Ses muscles avaient fondu, une partie de son cerveau aussi.

— Avec qui?

Le drogué haussa les épaules, au risque de tomber en avant, une incisive ébréchée comme une tasse au fond d'une malle. Esteban tira une poignée de grosses coupures qui garnissaient ses poches : plus de cent mille pesos au jugé. Pablo voyait double.

— Réponds à mes questions et tu empoches le pactole, l'encouragea-t-il.

Il voulut attraper les billets mais il était mal arrimé au sol, et Esteban n'eut aucun mal à tenir la liasse hors d'atteinte.

— Qui était avec Enrique? répéta-t-il. Réponds et tu es riche.

— Des jeunes, des jeunes qui ramassent la ferraille, dit Pablo. J'les ai vus ensemble des fois.

Ils se jetèrent un regard en coin : Enrique gagnait de l'argent de poche en désossant les carcasses de voiture.

— Chez le ferrailleur? demanda Esteban.

— Non. Dans la rue...

— Dis-moi les noms de ces jeunes et je te donne l'argent.

Pablo ne savait pas ce que ce *cuico* cherchait mais tout était à vendre au Chili.

— El Chuque, bougonna-t-il entre ses dents brunes, c'est le seul que je connais. Il traîne avec sa bande du côté de la décharge.

Esteban baissa la garde, laissant le camé lui arracher les billets de la main. Pablo trouva une poche dans ses guenilles infectes pour y fourrer son trésor et s'éloigna en crabe, comme ragaillardi, tout à ses rêves de dope.

— El Chuque ? releva Esteban.
— Comme la marionnette du film d'horreur, répondit Gabriela. «Chucky» en anglais : une poupée sanglante couverte de cicatrices...

10

Un projet de construction de logements sociaux avait vu le jour au-delà du parc André Jarlan, quelques hectares vacants coincés entre l'autoroute et les quartiers défavorisés du sud de la capitale. On avait bâti les fondations puis l'ossature des barres d'immeubles, une œuvre gigantesque, avant d'abandonner subitement le chantier. Aujourd'hui, il ne restait plus qu'un monstre de béton, masse froide et triste qui pourrissait au gré des intempéries.

D'ordinaire, personne ne s'aventurait dans cette zone devenue dépotoir où les chiens errants rôdaient, prêts à s'entredéchirer pour des rebuts dans le no man's land qui constituait le territoire d'El Chuque.

Un rat déguerpit au milieu des détritus, que le chef de bande ne remarqua même pas : il trônait sur un pneu et éprouvait un intense sentiment de puissance. El Chuque était devenu le roi. Le roi d'une décharge sauvage pour le moment, mais le ciel lui promettait la lune : il le sentait dans ses tripes, au-delà de la puanteur qui émanait du tas d'ordures. Les pesos s'accumulaient, cachés là, dans le pneu Pirelli. Non, il n'était pas comme son abruti de père qui, au lieu de dealer la dope qu'on lui refourguait, était devenu accro. Ramón, c'était le nom du paternel, une épitaphe sur un mur du quartier (11/04/1975 – 08/12/2013) et un beau salopard qui, à force de cogner sur sa mère, l'avait rendue végétative, un soir de manque. En bon fils, il avait voulu protéger sa mère mais la brute lui avait ouvert le visage au fil barbelé.

El Chuque, c'était depuis son nom de guerre.

À seize ans, l'adolescent connaissait tous les paumés des quartiers sud, les faibles, les vulnérables et ceux qui le suivraient jusque sous la terre pour en bouffer les racines. Sa bande, une dizaine d'abandonnés du système qu'il tenait à sa pogne – il fallait les voir chier des perles de trouille lors du rite initiatique... El Chuque ne leur avait pas dit que, grâce à ses talents de pickpocket, il avait volé un lot de coke à Daddy. Il avait sa caisse noire, comme les trésoriers des clubs de foot ou des partis politiques, sa double comptabilité. Fini la ferraille, les mains froides et la merde. Il étendrait son business, deviendrait quelqu'un – quelqu'un d'autre...

Tout à son délire mégalomane, El Chuque n'entendit pas les pas sur la terre craquelée.

— Bonjour ! lança une voix dans son dos.

L'adolescent s'extirpa de son pneu-fauteuil, tendu comme un arc. Trop tard pour décamper.

— Je suis le père Patricio, ajouta le vieil homme en approchant, le curé de La Victoria !

Ils s'étaient croisés deux ou trois fois dans les rues de la *población* mais l'adolescent préférait rester aux abords, dans les zones grises où personne ne viendrait mettre son nez dans ses affaires. Trois adultes accompagnaient le curé, une Indienne bien roulée, un vieux aux cheveux blancs et un *cuico* en costard qui détonnait franchement dans le paysage de poubelles. Si la fille et les vieillards semblaient inoffensifs, l'homme en noir ne lui disait rien de bon. El Chuque descendit de son perchoir et toisa l'assemblée, méfiant.

— Qu'est-ce que vous voulez?

— Juste te poser quelques questions, dit le père Patricio en signe d'apaisement.

Le chef de bande garda ses distances. Jamais recousues, ses cicatrices laissaient plutôt des boursouflures sur un visage déjà peu amène.

— Tu dois savoir qu'un cadavre a été retrouvé dimanche dans le terrain vague, de l'autre côté du parc André Jarlan : Enrique, un jeune de La Victoria qui se trouve être aussi notre ami...

El Chuque se voyait observé comme un animal de foire. Les étrangers venaient marcher sur ses platesbandes et rien ne poussait ici.

— Il y a eu un sacré grabuge entre la population et les carabiniers, continua le curé. Enrique est le quatrième jeune du quartier qu'on retrouve mort dans la même semaine et...

— C'est pas mon problème, coupa-t-il. On ramasse les bouts de ferraille, nous, c'est tout.

Patricio posa sa main décharnée sur son épaule.

— On a besoin de renseignements pour défendre les parents des victimes : M. Roz-Tagle est avocat, dit-il en désignant le grand type à ses côtés. On a découvert le corps d'Enrique à moins de deux kilomètres d'ici et des témoins t'ont vu avec lui les jours précédant sa mort.

— Vous voulez dire quoi, là? se renfrogna El Chuque.

— Tu savais qu'Enrique se droguait?

— Je vous dis que je sais rien!

— On t'a vu avec Enrique, toi et ta bande de *cartoneros*, répéta le père Patricio, inutile de nous mentir. Dis-nous plutôt ce que tu sais sur lui.

Une voiture passa au loin, sur le pont qui enjambait l'autoroute.

— Bah, Enrique traînait dans le quartier, s'empourpra l'adolescent. On se croisait de temps en temps, c'est tout. Pas de quoi passer des vacances ensemble.

Esteban écrasa sa cigarette : quelque chose avait changé dans la voix du traîne-savates.

— Enrique se droguait avec qui? insista Patricio.

— J'vous ai dit qu'on se croisait, pas qu'on se racontait nos vies comme des gonzesses!

Une odeur de pourriture s'échappait du monticule. El Chuque évita de regarder le pneu où il trônait tout à l'heure, de peur de se trahir.

— On s'occupe de ramasser les cartons et la ferraille, asséna-t-il d'un air bourru. Le reste, c'est pas notre business.

— Enrique voulait entrer dans la bande? demanda Esteban.

— Pourquoi tu demandes ça, Papa?

— Pour le plaisir de converser avec un beau gosse comme toi, El Chuque. Alors?

— Alors rien, putain! Je sais pas ce qui est arrivé à vos gars, enchaîna-t-il en se tournant vers le prêtre, et de toute façon c'est pas mes affaires. Désolé, mon père.

L'adolescent afficha un sourire de singe qui n'arrangea pas sa prestation.

— Dernière sommation, Pinocchio, lâcha Esteban d'une voix menaçante. C'est toi et ta bande qui avez fourni la dope à Enrique et aux autres?

— Quelle dope? T'es fou, Papa! s'esclaffa-t-il. C'est trop dangereux, ces saloperies!

Léger clignement des yeux, paupières baissées soudain captivées par les détritus, El Chuque mentait. Esteban saisit brusquement sa main droite et lui retourna le pouce.

L'autre se contorsionna en couinant.

— Aïe! Putain! Aïe!

Surpris par cet accès de violence, le père Patricio voulut intervenir mais un regard de l'avocat l'arrêta net.

— Vide tes poches, El Chuque, ordonna Esteban. Vide-les *tout de suite* ou je te casse le pouce.

Gabriela resta une seconde interloquée : le gamin glissait littéralement sur ses jambes, l'épaule tordue par la douleur. Esteban allait réellement lui briser le pouce.

— *Vide tes poches!* réitéra-t-il en lui faisant payer chaque syllabe.

El Chuque déversa un flot d'insultes puis le contenu de son sweat-shirt au milieu des ordures : six billets de dix mille pesos, une pince coupante, un canif et trois petits sachets plastique remplis de poudre blanche. Esteban n'avait pas lâché le petit crasseux, qui jurait de plus belle.

— Maintenant vide ton sac, Cendrillon, avant que je te transforme en citrouille : depuis quand tu vends cette saloperie?

El Chuque geignait devant son doigt retourné, au supplice.

— On fait que sniffer! éructa-t-il.

— C'est quoi, cette came?

— De la... de la coke... Putain, lâche-moi!

— Ah oui. Et tu la paies avec quel argent, cette cocaïne, don Chuque?

— Celle du trafic de cuivre! répondit l'ado.

— Vous lui faites mal, souffla le père Patricio.

— Quel trafic?

— On va en ville... piquer des câbles...

— Prends-moi encore une fois pour un demeuré..., le menaça Esteban. Tu refourguais de la cocaïne à Enrique, c'est ça? Aux autres aussi?

— Non! hurla-t-il. Lâche-moi, putain!

— Enrique avait les narines poudrées quand on l'a trouvé mort, le même genre de produit que j'ai sous les yeux : c'est toi qui lui as vendu cette merde?

— Je sais pas de quoi tu parles, putain!

El Chuque pleurait, son pouce touchait presque son poignet : l'avocat allait lui briser l'os quand Gabriela l'arrêta.

— Esteban...

Les regards se tournèrent vers le tas d'ordures, où venait de surgir une bande de gosses en haillons. Sept, dix, quinze, il en affluait par grappes au milieu des effluves.

— Lâche-le! siffla un petit frisé filiforme, une barre de fer à la main.

Certains étaient armés de bâtons, de manches de pioche, les autres suivaient, de gros cailloux à la main, une armée défaite dont l'aîné n'avait pas douze ans. Impossible d'embarquer El Chuque jusqu'à la voiture sans essuyer une pluie de pierres ; Esteban libéra sa prise.

— Putain d'enculé de ta race de merde ! l'invectiva le chef de bande.

Esteban ramassa les sachets de poudre tandis que l'adolescent prenait le large, son pouce calé sous son aisselle. Gabriela serra le sac en vinyle où tournait sa caméra. Un mot d'El Chuque et ils se feraient lapider.

— Tirons-nous, souffla Stefano.

*

Cerné par un solide grillage haut de plus de deux mètres, le commissariat de La Victoria était un bâtiment en brique relativement récent qui faisait face à une église pentecôtiste aux murs immaculés ; Stefano filant au cinéma pour la séance de six heures, Esteban avait déposé le père Patricio à la cantine solidaire où on l'attendait avant de se rendre avec Gabriela jusqu'au commissariat du quartier.

La jeune femme ôta le cardigan qui couvrait ses épaules et le laissa sur le siège de la décapotable.

— Tu as si chaud que ça ? dit Esteban en visant son décolleté.

— T'occupe.

Gabriela épaula son sac et lui fit signe de passer devant.

Une guérite en forme de mirador filtrait les entrées du commissariat, une meurtrière en signe de bienvenue. Gilet pare-balles, uniforme beige trop court, le planton de service semblait descendu des Andes où il allongeait des torgnoles aux lamas : les histoires de plainte, de partie civile, il fallait voir avec le chef.

L'un des secteurs les plus misérables de Santiago était échu à Alessandro Popper, promu au grade de capitaine des carabiniers après avoir servi dans les quartiers difficiles de Valparaiso. Moins corrompue que son homologue argentine, la police chilienne obtenait des résultats et c'est ce qu'on lui demandait. Santiago n'était pas la même ville selon que vous étiez riche ou pauvre mais il y avait ici moins de délits que partout ailleurs en Amérique latine. Comment les gens en étaient venus à réclamer toujours plus de sécurité n'était pas le problème d'Alessandro Popper – il laissait ça aux politiciens, aux sociologues, aux universitaires.

Le regard caché par des paupières épaisses, ses tempes grises rasées de près, le capitaine des carabiniers avait quarante-neuf ans, les gestes économes du géant placide, mais il ne fallait pas se fier à son allure de varan sous Lexomil : Popper tenait le quartier d'une main de fer.

Le sergent Ortiz passait les hommes en revue dans la cour du commissariat ; assis à son bureau en *open space*, le capitaine traçait des lignes à la règle sur son carnet de présence quand le planton lui fit part d'une requête. Popper reconnut l'Indienne croisée l'autre jour sur le terrain vague, pas le *cuico* en costard qui l'accompagnait. Il fit entrer le couple disparate, non sans évacuer des soupirs augurant des jours difficiles.

Une odeur d'encaustique enveloppait le bureau du chef des carabiniers, qui donnait sur les casiers.

— Esteban Roz-Tagle, se présenta l'avocat. Ma

cliente et moi-même venons au sujet d'Enrique Olivera, l'adolescent retrouvé mort dimanche dernier.

Popper se pencha vers la carte du pénaliste, haussa un sourcil. «Spécialiste causes perdues» – qu'est-ce que c'était que ces conneries...

— Oui, fit-il en le dévisageant, et alors ?

— Trois autres jeunes du quartier sont décédés dans des circonstances similaires, c'est-à-dire inexpliquées, tout cela en moins d'une semaine. Vous savez aussi que la population est, disons, légèrement à cran ; d'après les échos que j'ai entendus, c'est même un petit miracle qu'il n'y ait pas eu de blessés dimanche... Vous en pensez quoi, capitaine ?

— Ce n'est pas en caillassant les forces de l'ordre que les choses vont s'arranger, répondit Popper depuis son siège en skaï.

— Ni en faisant des exercices de garde-à-vous, nota Esteban en désignant le sergent Ortiz qui s'escrimait dans la cour. Vous menez une enquête ?

Popper jaugea l'avocat : un mètre quatre-vingts, sans doute moins jeune qu'il ne le paraissait et des airs d'aristocrate arrogant dans son costume de gala. Un beau parleur. Il se dégonflerait vite.

— Effectivement, dit le policier. Ce qui n'est pas de votre ressort.

— Pourquoi n'y a-t-il pas eu d'autopsie, ni d'Enrique ni des autres ados ?

Le chef des carabiniers repoussa sa règle, son carnet de bord, prit un air pénétré.

— «Arrêt cardiaque», a dit le médecin de l'hôpital.

— Vous connaissez une mort qui ne soit pas un arrêt cardiaque ?

— Et vous, vous ne connaissez pas La Victoria, monsieur… Roz-Tagle, fit-il en décryptant son nom sur la carte de visite. Ces jeunes sont pour la plupart à la dérive, ou connus des services de police comme de petits délinquants. Si les parents les tenaient un peu, on n'en serait pas là.

— Pour le moment nulle part.

— Parlez pour vous : pendant que vous rentrez dans votre belle maison du centre, c'est moi et mes hommes qui continuons de récolter la merde.

— C'est ce que vous pensez d'eux ?

— Je ne pense rien, je fais mon boulot.

Des paperasses s'empilaient sur les étagères. Les murs aussi étaient couverts d'avis de recherche qui commençaient à dater.

— Une personne qui meurt de manière suspecte a droit à une autopsie, reprit Esteban. Surtout s'il s'agit d'une série en cours.

— Vous connaissez le prix d'une autopsie ? renvoya Popper. Les moyens qu'on nous alloue ? S'il fallait faire une autopsie dès que des petits délinquants meurent, la justice croulerait sous les déficits !

Ce *cuico* commençait à l'échauffer.

— Enrique Olivera avait quatorze ans, dit Esteban, il allait à l'école et n'a pas eu le temps de devenir un délinquant.

— Vous allez m'apprendre mon travail, peut-être...

La tension monta d'un cran dans le bureau de l'officier.

— Enrique avait des traces de poudre sous les narines quand on l'a retrouvé, poursuivit Esteban.

Vous devez le savoir puisque vous avez vu sa dépouille.

— Si c'était le cas, le médecin l'aurait signalé dans son rapport.

— Il a plu ce matin-là, avant que l'ambulance n'embarque le corps. Enrique était sur le dos, d'après les témoignages : la pluie a dû effacer les marques de poudre sous son nez.

Popper fit craquer ses phalanges dans ses grosses pognes.

— D'où vous sortez vos élucubrations ?

— D'une source sûre, éluda Esteban sans un geste qui aurait pu trahir Gabriela. Vous n'avez rien remarqué ? Vous étiez pourtant aux premières loges.

— J'étais plus occupé à repousser les badauds, rétorqua le policier. Si ces excités nous laissaient faire notre travail, les choses seraient différentes.

— Vous avez interrogé les dealers ?

— Oui, fit Popper sans plus cacher son irritation.

— Vous avez appris quoi ?

— Pas grand-chose, figurez-vous. Pourquoi, je vais vous le dire, ajouta-t-il en prenant l'Indienne à témoin. Ce quartier est un vrai gruyère, la moitié de la population vit du commerce informel ou des allocations, l'autre moitié trafique à peu près tout ce qui se monnaye. Les marchandises vont et viennent, on s'entretue parfois pour le contrôle de la drogue ou d'un territoire mais quand la police interroge quelqu'un sur une affaire, soyez sûr que personne n'a jamais rien vu ni entendu… Non seulement les gens ne nous aident pas, mais ils caillassent nos véhicules à la première occasion pour la bonne raison que le coupable est souvent une de leurs connaissances, asséna-t-il. C'est l'omerta. Échangez votre beau costume contre un uniforme et patrouillez une heure dans les rues, vous allez voir…

Esteban sortit deux sachets de sa veste, qu'il jeta négligemment sur le bureau.

— On a trouvé ça dans les poches d'un certain El Chuque, dit-il, un chef de bande qui traîne du côté de la décharge, derrière le parc André Jarlan. El Chuque a été vu en compagnie d'Enrique peu avant sa mort : tout laisse à croire qu'il l'a intoxiqué avec cette cochonnerie.

Les narines du flic se gonflèrent devant les sachets de poudre blanche.

— Ce n'est pas de la *pasta base* comme on en trouve partout mais de la cocaïne, continua Esteban. Une dizaine de grammes à vue de nez, soit une petite fortune pour un paumé comme El Chuque… Vous connaissez l'animal ?

Popper avait les yeux toujours rivés sur les sachets.

— Son nom m'a été cité une fois ou deux, dit-il. C'est un petit délinquant des quartiers sud.

— Les drogués de La Victoria tournent à la *pasta base* ou d'autres drogues bas de gamme : vous ne trouvez pas étrange qu'ils se promènent avec de la cocaïne dans les poches ?

Le capitaine secoua la tête d'un air condescendant.

— Votre angélisme serait presque émouvant… Vous croyez quoi, que les paumés du coin vous ont attendu pour se défoncer à tout ce qui traîne dans les rues et les environs ? La cocaïne est un produit de consommation courante de nos jours, dans toutes les franges de la société, et tellement coupée qu'on n'y trouve plus que de la poudre à chiotte. *Pasta base* ou cocaïne, quand un drogué est accro, il ferait n'importe quoi pour avoir sa dose, et croyez-moi, généralement il y arrive !

Un silence flotta dans le bureau en *open space*. Le sergent Ortiz, qui avait cessé de passer sa troupe en revue, reluquait l'Indienne moulée dans sa robe.

— Les familles des victimes ne sont pas de cet avis, bluffa Esteban. Et c'est elles que je représente à travers ma cliente. Donnez-leur une bonne raison de ne pas se porter partie civile.

— Contre qui, la police ?

— J'adore me faire de nouveaux amis. Alors ?

Gabriela sentait les regards masculins dégouliner dans son dos. Le chef des carabiniers passa la main sur sa nuque rasée, souffla comme une locomotive.

— El Chuque, hein… Bon, on va interroger la bande en question. Mais je doute du résultat : s'il y a un trafic de cocaïne dans le quartier, ce n'est certainement pas des gamins des rues qui le tiennent.

— Vous le saurez si vous remontez la piste.

Popper opinait devant les sachets, l'air du grand fauve hésitant entre le carnage et la sieste.

— On peut compter sur vous, capitaine ?

— Oui, répondit le carabinier, si vous me laissez faire mon travail…

L'avocat adressa un signe de repli à la jeune femme qui l'accompagnait, clôturant l'entrevue.

Le crépuscule irradiait la façade de l'église pentecôtiste ; Gabriela sortit la première du commissariat, plutôt déçue par la prestation de leur défenseur. Après l'avoir asticoté, l'avocat-qui-connaissait-toutle-monde avait baissé pavillon devant le chef carabinier qui, au final, l'avait retourné comme une crêpe… Esteban alluma une cigarette sur le trottoir, aspira deux longues bouffées, désigna le mur de l'église et les rayons rasants qui jaunissaient le monde alentour.

— Tu as vu comme la lumière est belle?
— Hum.

Gabriela faisait la tête.

— Qu'est-ce qu'il y a?
— Si tu crois que les *pacos* vont faire leur travail, tu te fourres le doigt dans l'œil, Roz-Tagle.

Sa façon de dire son patronyme trahissait un dépit affectueux. Il tapota la poche de sa veste noire.

— J'ai gardé le troisième échantillon de poudre, dit-il. En le faisant analyser, on saura peut-être de quoi il retourne.

Gabriela eut une seconde de surprise avant de sourire doucement – le petit malin n'avait pas tout dit à Popper…

— On va faire un saut chez Luis, annonça-t-il.

Elle le suivit jusqu'à l'Aston Martin, qui réchauffait ses vieux chromes au soleil crépusculaire.

— C'est qui, Luis?
— Le flic qui me fournit en dope.

11

Il était sept heures du soir et Vera était nerveuse avant la garden-party donnée en l'honneur du juge Fuentes. Elle était fière pour son père, bien sûr, mais sa vie avait changé depuis sa liaison. En quinze ans de mariage, ce n'était que la deuxième fois qu'elle trompait Edwards. Vera n'éprouvait ni remords ni allégresse particulière – elle aimait son mari, même s'il ne la touchait pas souvent. Elle se disait qu'elle n'aurait pas dû le laisser s'éloigner, déserter son corps, c'est tout de même mauvais signe quand un homme ne fait plus l'amour à sa femme… Avait-il une liaison, lui aussi ? Était-ce toujours ce vieux traumatisme qui gangrenait leur amour ? Ils avaient vu un sexologue quatre ans plus tôt, alors qu'ils n'arrivaient pas à avoir d'enfants. Les tests ne révélaient pas d'incompatibilité génétique, la cause devait être plutôt psychologique, mais Edwards avait laissé tomber après quelques séances pourtant constructives, prétextant une masse de travail toujours plus importante. Une façon de se défiler toute masculine. Elle aurait dû insister. Edwards la léchait volontiers, c'était même une chose qu'il faisait très bien, mais il débandait au moment de la pénétrer. Comment faire des enfants dans ces conditions ? Et comment assouvir ses besoins de sexe, sinon en prenant un amant ?

Accaparée par son reflet dans le miroir en pied, Vera n'entendit pas son mari venir dans son dos. Edwards s'arrêta à la porte de leur chambre, un verre de whisky à la main qui avait débordé sur la moquette, et resta un instant immobile à contempler sa femme. Un instant volé, simple, qui ce soir l'émut au plus profond de lui-même. Une petite culotte noire moulait les fesses de Vera ; rassurée par la tenue de son ventre, elle enfila son soutien-gorge sans quitter la glace où elle se mirait. Edwards ne se souvenait pas que sa femme avait de si jolis seins... Il ne se souvenait surtout pas de lui avoir déjà vu ce modèle, noir à dentelle. Un cadeau de Monsieur-je-baise-ta-femme-debout ?

Une lumière vive éclairait la chambre à coucher de l'étage. Vera remarqua enfin sa présence dans son dos.

— Tu en fais une tête...

Edwards sortit de ses pensées, coque de noix dans la tourmente, tandis qu'elle enfilait sa robe de soirée. Il lui avait menti une fois, au sujet d'une corvée qu'il n'avait pas faite : Vera l'avait tout de suite vu... Elle se tourna vers lui, réalisa qu'il était toujours en tenue de ville et le tança comme s'il avait oublié les cadeaux sous le sapin.

— Quoi, tu n'es pas encore prêt ? Tu as vu l'heure ?!... Et c'est quoi cette nouvelle manie de boire tout le temps ?

Il se pencha vers son verre, aux trois quarts plein.

— Rien...

Sa robe noire soulignait ses hanches, ses cuisses, sa croupe arrondie qu'un autre montait. Une pensée-panique prit forme dans son esprit alcoolisé : et si son amant était présent ce soir à la garden-party ? S'il faisait partie du sérail ? Non pas simplement un amant de passage palliant ses déficiences mais un concurrent direct, quelqu'un qui pourrait lui arracher Vera, comme un bouquet prévu pour une autre ?!

— Pourquoi tu me regardes comme ça ? s'inquiéta-t-elle.

— Hein ?

— On dirait que tu as avalé un serpent...

— Excuse-moi, dit-il, j'ai la tête ailleurs.

Son sourire était du plâtre, Edwards le sentait craqueler sous son masque. Il avait chaud. Trop.

— Écoute, chéri, on ne peut pas se permettre d'être en retard, la cérémonie a lieu dans une heure, qu'est-ce que tu fais à boire ? (Elle choisit les bijoux adéquats dans l'écrin de la commode, releva ses yeux noisette.) Tu comptes arriver ivre mort, c'est ça ?

Une paire de boucles d'oreilles brillait le long de son cou, qu'il ne lui avait jamais vue non plus... Edwards débloquait. Il devenait paranoïaque. Maboul. Les assassins dont il avait retrouvé les photos dans les archives le terrorisaient, comme l'idée de foutre leur vie en l'air pour une histoire vieille de quarante ans. Les larmes lui montèrent aux yeux.

Vera fronça les sourcils, quart de lune renversé.

— Qu'est-ce qu'il y a, Edwards ? s'adoucit-elle devant son visage décomposé.

Il eut une bouffée de chaleur. L'effet du whisky. Ou alors au fond avait-il renoncé à la vérité, comme les autres.

— Hein ? insista-t-elle. Qu'est-ce qui t'arrive ?

Edwards chancela dans l'embrasure de la porte et baissa ses yeux injectés de sang.

— Rien, dit-il. Rien…

*

Il y avait tant d'églises à Santiago qu'on la nommait la « Rome des Indes ». L'avortement était toujours illégal au Chili, même en cas de viol, d'inceste ou de maladie du fœtus, envoyant des dizaines de milliers de femmes à la clandestinité et parfois à la mort. À Valparaiso, un monument aux morts fustigeait les « assassins d'enfants » qui avaient pratiqué l'IVG, l'ancien président Piñera appartenait au très droitier Opus Dei et l'Église avait son mot à dire sur les débats de société touchant la famille : flic et gay, Luis Villa ne s'était pas risqué à jouer son *coming out* contre une fin de carrière précipitée.

Luis avait trente ans et partageait ce secret avec Esteban suite à une affaire commune, lorsqu'une vague d'incendies avait ravagé le vieux quartier de Yungay et ses immeubles délabrés qui abritaient une forte communauté immigrée. Après une dizaine de morts et autant de bâtiments dévorés par les flammes, l'avocat s'était porté partie civile pour le compte des rescapés. Il avait alors côtoyé le jeune inspecteur détaché sur l'affaire, Luis Villa, dont l'honnêteté s'avéra un obstacle aux marchands de sommeil. Une société immobilière pilotait en effet l'opération, « Santa María », où l'on retrouvait dans le conseil d'administration tant des élus de gauche que des nostalgiques du vieux Général. L'affaire avait été finalement enterrée, le quartier de Yungay reconstruit avec une forte plus-value et Luis Villa muté à l'aéroport international de Santiago, où il travaillait depuis comme agent de la brigade antinarcotique.

Dans son aspect physique, ses manières, ses intonations, le jeu de sa bouche ou de ses mains, son homosexualité était impossible à détecter, ce qui ne l'empêchait pas de fréquenter assidûment les sites de rencontres gays. Au travail, hormis les quelques grammes d'éphédrine qu'il détournait pour Esteban, Luis Villa était un policier exemplaire. Il avait travaillé auprès des enfants battus, drogués, exploités, prostitués de gré ou de force, gardant une gentillesse et un humour salvateur comme une carapace face à tout ce malheur qui l'affectait au premier chef – Luis aussi vivait en opprimé sa sexualité «déviante»...

L'Aston Martin se frayait un chemin dans les avenues embouteillées du centre, où quelques palmiers poussiéreux défiaient les buildings. Ils bifurquèrent devant l'église San Francisco et son grand clocher jaune, dont la magnificence passait inaperçue ; la robe de Gabriela était assortie au bleu de la décapotable et ses cheveux ondulaient dans la brise, parfum d'inconnu. Esteban se sentait tout à coup heureux, sans autre raison que la présence de cette femme près de lui, ce qui ne lui arrivait jamais...

— Ton copain Luis, dit-elle depuis le siège au cuir craquelé, tu es sûr qu'il n'en parlera pas à Popper ? Ils sont quand même flics tous les deux...

— Pas le genre de Luis, répondit Esteban.

Gabriela ne saisit pas l'ambiguïté de sa réponse. La rue pavée de la Calle Londres était tranquille après la furia d'O'Higgins, avec ses arbres et ses vieilles maisons aux façades blanches. C'était ici, au cœur du centre historique de Santiago, que des centaines d'hommes et de femmes avaient été torturés, au numéro 38, siège du Parti socialiste lors du coup d'État. Luis Villa habitait vingt mètres plus bas, à l'angle de la placette. L'ancienne maison coloniale, divisée en appartements, bordait une ruelle à sens unique et peu passante ; ils s'annoncèrent à l'interphone et grimpèrent au deuxième.

Moins empâté que la plupart de ses compatriotes, Luis avait une barbe de trois jours soigneusement entretenue et une carrure impressionnante sous son polo bleu marine ; il laissa Gabriela entrer la première.

— Depuis quand tu traînes avec des jolies filles ? lança-t-il à son copain avocat.

— Gabriela est seule, il me semble, releva Esteban.

Luis referma la porte dans leur dos, se tourna vers la jeune femme. Il y a des gens qui nous repoussent au premier regard, d'autres qui nous semblent étrangement familiers.

— Vous connaissez Esteban depuis longtemps ? demanda le policier.

— À peine, répondit Gabriela.

— J'espère que vous aimez le pisco *sour*.

Prévenu de leur visite, Luis avait préparé trois cocktails, qui grelottaient dans le shaker – pisco, citron, sucre, blanc d'œuf, glace, angostura. Gabriela découvrit l'appartement du policier, un trois pièces aux meubles anciens plutôt cosy. Des visages de geishas pâlissaient sur des estampes japonaises accrochées aux murs mais c'est une photo qui retint son attention, celle de deux éphèbes regardant l'objectif comme s'ils venaient d'être découverts, nus, sur un lit de feuilles... Luis lui tendit son verre.

— Ton visage ne m'est pas inconnu, dit-il d'un ton amical. On ne s'est pas déjà croisés ?

— Peut-être lors d'une manif étudiante ? s'enhardit Gabriela, encouragée par son sourire. Je suis Camila Araya avec ma caméra, au cas où les *pacos* se défouleraient sur elle.

— Tu es journaliste ?

— Disons aspirante vidéaste. J'étudie le cinéma.

— J'adore, dit-il, même si je n'ai pas beaucoup de temps et qu'ils passent toujours les mêmes blockbusters.

— Tu aimes quoi, Wong Kar-wai ?

— *In the Mood for Love*, trop beau... Et toi ?

— Le porno. J'ai pas de titre en tête.

Ils trinquèrent avec un petit rire complice.

— Si on en venait à nos affaires, suggéra Esteban.

Il plongea la main dans sa poche, agita le sachet sous le nez de son ami.

— Cocaïne ?

— Probablement responsable d'une série d'overdoses à La Victoria, confirma l'avocat. Tu as eu des échos ?

— La Victoria ? Non... Mais c'est pas les saloperies qui manquent sur le marché de la défonce... (Luis ouvrit le sachet, évalua la texture de la poudre.) Tu as trouvé ça où ?

— Dans les poches d'un petit dealer de rue.

— Qualité exceptionnelle, estima-t-il.

— Suffisant pour causer une série d'overdoses ?

— Hum... Possible.

Trouble de l'humeur, monomanie, délire de supériorité, paranoïa, risques liés à l'inhibition, déséquilibre violent et durable des neurotransmetteurs, hyperthermie, hypertension artérielle, accélération des fréquences respiratoire et cardiaque, risque d'infarctus, AVC, rupture d'anévrisme : un simple sniff de cocaïne pouvait être fatal à des sujets fragiles ou cumulant d'autres produits – alcool, médicaments, opiacés... Esteban se souvenait que Juan Lincano, une des victimes, avait eu une pneumonie mal soignée, mais les autres jeunes ?

— Même transformée sur place en cristaux, la cocaïne reste chère pour les habitants des *poblaciones,* fit Luis. Et je vois mal des dealers de rue jouer les chimistes pour en faire de la *pasta base.*

— C'est ce que j'ai dit aux carabiniers de La Victoria mais ils préféraient s'échanger leurs uniformes pour voir à qui ça allait le mieux. Une analyse de cette poudre, c'est possible ?

— Hum, ça devrait pouvoir se faire... Officieusement, je veux dire, précisa Luis. Car j'imagine qu'aucun juge ne te suit sur cette affaire.

— Pas un.

— Étonnant.

— Tu peux avoir les résultats quand ?

— Demain, si je dépose l'échantillon avant la fermeture du labo. Heureusement, j'ai un pote qui fait des heures sup'... Je vais descendre avec vous. De toute façon j'ai rendez-vous...

Esteban ne demanda pas avec qui. Ils finirent leurs verres en échangeant des amabilités et se séparèrent sur le trottoir de la maison coloniale.

— Il est sympa, ton copain gay, dit Gabriela tandis que Luis s'éloignait d'un bon pas.
— Tu as remarqué ça, toi...
— Pourquoi tu me l'as caché ?
Esteban prit un air solennel.
— « Nous sommes si accoutumés à nous déguiser aux autres qu'enfin nous nous déguisons à nous-mêmes », cita-t-il de mémoire.
— ...?
— La Rochefoucauld, dit Esteban, un penseur français mort depuis des lustres.
— On vous apprend ça en droit ? fit-elle avec une pointe de mauvais esprit.
— J'ai abandonné la carrière littéraire pour faire plaisir à Papa, dit-il. C'est stupide, je sais, mais peut-être qu'on ne se serait jamais rencontrés. Que je serais enfermé dans une tour d'ivoire à écrire des livres que personne ne lit.

Esteban alluma deux cigarettes, jeta celle qu'elle refusa dans le caniveau, tira sur l'autre comme si c'était la dernière. Le soleil tombait sur les pavés de la Calle Londres.

— Bon, souffla-t-elle en dissipant la fumée, qu'est-ce qui se passe maintenant ?

La décapotable, modèle 1965, prenait le frais sous un tilleul.

— Il y a une garden-party chez mes parents, annonça-t-il, on va y aller.

Gabriela dressa son menton de chat.

— Tu ne crois pas que c'est un peu tôt pour me présenter à tes parents ?

Esteban sourit au petit animal – il était temps de secouer la fourmilière...

12

Les Roz-Tagle faisaient partie des quelques grandes familles chiliennes qui se partageaient les richesses du pays. Le charismatique Adriano courait de jet privé en réunions décisionnaires, occupé durant la dictature à bâtir le futur empire médiatique qui véhiculerait la culture du divertissement au retour de la démocratie. Habile, Adriano avait ramassé la mise avant le référendum qui devait pousser le vieux Général vers un poste de sénateur à vie, s'offrant le luxe de se positionner pour le Non «à titre personnel», sans rien changer aux éditoriaux des journaux acquis à moindres frais. Vingt-cinq ans plus tard, l'empire Roz-Tagle incluait la moitié des médias et de l'édition, une des trois chaînes de pharmacie que comptait le pays, une banque, un institut de sondages, des studios de cinéma et un patrimoine immobilier devenu holding familiale.

Adriano s'était marié tôt à Anabela Ríos, blonde et jeune starlette de la télévision dont la mère américaine aurait connu la grande Kim Novak. Après quelques apparitions dans des spots publicitaires et autres guimauves tolérées par la censure, Anabela avait commencé sa véritable carrière d'actrice à trente-cinq ans dans des rôles de mère de famille compréhensive et excentrique. Anabela Ríos était surtout l'inoubliable héroïne de *Destinées*, une saga historique qui avait longtemps crevé l'audimat. Le couple qu'elle formait alors avec Adriano était glamour, trustant couvertures de magazines et plateaux télé qui appartenaient pour la plupart à son mari.

Adriano avait partagé les bancs de l'école avec Sebastián Piñera et surtout Víctor Fuentes, dont on célébrait aujourd'hui la nomination à la Cour suprême. Adriano avait organisé une très select garden-party dans sa propriété de La Reina en l'honneur de son ami magistrat, invitant ceux qui comptaient ici-bas sans froisser les alliances et les susceptibilités électives. L'esprit à la fête et au succès, sans nouvelles de son fils aîné depuis des mois, Adriano Roz-Tagle ne pouvait pas prévoir ce qui arriverait…

Esteban débarqua ce soir-là au bras d'une inconnue – l'inverse eût été surprenant –, dans une décapotable bleue qu'il prit soin de garer en vrac sur la pelouse.

La sauterie avait lieu de l'autre côté de la maison, dans le parc. Esteban ouvrit la portière à Gabriela, plus impressionnée par la taille des plantes alentour que par le manoir au portail blindé et sa cour de gravier cernée d'araucarias. Alerté par l'appel à la grille, l'homme qui dirigeait l'intendance apparut aussitôt sur le perron, moustache taillée et costume au cordeau.

— Ah, ce bon vieux Nestor ! lança Esteban à l'employé de maison.

Long fagot au visage ovale, l'homme descendit les marches sans un signe de déférence.

— Je ne m'appelle toujours pas Nestor, dit-il sèchement.

— Mais vous êtes toujours domestique, Nestor ?

Le majordome n'accorda pas même un regard à l'Indienne.

— Un jour je te mettrai une belle branlée, Esteban, dit-il entre ses dents. Une dont tu te souviendras.

— C'est un problème général dans notre beau pays, Nestor : l'amnésie. En attendant de retrouver vos esprits, auriez-vous l'obligeance de me conduire jusqu'à ma mère ?

— Boudoir, lâcha-t-il, le regard noir. Je ne t'accompagne pas, tu connais le chemin.

— Merci, Nestor.

— C'est ça, ouais... Je t'ai à l'œil.

L'homme au visage cireux filait déjà vers le jardin, où le brouhaha des convives perçait les feuillus. Gabriela resta incrédule mais Esteban semblait trouver tout cela normal.

— On se connaît depuis longtemps, dit-il en guise d'explication. Viens, je vais te présenter à ma mère...

Gabriela voulut protester – ils étaient venus demander l'aide de son très influent paternel – mais il l'entraîna vers le rez-de-chaussée, volubile. Un couloir sombre de marbre nervuré prolongeait le hall, au fond duquel guettait une petite femme en tablier assise sur une chaise. Elle vit ses pieds nus, n'osa rien dire.

— Ma mère est là ? s'enquit Esteban en désignant la porte du boudoir.

— Madame... Madame ne peut recevoir personne, répondit-elle dans un castillan hésitant.

La bonne était nouvelle dans la maison. Une Bolivienne, d'après les traits.

— Elle pleure, c'est ça ? fit Esteban.

— Oui, murmura la petite femme.

— Ma mère est une star, confia-t-il à Gabriela, elle pleure tout le temps.

Les cils de la Mapuche papillotaient.

— Estebaaaan ! geignit une voix de femme derrière la porte de bois verni. Esteban, c'est toi, mon chéri ?!

L'employée eut un rictus désemparé.

— Ne vous inquiétez pas, la rassura-t-il en tapotant son épaule, je sais y faire avec ma mère... Oui, Mère, c'est moi !

— Aaah...

— On peut entrer ? cria-t-il à la porte. J'ai quelqu'un à te présenter !

La bonne compatit, les mains croisées sur son tablier.

— Entre... Entre !

Allongée sur les coussins d'un sofa rose fuchsia, Anabela Roz-Tagle cuvait ses larmes derrière d'épaisses lunettes noires. La vieillesse lui fichait des migraines carabinées, sans parler du champagne. L'actrice avait eu soixante ans deux semaines plus tôt et ne s'en remettait pas. Le temps marchait à reculons. Elle qui avait passé sa vie à rêver de rôles improbables ne rêvait plus : à son âge, qui la ferait encore tourner ? Anabela portait une robe de soirée blanche pailletée d'or, une paire d'escarpins français échoués au pied du sofa et des bijoux scintillants malgré la lumière tamisée ; elle vit son fils aîné entrer dans le boudoir où elle s'était réfugiée, tendit la main depuis le sofa comme si elle allait tomber, prise de vertige.

— Comment vas-tu, Mère ?

— J'ai soixante ans, Esteban, dit-elle en pâlissant à son approche. Soixante ans, c'est affreux...

Il s'agenouilla et prit la main de la mourante.

— Mère, dit-il pour la consoler, tu en as soixante-deux. C'est dans ton passeport.

— Il ment ! fit Anabela en prenant la bibliothèque à partie.

Esteban se pencha sur les fourrures pour embrasser la star, qui sembla défaillir.

— À soixante ans, qui voudra de moi ? répéta-t-elle en agrippant la main de son fils. Fini les premiers rôles, les seconds aussi : je ne ferai plus que des apparitions comme vieille peau vicelarde sans libido dans des films imbéciles. De la figuration peut-être même, renchérit-elle, comme potiche croulante et fissurée !

— Tu exagères, Mère, tempéra l'avocat.

— Non. Non, la vieillesse est un naufrage, Esteban. Et tu sais que je n'ai jamais su nager, ajouta-t-elle avec emphase.

Gabriela se demandait si la star voyait quelque chose derrière ses lunettes noires, tant sa présence semblait transparente.

— Je ne sais plus quoi faire, conclut la malheureuse sans lâcher la main de son fils.

— Tu as essayé la boisson ?

— Pour finir comme toi! Ha!

Une coupe de champagne vide gisait sur le tapis persan. Esteban se dépêtra de l'étreinte maternelle avant de se tourner vers la femme qui l'accompagnait.

— Mère, je te présente Gab, ma nouvelle cliente.

Anabela soupira devant les ballerines en plastique de la pauvrette – une pâle imitation lézard qui ne trompait personne.

— Ne le prenez pas mal, mademoiselle, mais Esteban n'est pas du tout un garçon pour vous.

— Je ne vois pas de quoi vous voulez parler, répondit l'intéressée.

— Gab est la grâce absolue, Mère, remarqua Esteban, la poésie en mouvement, le, le… Enfin, toi qui as fait du cinéma!

Anabela plissa les paupières derrière ses lunettes en forme de téléviseur.

— Vous avez quel âge, mademoiselle?

— Vingt-six ans, répondit Gabriela sans se démonter.

— Esteban quarante : ça fait quatorze ans de différence entre vous. (L'actrice remua sa chevelure laquée.) Quatorze n'est pas un bon chiffre, non…

— Treize c'est mieux? tenta Gabriela.

— Oui… Oui, acquiesça Anabela, treize c'est mieux.

Complètement cinglée.

— Bon, nous sommes venus parler d'une affaire importante, pas de numérologie, abrégea Esteban. Papa est là?

— Au jardin, j'imagine, avec les autres, répondit sa mère avec un geste vague. Tu sais quand même qu'on fête la nomination de Víctor à la Cour suprême ?

— Bien sûr. Tu veux que je te porte jusque là-bas ?

— Non… Non, je ne suis pas d'humeur à la fête, ni aux célébrations. Dis à ton père que je ferai peut-être une brève apparition plus tard dans la soirée. Si je trouve quelque chose à me mettre.

Sa robe blanche brillait de mille feux sous la lampe Art déco. Lasse, Anabela alluma une cigarette d'une main tremblante prompte à l'effusion et détourna la tête. Esteban fit un signe de repli à l'intention de Gabriela.

— À plus tard, Mère…

La bonne scrutait les fils marbrés qui dérivaient sur le sol lorsqu'ils sortirent du boudoir où la star cuvait son désespoir. Gabriela songea à son enfance comme à un extra-monde.

— Ils sont tous comme ça dans ta famille ? demanda-t-elle tandis qu'ils longeaient le couloir du rez-de-chaussée.

— Non, malheureusement…

Ils arrivaient au salon d'été et sa piscine illuminée qui donnait sur le parc. Esteban glissa son bras sous celui de l'étudiante.

— Accroche-toi.

Il l'entraîna sur les marches de la terrasse, attrapa deux coupes de champagne au passage d'un serveur en blanc et se mêla à la foule. Une centaine de personnes conversaient autour de grandes tables dressées sur la pelouse : amuse-gueules, sushi, verrines colorées, c'était une réception chic et élégante agrémentée de jeux pour les enfants et d'un barbecue géant où s'activaient les cuisiniers. Juges, procureurs, avocats, le gratin de la justice chilienne festoyait pour célébrer la nomination de Víctor Fuentes au plus haut poste de la magistrature dans ce décor enchanteur mis à disposition par son ami Adriano.

— Tu es sûr que c'est le moment de parler à ton père de nos histoires ? fit Gabriela.

— C'est maintenant ou jamais.

Esteban cherchait parmi les têtes grisonnantes quand son frère Martín l'aborda, son mètre quatre-vingt-six engoncé dans un costume Armani gris souris. Ancien arrière central de Colo-Colo, le club de foot le plus populaire du pays, Martín Roz-Tagle s'était reconverti comme agent sportif et faisait du lobbying pour la FIFA.

— Je peux te dire que personne ne t'attend, lança-t-il à Esteban en guise de bienvenue.

— Content de te voir, frérot.

Sa carrure bousculait la lune dans le ciel étoilé.

— Tu n'as pas d'argent pour t'acheter des chaussures ? railla-t-il d'un air vindicatif. Qu'est-ce que tu fais là ?

— Il faut que je parle à Papa.

— Ah oui ? renvoya l'athlète. Figure-toi qu'il n'a pas trop apprécié ton silence pour les soixante ans de Maman, ni ton petit numéro au baptême de Victoria. Si tu es venu pour faire un esclandre, c'est moi qui te vire à coups de pied au cul, pigé ?

Esteban souriait de ses belles dents. L'ancien sportif se tourna vers la fille pendue au bras de son frère.

— Tu l'as trouvée où, celle-là ?

— Dans le lit de ta femme, répondit l'avocat. À propos, comment vont tes petits copains mafieux de la FIFA ? Toujours combines, pots-de-vin et putes pour vieux messieurs ?

— Cause toujours, au moins je ne vole pas mon meilleur ami, *moi*, dit-il en songeant à Edwards.

— Tu te trompes, Martín, notre famille a déjà tout volé.

Esteban cala sa coupe vide dans la main du culturiste et entraîna Gabriela vers le buffet sans s'appesantir sur les commentaires désobligeants du benjamin.

— Quel accueil, dit-elle.
— Attends, je vais te présenter les autres.
— Je ne suis pas sûre d'avoir envie.
— Si, si, il faut que tu voies ça.

La foule s'agglutinait autour des monceaux de victuailles. L'avocat saisit deux nouvelles coupes de champagne et désigna un groupe d'invités en tenue de soirée.

— Alors le petit jockey, là, casaque bleue près du buffet, c'est Roberto, mon beau-frère, dit-il, un éleveur de saumons industriels qui a ruiné les pêcheurs de la côte sud. Je l'ai attaqué en justice il y a deux ans. La grosse jument à sa gauche, la rousse aux cheveux hystériques, c'est ma sœur, Sylvia, la rebelle de la famille. Elle a voté deux fois socialiste aux élections, mange bio et regrette la disparition des Patagons en vivant sur les dividendes des fonds spéculatifs de son mari qui entretiennent son train de vie de donneuse de leçons. Ils ont trois garçons, que ma sœur gave en soutenant qu'une alimentation équilibrée consiste à manger un peu de tout à chaque repas.

De fait, trois petits cochons tournaient autour de leur mère comme des Apaches au poteau de torture.

— Allez, je vais quand même dire bonjour à mes neveux, relança leur oncle comme s'il leur faisait une faveur.

Sylvia aperçut son frère, stoppa net ses rappels au calme et tança l'intrus.

— Qu'est-ce que tu fais là ?

— Bonsoir, Sylvia… (Esteban se tourna vers ses turbulents et grassouillets neveux.) Dis-moi, ils comptent faire quoi dans la vie, tes enfants, du mannequinat ?

— Pauvre con.

Sylvia réunit son trio boudiné, l'œil mauvais sous sa choucroute au henné. Esteban fit mine de s'accroupir à hauteur de ses neveux.

— Alors mes gros pères, on ne dit pas bonjour à tonton ?

— Ne nous adresse plus la parole, siffla leur mère, tu m'entends ? Allez, venez, les enfants !

— Vous êtes toujours comme ça entre vous ? demanda Gabriela tandis que Sylvia éloignait sa progéniture.

— Bah, je lui ai offert *Le Kâma Sûtra pour les nuls* à Noël, je crois qu'elle m'en veut toujours.

— Tu es sérieux ?

— À ton avis ?

Elle n'eut pas le temps d'épiloguer. À l'écart du buffet, Edwards était aux prises avec les bambous en pots qui masquaient le bar, brassant les plantes vertes comme à une finale olympique. Sa femme avait toutes les peines du monde à le maintenir à flot, le whisky qu'il tenait à la main versait sur son costard.

— Oh! fit Edwards comme pour arrêter un chariot. Oooh!

L'associé d'Esteban recouvra l'équilibre, l'œil torve, laissant Vera en proie aux bambous. Gabriela l'avait croisé au cabinet le matin même.

— Ça n'a pas l'air d'aller fort, nota-t-elle.

Le fiscaliste se tenait incliné telle une tour de Pise dans la verdure.

— Il ne boit jamais, l'excusa Esteban.

— En attendant, il est ivre mort.

— Esteban, je t'en prie, fais quelque chose! s'exclama Vera, exaspérée.

Edwards se débarrassait des plantes vertes, plutôt mal, tandis que sa femme tentait désespérément de l'arrimer à elle.

— Voilà, voilà...

Esteban prit le verre des mains d'Edwards, l'envoya valser sur la pelouse et recueillit ses bras épars.

— Par ici la sortie! dit-il en extirpant son ami des bambous.

Les yeux d'Edwards roulaient sous la lune.

— Eh bien mon vieux, tu en tiens une sévère, glissa-t-il à son oreille.

— Esteban...

— Tu me reconnais, c'est déjà ça.

L'immobilité semblait lui être pénible.

— Ça va aller?

— Oui, oui, râla Edwards.

Ils tentèrent un pas vers les deux femmes.

— Je te représente Gab, la fille que tu as envoyée sur les roses ce matin.

Edwards secoua la tête comme un cheval fourbu.

— Laisse tomber, conseilla l'étudiante.

— Se mettre dans cet état un jour pareil, grogna Vera à ses côtés. Merde, Esteban, je ne sais plus quoi en faire ! Voilà trois jours qu'il boit comme un trou, souffla-t-elle en tâchant de garder une attitude normale. Je t'en prie, pas de scandale, pas ce soir.

La consécration de son père la rendait nerveuse, comme les regards convergents des invités. Esteban se tourna vers le manoir.

— On ferait mieux de l'allonger sur un canapé, le temps qu'il se remette à l'endroit.

Edwards remua vaguement.

— Baah, ça va...

— Tu n'as pas vu ta tête, siffla Vera, remontée. Me faire ça aujourd'hui, tu fais chier. Bon, on va rentrer, dit-elle à l'intention d'Esteban, ça vaut mieux... Allez, passe-le-moi.

Edwards penchait comme une grue malade. Esteban transféra son ami contre l'épaule de sa femme.

— Tu vas pouvoir t'en occuper toute seule ou j'appelle les pompiers ?

— Laisse, je vais le ramener à la maison.

Edwards fit un geste ample qui faillit le faire chavirer, souffla de dépit avec l'inertie d'un vraquier, quand son regard se figea. Esteban suivit le point que fixait son ami, pâle comme un linge : Adriano et Víctor se tenaient à quelques encablures, près du kiosque à musique, discutant avec trois hommes de leur âge, un verre de champagne à la main. L'expression de son visage avait changé, comme si Edwards ne s'attendait pas à les trouver là.

— Putain, Esteban, j'en ai marre, maugréa Vera en serrant sa prise autour de son époux.

— Tu ne veux pas que je t'aide à le porter jusqu'à la voiture ? insista l'avocat.

— Ça va aller, je te dis… Merci.

Vera salua Gabriela sans vraiment la voir et entraîna son mari vers une allée discrète. Hormis un serveur qu'Esteban avait repoussé d'un regard, tout le monde était retourné à ses occupations.

— Désolé, dit-il à Gabriela, Edwards n'est pas comme ça normalement.

— Je le trouve plus sympathique que la première fois, ironisa-t-elle.

L'avocat ne releva pas. S'il voulait se mettre Vera à dos, Edwards se montrait magistral. Lui faisait-il payer son infidélité ? Tout ça ne lui ressemblait pas… Esteban repéra ses cibles, qui revenaient du kiosque à musique.

Adriano plaisantait sur l'insigne honorifique qu'affichait désormais le juge Fuentes au revers de sa veste quand l'arrivée de son fils suspendit la conversation. Trois hommes les accompagnaient, Monroe, l'attaché culturel à l'ambassade des États-Unis, un grand type rouquin probablement américain lui aussi et un septuagénaire en chemise écrue et costume bleu nuit. Adriano Roz-Tagle fit un pas vers son aîné comme pour l'empêcher d'avancer.

— On peut dire que personne ne t'attendait.

— Un air bien connu, commenta Esteban pour évacuer le sujet. Félicitations, Víctor, lança-t-il au nouveau juge à la Cour suprême. Je n'étais pas à la remise de médaille mais je suis sûr que vous vous êtes débrouillé comme un chef.

Le juge Fuentes opina sans un mot. Adriano, marbre froid, adressa à peine un regard à ce qu'il croyait être la nouvelle conquête de son fils, une Indienne qui n'avait rien à faire là.

— Permettez-moi de vous présenter Gabriela Wenchwn, ma nouvelle cliente. Papa, enchaîna-t-il sur le ton de la confidence, je peux m'entretenir avec toi en privé ?

— Qu'est-ce que tu veux encore ?

— J'ai un scoop pour *El Mercurio*. Ou n'importe lequel de tes journaux.

Adriano avait de la prestance mais l'impatience des colériques.

— Écoute, ce n'est ni le lieu ni le moment : tu vois bien que nous parlons entre adultes.

Nulle ironie dans sa voix.

— Il s'agit d'une série de morts inexpliquées qui touche les jeunes de La Victoria, dit Esteban, quatre décès en une semaine. Peut-être une affaire de drogue, ou un nouveau produit empoisonné qu'on refile aux gamins. Je suis allé voir les carabiniers du quartier mais ils préfèrent s'entraîner à défiler dans la cour.

Adriano eut un claquement de langue agacé ; il se tourna vers ses hôtes, les pria de l'excuser et jeta un regard ombrageux à Esteban, l'intimant de le suivre. Trois pas suffirent.

— Le beau-père de ton associé, qui comme tu le sais se trouve aussi être mon ami d'enfance, célèbre aujourd'hui la consécration de toute une vie de travail, chez moi : et toi, évidemment, tu choisis ce moment pour réapparaître. Dis-moi que tu le fais exprès.

— La dernière victime est le fils du rédacteur de

Señal 3, la télé communautaire du quartier, plaida Esteban. Enrique, un gosse de quatorze ans qui est un proche de ma cliente, ajouta-t-il en montrant la Mapuche à deux pas de là. On a frôlé l'émeute dimanche dernier à La Victoria et les choses risquent de s'aggraver.

— Que veux-tu que j'y fasse? répliqua Adriano, peu concerné.

— La moitié des médias t'appartient : un coup de fil aux rédactions et l'affaire éclate, la police fait son travail, les *poblaciones* se calment et des vies humaines sont sauvées.

— Tu n'as qu'à en parler aux feuilles de chou communistes que tu lis au lieu de travailler, répliqua Adriano, ils doivent adorer les histoires de drogués. Écoute, enchaîna-t-il d'un ton moins plaisant, tu ne t'es pas manifesté pour les soixante ans de ta mère, alors que tu sais dans quel état ce genre de choses la met, sans parler de ton attitude inqualifiable au baptême de ta nièce, et tu me déranges un jour pareil, *pour ça*?

— C'est l'affaire dont je m'occupe.

— Encore une de tes lubies.

— Une cause perdue, précisa Esteban, je ne défends *que* des causes perdues.

Le patriarche eut un regard condescendant, assez rare chez lui.

— Tu me ferais presque pitié, Esteban.

Víctor Fuentes jaugeait le fils de son ami d'un œil sévère, Gabriela se sentait de plus en plus mal à l'aise.

— La Victoria n'est peut-être pas le seul quartier touché par le fléau, poursuivit l'avocat sans se démonter, le poison peut s'étendre et provoquer des dizaines de m...

— C'est l'affaire de la police, coupa Adriano. Maintenant, sois gentil, laisse-nous apprécier cette soirée. Rentre chez toi.

Martín, alerté par la joute près du kiosque à musique, s'imposa avec autorité.

— Tu as vraiment décidé de nous faire chier jusqu'au bout, hein? grinça-t-il. Qu'est-ce que tu cherches au juste?

Il serrait les poings, deux battoirs.

— Pas de scandale, je t'en prie, Esteban, intervint le juge Fuentes venu à la rescousse.

— Oui, appuya Adriano.

Le benjamin, vengeur, brûlait d'en découdre.

— Sylvia m'a dit en plus qu'il avait insulté ses enfants, rapporta-t-il à son père.

— Comment ça, «insulté ses enfants»?

Esteban se tourna vers Gabriela, pétrifiée sur le carré de pelouse.

— On dirait des oies, commenta-t-il.

— Sors d'ici! menaça Sylvia, dans l'ombre du sportif.

La foule commençait à se tourner vers eux. Adriano visa l'Indienne dans sa robe bon marché.

— Je ne sais pas qui est cette jeune personne, mais tu ferais mieux de la ramener chez elle, ou au diable, vous n'avez plus rien à faire ici.

Martín bombait son torse de stoppeur au crâne dur, les yeux métalliques.

— Oui, remballe ta Pocahontas, siffla-t-il dans un relent de pamplemousse. Allez, dégagez tous les deux!

Videur d'un soir, Martín pinça le bras de Gabriela pour la pousser vers la sortie mais la paume d'Esteban fonça si vite vers son visage qu'il n'esquissa pas un geste de défense : le plat de sa main percuta le menton de Martín qui, sur son mauvais pied, bascula sur la pelouse du kiosque à musique.

Cris parmi les femmes en robe de soirée, brouhaha ombrageux des hommes, une voix d'actrice traversa la haie de soie.

— Mon Dieu, mais qu'est-ce qui se passe ici ?! Martín ! s'écria Anabela en trottinant dans une robe à strass. Qu'est-ce que tu fais par terre ?!

— Esteban l'a frappé en traître ! rugit Sylvia, pivoine.

— Esteban ! glapit la star dans son rôle de mère.

L'aîné soupira – ne manquait plus qu'elle. Martín se releva vite, vexé, voulut bondir vers son frère pour le massacrer mais le coup au menton l'avait sonné : il chancela devant les yeux affolés d'Anabela, qui n'y voyait à peu près rien derrière ses lunettes noires.

— Frapper son propre frère ! s'écria-t-elle. Tu es devenu fou, Esteban !

— Fiche le camp d'ici, feula Adriano.

La situation devenait affreusement gênante. Les conversations s'étaient arrêtées, même les musiciens sur l'estrade avaient cessé de jouer. Gabriela posa la main sur l'épaule d'Esteban, deux gorilles à oreillette fendirent l'assemblée.

— Jetez-le dehors ! les encouragea Sylvia.

— Ne le frappez pas ! geignit leur mère. Je vous en prie, ne frappez pas mon fils !

Anabela ne supportait que ses propres cris : elle se réfugia dans les bras de son mari, où elle comptait bien fondre en larmes. La garden-party en l'honneur de leur ami juge virait au fiasco. Le petit salaud lui paierait ça.

— Dehors, ordonna Adriano en contenant sa colère.

— Monsieur, je vais vous demander de me suivre, annonça le type de la sécurité.

— Un coup de fil aux rédactions pour sauver des vies humaines, c'est trop demander ?

— Tu entends ce qu'on te dit ?! aboya Sylvia, qui aidait le benjamin à reprendre ses esprits. Va-t'en, tu nous fais honte !

Les deux gorilles encadrèrent le fauteur de troubles.

— Obéissez à votre père.

Cible de tous les regards, Adriano Roz-Tagle brûlait de rage : il adressa un signe aux deux agents de sécurité, qui prirent l'intrus par les coudes avant de le tirer vers la sortie. Gabriela suivit le trio au milieu des murmures de vertu outragée, tête basse. Les protestations d'Esteban n'y firent rien : on le jeta sans ménagement au pied du perron.

— Allez, de l'air !

L'adrénaline et le champagne commençaient à lui monter à la tête ; Esteban se réceptionna sur les graviers de la cour, croisa le regard buté des gorilles et de Nestor, le majordome, qui surveillait sa retraite avec un petit rire aigre.

— Je reviendrai ! menaça l'avocat.

Gabriela le poussa vers la décapotable garée sur la pelouse – quelle mouche les avait piqués, tous ?

13

Il aurait pu parler de ses années de *golden guy* à la Católica, ses études à Berkeley et sa rencontre décisive avec Kate, militante de Ralph Nader, Kate la Californienne qui, preuves à l'appui, lui avait expliqué le rôle de son pays auprès de Pinochet, les démocrates chiliens torturés avec l'assentiment de la CIA, le supplice de Víctor Jara au stade de Santiago et le double jeu de Kissinger, Kate qui l'avait initié à l'ayahuasca et l'avait retourné côté fleur, là où la moindre brise vous souffle l'émotion, «côté Víctor Jara», comme elle disait. Il aurait pu parler de son retour à Santiago, du silence assourdissant de ses compatriotes à la mort du dictateur, des quatre mille sympathisants qui avaient assisté à sa dernière messe dite par l'évêque des Armées, et des mœurs passéistes d'un pays statufié, au garde-à-vous, un pays qui n'avait pas reçu de caresses depuis longtemps et qui ne savait plus en donner, caché sous le clinquant des affiches publicitaires où les femmes étaient blanches et blondes, il aurait pu parler de ses années américaines qui l'avaient changé à jamais, du coup de grâce qu'il avait reçu à la Villa Grimaldi en revisitant leur passé, de son application dès lors à saboter l'avenir qu'on avait bâti pour lui, entouré de femmes sans en aimer aucune, il aurait pu dire que chez lui tout était flouté, foutu, que le diable tenait le miroir et qu'il se réveillait tous les matins avec l'envie de vomir, comme les artistes avant d'entrer sur scène sauf que la scène ici était fausse, moche, un tas d'ordures, Santiago succession d'immeubles sans joie, ternes et fonctionnels à l'image de ceux qui les avaient bâtis, envie de vomir en écoutant la radio, la télévision, devant la chaîne de supermarchés que possédait la veuve de Pinochet, il aurait pu parler du quartier de La Reina où il avait grandi, un quartier sans bar, cinéma ni théâtre car les riches vivaient entre eux mais pas ensemble, il aurait pu dire que quand l'envie d'en finir se faisait plus pressante il partait vider ses poubelles en bord de mer, à Quintay ou ailleurs, écrivait des contes efflanqués et obscènes aux fins invariables, apocalyptiques, une haine diffuse pour le monde qu'il inscrivait dans le marbre du papier sans jamais la calmer, mais Esteban ne dit rien.

Il y avait cette fille devant lui : Gabriela…

L'avocat avait tenu à inviter sa cliente après leur déconvenue, à la Liguria, typique d'un certain âge d'or chilien ; tabourets chromés, sièges rouges et nappes à carreaux, comptoir de bois patiné et bouteilles de vin exposées sur les étagères, les serveurs y déambulaient entre les tables dans leur tablier et costume noir et blanc à la façon des garçons de café parisiens. Ils avaient trouvé une table dans le grand patio de l'arrière-salle, avec sa déco peinturlurée et ses vieilles affiches de cinéma – Mastroianni, Leigh,

Garbo, Bogart, Dietrich, Belmondo... Gabriela se remettait à peine de leur incursion à la garden-party ; Esteban avait conduit pied au plancher comme s'ils étaient seuls dans les avenues, mais elle avait senti sa violence quand il avait envoyé son frère culturiste au tapis, l'animosité unanime à son égard.

— Celle que je préfère, c'est quand même ma mère, déclara Esteban, installé avec elle devant un pisco *sour*.

— Celle qui chiale tout le temps ?

— Ma mère est une star, elle n'a jamais eu le temps de s'occuper de nous, dit-il comme pour la disculper. Mais je trouve sa façon de faire naufrage assez touchante.

— Ah oui.

— Elle ne pense qu'à arrêter de vieillir, expliqua-t-il devant sa moue dubitative. C'est un peu une cause perdue.

— Une petite névrose aussi peut-être, releva-t-elle.

— Oui. Et parfaitement inutile : c'est ce qui est touchant...

Esteban manqua son sourire. Du coup, c'est lui qui était touchant.

— Tu n'as pas dû avoir une enfance très heureuse, dit Gabriela.

— Au contraire, je ne pensais à rien. La belle vie, entouré d'abrutis.

L'étudiante dévoila deux petites canines blanches, qu'il imagina un instant chatons mordillant les pompons du fauteuil.

— Tu méprises ta sœur, le griffa Gabriela, mais c'est quoi la différence au juste entre elle et toi ?

— À part le gras ?

Il faisait l'imbécile.

— Mais ton frère, reprit Gabriela, ton père... Même le majordome te déteste!

— Ah, Nestor... Il m'a surpris dans le boudoir avec sa fille lors de la fête de baptême de je ne sais plus quelle nièce. Sophia était majeure, je précise.

Gabriela grimaça.

— Le boudoir?

— Oui... Tu sais, il y a des gens qui se sentent incapables de faire l'amour chez leurs parents, ça les inhibe, d'autres qui trouvent ça super.

Gabriela laissa échapper un rire gai, spontané, plein de vie : Esteban n'avait jamais rien entendu de semblable, le monde devint alors subitement *joyeux*.

— Tu croyais vraiment que ton père allait nous aider, ou c'est juste une façon de te rappeler à eux? poursuivit-elle.

— Les deux, sans doute.

— Tu ne dis jamais la vérité.

— Tu sais ce que disait Nietzsche, se déroba-t-il, «La vérité est une illusion dont on a oublié que c'était une illusion»... Et puis, tout dépend où l'on se place. Par exemple, à mes yeux, il suffisait que mon père lève le petit doigt pour que toutes les rédactions se positionnent sur une série de morts inexpliquées. Fameuse énigme pour les vendeurs de papier, non?

— Hum. L'énigme aurait plutôt été de trouver le ressort pour inciter ton père à lever le petit doigt, lui retourna-t-elle. On ne peut pas dire que tu t'y sois très bien pris.

— Comme un manche.

Une fausse joie inondait ses yeux. Un deuxième pisco *sour* arriva comme un biplan sur la table.

— Pourquoi me présenter ta mère, reprit Gabriela, elle n'a rien à voir avec l'affaire de La Victoria?

— Juste pour que tu voies où tu mettais les pieds.

— Je n'ai pas besoin d'aller dans un manoir pour me faire une idée des gens qui y vivent, déclara Gabriela.

— Je parlais de moi.

Les *ceviches* arrivaient à leur tour, baignant dans le citron et la coriandre. Esteban ne la laissa pas s'engouffrer dans la brèche qu'il avait ouverte.

— Ta famille est aussi chaleureuse que la mienne? demanda-t-il.

— Pourquoi tu dis ça?

— Tu n'as pas grandi à Santiago, tu as donc dû la quitter un jour.

— Oui...

Un voile de mélancolie ternit le regard de la Mapuche.

— J'ai encore perdu l'occasion de me taire, on dirait.

— Non... Non. Mes frères sont en prison, dit-elle tout de go.

— Ah.

— Tu connais la situation en Araucanie, poursuivit Gabriela, les multinationales rasent les forêts, assèchent les nappes phréatiques et bousillent un des écosystèmes les plus riches au monde... Mes frères font partie du Conseil assesseur indigène, l'organisme qui centralise les revendications mapuches. Ils ont participé à des récupérations de terres, brûlé quelques clôtures, mais ils n'ont jamais fait de mal à personne. L'État les traite comme des criminels.

Occupation illégale d'une propriété privée, violences et actes de résistance envers les forces de l'ordre – ses frères avaient jeté des pierres contre les véhicules blindés –, incendies de camions forestiers, détention d'armes : José et Nawuel avaient écopé de sept ans de prison chacun, après un procès où des témoins à charge anonymes s'étaient présentés cagoulés « par peur des représailles » – en fait des délinquants de droit commun à qui on promettait des remises de peine.

— Ils sont enfermés à Angol, dit Gabriela. C'est comme ça qu'on traite les militants écologistes dans notre pays. C'est aussi pour ça que j'ai quitté la communauté : trop de douleurs là-bas... (Une saine rage irriguait ses veines indiennes.) Tu sais le plus drôle ? Quand un jour il y aura une pandémie mondiale, un virus inconnu ou je ne sais quoi, et que la médecine occidentale restera impuissante, c'est peut-être dans une de ces forêts vieilles de milliers d'années qu'on pourrait trouver le remède miracle. Mais s'il n'y a plus de forêts originelles ? Plus de biodiversité, d'insectes ou de plantes inconnues pour soigner le mal ? Ils auront l'air malin tous ces vautours...

Esteban opina, le nez dans son cocktail. Il avait défendu des Mapuches spoliés, fauchés, dont les titres de propriété dataient de Valdivia et ne valaient pas le torchon qu'on leur tendait pour sécher les larmes de leurs âmes, mais il n'allait pas se faciliter la tâche.

— Cristián est un ami de mes frères, c'est comme ça que j'ai débarqué à Santiago, reprit Gabriela en entamant son plat. Sa grand-mère est mapuche et vit à Cañete, pas loin de notre communauté. Tout le monde se connaît par là-bas. Et puis, tout est lié. Mapuches considérés comme terroristes sur leur propre territoire, *poblaciones* oubliées par le pouvoir ou luttes étudiantes, on partage tous l'héritage d'Allende... ou plutôt son rêve testamentaire.

Gabriela reprenait des couleurs au-dessus de la nappe à carreaux de la brasserie – l'effet dynamisant du pisco *sour*, de ses yeux bleu pétrole, du temps qui doucement se délitait.

— Tes parents habitent toujours dans le Sud?
— Ils ont un lopin de terre, près du lac Lleu-Lleu. Mais comme ma sœur, je n'ai pas l'âme d'une paysanne. Et puis, il n'y a pas beaucoup de cinémas par là-bas, fit Gabriela dans un euphémisme.
— Tu as aussi une sœur?
— Oui... Elle est partie il y a longtemps en Argentine, à Buenos Aires... Elle est sculptrice.

Aux dernières nouvelles, Jana filait le parfait amour avec un *Porteño* et attendait un bébé.

— Ils doivent te manquer.
— Oui, parfois... souvent.

Esteban ne fit pas celui qui comprenait.

— Et toi, dit-elle pour changer de sujet, à part défendre des causes perdues et dépenser l'argent des autres, il y a quoi dans ta vie?
— Oh! moi, tu sais...
— Non, justement : *ceviche*, pisco *sour*, c'est un peu court.
— Bah...
— Une femme?
— Bah...

— Des femmes ?

Esteban sourit pour la galerie. Il ne voulait pas parler de ses écrits, encore moins de Catalina. Il piocha dans les lamelles de poisson, commanda une nouvelle tournée au serveur qui passait et dit comme une évidence :

— Tu connais Víctor Jara…

— Oui… (Gabriela se souvenait de quelques chansons, qu'elle n'écoutait plus.) Quel rapport avec les femmes ?

— Ça dépend où l'on situe son regard.

Celui de Gabriela commençait à légèrement chavirer – elle avait chaud aux joues et le brouhaha du restaurant lui semblait de plus en plus lointain.

Esteban profita d'un nouvel arrivage de pisco pour lui raconter le père de Víctor Jara, un métayer amer et éreinté par le travail qui voyait ses enfants comme de la main-d'œuvre, Víctor qui à six ans aidait aux champs, à la charrue, cette vie de misère où seules les chansons lui donnaient du plaisir – l'instituteur en pension chez eux lui avait appris les premiers accords sur sa guitare –, et puis l'exil de la famille à Santiago dans le quartier mal famé derrière la gare centrale, *Chicago Chico* comme on l'appelait, le père alcoolique qui disparaît, ses frères enrôlés dans les bandes locales, sa sœur ébouillantée qui s'échappe pour devenir infirmière, sa mère qui meurt d'une crise cardiaque l'année de ses quinze ans, Víctor au séminaire pour fuir sa condition misérable. Exalté, Esteban lui raconta l'armée puis l'université où il avait rencontré sa femme, une danseuse d'origine anglaise alors enceinte d'un metteur en scène qui l'avait abandonnée, les fleurs que Víctor lui apportait à la maternité pour la sortir de sa dépression, leur amour naissant et l'adoption de l'enfant qu'elle portait car c'était son tempérament, généreux, entier, ses premières mises en scène et actions politiques en faveur d'Allende, le voyage en Californie où il avait rencontré le mouvement hippie et son retour déçu quand il avait compris que les jeunes Américains ne feraient jamais la révolution, même pas celle des fleurs, sûr que les drogues se chargeraient d'eux, Víctor bientôt leader de l'Université du Chili et du mouvement musical qui soutenait l'Unité populaire, les concerts qu'il donnait partout, des mines de sel du Nord au Sud paysan où, petit, il avait subi la répression des milices des grands propriétaires terriens lors de la première tentative de réforme agraire. Il lui raconta l'école de danse que Víctor Jara avait montée pour les pauvres, le théâtre, l'art pour tous, à commencer par ces gamins qu'il accueillait à l'université crevant de dysenterie et qui n'avaient jamais vu un lavabo de leur vie, enfin la contre-attaque de la droite dure, les milices, la violence quotidienne dans les rues, les agressions auxquelles le chanteur échappait après les concerts, Víctor Jara déclaré «pédé» par la presse à scandale et appréhendé lors d'une fête pour homosexuels en compagnie de jeunes enfants, des calomnies reprises partout sans aucun moyen d'y répondre puisque tous les médias appartenaient à la droite. Il lui raconta son enthousiasme contagieux quand il déchargeait les camions qui réussissaient à forcer le blocus des routiers, son sourire infatigable malgré les rumeurs de coup d'État, les cauchemars lorsque sa voiture s'arrêtait au feu rouge et que les miliciens d'extrême droite le cherchaient, la prémonition de sa mort qui l'obligeait à plaisanter sur le sujet, « profitez bien de moi ! », et puis la trahison de Pinochet, Víctor Jara arrêté à l'université, enfermé avec des milliers d'autres civils dans le stade de Santiago, la joie des militaires quand ils l'avaient reconnu, les coups de rangers au visage et dans les côtes, ses doigts brisés à coups de crosse pour que jamais plus il ne joue de la guitare, Víctor renvoyé les mains broyées parmi les détenus qui se met à chanter a cappella dans le stade, Víctor invaincu qui fait chanter les gradins sous les yeux furieux des militaires, enfin les cris quand on l'avait poussé dans un vestiaire pour le liquider, « Le Prince », son ultime bourreau, et la balle dans la nuque qui avait propulsé Víctor face contre terre, puis la curée des mitraillettes lorsqu'ils avaient criblé son cadavre de balles, à bout portant. Quarante et un ans, quarante-quatre impacts dans le corps : Víctor Jara...

Minuit sonnait quelque part quand Gabriela rouvrit les yeux. Esteban réglait l'addition penché sur le comptoir de bois verni de la Liguria. Les pisco *sour* incendiaient son cerveau, brûlant tout sur leur passage. Un tourbillon où il l'avait soûlée de mots, d'émotions brutes. Gabriela ne savait plus où elle en était ; il la prit par la main.

— Viens.

C'est en partant faire la tournée des bars que les choses commencèrent à devenir floues.

*

Vera ne bronchait pas au volant de l'Audi, mais son visage irradiait la colère. Edwards ne voyait pas les traits de sa femme dans l'habitacle; il puait l'alcool, le mal-être, la couardise et la mort. Il rentrait de la garden-party, tellement ivre qu'il tenait à peine sur le siège en cuir de la berline allemande. La route pourtant rectiligne lui donnait la nausée, les lumières des buildings de Las Condes, les rares restaurants ouverts, tout lui semblait presque irréel.

Vera conduisait en silence et, sage, gardait ses reproches pour plus tard. Ils tomberaient dru, comme les reflets des lampadaires sur le pare-brise. Vera ne se doutait pas que son mari avachi dans la pénombre avait du mal à respirer, les poumons gros et des larmes atones qui lui coulaient en dedans. Ils arrivèrent à Las Condes, le quartier des banques et des *condominios*[1], sous un halo de brume éthylique. L'avocat peinait à faire le point. Un mauvais rêve. Une fois claquée la porte de la maison, ce fut pire. Les canapés de cuir beige du salon, le miroir au-dessus de la cheminée, la peinture d'art contemporain au mur, tout balançait dans un mauvais tango, et les reproches de Vera sifflaient comme des balles.

Edwards s'avéra trop soûl pour savoir qui avait commencé, pourquoi il ne disait pas simplement à sa femme qu'un dilemme le tiraillait, qu'il buvait comme on se noie dans l'espoir qu'une solution miracle le sorte de là, mais plutôt que de se confier à Vera, Edwards évoqua son amant. Le type qui la sautait debout pendant ses heures de travail.

— De quoi tu parles? s'insurgea-t-elle.
— Du sperme trouvé dans ta culotte.
— Qu... quoi?!

1. Résidences privées sécurisées.

Vera se décomposa sur le tapis d'Orient. Edwards enfonça le clou sans savoir qu'il lui perçait le cœur.

— Eh oui, chérie, j'ai fouillé dans le linge sale. Y avait du monde là-dedans!

Son air égrillard au milieu du salon sortit Vera de ses gonds.

— C'est... proprement dégueulasse.

— Comme tu dis, la reprit-il au bond.

— Comment peut-on faire une chose pareille... Mon propre mari...

Vera parlait toute seule, décontenancée.

— Il en a une grosse, au moins? s'enlisa Edwards.

À ces mots, elle vit rouge : son air sardonique, son haleine alcoolisée, son costume taché, tout la révulsait.

— Si tu ne m'avais pas trompée sur la marchandise, lâcha-t-elle, si tu me baisais plus d'une fois par an, on n'en serait pas là!

La haine les avait réduits, hérissés l'un contre l'autre. Honte, ressentiment, les injures devinrent des cris à travers le salon, qui n'était pas si grand.

— Salope!
— Pervers!
— Pute!
— Bite molle!

Edwards leva la main et s'approcha pour la frapper. Vera recula d'instinct devant le visage ravagé de son mari, mais c'est lui qui soudain eut peur. La sauvagerie lui remontait des entrailles. *In utero.* L'amour et la mort, un combat vieux de quarante ans qui le rendait impuissant. Edwards tituba jusqu'au couloir, rebondit contre les murs et poussa la porte des toilettes. Un spasme lui tordit le ventre ; il se précipita vers la cuvette au moment où un flot d'alcool et de bile éclaboussait l'émail immaculé.

Il voulait mourir, disparaître, s'enfouir comme un ver au centre de la terre, fœtus de rien du tout... Non, personne ne pouvait comprendre, sauf Esteban...

14

El Chuque ne contemplait plus son royaume du haut de son tas d'ordures : le monde s'était rétréci à ces fichues doses de cocaïne barbotées la semaine précédente. Qui pouvait prévoir que les pigeons tomberaient comme des mouches, que le curé et un avocat viendraient mettre le nez dans ses affaires ?

Le chef de bande fumait une cigarette, assis sur son pneu-trésor. Les autres sniffaient de la colle à l'ombre des carcasses de frigo. Ils étaient une vingtaine, petits et grands, plus sales les uns que les autres, de tous les âges, la tête dans les nuages. Il en filait des mauves sous la lune naissante, des nuages tout ébouriffés de gaz ou de vapeur, El Chuque ne savait pas trop. Il n'avait pas été longtemps à l'école et s'en fichait pas mal maintenant qu'il serait riche. Bientôt… Encore une heure à tuer avant le ramassage du cuivre et le deal dans le centre de Santiago. Il irait avec la bande. Ça lui dégourdirait les jambes et lui passerait peut-être l'envie de se défoncer à la colle à rustine. Il fallait qu'il garde la tête froide. Les autres n'étaient pas au courant de ses tours de passe-passe.

La voiture arriva de nulle part : traversant le terrain découvert à grands renforts d'amortisseurs, elle se gara à dix mètres du monticule et des carcasses où la bande se défonçait. Daddy et ses hommes sortirent comme des bombes de l'habitacle, quatre porte-flingues baraqués qui fondirent sur eux, dans les vapes. El Chuque se redressa à leur approche, devina la mine fermée de Daddy sous les cratères célestes et son cœur se serra d'appréhension : ce rendez-vous n'était pas prévu.

Deux mioches qui sniffaient à l'écart en profitèrent pour déguerpir, les autres comptaient encore leurs neurones.

— Salut, Daddy! lança le chef de bande.

L'homme avança vers lui d'un pas déterminé et le prit dans sa pogne. Protester non plus n'était pas dans le protocole : il empoigna la racine de ses cheveux, précipita l'adolescent face contre terre et lui racla violemment le visage sur le sol jonché d'ordures.

— T'avais pas assez de cicatrices sur la gueule, El Chuque?! Hein?! Tu en veux d'autres?!

Éclats de verre, bouts de métal, de boîtes de conserve, les cris d'El Chuque couvraient les jurons de Daddy qui continuait d'éplucher sa face. Coupée de sa tête pensante, la bande ne réagit pas. Les hommes du boss étaient surarmés et bloquaient toute retraite. El Chuque se débattait comme un beau diable mais Daddy était plus fort, plus lourd; il enfonça son genou dans la colonne vertébrale du revendeur, qui brailla de plus belle. Le visage en sang, une douleur aiguë mordant ses os, El Chuque sentit son scalp se décoller de son crâne quand Daddy lui redressa subitement la tête. Deux yeux de serpent le fixèrent.

— Tu as parlé à un avocat, punaise...

Tordu à sa pogne, El Chuque mima la consternation.

— Hein?! Quel avocat?! Putain, non, je te jure! Je sais même pas de quoi tu veux parler, Daddy!

La chair entaillée de son visage lui arrachait des larmes de sang.

— Mens-moi encore une fois et je te finis au couteau, susurra le boss.

— Je te jure que j'ai rien dit! protesta le chef de bande. Pas vrai? (Il chercha ses troupes du coin de l'œil.) Pas vrai, les gars?

On réagit mollement. El Chuque voulut avaler sa salive mais il n'en avait plus. Le sang coulait, grumeleux, de ses lèvres déchiquetées.

— Accouche, menaça Daddy.

L'adolescent tenta de réfléchir, le cœur battant.

— Il... L'avocat a braqué les doses que j'avais sur moi, mais j'ai rien dit. Les copains sont venus à la rescousse, tu n'as qu'à leur demander! Demande-leur, Daddy, demande-leur!

Personne n'osa l'ouvrir. Daddy serrait toujours sa tignasse dans sa main épaisse.

— Qu'est-ce qu'il voulait, l'avocat?

— Il... Il m'a parlé d'un gars, Enrique, et d'une série d'overdoses. Y avait un curé avec lui, un vieux et une fille, une Indienne. Ils m'ont pris par surprise et m'ont chouré les doses de coke, c'est la vérité, Daddy! Les salauds m'ont volé!

— Ah oui, et qu'est-ce qu'elles foutaient dans tes poches, ces doses de coke?

— J'allais les refourguer quand ils me sont tombés dessus!

— Les refourguer à qui?

— Aux *cuicos* du centre-ville!

— Avoue plutôt que tu as refilé de la cocaïne aux paumés de La Victoria, gronda-t-il entre ses dents. Avoue, crapule!

— Oui... Oui, j'aurais pas dû.

— Surtout que ces minables ont rien trouvé de mieux que d'en crever.

— Je pouvais pas prévoir!

— Putain, il était convenu que vous dealiez dans le centre de Santiago, sac à merde, pas à La Victoria! (L'haleine du boss passa sur sa peau à vif.) Explique-toi avant que je perde patience. Explique-moi tout depuis le début : d'où sort cette dope?

Une odeur de mort flottait autour d'eux.

— J'ai... J'ai volé un lot.

— Lors de la coupe?

— Oui...

— Que tu as dealé à La Victoria, poursuivit Daddy.

— Oui... Mais je sais pas pourquoi des pigeons crèvent dans le quartier, geignit El Chuque. Ni comment le curé et l'avocat ont su que j'avais de la coke, je le jure!

— Eh bien moi je vais te dire comment ils ont su : parce qu'un pigeon a cafté.

— Je recommencerai plus, Daddy, je le promets!

L'homme gonfla ses narines de colère : ce cloporte avait désobéi à ses ordres.

— Depuis quand tu fais ce petit business dans mon dos?

— Quinze jours, gémit-il. Juste quinze jours ! Lâche-moi, s'il te plaît, Daddy !

El Chuque avait le dos au supplice et les racines de ses cheveux enflammaient son crâne.

— À quoi tu as coupé la coke pour qu'elle zigouille des jeunes du quartier ?

— À rien ! Je le jure, à rien ! J'ai juste grugé un peu sur les grammes, c'est tout !

— Alors pourquoi ils meurent ?

— Je sais pas ! C'est la vérité !

Daddy jeta un regard noir à ses hommes, impassibles devant la meute de traîne-savates. Même si cette canaille disait vrai, il fallait sévir.

— Tu ne me laisses pas le choix, El Chuque... Qui est le chef après toi ?

El Chuque renifla un peu de morve rougeâtre sous le regard apeuré de la bande, désigna un des gamins.

— C'est quoi, ton nom ? lui lança le boss.

— Matis...

Treize ans dans deux mois, un as chez les pickpockets : El Chuque l'avait connu dans la rue et Matis l'avait suivi. Daddy acquiesça devant le petit bouclé qui rapetissait au milieu des autres mioches, lâcha enfin le scalp de leur chef qui, à genoux, put de nouveau respirer. L'effet de soulagement ne dura pas : l'homme déboutonna son pantalon et extirpa un bout de chair flasque, rabougrie et pâle sous la lune.

El Chuque déglutit, à genoux. Daddy exhibait son sexe à hauteur de ses yeux ; il dégaina le Beretta de son holster et vissa le canon sur son crâne.

— Suce-moi la bite, dit-il d'une voix sinistre.

Un vent de panique souffla à l'ombre de la décharge. El Chuque eut un geste de recul mais la pression du canon le maintint à genoux. La queue molle pendait devant sa face ensanglantée.

— Suce-moi la bite ou je te fais sauter la tête, menaça Daddy en imposant sa masse, *tout de suite*…

L'adolescent tremblait comme une feuille.

— Tu m'entends, mouche à merde ?

Il pleurait de peur.

— Suce-moi la bite, je te dis !

Le membre touchait ses paupières, son nez pissait le sang, sa vue se brouillait devant le sexe poilu : El Chuque chercha une issue mais les autres étaient comme lui pétrifiés de peur.

— Suce-moi la bite, ordonna le boss, dernière sommation.

— Non, gémit-il à genoux. Non, Daddy, je t'en prie…

— Suce !

— Non…

La crosse du Beretta s'abattit sur son front, puis un autre coup tout aussi violent l'envoya à terre. El Chuque roula dans les papiers gras, sentit un liquide tiède couler sur ses joues et son esprit s'évanouir : l'impression de se séparer. Un troisième coup de crosse, asséné à toute force, lui brisa le crâne. Il y eut un bruit désagréable, organique ; l'adolescent s'enfonça comme un caillou dans la boue, sous les regards effarés des gamins des rues. Plus un ne respirait. Leur chef ne bougeait plus. Il ne bougerait plus jamais.

Daddy se tourna vers les morveux.

— Maintenant c'est toi le chef, lança-t-il à Matis.

Le petit bouclé ne broncha pas. Le cadavre de son copain lui donnait envie de vomir.

— Ramène-toi, ordonna le boss.

Les porte-flingues surveillaient la scène, prêts à sévir au moindre geste de rébellion. Matis approcha timidement, frissonna à la vue du corps à terre ; une petite mare vermeille se formait, perlant du crâne ouvert.

— C'est toi qui vas reprendre le business, annonça le boss. Mêmes dispositions qu'avec ton copain El Chuque : le premier qui consomme la coke, en parle ou essaie de me rouler en dealant hors du centre-ville, je l'étrangle de mes propres mains... (Il fixa celui qu'il avait désigné comme le nouveau chef.) C'est compris ?

Matis hocha la tête en guise d'assentiment.

— Bon. On va sceller notre nouvelle amitié, si tu veux bien... Matis, c'est ça ?

Il happa le gosse par les cheveux et le pressa vers le sol. Prisonnier de ses serres, Matis tomba à genoux, grelottant de peur.

Le sexe de Daddy était plus vigoureux.

— À toi, maintenant...

*

Un parfum de fin du monde flottait dans le bureau d'Edwards. Il tenait debout, c'était à peu près tout. Un goût amer imprégnait sa gorge, douloureuse à force de rendre sa bile. Combien de temps était-il resté prostré dans les toilettes, face à la cuvette puant le vomi ? Les murs avaient des angles aigus, coupants. Il referma la porte du bureau au fond du couloir, encore bouleversé par la dispute de tout à l'heure et sa propre violence. Il ne savait pas où était Vera, probablement réfugiée dans la chambre, et se sentait trop mal pour songer à se faire pardonner. Son haleine devait dégager une odeur répugnante et l'heure n'était de toute façon pas aux réconciliations. Demain. Il fallait d'abord qu'il vide son sac, qu'il recrache le venin que ces crapules lui avaient injecté... Esteban : Esteban saurait quoi faire.

Les branches des arbres bruissaient derrière la vitre du bureau. Edwards s'écroula sur son fauteuil en cuir et, son portable en main, chercha le nom de son associé. Esteban connaissait son histoire, ses démarches pour retrouver les assassins de son père, ce qu'avait subi sa mère enceinte, il comprendrait dans quel piège il s'était fourré... Edwards voyait double, les nausées se succédaient par vagues mais il avait tout rendu. Enfin il trouva le contact d'Esteban et appela, le souffle court... Une, deux, quatre, six sonneries... Les murs continuaient de tanguer et il ne répondait pas.

La messagerie se déclencha. Puis un bip sonore. Edwards balbutiait dans le combiné.

— Esteban, c'est moi... Écoute, il faut que je te parle... Je t'ai pas tout dit ce midi... Il y a Vera mais c'est pas ça le pire. Il y a quelqu'un... quelqu'un que j'ai vu ce soir... à la garden-party, chez tes parents... Schober, un ancien du Plan Condor...

*

Le río Mapocho courait au cœur de Santiago. La rivière, que les Indiens Mapuches traversaient jadis à la rame, ne ressemblait plus qu'à un vague torrent crasseux où les rats le disputaient aux chiens le long des rives ; Gabriela et Esteban passèrent le pont à pied et basculèrent du côté de Bellavista, le quartier des bars et des boîtes à la mode.

Ils croisèrent une fille défoncée à la dure qui dérivait, sale et nue, en longues embardées promises à la chute, des supporters de Colo-Colo qui venaient zoner Plaza Italia pour venger la défaite de leur club, des rabatteurs devant les enseignes clignotantes des restaurants pour touristes, trois Japonaises à peine majeures qui riaient en se poussant dans leur tenue de manga, des visages inquiets rasant les murs, des ivrognes... Ils burent encore quelques verres avant d'aller danser. Esteban connaissait un club près de la Calle Pío Nono, El Chocolate, une salle de concerts avec des gradins où des videurs endimanchés avec oreillette surveillaient la jeunesse de la capitale. De fait, il y avait un monde fou dans la boîte de nuit.

— Tu veux quoi ? cria Esteban par-dessus la musique.

— La même chose !

Gabriela fila vers la piste pendant qu'il allait chercher les verres au comptoir. Elle avait trop bu pour tenir une conversation et elle aimait danser. Un groupe de *boys band* en marinière mimaient un coït assez ridicule sur la scène, suppléés par deux danseuses « brésiliennes » qui secouaient leurs plumes, la coiffe ostentatoire cachant mal les sourires figés sous le maquillage. La piste était bondée, la musique assez lamentable mais Gabriela et Esteban s'enlacèrent comme on le fait à ces heures, sans plus penser à rien. Le cocktail expédié les avait mis sur orbite, le corps fuselé de l'étudiante ondulait sous les spots, un sourire extatique sur les lèvres, là, au bout de ses doigts.

— Tu vois, tu peux être sexy quand tu veux! lui brailla-t-elle à l'oreille.

— C'est bien la première fois que j'entends un truc pareil!

— Ha ha!

Gabriela était encore plus soûle que lui. Esteban la fit tourner, encore, mais c'est lui qui perdait la tête. Regards équilatéraux, sens kaléidoscopes, pauses extravagantes, contacts, caresses à distance, pudeur et enchantements toniques : ils dansèrent n'importe comment jusqu'à la fermeture d'El Chocolate, sortirent crevant de rires faute de pensées logiques et échouèrent dans un des bars clandestins de Bellavista, les seuls encore ouverts à cette heure.

Une cinquantaine de noctambules faisaient la queue à l'entrée. Il fallait vider le trottoir à la première alerte de flics, on détalait en groupe dans une chorégraphie plutôt comique; enfin, après un bref chassé-croisé avec les forces de l'ordre, ils purent entrer et se frayer un chemin jusqu'au comptoir de l'after. L'avocat croisa des têtes plus ou moins connues, dont un petit brun à barbiche et chapeau mou qui lui donnait de grandes tapes dans le dos, sans vraiment savoir qu'il était là. Ils ne voyaient rien ou presque dans la salle enfumée, les corps s'entassaient comme dans une cave sous les bombes, gesticulant au son de standards des années 1990. Coincés contre le comptoir, ils burent encore, jusqu'à perdre totalement le contrôle de la réalité.

Délire éthylique, hallucination? La dernière vision qu'eut Gabriela fut celle d'Esteban grimpé sur la tête d'un taureau empaillé comme un trophée au mur, défiant la pesanteur sous les huées des clubbers, elle en feu dans sa ligne de mire…

La Mapuche grimaça avant de sombrer dans les limbes – c'était quoi cette rencontre, encore un coup de la *machi* ?

DEUXIÈME PARTIE

LA FEMME MAGNÉTIQUE

Atacama – 2

Fer, cuivre, or, argent, étain, personne, pas même les chamanes atacamènes, ne savait que ce désert aride renfermait des trésors. Les chrétiens espagnols puis les colons allaient les leur voler, de l'exploitation certifiée par des papiers, des écritures. Les Atacamènes n'y comprenaient rien et, vaincus mille fois, n'étaient de toute façon pas conviés au festin.

Enfin, à force de temps et de revendications, les « Indiens » encore propriétaires furent autorisés à creuser de petites mines dans leurs terres ancestrales. Le rendement était faible ou anecdotique comparé aux entreprises d'extraction, mais des mesures gouvernementales les aidèrent à développer leurs infrastructures – pelles, pioches... L'arrivée de l'explosif les envoya dans une nouvelle ère. L'âge du fer. Du minerai, dont on disait le sous-sol riche à pleurer.

Homme courageux et obstiné, Carlos Muñez, le père d'Elizardo, s'était mis en tête d'exploiter l'*ayllo* de Cupo, l'oasis d'altitude où il avait grandi. Le village bénéficiait d'un cours d'eau souterrain, élément précieux et nécessaire au filon. Tous les jours Carlos creusait, déplaçait des tonnes, remuait la terre comme pour en malaxer la chair, sous les sarcasmes des villageois devenus rares, métis ou Indiens pour la plupart.

Elizardo ne détonnait pas dans le paysage andin. Ici ne vivaient que des guanacos, des vigognes, quelques renards à la course et leurs rongeurs. Elizardo leur parlait parfois, faute de les approcher. Les gens de l'*ayllo* disaient qu'il n'y avait rien dans la mine de son père, que des mirages – ceux des chrétiens. Carlos se fichait de ce qu'on racontait dans son dos, il creusait. Des trous, des galeries, des réduits de roche connus de lui seul. Il lui restait des explosifs, des explorations à faire, sûr que ça allait bientôt barder, de la richesse à pleines mains ramassée à la pelle, il y croyait dur comme fer.

Mais les choses ne se passent jamais comme prévu...

Elizardo Muñez avait cinq ans quand son père fut enseveli sous des tonnes de terre sèche. Tellement sèche qu'on retrouverait son cadavre trente ans plus tard au fond de la mine, en parfait état de conservation : le père d'Elizardo avait été littéralement minéralisé.

1

Des grues à l'arrêt pointaient par la vitre du bureau, robots tentaculaires dominant le port de Valparaiso. L'accès était réglementé, et strictement privé. De lourds porte-containers venus du monde entier y déversaient chaque jour des milliers de tonnes de marchandises que des camions avides chargeaient sur les pontons ; la nuit, tout était calme.

Javier Porfillo était seul à cette heure tardive. La secrétaire était partie et Mónica, sa maîtresse, ne l'attendait plus pour dîner depuis longtemps. Le chef de la sécurité du port s'en fichait, de Mónica, des autres.

Celui qui s'appelait encore Jorge Salvi avait compris très tôt qu'il n'attirait pas les femmes. Quand les blancs-becs de son âge roulaient des mécaniques dans les cours d'école après les rares baisers accordés au prix de mille vestes collégiennes, Jorge faisait le vide autour de lui. Les filles l'évitaient : c'est à croire qu'elles opéraient des détours, comme si l'escogriffe puait la peste, l'émanation mortelle des dragons dont il fallait fuir jusqu'au moindre souffle. Une forme d'unanimité, moins contre que loin de lui. Était-ce sa corpulence, ses mains épaisses, ses yeux peut-être un peu trop convergents qui lui donnaient cet air obtus, dissymétrique ? Aucun oiseau ne viendrait se poser sur ses branches : Jorge se croyait chêne, il n'était qu'épouvantail.

Ce constat l'avait rendu sombre, amer, puis rétif à toute forme de caresses. Signe d'expiation corporelle, stigmates ou simple maladie de peau, des verrues étaient alors apparues sur ses mains, ses pieds. Ces excroissances n'étaient pas douloureuses, juste repoussantes. À l'instar des bâtards du Moyen Âge qui, à force d'être traités comme des parias sanguinaires, commettaient les pires exactions, Jorge Salvi serait ce qu'on avait voulu faire de lui. Dès lors, le jeune homme avait durci le ton. Il s'était adonné aux sports de combat, au maniement des armes et à l'amitié virile, compensant en testostérone ce qu'il n'aurait jamais en charme auprès de ces pimbêches pourries de préjugés. L'arrivée du socialisme, des minijupes et la libéralisation des mœurs des années 1960 allaient donner un motif politique à ses frustrations adolescentes.

« Par la raison ou par la force », rappelait la devise inscrite sur le blason national. À vingt-cinq ans, Jorge Salvi avait déjà une sérieuse carrière d'agitateur dans le groupuscule d'extrême droite Patrie et Liberté, où il avait noué des contacts avec les faucons de la CIA. Communistes, chrétiens de gauche, socialistes, les rouges étaient tous à mettre dans le même panier. La CIA les avait aidés à liquider le premier chef des armées d'Allende, avec des armes passées par la valise diplomatique, mais l'affaire s'était avérée contre-productive puisque les militaires loyalistes et la populace avaient serré les rangs. Déloger le général Prats, le nouveau chef suprême, avait pris près de mille jours. Les cadres de l'armée ayant été entre-temps patiemment endoctrinés, le coup d'État de Pinochet rallié à leur cause s'était révélé un jeu d'enfant.

Salvi avait aussitôt été intégré dans la DINA, la police secrète, et la Villa Grimaldi où l'on traitait les opposants arrêtés qui affluaient par centaines. Les agents de la DINA évoluaient en toute impunité, n'ayant de comptes à rendre à personne sinon au Général lui-même. Des groupes anticastristes aux néofascistes italiens ou nazis en fuite, on ratissait large pour obtenir le concours de conseillers. Enlèvements, torture, assassinats ciblés, les quatre premières années avaient été aussi denses qu'instructives. Les opérations du Plan Condor étant menées à l'étranger dans le plus grand secret, Salvi s'était spécialisé dans la falsification de documents.

Les années passant, son supérieur de l'époque, le capitaine Sanz, avait alors eu la meilleure idée de leurs vies désormais liées : quitter l'armée. La DINA dissoute sous la pression de l'administration Carter, l'officier avait senti que le temps de l'impunité ne durerait pas éternellement. Les deux hommes s'étaient débarrassés des dossiers de la DINA susceptibles de les compromettre en cas d'enquête, Salvi se chargeant de leur fournir une nouvelle identité : ce dernier s'appelait désormais Javier Porfillo, et son mentor, le capitaine Sanz, devenait Gustavo Schober.

Schober avait beaucoup d'idées sur le monde. Le coup d'État de Pinochet dépassait la simple restauration de l'ordre ancien : la dérégulation tous azimuts que les Chicago Boys expérimentaient au Chili était une nouvelle forme de capitalisme où l'État non seulement se désengageait de l'économie et des services publics, mais bradait le pays entier au secteur privé.

Fort de ses contacts aux États-Unis, Schober avait joué les intermédiaires entre les responsables des Groupes mobiles – les unités de police chargées de mater les manifestants – et leur nouvel équipementier américain, contrat fleuve qui allait lui mettre le pied à l'étrier. La suite avait donné raison à l'officier visionnaire qui, après plusieurs acquisitions d'envergure, s'était bâti une petite fortune sans que quiconque vînt fouiller dans son passé. Après plusieurs jobs bien payés, le fidèle Porfillo se retrouvait chef de la sécurité au port de Valparaiso, plaque tournante du business chilien, où Schober avait installé sa base.

Il n'empêche que Porfillo n'avait jamais pu saquer la drogue : beaucoup de fric pour beaucoup d'emmerdes au bout du compte. Il l'avait dit à Schober mais autant pisser dans la mer pour qu'elle déborde.

L'appel nocturne de Carver sur sa ligne sécurisée mit le feu aux poudres.

*

Circulation accélérée de capitaux illicites, opacité des produits financiers, opérations de blanchiment : pour favoriser l'anonymat d'une clientèle riche de plus en plus avide de discrétion, les professionnels de la finance faisaient preuve d'une grande inventivité, et à ce petit jeu Edwards était le meilleur. Mais le fiscaliste s'imaginait quoi ? Qu'avec de tels enjeux on le laisserait sans surveillance électronique ? Ses mails étaient espionnés, ses appels depuis son portable et ses téléphones fixes étaient espionnés, ses rendez-vous, ses agendas, ses recherches sur Internet, ses transactions bancaires étaient espionnés : Carver pouvait fouiller ses ordinateurs, sa vie s'il le voulait.

CIA, NSA, DEA, Larry Carver avait suivi une sorte de formation continue dans l'espionnage, se spécialisant dans le piratage électronique via des *keyloggers*, ces logiciels-mouchards permettant de capter en temps réel tout ce qui se passe sur un smartphone, un ordinateur, une tablette – navigation Internet, mots de passe, fichiers stockés, tout était accessible pour qui savait manipuler les algorithmes. Tant qu'Edwards n'ôtait pas la batterie de son téléphone portable, Carver pouvait même le géolocaliser grâce aux balises GPS des opérateurs disséminées dans Santiago. Le *keylogger* implanté par Carver se relançait automatiquement à chaque démarrage du système, récupérant les opérations du clavier grâce aux interfaces de programmation ; il était évidemment indétectable par les antivirus et, à voir l'utilisation qu'Edwards faisait de ses appareils, le fiscaliste se comportait comme un usager lambda. Outre ses conversations et messages téléphoniques, Carver pouvait prendre des captures d'écran, récupérer le contenu du presse-papier, les conversations par Skype, désactiver des sites web (peu importe le navigateur), exécuter ou supprimer tous types de programmes.

Carver avait débarqué à Santiago un mois plus tôt

via l'ambassade américaine, nid à espions dont la plupart avaient une couverture de journaliste, lobbyiste, membre d'une ONG ou employé au service de l'attaché culturel. On lui avait ainsi loué un studio confortable rue Carmen, à deux pas du cabinet d'avocats, le temps pour Schober de finaliser l'opération avec la branche américaine du projet. Son matériel informatique disposé dans la pièce principale du studio, le hacker avait installé un code sonore l'avertissant des différentes connexions d'Edwards au cas où il dormirait, permettant une surveillance vingt-quatre heures sur vingt-quatre de ses communications. Café, amphétamines, Carver avait l'habitude de veiller comme les skippers au long cours, se contentant d'une poignée d'heures de sommeil fragmenté par jour. Une routine pour l'ex-agent de la DEA, qui ne dura pas.

Larry Carver était en alerte rouge depuis deux jours, lorsque Edwards avait consulté les archives du Plan Condor sur l'ordinateur du cabinet de la rue Carmen, quelques heures après l'échange de valises avec Porfillo. Lui et Schober ayant participé aux opérations extraterritoriales, ça ne pouvait pas être un hasard : cet enfoiré de fiscaliste s'apprêtait-il à trahir ?

En prévention, Carver avait mis le smartphone de l'associé d'Edwards sous surveillance et tenu son employeur au courant : d'après ses renseignements, Roz-Tagle était le meilleur ami du fiscaliste et donc la première personne à qui il se confierait. Carver s'était rendu avec Schober à la garden-party, où Edwards serait forcément présent, sous le nom d'un lobbyiste de l'ambassade américaine. Ils avaient été surpris de trouver le gendre du juge ivre mort. Sa femme s'éclipsant avec lui, Carver avait aussitôt rejoint son studio rue Carmen... Une sacrée bonne intuition puisque Edwards venait d'appeler le fils Roz-Tagle sur son smartphone.

Il était minuit passé quand Porfillo vit le numéro du hacker s'afficher sur sa ligne sécurisée.

— Qu'est-ce qui se passe ? s'inquiéta le chef de la sécurité.

— Edwards, répondit Carver, il vient de laisser un message sur le portable de son associé. Il a vendu la mèche : le passé de Schober, le tien, il va tout raconter à son copain avocat.

Porfillo, qui s'apprêtait à rentrer chez lui, mit quelques secondes avant de réaliser les conséquences. Carver était spécialiste des écoutes, un petit génie dans son genre d'après le boss, qui avait gardé des contacts depuis les opérations du Condor. Carver était passé par différentes officines américaines mais ces gars-là n'étaient jamais à la retraite. Besoin d'adrénaline, de dollars en liquide, de coups en cinq bandes pour avoir le sentiment de vivre. Porfillo comprenait, il était comme lui.

— Putain, pourquoi il a fait ça, ce con ?!

— J'en sais rien, mais Edwards va tout balancer, tu peux en être sûr.

Porfillo jura encore – le fiscaliste savait que l'échange de mallettes avait été filmé, ce que ça induisait pour lui et son beau-père.

— C'est qui déjà son associé ? relança-t-il d'un ton bourru.

— Esteban Roz-Tagle. Le fils aîné d'Adriano, le grand ami du juge.

— Enfoiré.

— Ouais. Il va falloir se bouger si vous ne voulez pas que tout Santiago soit au courant de vos affaires.

Sur un tableau retraçant l'évolution des espèces, un poisson se dressait pour devenir bateau ; Porfillo arpentait le bureau du port comme si cela l'aidait à réfléchir. L'Américain avait raison ; il fallait qu'ils arrachent la mèche avant que la bombe ne leur explose à la figure.

— L'appel a eu lieu quand ? demanda-t-il.

— Tout à l'heure, répondit Carver.

— Edwards est géolocalisé ?

— Oui. Il est chez lui. Une adresse à Las Condes, la banlieue huppée de Santiago.

— Roz-Tagle l'a rappelé ?

— Pas encore. Edwards a juste laissé un message vocal, répéta-t-il.

Peut-être que l'associé dormait déjà, ou qu'il avait coupé son portable... Porfillo sentit des picotements dans ses veines – ils avaient encore une chance de rattraper le coup.

— Edwards, dit-il, il a parlé à d'autres gens ?

— J'en sais rien. Pas par téléphone en tout cas, ni par mail, je le saurais.

— OK. Roz-Tagle aussi est sur écoute ?

— Oui.

— Reste à l'affût des communications, et tiens-moi au courant : je vois ça avec le boss.

— Affirmatif.

Les deux hommes raccrochèrent. Par les fenêtres du bureau, les bateaux de guerre jouaient aux lucioles dans la baie de Valparaiso. Porfillo ne décolérait pas : cet enfoiré d'Edwards avait remis la mallette au juge, pourquoi les trahir maintenant ? L'ancien agent de la DINA gratta ses verrues, signe de grande nervosité. Il ne savait pas comment le fiscaliste avait retrouvé leurs traces, ce qu'il comptait faire avec son associé, mais il fallait envoyer deux équipes sur place. Il réfléchit quelques minutes, regardant les quais déserts et les grues arachnéennes qui entoilaient le ciel, passa en revue ses hommes de confiance. Il opta pour Durán et Delmonte, en plus de Carver déjà à Santiago.

Alors seulement il appela Schober.

2

Quand Gabriela se réveilla, elle était entourée de pélicans... Un œil, puis deux basculèrent face pile du monde. Rien n'était vraiment net, sauf le soleil dans ses pupilles et la sensation de s'être trompée de planète. La jeune femme se redressa. Sa robe était moite, pleine de sable, ses cheveux aussi, et elle n'avait plus de chaussures.

Il lui fallut quelques secondes pour réaliser qu'elle se trouvait au pied d'un rocher gris, sur une plage de sable blanc ; l'océan grondait non loin, relayé par les cris des mouettes qui festoyaient après la dîme des grands pélicans. Pas âme qui vive alentour, sinon les oiseaux ripailleurs. Gabriela grogna, un méchant mal de crâne ravivé par la morsure du soleil. Elle ne savait pas ce qu'elle fichait sur cette plage, comment elle était arrivée là, où étaient passées ses ballerines... Soudain son cœur se serra.

— Merde, dit-elle, la caméra...

Elle était dans son sac à main. Hier soir.

Gabriela fit quelques pas hasardeux, bouleversant la ronde des pélicans qui s'écartèrent sur son passage. Elle contourna le rocher en se cachant des rayons et aperçut la silhouette d'Esteban près du rivage. Il se tenait penché sur un banc de coquillages vif-argent recrachés par l'océan, dont l'écume lasse venait mourir jusqu'à ses orteils.

L'avocat avait la chemise débraillée sous son costume noir. Il releva la tête tandis qu'elle approchait.

— Tu sais où on est? lui lança Gabriela.

Esteban n'avait pas l'air beaucoup plus réveillé.

— Quintay, dit-il.

Une réserve de pins et d'eucalyptus, à une centaine de kilomètres à l'ouest de Santiago.

— On a dû prendre la voiture, ajouta-t-il devant sa mine stupéfaite. Enfin, j'espère, autrement je ne sais pas comment on va rentrer.

— Tu n'as pas les clés?

Il tâta ses poches.

— Non... Non, je n'ai plus rien. Même pas mes cigarettes...

Une mouette se mêla aux pélicans belliqueux. Leur odeur portait jusqu'à Gabriela, son cœur mal arrimé.

— Tu ne te souviens pas de ce qu'on a fait hier soir?

Il secoua la tête.

— Je crois qu'on a trop bu, Gab.

— Ça, j'avais remarqué, maugréa-t-elle. Tu as vu mon sac quelque part? J'avais ma GoPro à l'intérieur.

— Dans la voiture sans doute.

— Elle est où?

Esteban se tourna vers l'étendue vide, dubitatif : à la tête qu'ils faisaient, les pélicans non plus n'avaient pas de réponse.

— Je me souviens d'avoir garé l'Aston Martin près de la Plaza Italia, dit-il, pas d'avoir repris le volant.

— Tu as une idée de l'heure ?

— Je ne sais pas, midi...

Un cormoran noir traversait le ciel, sans effort. Le sable était blanc de coquillages concassés, des algues sombres séchaient comme des tentacules de calmar géant.

— Tiens, dit Esteban, j'ai ramassé ça pour toi.

Il lui tendit un petit galet poli en forme de cœur.

— J'aurais préféré ma caméra, dit-elle.

— On va la retrouver, ne t'en fais pas.

— Tu crois ça.

Sans poches, Gabriela garda le caillou en forme de cœur à la main. Elle épousseta ses cheveux noirs au vent, pour la robe c'était peine perdue.

— Tu te souviens qu'on se soit baignés ? demanda-t-elle.

— Non.

— Ma robe est humide. Et j'ai du sable partout... Tu te vois là-dedans ? fit-elle en visant la mer.

Des rouleaux bleu ciel s'abattaient sur la plage, refluaient comme des orques happant les phoques sur la grève. Esteban songeait à autre chose, scrutant la colline boisée qui surplombait la plage.

— C'est étrange, dit-il enfin.

— Quoi encore ?

— C'est l'endroit où j'écrivais pendant mes vacances : la bicoque là-haut...

Son doigt désigna un chalet isolé parmi les cèdres, seule habitation visible à des lieues à la ronde.

— Tu écrivais pendant tes vacances ?

— Hum.

Esteban gambergeait devant le chalet alors qu'elle ne voyait que lui.

— Tu écris quoi, demanda Gabriela, des romans ?
— Si on veut.
— Ça parle de quoi ?

Il oublia la maison sur la colline.

— De Víctor Jara…

Encore lui.

— C'est quoi, une biographie ?
— Non… Non, plutôt une sorte d'autobiographie.
— Tu n'es pas Víctor Jara, que je sache ?
— C'est l'objet du roman…

Gabriela rumina devant son sourire énigmatique : ses amis attendaient l'aide d'un avocat pour ramener le calme à La Victoria, pas d'un auteur de bord de mer qui ramenait des filles ivres mortes sur ses lieux d'écriture. Sans parler de sa GoPro disparue, des images qu'elle n'avait pas eu le temps d'archiver…

— Tu te souviens de quoi, hier soir ?
— Après le bar clandestin, pas grand-chose, concéda Esteban.

Son costume était froissé mais sec.

— Alors comment on est arrivés là ?
— Aucune idée, Gab.

La jeune femme frémit dans la brise. L'idée d'avoir roulé de nuit pendant des kilomètres sans même en avoir conscience avait quelque chose d'effrayant. Elle avait envie de prendre une douche, rentrer à Santiago et boire de l'eau jusqu'à la fin de ses jours.

— Viens, fit Esteban en touchant doucement sa

hanche. C'est bien le diable si on ne retrouve pas la voiture.

Lasse, la vidéaste suivit ses pas sur le sable tiède. Abandonnant mouettes et pélicans au fracas du rivage, ils remontèrent le chemin qui serpentait à travers bois, tentant de recoller les morceaux de cette fichue nuit. Gabriela se souvenait vaguement du bar clandestin de Bellavista, d'Esteban perché sur la tête de taureau empaillée, mais pas d'avoir quitté le lieu de débauche. Ils avaient pourtant dû prendre la voiture en sortant et rouler jusqu'à la mer... Quel rapport avec son histoire de roman ? Víctor Jara ? La tête trop douloureuse pour réfléchir, elle grimpa le sentier entre les eucalyptus odorants. « Playa chica », indiquait l'écriteau. Ils dépassèrent le bungalow aux volets clos qu'Esteban avait quitté la veille, et la forêt bientôt s'épaissit. Les pins offrant leur ombre à leurs pieds nus, Gabriela slaloma entre les épines mortes, plus anxieuse à mesure qu'elle fouillait sa mémoire défaillante. Il s'était passé quelque chose cette nuit, sur cette plage, qui la mettait plus que mal à l'aise... Qu'avaient-ils fait ?

Ils atteignirent la lisière du bois et Gabriela eut un soupir de soulagement : l'Aston Martin était là, près des poubelles municipales.

Un miracle n'arrivant jamais seul, les clés étaient sur le contact. Elle trouva ses ballerines sur la banquette arrière, son sac à main sous le siège, mais pas sa précieuse caméra. Elle était pourtant dedans, toujours.

Esteban, lui, avait tout perdu : ses chaussures, son téléphone, ses cigarettes, son argent liquide, ses cartes bancaires. Hormis ses clés de voiture, il n'avait plus rien. La nuit, une fois de plus, l'avait dévalisé… Il prit place sur le siège de la décapotable, mit le contact : la jauge d'essence indiquait qu'ils avaient de quoi rentrer. C'était déjà ça.

— Qu'est-ce que tu fais ? lança-t-il.

Gabriela s'était réfugiée derrière un arbre.

— Tourne-toi !

Elle finit d'ôter sa petite culotte, qu'elle fourra humide et pleine de sable dans son sac à main. Sa robe séchait dans la brise ensoleillée, le mal de crâne était toujours là mais la perspective de rentrer lui remettait un peu de baume au cœur. Gabriela bascula sur le siège, enfila ses ballerines en plastique.

— Il faut que je retrouve ma caméra. Sans elle, c'est comme si j'étais aveugle.

— Au bar clandestin, peut-être. Je passerai ce soir, si tu veux. Moi aussi, j'ai tout perdu… En tout cas je suis désolé.

— Dis, il n'y a pas de boîte à gants dans ta voiture ?

Elle ne voyait pas d'ouverture sur le tableau de bord en acajou.

— Le bouton blanc, dessous…

Esteban se pencha, et la boîte à gants s'ouvrit aux pieds de Gabriela. La caméra était là, parmi les PV… Elle empoigna la GoPro, vérifia le fonctionnement de la machine : la batterie était à plat mais, apparemment, rien de cassé.

— Tu vois, Gab, pas la peine de s'inquiéter.

— Parle pour toi, tu as déjà tout.

— Tout ou rien, au fond c'est pareil.

Esteban ajusta une des paires de lunettes de soleil qui traînaient dans l'habitacle et démarra la voiture, qui s'ébroua aussitôt. La pendule affichait midi passé. Il poussa le CD dans l'autoradio, Ensemble Pearl, et s'engagea sur le chemin de terre qui menait à la civilisation. Gabriela allait refermer la boîte à gants quand elle vit le carnet noir à l'intérieur, un Moleskine de taille A4.

— C'est quoi?
— Ah…

Il l'avait oublié en arrivant à Santiago.

— C'est quoi? répéta-t-elle. Le roman dont tu parlais tout à l'heure?

Elle feuilleta le carnet, des dizaines de pages noircies d'une écriture névrotique. Ils atteignirent la route.

— Je peux lire? demanda-t-elle.
— C'est vieux.
— Deux jours.

Esteban ne répondit pas : la bretelle d'autoroute se profilait et ce concours de circonstances sentait l'acte manqué à plein nez. Gabriela ouvrit la page de garde, découvrit le titre : *L'Infini cassé*… Cent vingt, cent trente, cent cinquante, le moteur de l'Aston Martin grondait sur l'asphalte mais Gabriela ne l'entendait plus, ni les guitares déchirées de l'autoradio : elle plongea dans une longue, longue apnée.

L'Infini cassé

Une pluie fine leur léchait les mains. Ils les tenaient serrées et, du haut de leur colère, immobiles. Plus bas, des petits hommes aux yeux de morve attendaient la curée. Ils sortaient des collèges, concurrents, démocrates.

Ils marchaient à l'ordinaire, au pas, à l'air du temps. On les avait voulus ainsi, ainsi ils étaient ce qu'on avait voulu. Ils couraient devant le lièvre mécanique du profit, aveugles et sourds à ses dents qui claquaient pourtant comme des drapeaux – ô ciel tondu…

On leur avait promis la curée.

On leur avait promis des téléviseurs. Des soft drinks. Et la gueule du bonheur en prime.

C'était l'heure.

Catalina frémit en grand du haut de la dune. Elle se tourna vers son Colosse.

— Embrasse-moi, dit-elle. Plus fort que ça…

Lui d'abord ne bougea pas. Avec l'hiver, Catalina avait le sourire du vent et les yeux de la pluie. Elle prit son visage dans sa tourmente, se pressa contre ses lèvres :

— *C'est l'eau rare... C'est l'eau rare qui ruisselle à l'aurore...*

Il se pencha, souverain du vide, et la laissa guider sa main. La rosée du monde avait mouillé les draps de sa robe. Catalina ne portait rien d'autre, que l'aube et ses pieds nus qui s'enfonçaient dans le sable.

Il sourit. La pluie tombait toujours, élastique.

Tout là-bas, au pied de la dune, les gosses exultaient en de longs râles cosmologiques : du ciel ils venaient de recevoir la carcasse qu'ils dévoraient. Des carcasses de coca. De corbillard. La curée du bonheur, on vous dit.

— *Tu es prêt ? demanda-t-elle.*

Il fit signe que oui mais sa cartouchière était vide.

Elle lui jeta un regard à passer par-dessus bord mais il continuait de sourire.

— *Ne t'en fais pas.*

Et il vissa l'arme à son poing.

Colosse aux mains cassées, il dévala le premier la pente. Catalina le suivit comme un fleuve.

Les voyant fondre sur eux, les yeux des gosses se révulsèrent – certains les avaient reconnus.

Il y eut de l'agitation dans les rangs les plus exposés, les diplômés, les autres étaient trop loin, et puis ils préféraient dévorer leurs carcasses. Eux rebondissaient sur le flanc de la dune.

« Pas de prisonniers », criaient ses mains cassées, « pas de prisonniers ! », mais empêtrées dans le brouhaha du cœur, ses mains hésitaient encore : on ne massacre pas des inconnus – c'est défendu –, même au hasard de la foule, on ne se venge pas, c'est défendu. On était en démocratie, oui ou non ?!

Beaucoup se croyaient préservés, comme toujours. Ils avaient gagné leur diplôme, oui ou non ?!

Ils s'abattirent sur les premiers rangs, et il tomba du plomb.

Le ciel s'en fut, fendu.

Un carnage : ils tombaient par grappes sous les poings du Colosse, des gosses aux yeux de morve qui n'avaient rien demandé pourtant. Chaque coup cassait, chaque cou cassé, le Colosse frappait sans discernement, les têtes et ce qui passait à portée, il frappait avec une colère de pierre, de ses grandes mains d'acier.

Catalina regarda un instant son amour qui se déchaînait, couvert du sang des autres, puis les petits êtres écrasés sous ses pas : elle arma le chien.

Ça fit d'abord comme un gémissement de nouveau-né, le baleineau qu'on harponne, un petit claquement de rien, mais les mâchoires s'étaient refermées sur leurs figures affolées ; ô tendre et douce peau effilochée... Ça fit ensuite comme les serres d'un aigle enfoncées dans le crâne d'un enfant et les grands battements d'ailes pour l'emporter, des coups de bec, une panique rouge.

Le Colosse frappait le monde et ses alentours, possédé ; Catalina aussi visait la tête. Les os éclataient sous l'impact. Des hurlements. De pauvres gosses.

Ce qu'ils avaient appris, ce qu'on leur avait dit, ce qu'ils avaient répété, rien ne servit. Ils tombaient morts, raides.

Des tas de golden boys s'amoncelèrent autour d'eux : on vit même des sommets, des graphiques imprévisibles, de nouvelles catastrophes. Enfin il n'y eut plus rien qu'un râle enseveli, une rumeur noire comme venant du fond d'un puits, et pas un debout...

Les corps formaient des ravines, des chemins impossibles où filaient des rigoles. Des rhizomes.

Catalina ne disait rien. Elle avait rangé son arme dans la ceinture du Colosse et laissait balancer son corps sous la brise, la tête ailleurs.

À quoi elle pensait, ce qu'elle avait envie d'être, il n'en savait rien. Il songeait à tous ces gosses qu'il avait détruits, à l'odeur de sa peau sous sa robe, et bien d'autres choses encore... Un voile d'or passa dans le bleu du ciel.

Catalina embrassa les mains cassées de son Colosse, et doucement lui dit :

— Viens...

Ça sentait la terre après la pluie. Il donna un dernier coup de pied dans une des têtes qui traînaient là avant de filer avec elle, droit devant.

*

— Tu crois qu'ils nous cherchent ?
— Qui ça ?
— Je ne sais pas... Les responsables de tout ce carnage.

Le Colosse haussa les épaules :

— Bah... Ils ne savent même pas ce qu'ils sont...

Catalina sourit. Elle était loin, la brebis qui devait traverser les yeux du Crucifié : son amour à elle avait des ailes en fer articulées, de ces machines qu'on croisait au hasard des cinémathèques, un amour au désespoir démesuré. Que c'en devenait sillage de balles traçantes... Ils marchèrent sur le dos des blés morts, le soleil comme des lignes de feu sous l'horizon.

— Quand même, dit-elle au bout d'un moment, ils pourraient chercher à se débarrasser de nous.

— Impossible.

Ils enjambèrent un village.
Les bombes avaient laissé des cratères comme des poumons crevés dans la terre, de la dentelle brodée au fil des barbelés. On les voyait courir le long des champs, des fossés, on les voyait courir et ne jamais s'arrêter.
Ils enjambèrent une rivière, ce qu'il en restait, un ruban de boue où émergeaient quelques mines oubliées ; les enfants qui jadis y avaient pêché aujourd'hui flottaient dans les souvenirs des aînés mais leurs ricochets hantaient encore les rives, les marais…
Pour elle-même, Catalina récita un petit poème :

>Animal
>Mécanique
>Sur la dalle
>Allongée,
>C'est l'eau rare
>De mes cuisses
>Sur la pierre
>Anthracite
>Qui glisse
>Sur tes lèvres
>Et tes nerfs
>Mécaniques
>Qui s'enfuient
>Ventre à terre
>À ma suite,
>S'en sortir
>Vivant
>Peut-être
>Vivant…

Ils errèrent par la terre désolée, avançaient au hasard, comme si les mines avaient troué leurs pas.

De cette marelle hypnotique, ils sortirent épuisés.

Le Colosse épiait les reliefs, ses yeux de glacier bleu scintillant dans le soir. De guerre lasse, ils se réfugièrent dans un bois en bord de route. Catalina trouva un nid d'épines où reposer ses pieds nus.

Il faisait nuit sans doute ; ils distinguaient à peine le paysage mâché.

Le Colosse alluma un feu pour éloigner les hordes, et s'assit en soupirant. Catalina aussi était fatiguée.

Ils avaient trouvé un charnier tout à l'heure : comme il était encore tiède, ils l'avaient remué de leurs mains mais personne n'avait répondu. Ni la petite fille dans les corps de femme, ni rien.

Il avait fallu les abandonner.

— Tu crois qu'il en reste beaucoup ?

— Je ne crois rien du tout.

Mais il mentait : elle dansait sur le reflet des braises qui couvaient dans ses yeux. Catalina fourra sa tête contre son Colosse et un instant cessa de respirer. Elle en aimait les flancs brûlants, les incendies et les branches qui la tenaient.

Elle l'avait ramassé comme une arme sur le bord de la route, et depuis ils ne s'étaient plus quittés.

Inutile.

Il y avait bien longtemps maintenant que tout le monde s'était séparé.

Mais il était tard : Catalina s'endormit là, bercée par le doux ronronnement de la vapeur qui s'échappait de lui, son Colosse d'argent, aux yeux de glacier bleu…

Personne ne rêva cette nuit-là. Ni celles d'avant, ni celles d'après.
Il y avait d'autres urgences.
Par exemple courir devant le lièvre.
Par exemple s'ignorer passionnément.
Par exemple…
— Tais-toi.

*

Ils se réveillèrent sans savoir si c'était le matin. Et puis toujours cette impression de vivre un autre jour, toujours le même…
Ils se mirent en route mais ça n'allait pas.
L'air était devenu si rare que le vent en crevait ventre ouvert dans les fosses, avec les soldats, les réfugiés, pour ainsi dire pêle-mêle, mais on le voyait encore qui respirait ; il fallut les mains du Colosse pour le sortir de là.
— Le pauvre, fit-elle. Regarde : il est tout cabossé.
Le Colosse hocha la tête :
— N'écoute pas ce qu'elle dit, petit. Allez va…
Ils aimaient la nature, même si ça ne servait à rien.
Ils partirent, des hématomes plein les bras.
— C'est encore loin ?
— Le bout du monde, répondit le Colosse.
— Ça va faire long…
— Ça dépend du chemin, s'il reste un passage, on a peut-être une chance de s'échapper.
— Un trou dans le territoire : deux échappés !
Ils s'aimaient, parce que ça ne servait à rien.

*

Chapitre suivant : le malheur.
— Les bombes, on avait l'habitude; après tout, c'est conçu pour exploser. Le malheur, c'est qu'on n'était pas préparés…

*

Chapitre suivant : les fleurs.
— Y en a plus on t'a dit !

*

Il faisait nuit le jour : des marées noires comme du charbon, qui vous salissaient les doigts. Le gras du gaz, filles du grisou.

Pour ça il en était mort par comités, tous les derniers ouvriers, des maigres à n'y plus voir, des emportés par le courant, des nés victimes qui n'avaient pas eu le choix, des qui n'étaient même pas au courant.

Les autres avaient suivi, les employés, les syndiqués.

Mais la casserole où on les avait jetés accrochait… Ils s'étaient mis à geindre, puis à crier… Pas malheureux pourtant jusqu'alors, ils avaient cru à leur part.

Fallait pas croire.

Enfin, ils n'étaient pas les seuls : d'autres encore avaient suivi, les petits cadres, les professeurs, c'était comme le charbon qui alimentait la locomotive, de l'extrait de croissance qui prendrait des directions hyperboles, de la machine qui s'emballe certifiée pur capital… De pauvres gens, qui avaient été carbonisés les premiers.

Les rescapés portaient des espèces de stigmates, en

signe de reconnaissance. Ils se croisaient à la dérobée, le soir, échangeaient leurs peurs gelées, tant que les rues en étaient devenues glissantes.

Des pavés.

On les voyait fuir à la nuit tombée, délestés, des rescapés qui comme eux ne savaient pas où aller... Ils trouveraient.

Ils trouveraient n'importe quoi...

Soudain le Colosse s'ébroua.

— Qu'est-ce qu'il y a? s'inquiéta Catalina.

Il chuchota :

— Ils sont là...

Le fleuve coulait en bordure des barbelés.

Il coulait une eau saumâtre, baignée d'anguilles, une eau de cochons qui scintillait pourtant sous les feux des spots. Et ils arrivaient des quatre coins de nulle part, moitiés d'automates attirés par le flux... Ils arrivaient par groupes pressés, ça se bousculait jusque dans les derniers rangs, les plus fanfarons prédisaient des miracles, vingt, trente pour cent, des miracles bénéfice pour tous qui en valaient la chandelle, des miracles garantis qu'ils espéraient tellement, et si toutes leurs petites actions mises bout à bout ne faisaient pas un geste capital, ils espéraient au moins tirer leur épingle du jeu.

Ils en voulaient.

On les avait programmés compétition.

Ils en voulaient.

On les avait programmés capital spermatique.

Ils en voulaient encore.

On les avait programmés spéculateur précoce.

Ils en voulaient à mort!

— Oh, non..., souffla-t-elle. Non, n'y allez pas!

Mais les affamés n'écoutaient pas : ils se précipitèrent vers l'eau du fleuve qui croyaient-ils coulait pour eux, et y plongèrent leurs mains avides.

Oh! oui ils en voulaient, ils en voulaient vite ici maintenant, et que si c'était bon pour eux, c'était pas mauvais pour les autres...

Évidemment, ils ne comprirent pas tout de suite : c'est quand ils ressortirent leurs mains de l'eau noire et les virent lacérées, qu'ils commencèrent à crier.

Ils se croyaient tamis promis à l'or, ils se retrouvaient l'espoir amputé d'autant.

Le Colosse frissonna malgré lui. Les affamés regardaient leurs mains sorties du fleuve comme celles d'une autre personne, des mains laminées dans le sens de la longueur qui pendaient maintenant, nouilles molles sanguinolentes au-dessus du courant, des mains tout juste bonnes à passer la serpillière...

Oh! ils pouvaient toujours hurler, les affamés, avec leurs pattes qui se tordaient comme l'araignée fraîchement écrasée, ils pouvaient toujours dire que c'était pas des manières, qu'on leur avait pas laissé miroiter la plus-value pour se faire déchiqueter comme ça! Et puis qu'est-ce qu'ils allaient devenir avec leurs copeaux de mains?

Ils disaient qu'ils allaient se plaindre!

Qu'ils allaient entamer des actions en justice!

Qu'ils allaient prendre des avocats pour récupérer leur dû!

Qu'ils allaient porter des réclamations pas ordinaires!

Qu'ils allaient...

*

Chapitre 4 : Aller au diable.

*

« Il avait les yeux si bleus qu'il faisait beau dans la nuit… » Bien sûr Catalina exagérait : elle n'y entendait rien à l'entendement, dans ces cas-là elle était fillette sautant couettes les premières dans les flaques, les caniveaux, dans ces cas-là elle était la brindille et le pont à la fois, le jeu entre le mur et l'armoire, du concentré de coquelicot ; ça la mettait dans tous ses états.

Elle pouvait sentir grincer les articulations de son Colosse.

Elle pouvait sentir ses écrous à des kilomètres.

Abandonnant les affamés aux eaux du fleuve, ils coupèrent à travers bois. Le chemin serait long, dangereux.

Ils trouvèrent une clairière abritée sous la lune. Réfugiée, elle aussi. Et d'une pâleur cadavérique en dépit du présent répit. Catalina et son Colosse avaient stoppé à la lisière. L'envie de se découdre était si forte qu'ils en oubliaient presque le danger…

— Tu sens quelque chose ? demanda-t-elle.

— Que toi.

La poitrine du Colosse luisait comme une lame. Catalina prit sa main cassée dans la sienne, cette main qui avait joué de la musique jusque dans le stade où on l'avait enfermé avec les autres, et l'attira vers le centre de la clairière. Ignorant les menaces du monde, ils marchèrent à l'ombre blanche de la lune, parmi les herbes hautes et la paille élimée.

Catalina dans tous ses états exhalait des miracles acrobatiques. Le Colosse entendait ses pieds nus sur les tiges, le froissement de sa robe à fleurs imprimées... Du reste, nulle trace.

Catalina ôta sa robe et s'allongea dans les herbes, l'odeur de sa peau mélangée.

Il déplia ses rouages à ses pieds, la respira longuement, à petites lapées... C'était bon mais l'odeur de sa peau flottait, repérable à des kilomètres...

Le vent leur ami...

Le vent leur a mis une couverture; de soie blanche elle brillait de pacotille, cosmique, toute d'herbes pliées pour les recouvrir en entier.

Sans dessous, Catalina ouvrit ses vannes.

Ici ils seraient en sécurité.

Alors ses mains cassées sur ses seins parcourus, le Colosse se laissa mordre par la gelure. Catalina coulait en lui, azote fumant.

Catalina coulait en lui, étoile traçante.

Elle dit :

— Encore.

Ils firent l'amour au centre de la clairière. Personne ne saurait.

Personne n'en saurait jamais rien.

Personne n'en saurait jamais rien puisque personne jusqu'à présent n'avait jamais rien su.

On ne les prendrait pas.

On ne les avait jamais pris.

Ils firent l'amour comme s'ils se nettoyaient de quelque chose que d'autres avaient commis, puis violemment comme des bêtes, la paix, enfin la paix, une qu'on pouvait conquérir sans lutter, vaincre le sort même un instant les rendait terriblement vains, ils oubliaient tout en se grimpant dessus, les coups d'État, les tortures, ils oubliaient plus que de raison, ils en devenaient caillou, emboîtés mabouls, qui se cognaient les hanches et faisaient fuir les oiseaux.

Et s'il n'y en avait plus non plus... qu'importe.
— Encore...
Elle disait :
— Encore.

*

Chapitre le même : cachés sous les herbes, ils firent l'amour sans se faire prendre. Enfin, il n'y eut bientôt plus que leur souffle à déranger ; Catalina et son Colosse se tinrent serrés contre la terre, à présent exténuée, en signe de reconnaissance.
— Elle a bon dos la terre...
— Elle a bon dos, oui...
Elle n'avait surtout plus de sang, la terre : dévitalisée de la sève, passée à la moulinette. On lui avait épluché l'écorchure.

Heureusement ils étaient l'un sur l'autre, flanqués dessus comme un léopard sur sa branche.

Catalina prenait un bain de lune, nue parmi les herbes. Près d'elle, le Colosse revissait ses belles mains cassées, toute carcasse frémissante sous l'astre blanc. L'espace d'un instant, Catalina crut que tout était devenu comme avant, à vrai dire hier, que les désastres annoncés n'avaient pas eu lieu... Mais ça ne durerait pas.
— Tu entends ?
— Oui, quelque chose arrive...
Le Colosse se leva d'un bond. Le vent déjà s'était

réfugié sous les branches. Même les feuilles s'étaient tues…

Ils arrivaient.

Catalina et son Colosse s'aplatirent. Ils avaient le cœur dans la gorge et les hautes herbes pour alliées. Il y eut d'abord quelques hululements lugubres, suivis de cris de ralliement comme on scierait un genou, puis ils jaillirent de la forêt, une véritable horde, qui très vite envahit la clairière.

Des dizaines de poupées mécaniques défilèrent au pas de course, des poupées enrichies, ce n'est pas ça, la valeur c'est autre chose, eux avaient toujours été les premiers, une horde obéissante, disciplinée, irresponsable : des poupées intelligentes au mécanisme redoutable qui avaient mis leur avenir dans celui d'aucun autre, et qui n'auraient pas d'enfants.

L'acier du Colosse était trempé de peur : ils emporteraient Catalina, de force, ils l'arracheraient au besoin, sa robe et les fleurs imprimées dessus, ils la cueilleraient comme du chiendent, ils la prendraient et la retourneraient jusqu'à la racine ; il ne pourrait pas tous les tuer, ils étaient trop nombreux, et bien entraînés ceux-là…

Catalina à ses pieds serrait son revolver, les yeux éteints.

Ne pas se faire repérer.

Lui retenait son souffle. L'odeur de sa peau était sensible à des kilomètres, il suffisait de respirer… La colonne passa devant eux, tapis comme des fauves affolés.

*

*Chapitre 7 : en avoir ou pas – du travail.
Des performances.*

*

Chapitre 8 : en avoir pas du tout.

*

— Ils sont partis…
Le Colosse aussi avait du mal à y croire.
— On dirait, oui…
La horde n'avait rien senti : ni l'odeur de Catalina ni la présence de la lune derrière les nuages. Était-ce qu'ils étaient trop nombreux occupés à compter ? De leur passage, il ne restait plus qu'un sillon de terre brûlée, des manières de bisons…
— Tu as vu comme ils avaient l'air…
— Oui. C'est étrange…
Jusqu'à présent, les hordes ne faisaient pas partie des traqués. Ils vivaient sur le dos, comme des tortues renversées, pas comme des rescapés.
— Il est arrivé quelque chose, dit-elle. Forcément.
Que pouvait-il encore arriver ?
— Tu crois qu'ils couraient après quoi, le fleuve ?
— Je ne sais pas… Ils avaient l'air terrifiés.
Le Colosse ruminait. Même ses yeux se ternissaient.
— Qu'est-ce qu'on fait ? dit-elle. On ne peut pas rester là… C'est encore loin, ton bout du monde ?
— Par-ci par-là… Allons voir…

Ils suivirent le sillon de terre brûlée laissé par la horde. Il s'enfonçait sous les futaies, disparaissait dans les méandres. Ils reniflèrent, à la recherche d'une odeur étrangère, mais la horde n'avait semble-t-il laissé aucune arrière-garde... Ils avancèrent encore, sur le qui-vive. Même l'écorce des arbres ne sentait plus rien. Catalina leva la tête, inquiète. Il faisait plus sombre à mesure qu'ils progressaient sous les bois ; la lune paraissait les suivre mais on ne vit bientôt plus que les yeux des hiboux...

Catalina n'avait plus de poème à se dire.

— Plus rien du tout...

Alors les doutes l'envahirent.

Ils étaient fous de suivre la horde.

Ils étaient fous de suivre le fleuve.

Et si son Colosse s'était perdu ?

S'il n'était qu'un tas de ferraille plus ou moins boulonné ?

Si elle était seule au bout du compte ?

Il y eut alors comme un claquement dans les branches, puis une voix opaque :

— Ne bougez plus !

Le Colosse se retourna, trop tard : la gueule noire d'une arme visait la tête de Catalina.

Au-dessus se terrait un de ces gardiens du temple qu'on ne voyait plus que dans les vieux journaux en papier, un conservateur du musée humain qui, depuis sa branche, les observait de ses yeux jaune sénateur.

— Ne bougez plus ! répéta-t-il.

L'homme vivait en haut d'un arbre, avec ses conserves, seul. Car il voulait que plus rien ne bouge, passionnément. Un type dangereux, qui braquait son arme sur la cervelle de Catalina.

— *Ne bougez plus ou je tire!*

Mais sa robe ondulait dans la brise. Tant pis pour eux. Il pressa le doigt sur la détente : le conservateur ne voulait pas aller jusque-là, encore une fois on allait le taxer de fascisme. Pourtant il ne faisait que servir ses intérêts. Le crâne de Catalina allait voler en mille éclats d'osselets quand le Colosse écrasa la punaise.

Ça fit un bruit désagréable entre ses doigts, puis il n'y pensa plus – les conservateurs vivaient pour ainsi dire dans une autre époque.

*

Chapitre 19 : point d'eau au crépuscule.

La nuit était si noire sous la futaie qu'on n'y voyait plus les contrastes. Catalina et son Colosse avançaient à tâtons, se frayant un passage au milieu de la végétation morte enchevêtrée. Il s'arrêta enfin à la lisière.

— Tu vois quelque chose?
— On dirait un bord…
— Quel genre de bord?
— Le bord du monde.

Le Colosse observa la plaine qui se découpait sous la lune revenue.

— Je croyais qu'on allait au bout du monde, fit-elle remarquer, pas au bord…

Mais il n'avait pas envie de plaisanter : sous son aspect vide et désolé, la plaine noire qui leur faisait face n'avait rien de tranquille.

Des entrelacs émergeaient au loin, mirage fumant par-delà la savane où des collines spectrales s'affichaient en sinistre totem; aussi pelées que des chiens, elles gardaient les bords d'un rien si vaste qu'en dépit de leur voyage ils n'avaient pas traversé le début d'une moitié.

Nyctalope, Catalina aperçut leurs contours dans le crépuscule, et l'étrange étendue étalée à leurs pieds.

Un sol de mercure baignait sous la lune…

— On dirait un point d'eau, dit-elle.

Le Colosse scrutait les environs avec anxiété. Le danger ne pouvait pas être plus grand.

Catalina tressaillit.

De fait, ce ne fut d'abord qu'une rumeur au loin, un avant-rien, puis les feuilles des arbres se mirent à frissonner.

L'air aussi avait changé de mains.

La lune affolée tâcha de recoudre ses cratères en toute hâte, rameutant les nuages à tête de cheval qui fuyaient à sa suite, des nuages-chevaux de guerre qui en passant le gué avaient gelé dans la glace et n'avaient plus que l'écume pour cavalier, de pauvres bêtes évaporées dans l'affaire, happées par l'Histoire et ce qu'on s'était raconté pour oublier les dictatures, des chevaux qui préféraient encore finir dans les nuages…

Catalina essuya ses mains sur sa robe, mouillées de peur.

Car la rumeur grossissait.

Elle enflait, énigmatique baudruche, renversant les brumes et les branches mortes qui craquaient à leur approche. L'obscurité les rendait encore invisibles mais ils approchaient, venant de la plaine : les derniers rescapés.

Ils arrivaient par groupes isolés, solitudes aimantées à la pelle qui s'aventuraient à découvert, comme répondant à un appel secret et mystérieux. Mais la peur qui les précédait empestait, elle débordait les herbes et les collines, une peur de mygale, défiant l'apesanteur...

Catalina et le Colosse s'accroupirent.

Les derniers rescapés approchaient du point d'eau, chassés et méfiants du monde : c'est qu'on les avait jetés misérables sur les routes, les premiers à la traque, c'était miracle qu'il en restât encore. Ils s'observaient de loin, sur leurs gardes, mais l'étendue de savane semblait si vide, et la lueur intermittente de la lune si sûre alliée qu'ils finirent par vaincre leur terreur.

Catalina et son Colosse cette fois n'eurent pas à se cacher : aucun des rescapés ne fit attention à eux, comme si elle ne sentait rien sous sa robe à fleurs.

Le point d'eau n'était plus qu'à quelques mètres, ils marchaient en rangs si serrés qu'ils se touchaient presque, une transhumance qui se pressait, tout empêtrés de boue. La terre était molle à cet endroit, on s'y enfonçait par coudée, d'ailleurs les premiers arrivés avaient disparu sous les suivants... et il en venait encore, qui se marchaient dessus sans vergogne, pour ça la misère ne faisait pas de quartier, des chiens grattant à la porte... à se désosser pour les miettes... des vieux bouts d'hommes.

Le visage du Colosse était sombre, et l'effet des astres n'y était pour rien :

— C'est un piège...

En s'approchant, on pouvait voir le fleuve qui serpentait depuis l'autre bout de la forêt, un cours desséché s'en allant par plaques, le fleuve lépreux...

— C'est un piège, répéta-t-elle.

Car ils coulaient les capitaux, ils déboulaient au point d'eau à grands tourbillons ; les plus noyés flottaient sur le dos, le ventre gonflé comme des mines à la surface, des capitaux qui avaient capitulé et s'en allaient au bouillon, certains avaient trop compté sur les autres, ou s'étaient rendu compte trop tard, des capitaux flottants sans queue ni tête qui n'appartenaient plus à personne depuis longtemps, mais coupaient quand même encore, comme des couteaux.

Au fil du fleuve ils s'étaient échoués là, au milieu de la plaine herbeuse où les rescapés accouraient, s'embourbant empilés. Ils eurent beau agiter leurs cartilages, rappeler qu'ils avaient payé pour ça, ils s'enfonçaient mouvant, pataugeoire mortelle, au milieu des débattants. La boue leur recouvrit bientôt la bouche, de sorte qu'on ne les entendit plus crier. Leurs mains remuaient encore, tentant en vain d'atteindre le point d'eau.

Les plus vaillants tentèrent une dernière sortie, un baroud d'honneur d'espèce pathétique : la boue les engloutit à leur tour, complètement.

Ne flottaient plus à la surface que les capitaux, poissons crevés.

On les avait pressés
Compressés
Essorés
Jusqu'à ce qu'il n'y ait plus que l'enveloppe.
— Qu'est-ce que ça veut dire ?
Il soupira tristement, et la tint contre lui.
— C'est le monde qui fuit, Catalina…
Oui, le monde fuyait, par tous les bords, la matière en était toute suicidée.
— Il ne reste que nous deux maintenant, dit-elle. Et les éléments… Qu'est-ce qu'on fait ? On ne va pas mourir…

Le Colosse leva la tête. Il vit le vent éparpiller les nuages-chevaux, et la lune au loin comme une mère attentive. Ils se dirigeaient vers la mer de sel : la mer de sel au bord du monde.

— Non, la rassura-t-il. Nous ne mourrons pas, pas maintenant.

Catalina fit semblant de le croire : son Colosse était si serein, presque lumineux. Elle prit sa main de fer dans la sienne, et suivit les nuages qui déjà gravissaient les derniers vestiges d'inhumanité.

*

Chapitre dernier : sans eau au crépuscule.

Ses yeux de glacier bleu se reflétaient dans les plaques de sel, fissurées jusqu'à l'horizon. Le Colosse stoppa là, Catalina dans sa main. Ils ne s'étaient pas lâchés du chemin, sûrs autrement de se perdre. Les derniers rayons du soleil caressaient l'océan immaculé. Des teintes rose sang.

— C'est beau, dit-il.

— Oui… C'est la fin.

Il n'y avait plus d'eau. Plus rien. Le Colosse sourit et serra fort sa main. Ils ne savaient pas ce qu'il y avait après le bord du monde, s'ils mourraient ensemble ou pas, mais ils étaient les derniers. Et ils s'aimeraient quand même, parce que c'était l'éternité.

Alors, pour se donner du courage, Catalina lui chanta une dernière chanson…

Le vent hurlait dans la décapotable quand Gabriela referma le carnet Moleskine.

Esteban fixait toujours la route, absorbé par les lignes blanches qu'il avalait pied au plancher : cent soixante-dix au compteur du bolide anglais. Les Andes émergeaient des brumes, elle d'un rêve étrange – *L'Infini cassé*... Un conte macabre, désespéré, qui lui laissait un goût de fer. Gabriela ne s'attendait pas à ça. De quoi était fait cet homme ? Pourquoi lui avoir caché qu'il écrivait ? Pourquoi lui avait-il parlé de Víctor Jara au restaurant ? Un camion passa à reculons, ébranlant la carrosserie dans un souffle mortel. Les mains d'Esteban tremblaient sous la pression du moteur lancé à plein régime. Gabriela dut se pencher pour se faire entendre au milieu du vacarme.

— Il manque la fin de ton histoire, lui lança-t-elle, la chanson de Catalina !

Il ne répondit pas, concentré derrière ses lunettes noires, comme si tous ces événements suivaient leur propre logique. Gabriela serra le livre d'Esteban entre ses mains. Elle ne savait pas si leur rencontre était une nouvelle épreuve initiatique sur le chemin de la *machi*, s'il avait aimé une femme nommée Catalina, si le Colosse de *L'Infini cassé* était un avatar de Víctor Jara ou de lui-même, si ce roman inachevé était son testament littéraire, le produit d'une extase mystique ou quelque fulgurance d'un esprit égaré : ses cheveux tourbillonnaient dans l'habitacle et Santiago émergeait tout au fond du brouillard.

— En tout cas ça me plaît, lâcha-t-elle au vent, ça me plaît beaucoup !

La décapotable ralentit imperceptiblement sur la

ligne droite, cent cinquante, cent quarante... Esteban croisa le regard de la jeune Mapuche, son cou gracile, la ligne si parfaite de sa clavicule sous sa robe fripée.

— Toi aussi, Gab, dit-il, beaucoup...

Sa main caressa sa joue, une seconde magnétique. Gabriela frissonna sur le siège tandis qu'Esteban remettait la gomme – maintenant c'était sûr, elle était amoureuse de lui.

3

Un enfer. Edwards s'était réveillé aux premières lueurs du jour sur le canapé du bureau, assoiffé par l'alcool bu la veille, suant la tourbe et le dégoût de lui-même. La peau d'un autre lui collait, une honte poisseuse.

Il avait pris une douche et deux aspirines en se levant mais ses paupières étaient enflées, le mal de tête tenace. Ses mains erraient sans but au bout de ses bras, les réminiscences de cette nuit horrible remontaient à la surface et Edwards n'en finissait plus de se maudire : la situation était suffisamment difficile, pourquoi avait-il mêlé Esteban à ça ?

Par courage ou par lâcheté éthylique ? Parce qu'il était rentré chez lui ivre mort, qu'il avait vomi plutôt que de frapper sa femme ? Parce qu'il devait déverser ce qu'il avait sur le cœur et qu'il l'avait choisi lui, son seul ami ?

Edwards avait laissé un message sur le portable d'Esteban après sa dispute avec Vera : que lui avait-il dit au juste ? Tout ? La scène restait confuse dans son esprit. Dans tous les cas, il s'était comporté comme un imbécile, pas seulement envers son associé. Lui qui détestait le conflit, considérait la violence comme la forme de virilité la plus bête, il avait failli porter la main sur Vera. Sa propre femme. La prunelle de ses yeux, pour qui il se serait damné... Était-il devenu fou?

Edwards culpabilisait, vaseux, s'en voulait à mort, moins pour Esteban que pour Vera. Bien sûr que sa femme le trompait : comment, en faisant si peu l'amour, aurait-elle pu se satisfaire de lui? Comment aurait-il pu lui faire des enfants? La torture subie par sa mère avait dézingué sa libido, comme si un océan d'amour amniotique et un océan de douleur s'étaient mélangés en lui, des vagues aux courants contradictoires qui l'avaient brassé menu. Un combat intérieur vieux de quarante ans l'empêchait d'aimer, voilà la vérité, et si ce n'était pas la vérité, il trouverait. Ils trouveraient ensemble. Il irait voir un psy comme elle le lui avait suggéré, quelqu'un qui s'occuperait de sa douleur et l'aiderait à vivre. À revivre.

Le retour de la garden-party avait été un enfer, mais ce matin Edwards aimait sa femme plus que jamais.

Il prépara son petit déjeuner préféré, des œufs brouillés avec des copeaux de parmesan, un yaourt au soja, du thé vert et une salade de fruits rouges. Vera comprendrait qu'il n'était pas dans son état normal la veille. Il ne lui dirait pas pourquoi, ni ce que la présence de Schober à la réception avait remué en lui, mais il se battrait pour récupérer l'amour de Vera. Il était prêt à passer l'éponge sur son amant, tant qu'elle ne le revoyait plus : voilà ce qu'il lui dirait. Il lui apporterait son petit déjeuner au lit, comme avant, avec quelques mots doux et des excuses au kilo pour se faire pardonner. Ils reprendraient leur histoire là où elle avait commencé à se déliter, et il jurerait qu'ils seraient de nouveau heureux.

Edwards ne se demanda pas pourquoi Esteban ne rappelait pas. Vera apparut à la porte de la cuisine, les yeux en meurtrière pour repousser l'assaut du soleil.

— Bonjour, chérie, lança-t-il d'une voix amicale. J'ai préparé le petit déjeuner, si tu veux...

Edwards tentait de sourire. Ses boucles brunes tombant sur ses épaules, ses longs yeux bruns, elle était tout ce qu'il pouvait perdre.

— Je voulais te dire, pour hier soir...

Vera ne lui laissa pas le temps d'être pathétique.

— Je m'en vais, dit-elle sans préambule.

— ...

— Je pars chez une amie.

Edwards oublia ses toasts, vit les chaussures à ses pieds et le sac qu'elle portait à l'épaule.

— N'essaie pas de me retenir, dit-elle devant sa mine cireuse. J'ai réfléchi cette nuit pendant que tu cuvais... Ça ne peut plus durer : je ne veux plus.

— Écoute, Vera, je m'excuse pour hier soir, s'empressa Edwards. Je suis désolé. Sincèrement. J'avais des choses à te dire et je m'y suis mal pris. J'ai l'esprit confus depuis des jours et...

— C'est trop tard, coupa-t-elle, glaciale. Je pars, le temps de faire le point.

— Le point sur qui ? rebondit-il. Nous ou lui ?

— Je vais chez une amie, pas ailleurs... De toute façon, ce n'est pas pour ça que je pars.

— Pourquoi alors ?

— C'est ce que je veux savoir, répondit Vera d'un air décidé. Sans doute que ça prendra du temps. Je n'aime pas ce qu'on est devenus, ajouta-t-elle. Ce n'est pas ce qu'on s'était dit. Il faut que je respire, Edwards, qu'on sorte de cette spirale... Il faut que je sache si je t'aime encore.

— Je t'aime, moi, je t'aime.

— Eh bien moi non, lâcha-t-elle. Pas après ce qui s'est passé hier soir.

— Je m'excuse, Vera, j'avais trop bu, je ne savais plus ce que je disais...

Il avança vers elle, qui d'instinct recula.

— Laisse-moi, dit-elle en le fixant.

— Il faut que je te parle, je t'en prie.

— C'est trop tard, Edwards. Je t'appellerai... plus tard... Au revoir.

Vera se détourna pour éviter son regard et s'éclipsa aussitôt, son sac à l'épaule. Edwards ne fit pas un geste pour retenir sa femme : il était dévasté...

Les oiseaux ne chantaient plus dans le jardin. Ni la pendule au-dessus du vaisselier, ni rien. Combien de temps resta-t-il prostré ? Les œufs brouillés qu'il avait préparés pour elle étaient froids, stupides dans leur poêle, le soleil comme une offense sur le mur jaune de la cuisine. Edwards se sentait amputé de la meilleure partie de lui-même, la seule en laquelle il croyait.

La sonnette de la grille le fit sursauter... Vera ? Qui d'autre ? Il se précipita vers l'interphone le cœur battant la chamade, déchanta vite : ce n'était pas sa femme mais un inspecteur de police, qui voulait lui parler au sujet d'un cambriolage survenu cette nuit dans le quartier.

*

Porfillo avait choisi Durán pour l'épauler dans l'opération sauve-qui-peut, un dur de trente ans son cadet qui travaillait sous ses ordres à la sécurité du port et savait la boucler. Delmonte était déjà parti retrouver Carver, qui attendait le feu vert pour nettoyer les ordinateurs du fiscaliste. Partis de Valparaiso à bord d'une berline aux vitres teintées équipée de fausses plaques, Porfillo et Durán étaient arrivés à Las Condes aux premières lueurs du jour avec un plan – provoquer un accrochage sitôt qu'Edwards passerait le portail de sa maison, l'embarquer avec sa voiture via un protocole maîtrisé – mais en quittant la propriété tôt le matin, la femme de l'avocat leur facilitait la tâche...

L'avocat avait gobé leur baratin à la grille. Il attendait devant la maison, vêtu d'un simple jean et d'un tee-shirt blanc, pas très en forme à en croire les traits tirés de son visage ; l'effet de sa cuite sans doute. Il fit une drôle de tête en voyant la berline se garer le long des rosiers en fleur. Le temps de réaliser qu'il ne s'agissait pas d'une voiture de flics, c'était trop tard. Durán sortit le premier, aussitôt suivi de Porfillo. Edwards eut un geste de recul en reconnaissant l'émissaire de Schober.

— Un mot et tu es mort, menaça le chef de la sécurité tandis que Durán contournait la cible.

Un Glock pointait sur son ventre.

— Hé, du calme ! tempéra Edwards.

Il levait ses paumes en signe de soumission mais Durán l'empoigna violemment et lui fit une clé de bras.

— Putain, qu'est-ce que vous faites?!

— Ta gueule, on t'a dit, feula Durán à son oreille.

La jeune brute l'immobilisait, la tête inclinée vers le sol, et la douleur lui remontait jusqu'aux cervicales. Il voulut se libérer mais Porfillo était déjà sur lui : Edwards sentit une piqûre dans son cou, un liquide chaud s'écouler, et son esprit chanceler. Les branches des arbres basculèrent à toute vitesse avant qu'il ne s'écroule. Durán accompagna le corps de l'avocat à terre. Tout s'était déroulé en quelques secondes, sans témoins.

— Récupère la bande de la caméra à l'entrée pendant que je le mets dans la voiture, ordonna Porfillo, grouille.

Edwards reposait à l'arrière de la berline, inconscient, quand ils reçurent l'appel de Carver : il venait de géolocaliser le portable de Roz-Tagle, une adresse à Bellavista.

4

Ils arrivèrent à Santiago après une course contre le vent qui les laissa groggy. Il n'était plus question d'écriture allégorique, de virée rocambolesque à la mer, de réveil parmi les pélicans : le trafic ralentissant aux abords du centre-ville, Gabriela remit un peu d'ordre dans ses cheveux – les idées, on verrait plus tard.

L'Aston Martin s'échappa devant l'Université catholique, dépassa les magasins de fringues à la mode et les boutiques de babioles qui se côtoyaient entre deux restaurants *lounge*, trouva une place devant une terrasse où des touristes américains aux affreux shorts à carreaux se ventilaient avec le plan de la ville, rouge écrevisse.

Robe défroissée à coups de rafales, pieds nus et gueule de bois carabinée : les passants les regardaient comme des zombis sur le trottoir de Lastarria. Esteban habitait au-dessus d'un restaurant où de grands parasols voilaient un peu plus le soleil. Il laissa Gabriela entrer la première, appela l'ascenseur et monta avec elle au cinquième. Le loft de l'avocat avait tant de baies vitrées qu'il semblait suspendu dans le ciel.

— Eh bien, tu ne t'emmerdes pas, fit-elle en découvrant son antre.

— Mes parents m'ont donné le pactole à mon retour des États-Unis... Une coutume dans la famille, ajouta-t-il en posant les clés sur le bar.

— Pauvre chou.

La terrasse, arborée de bambous, donnait sur les hauteurs du parc de Santa Lucía où Camila lui avait donné son contact deux jours plus tôt.

— Tu veux boire quelque chose ?

— Un verre d'eau, si tu as, dit-elle. Avec de l'aspirine.

Gabriela posa son sac sur un canapé, repéra l'oiseau au plumage coloré qui montait la garde dans sa cage. Mosquito tourna le dos à l'étrangère et, les griffes arrimées à son perchoir, partit soudain à la renverse.

Il était de nouveau de face, la tête en bas, la fixant de ses yeux ronds.

— Il est bizarre, ton perroquet.

Esteban se tourna vers le volatile : encore à faire le guignol...

— Ce n'est pas le mien, dit-il depuis la cuisine, mais celui d'une copine qui l'a laissé là en gage.

— Ah... C'est un mâle ou une femelle ?

— Hum, dit-il en jaugeant la bête, il est tellement con qu'à mon avis c'est un mec.

Gabriela sourit. Mosquito, position poirier, l'observait toujours.

Esteban lui tendit un verre d'eau fraîche.

— Il y a une salle de bains au fond du couloir, si tu

veux te rincer, indiqua-t-il. Je prends celle à l'étage… Fais comme chez toi, hein.

Ça ne risquait pas.

Gabriela attendit que le cachet d'aspirine se dissolve, vit les pieds nus d'Esteban disparaître par l'escalier en colimaçon. Les meubles du salon étaient blancs, rares, design, terriblement neufs, comme s'ils n'avaient jamais servi. Un décor d'Hollywood, tendance David Lynch aseptisé, avec la colline de San Cristóbal au loin perdue dans les brumes de pollution. La bibliothèque occupait tout un pan de mur, il y avait aussi des livres empilés ou en vrac sur les tables, des paquets de cigarettes entamés sur le bar d'acier patiné, un canapé en cuir crème qui rappelait la banquette de sa voiture, aucun écran, ordinateur ou téléviseur : Esteban vivait dans le ciel, seul, depuis longtemps visiblement – hormis le perroquet débile, aucune marque d'une quelconque présence féminine… N'en finissant plus de suer ses toxines, Gabriela oublia ses considérations, abandonna ses ballerines en plastique sur le parquet et se réfugia sous la douche.

La salle de bains avait le volume de sa chambre, joliment décorée d'azulejos, avec une douche en verre mat et une desserte où s'entassaient les serviettes. Le mal de tête persistait mais le contact de l'eau la revigora ; Gabriela se sécha avec une des serviettes blanches prévues à cet effet, secoua énergiquement sa robe encore pleine de sable, cala sa poitrine dans le soutien-gorge, enfila sa robe fripée et évalua sa mine dans le miroir en pied.

Pour une fille qui avait subi un trou noir de plusieurs heures avant de se réveiller sur une plage au milieu des pélicans, elle ne s'en sortait pas si mal… Mosquito en revanche commençait à lui vriller les tympans : de retour dans le salon, Gabriela déplaça la cage sur la terrasse et, sous les cris intempestifs du perroquet, lui claqua la porte vitrée au bec.

Esteban descendait l'escalier, dans un nouveau pantalon noir et une chemise. Il sourit en voyant le bestiau en quarantaine.

— Il paraît qu'ils meurent si on leur donne du persil, dit Gabriela.

— Merci du tuyau.

Mosquito braillait derrière le double vitrage.

— Tu as faim ?

— Je ne sais pas trop…

Elle pensait à autre chose. Leurs regards s'empilèrent, pleins de givre. Ils se tenaient face à face, beaucoup trop près pour résister à l'envie de se toucher. Gabriela fit un pas pour se coller à lui, remonta sa chemise blanche sur son torse, puis elle fit de même avec sa robe et pressa son ventre nu contre le sien… C'était un geste doux, amusant, terriblement sensuel. Esteban n'entendit pas la sonnerie du téléphone fixe, ni le message d'accueil qui se déroulait : leurs ventres se caressaient maintenant en lents mouvements complices, Gabriela n'avait pas de petite culotte, il sentait sa poitrine gonflée dans le soutien-gorge et ses lèvres semblaient aussi tendres que les feuilles du ginkgo sous lequel ils s'étaient vus la première fois. Esteban plongea dans ses petits astres noirs, y croisa des bouts d'univers, leurs bouches n'étaient plus qu'à quelques centimètres : encore un effort et ils changeraient à jamais de dimension…

La voix de Luis Villa dans le répondeur les ramena sur terre.

— Qu'est-ce que tu fous, beau gosse ?! Ça fait trois messages que je laisse sur ton portable et tu ne réponds pas : je croyais que c'était urgent, tes résultats d'analyses !

*

— Pure ?

— À quatre-vingt-dix-huit pour cent, certifia l'agent des narcotiques. Autant te dire qu'à ce tarif le moindre fix t'envoie direct en enfer.

— Et en sniff ? relança Esteban.

— Ça dépend. Si tes gamins avaient des problèmes respiratoires ou bu trop d'alcool, une drogue de cette qualité a pu provoquer un AVC ou un arrêt cardiaque. Dans tous les cas, ton copain balafré avait de la dynamite dans les poches.

Grimpée sur le tabouret du bar, Gabriela écoutait la conversation via le haut-parleur du téléphone fixe. Elle aussi tiquait : ça expliquait les overdoses, pas comment un revendeur de rue comme El Chuque avait pu se procurer un tel produit. Même si le prix du marché avait baissé depuis la guerre contre les narcos – pour la financer –, une telle cocaïne restait inaccessible pour les consommateurs des *poblaciones,* plus habitués à la *pasta base*. Luis Villa connaissait son sujet : achetée autour de trois mille dollars le kilo dans les zones de production – Colombie, Pérou, Bolivie –, la cocaïne en valait entre trente et quarante-cinq mille dans les villes. La drogue transitait parfois par des ports sud-américains avant de traverser l'Atlantique en suivant le 10e parallèle, l'«Highway 10», un ruban sur l'océan emprunté tous les jours par des milliers de cargos, bateaux de pêche, voiliers ou paquebots de tourisme. Pure, coupée en pains, en bonbonnes, en poudre, liquide ou introduite dans des poissons congelés, la cocaïne était le plus souvent reconditionnée sur place.

— Ton hypothèse ? conclut Esteban.

— Il a pu y avoir un problème en amont, dans la région de production, avança le policier, un cafouillage entre les lots et les destinations. Normalement, la pureté du produit diminue tout au long du circuit... Ou alors, si la coke arrive non coupée, c'est que les intermédiaires ont sauté... J'ai demandé un complément d'informations à mes collègues de Valparaiso. Le port est la plaque tournante d'à peu près tout ce qui s'importe dans le pays : le service des douanes a peut-être intercepté un lot similaire.

Esteban analysa vite la situation.

— La Victoria n'intéresse personne mais si des jeunes de bonne famille se mettent à mourir d'overdose, les flics ne seront pas longs à la détente, relança-t-il. Tu connais quelqu'un qui pourrait me renseigner sur le trafic de poudre dans le centre-ville, un dealer ou un indic ?

Luis Villa ne réfléchit pas longtemps.

— Bob, un rasta qui traîne à La Piojera : il est les deux... Je te préviens, ajouta le policier d'un air badin, il est assez con.

— Quel genre ?

— C'est le seul rasta noir pro-Pinochet que je connaisse.

— C'est possible, ça ?

— Au Chili, oui.

*

Des tonnes de victuailles se déversaient chaque jour au Marché central de Santiago. On rangeait les étals à l'heure où les plus pauvres se partageaient les restes des cagettes éventrées autour des halles : Mapuches, Quechuas, descendants d'Incas, mulâtres ou déshérités, une petite foule disciplinée s'activait.

Esteban gara la voiture face aux arcades du vieux marché. Il avait déposé Gabriela au Ciné Brazil, acheté un téléphone à carte dans une boutique du centre avant d'envoyer un texto à l'étudiante (« *Tout n'est pas perdu, Gab. Voilà déjà mon numéro* »). Le coup de fil impromptu de Luis sur son fixe avait douché leur ardeur mais ils croyaient avoir le temps. Esteban s'étira sur le trottoir, ses lunettes tordues le protégeant du soleil brumeux, ouvrit le coffre de la voiture et enfila une paire de chaussures neuves.

De l'autre côté de la place, le bar-restaurant La Piojera – « la pouilleuse » – portait bien son nom, avec la sciure par terre pour absorber le vomi et les verres renversés, les pantins minables installés sur l'estrade comme des musiciens de ranchera, les ivrognes et les gobelets vides jonchant le sol et les tables. Les cuisines, infectes, se situaient naturellement près des poubelles qui, grandes ouvertes sur un essaim de mouches, débordaient : jarrets de porc élastiques, pommes de terre blanchâtres, on ne faisait pas trop de différence entre ce qui sortait des premières et ce qu'on jetait dans les secondes.

Le service à La Piojera était continu, peu aimable, l'ambiance aux bagarres de saloon. Avec son costard de marque, ses chaussures italiennes et sa chemise blanche sans taches, Esteban Roz-Tagle fit une entrée remarquée dans le bouge. Il n'était que trois heures de l'après-midi mais les yeux hostiles le dévisageaient comme s'il allait annoncer la fermeture. L'avocat trouva le fameux Bob attablé sous des drapeaux chiliens en plastique qui prenaient le graillon des cuisines.

La trentaine avachie sur des épaules de camionneur, des perles aux couleurs de la Jamaïque s'égrenant sur des dreadlocks qui lui descendaient jusqu'aux fesses, Bob s'essayait aux mots fléchés devant une part de tarte et un *terremoto*[1], une eau-de-vie où baignait une grossière glace à la fraise synthétique.

Esteban se présenta comme une connaissance de Luis Villa. Le rasta releva à peine un œil de sa coupe glacée.

— Je peux m'asseoir?

— Vas-y, fais comme chez toi.

Un serveur au ventre de morse éparpilla les miettes sur la table à l'aide d'une lavette qui devait aussi servir de serpillière, bougonna un bonjour en attendant la commande.

— Tu reprends quelque chose? proposa Esteban. C'est moi qui invite.

Bob avait presque fini son *terremoto*.

— Une *réplica*[2], dit-il, les yeux rouges.

L'herbe devait lui donner faim. Esteban se tourna vers le serveur.

---

1. Tremblement de terre.
2. Réplique.

— Une *réplica*, s'il te plaît, mon gros. Et un pisco *sour*.

Si la *réplica* suivait traditionnellement le *terremoto*, le pisco *sour* de La Piojera était servi au pichet, brassé à l'hectolitre avec des blancs d'œufs de batterie. Esteban fit cependant bonne figure. Bob, de son vrai nom Leonardo Vasquez, était dealer dans les quartiers huppés de la capitale et le principal indicateur de la brigade antinarcotique. Esteban l'amadoua en se présentant comme avocat et sympathisant de la droite dure, la corde sensible du rasta. D'après Luis, Bob appartenait au XMP, le « Parti de l'ordre républicain pour ma patrie » mené par le petit-fils du dictateur – des milliers d'adhérents, en majorité des fonctionnaires des forces armées et des jeunes de la Fondation Pinochet qui véhiculaient les valeurs du Général, avec une haine affichée pour toute idée de Cour de justice internationale.

— Au moins avec le Vieux, il y avait de l'ordre dans les rues, regrettait Bob, intarissable sur le sujet : Pas tous ces traîne-savates qui viennent me quémander de la merde!

— La jeunesse n'est plus ce qu'elle était, compatit l'avocat.

— Putain, *man*... Tu veux mon avis? La dictature a été mal interprétée : s'il n'y avait pas eu le Vieux pour dresser les cocos, le Chili serait aujourd'hui comme le Venezuela. Tu peux être sûr!

Esteban acquiesça devant le géopolitologue : marrant comme Chávez, même mort, inspirait toujours la peur dans une Amérique latine qui n'avait connu que des dictatures de droite. Las des commentaires de l'abruti, Esteban évoqua l'affaire qui l'occupait.

Bob descendit de son nuage sécuritaire et son sourire à la ganja s'élargit.

— De la coke pure à La Victoria ? En voilà une nouvelle ! Hé hé ! C'est plutôt la *pasta base* qu'ils s'envoient par là-bas !

— Il a dû y avoir un micmac quelque part. Dans tous les cas, nous craignons que cette cocaïne n'inonde le centre-ville et touche des consommateurs, disons, occasionnels et respectables, que je représente... tout à fait officieusement évidemment, baratina-t-il sur le ton de la confidence.

Bob secoua ses dreadlocks, dont les perles tintèrent contre la coupe de glace à l'eau-de-vie.

— Je suis pas au courant.

— Il y a eu quatre morts par overdose à La Victoria à cause de cette drogue, biaisa Esteban. Il ne faudrait pas que ce genre de mésaventure se produise dans les beaux quartiers... Tu vois ce que je veux dire ?

— Hum.

C'était pas sûr. Esteban glissa un billet sur la table collante.

— Tu as eu des échos ?

— Non... Non, répéta Bob en empochant l'argent. Mais compte sur moi : si j'ai cette coke entre les mains, je la couperai tellement que tout le monde chiera du laxatif ! s'esclaffa-t-il, goguenard.

Un air de reggaeton remplaça la ranchera agricole dans les enceintes crasseuses. Le dealer avait l'humour militaire mais il semblait sincère, ce qui validait la thèse de Luis – un lot isolé revendu à La Victoria qui sèmerait la mort dans les organismes les plus faibles...

— El Chuque, tu connais ?

— La poupée du film d'horreur ?

— C'est aussi le sobriquet d'un petit dealer de La Victoria, dit Esteban, environ dix-huit ans, le visage couvert de cicatrices. Facilement reconnaissable.

— Hé hé !

Avec Bob, on riait de tout.

— C'est dans ses poches qu'on a trouvé de la coke pure. Tu ne l'as jamais vu traîner dans le centre ?

— Nan.

— Une bande de ferrailleurs, des *cartoneros*...

— Y en a des dizaines qui traînent, des loqueteux... Mais si je vois ton balafré, je t'appelle !

Autant croire au protocole de Kyoto.

Esteban abandonna le rasta à sa cantine porcine et ressortit à l'air libre.

Le moment qu'il venait de vivre ne ressemblait pas du tout à Gabriela. Il traversa la rue jusqu'au Marché central, s'attabla au tonneau d'une poissonnerie encore ouverte le long du trottoir, commanda un *ceviche* à une grosse dame en tablier et un pisco digne de ce nom au bar voisin. Le mal de crâne passa, pas le sentiment pénible qu'il gardait de leur nuit d'ivresse. Il s'était passé quelque chose. Mais quoi ? Il reçut le plat de poisson cru et un texto de Gabriela : « *Non, tout n'est pas perdu. En attendant, le père Patricio va faire une allocution sur Señal 3 à six heures. Je l'accompagne. M'oublie pas pendant ce temps.* »

Difficile à imaginer après les vingt-quatre heures qu'ils venaient de passer... On nettoyait les pavés des halles désertées à grande eau sous les regards chapardeurs des chiens errants. Esteban finit son déjeuner avant d'appeler le capitaine Popper depuis son nouveau portable. Après une brève attente au standard, le chef des carabiniers prit la communication.

— Vous me pompez l'air, Roz-Tagle, commença-t-il, de sale humeur. J'ai des affaires par-dessus la tête et pas le temps d'écouter vos doléances.

— Vous avez interrogé la bande d'El Chuque ?

— La sienne et deux ou trois autres, répondit Popper. Sauf qu'aucun de ceux à qui on a secoué les puces ne sait qui a pu refourguer de la cocaïne aux jeunes du quartier. J'ai douze hommes sous mes ordres, pas une armée de rats pour faire les poubelles.

— Il vous a dit quoi, El Chuque, que sa cocaïne poussait dans les choux ?

— Il ne m'a rien dit du tout pour la bonne raison qu'il s'est fait la malle. Grâce à qui, d'après vous ?

— Comment ça, disparu ?

— Il a dû se mettre au vert après que vous l'avez alpagué. El Chuque savait que mes hommes viendraient l'interroger, alors il s'est envolé... Écoutez, se radoucit le policier, vous n'aiderez pas les parents des victimes en nous mettant des bâtons dans les roues. Nous sommes tous dans le même bateau, qu'ils le croient ou non.

Une Péruvienne en blouse de plastique passait le jet sur le sol grumeleux du marché couvert.

— Il n'empêche qu'El Chuque se promène avec de la dynamite dans les poches. Dès lors, deux hypothèses : ou il refourgue sciemment une drogue pure au risque de tuer certains de ses clients, ou il n'est pas au courant. Je pencherais plutôt pour cette dernière.

Il y eut un blanc au téléphone.

— Comment ça, pure ?

— Vous avez fait analyser la cocaïne d'El Chuque, non ?

— Vous voulez dire que vous avez analysé la drogue dans mon dos ?

— J'ai eu raison, non ?

— Cette affaire regarde la police ! gronda Popper.

— J'essaie de faire mon métier, capitaine, lequel consiste à défendre les parents des victimes.

— Vous comptez vous porter partie civile ?

— Oui.

— Ça ne servira à rien, Roz-Tagle.

— Prouvez-moi le contraire. Cette coke a semé la mort et peut en provoquer d'autres si on ne fait rien.

Popper prit un ton compréhensif.

— Écoutez... J'ai hérité d'un des quartiers les plus difficiles de la capitale : mon rôle se limite à ce qu'il n'empire pas pendant que d'autres font leurs affaires. Ce n'est pas moi qui fais les lois mais je m'y plie par devoir, que ça me plaise ou non. Je ne tiens pas à ce qu'une histoire de trafic dégénère en révolte : La Victoria souffre déjà suffisamment comme ça. Mes hommes ont interrogé les dealers du quartier, leurs copains et les épaves qui jonchent les rues, sans résultat : personne ne sait d'où sort cette cocaïne, comment El Chuque a pu se fournir, ni où il s'est mis au vert... Je sais que la police n'a pas bonne presse à La Victoria, concéda-t-il, mais dites à vos clients que nous faisons tout ce qui est en notre pouvoir. Nos indics sont sur le coup, les sursitaires qu'on fait chanter, ceux en probation... Laissez la police faire son travail, Roz-Tagle, c'est tout ce qu'on vous demande.

Un silence ponctua le monologue du chef des carabiniers.

Esteban aspira le fond de pisco *sour* : la mousse en suspension était presque verte.

5

La rétrospective Kubrick se concluait ce soir-là par *Eyes Wide Shut*, dernier, testamentaire et selon Stefano l'un des meilleurs films du réalisateur américain, mais aujourd'hui le projectionniste du Ciné Brazil n'avait pas la tête à ce qu'il faisait.

L'enterrement d'Enrique aurait lieu le surlendemain au cimetière de La Victoria, avec ses copains d'école, rameutés par Patricio pour rendre un dernier hommage à leur camarade. Une saine initiative qui ne consolerait personne. La télé communautaire n'émettait plus depuis le dimanche, Cristián n'avait pas parlé de la rouvrir un jour et la police semblait incapable d'enrayer le fléau… Cocaïne ? C'est ce que pensait l'avocat, mais Stefano n'avait pas eu de nouvelles depuis que lui et Gabriela s'étaient rendus chez le flic des narcotiques.

C'était la première fois que l'étudiante découchait depuis sa rupture avec Camila, avant l'été. Il était deux heures de l'après-midi et Stefano commençait à se tracasser : où s'était-elle fourrée ? Le transfert était ridicule, quarante ans séparaient les deux femmes, mais avec sa ferveur et son franc-parler, Gabriela lui rappelait parfois tant Manuela qu'il ne savait plus quoi penser. Vivait-il à ce point dans le passé? Était-ce ça, la vieillesse? Ressasser les mêmes histoires, comme si le compteur un jour s'était bloqué – en l'occurrence le 11 septembre 1973?

Stefano n'avait pas cherché à bâtir de famille en France, comme beaucoup d'exilés chiliens. Il avait appris le métier de projectionniste, à ravaler ses illusions. Il avait cru à un monde plus généreux : aujourd'hui, l'idée même de partage semblait obsolète. Les gens ne connaissaient plus le nom des arbres, des fleurs ou des écrivains, mais pouvaient citer des centaines de marques de vêtements, de sportifs, de sodas... L'être ou l'avoir, un vieux débat qu'il n'en finissait plus de perdre.

Son père déjà comptait parmi les deux mille cinq cents réfugiés du *Winnipeg*, le bateau que Pablo Neruda, alors consul en France, avait affrété pour sauver les derniers lambeaux de la République espagnole. Né onze ans plus tard à Santiago, Stefano avait hérité une haine particulière pour les fascistes d'Europe ou d'ailleurs : le radicalisme du MIR avait fait l'affaire... Stefano avait vingt ans à l'arrivée au pouvoir de l'Unité populaire d'Allende, en 1970. Che Guevara avait été tué dans la jungle bolivienne trois ans plus tôt mais le mythe du *foco* faisait encore tourner les têtes brûlées comme lui. Spécialisés dans les braquages de banques qualifiés alors d'«expropriations», Stefano et ses camarades du MIR comptaient allumer des foyers d'insurrection à travers le Chili pour renverser le capitalisme et l'impérialisme yankee, mais en prenant le pouvoir par les urnes, Allende avait créé une situation inédite pour tout marxiste de l'époque : installer le socialisme en utilisant les seules ressources de la légalité bourgeoise.

Galvanisé malgré l'embargo, le peuple s'était rangé derrière le président élu, mais pour Stefano et ses camarades gauchistes, Allende était un tiède qui, un jour ou l'autre, se ferait destituer par ceux dont il respectait si bien la légalité. Nationalisations, suffrage universel, retraite pour tous, bourses étudiantes, distribution de vivres pour les plus pauvres : Allende n'allant selon eux pas assez loin dans ses réformes, le MIR avait créé une scission pour défier ces socialistes qui refusaient d'armer le peuple... tout en assurant la sécurité du président.

Miguel Enríquez, le secrétaire général du MIR, avait dépêché ses meilleurs cadres pour former le GAP, le « Groupe des amis personnels du président », chargé de sa protection. Stefano faisait partie de ces hommes d'élite : il savait manier les armes et n'avait pas froid aux yeux. C'est lors d'une de ces missions du GAP qu'il avait rencontré Manuela. Brunette tonique au corps athlétique, Manuela suivait Allende dans ses déplacements et n'avait pas la langue dans sa poche. Ils s'étaient plu tout de suite. Chatte au sourire triangulaire, Manuela pouvait flâner dans un parc si le temps s'y prêtait, moins dans les bras d'un homme : ils s'aimèrent en coup de vent, dès que l'occasion se présentait, juraient de se revoir aussi vite qu'ils se quittaient dans l'excitation d'une situation qu'ils savaient révolutionnaire. Le présent était trop dense pour parler d'avenir qui, il est vrai, n'en finissait plus de s'obscurcir.

Ensemble ils avaient vu, écœurés, les premiers *cacerolazos*, ces manifestations de femmes frappant sur leur casserole pour se plaindre de la pénurie, des bourgeoises qui souvent touchaient pour la première fois un tel ustensile, ils avaient vu l'embargo américain étrangler le pays, le montage grossier à la Une d'*El Mercurio* avec des chars russes positionnés devant le palais présidentiel, le candidat malheureux de l'élection, Alessandri, couper l'approvisionnement du papier hygiénique dont sa famille avait le monopole pour punir le peuple d'avoir mal voté, sans cesser de s'aimer, et d'espérer.

Ils ne savaient pas qu'Allende avait un projet secret pour sortir le Chili du piège, un grand référendum sur l'économie dont il avait fait part à son nouveau chef des armées, l'obscur général Pinochet. Ce dernier lui avait conseillé d'en différer l'annonce au 12 septembre…

Il attaqua le 11.

Stefano et Manuela faisaient partie des irréductibles qui avaient défendu la Moneda assaillie par l'aviation. Un cauchemar prévu mille fois. Les Mirage pilonnaient le palais présidentiel où Allende et ses proches s'étaient retranchés, répondant aux bombes par de dérisoires tirs de kalachnikov. La situation était désespérée, le bâtiment en feu, les militaires fidèles à la Constitution sous les baïonnettes ; quant à négocier la reddition du président élu par le peuple, Pinochet avait été clair : « il faut tuer la chienne et l'affaire est réglée »… Stefano n'avait pas peur de mourir, aucun sacrifice n'était vain face aux fascistes, Manuela aussi voulait se battre contre les traîtres jusqu'à son dernier souffle, tous deux unis dans la mort, mais Allende en personne était venu leur intimer de fuir pendant qu'il était encore temps. Ils étaient jeunes, leur sacrifice inutile : Allende leur ordonnait de se sauver pour voir un jour la démocratie refleurir. Le dernier ordre qu'il donnerait à quiconque.

Stefano et Manuela s'étaient résignés à s'enfuir avec les autres de la Moneda en flammes, la rage au ventre, avant que la souricière ne se referme sur eux.

Les militants connaissaient le protocole à suivre en cas de coup d'État : rendez-vous dans un mois, jour pour jour, dans un bar prévu à cet effet. Stefano et Manuela s'étaient quittés devant une porte dérobée du palais présidentiel, échangeant un dernier baiser pathétique où les larmes guerrières refusaient de couler.

Les putschistes avaient coupé les communications internationales, instaurant un couvre-feu de deux jours pour isoler le Chili du reste du monde. Deux jours : c'était le temps nécessaire pour arrêter les membres du gouvernement, remplir les stades de détenus, les casernes, les prisons. Claquemurée chez elle, condamnée à écouter la musique militaire à la radio, la population apprit la mort d'Allende en quelques mots laconiques, abasourdie, pendant que sur les balcons élégants des villas on sablait le champagne.

Une nouvelle vie commençait pour Stefano, celle de la traque. Durée de vie moyenne d'un militant clandestin : six mois. La consigne était de se cacher pendant que les cadres du MIR brûlaient les documents et les locaux qui les abritaient. Ceux qui n'auraient pas le temps de se réfugier dans une ambassade ou à l'étranger seraient assassinés, mais on comptait sur les survivants pour reconstruire le parti. Le téléphone coupé, le domicile de ses parents et ceux de ses amis perquisitionnés, les lieux où il dormait quand il n'était pas en mission probablement infestés de soldats, Stefano se réfugia chez les parents d'un copain de lycée, apolitiques, dont le père tenait le cinéma du quartier Brazil. Stefano avait caché son P38 dans une bouche d'aération et attendu des jours entiers au fond d'une cave, rongé d'angoisse. Enfin, le couvre-feu levé, Stefano joignit un de ses contacts susceptibles de leur fournir des faux papiers, et n'apprit que de mauvaises nouvelles : son groupe au MIR était décimé, les survivants en fuite, avec l'interdiction de prendre les armes disséminées dans les caches en attendant de voir comment les choses évolueraient. Aucune nouvelle d'«Elena», le nom de code de Manuela.

À vingt-trois ans, Stefano avait une expérience théorique de la survie comme clandestin : la pratique s'avéra vite insupportable. Les cadavres criblés de balles retrouvés dans les rues, dérivant dans le Mapocho, les camions remplis de militaires, les chars postés le long des avenues, la mine défaite des passants : l'oppression le faisait littéralement suffoquer. Et puis le stress, la peur, la paranoïa au moindre regard appuyé, et Manuela dont il restait sans nouvelles... Personne n'avait imaginé une répression aussi féroce : on assassinait, torturait, violait, partout dans le pays, sans pitié ni limite d'âge. Allende suicidé, Víctor Jara martyrisé dans le Stade national, même la maison de Neruda avait été saccagée, le corps du Prix Nobel exposé parmi les débris de verre, les fils de téléphone arrachés et ses livres brûlés – peintures, bibliothèques, collection de céramiques, tout avait été détruit.

En lâchant Allende qui refusait d'armer le peuple malgré la menace d'un coup d'État, le MIR s'était trompé de cible. C'était trop tard : des centaines de milliers de Chiliens fuyaient le pays pendant que les militaires écrasaient le peuple sous un talon de fer. Dans la débandade, Stefano ne songeait plus qu'à retrouver Manuela... Enfin le 11 octobre arriva : sans armes, redoublant de prudence, Stefano se rendit dans le café d'Independencia où ils avaient rendez-vous. Il y avait peu de monde à l'intérieur, et à première vue aucune tête connue. Stefano approcha du comptoir pour glisser un mot au patron, un sympathisant, vit son visage livide et comprit qu'il venait de tomber dans un piège : des agents de la DINA l'attendaient, armés jusqu'aux dents.

On le transféra à la Villa Grimaldi, transformée en centre de détention clandestin par les militaires. Arrêté sur dénonciation, Stefano savait qu'il serait torturé. Le mot d'ordre était de tenir vingt-quatre heures : passé ce délai, on estimait que les premiers noms tomberaient... Peu de gens résistent à l'électricité. Stefano avait été roué de coups avant de passer à la *parilla*, un sommier en fer électrifié où on les attachait, nus, les électrodes dans le rectum ou sur les parties génitales. Vingt-quatre heures à devenir fou. La colonne vertébrale bandée comme un arc, Stefano avait prié pour mourir mais son cœur refusait de lâcher. Il accepta bientôt de collaborer, demanda à parler à un officier pour gagner quelques heures précieuses.

Quand on lui ôta le bandeau qui recouvrait ses

yeux, El Negro, un des hommes qui l'avaient arrêté, se chargea de l'interroger dans un bureau à part. Stefano vendit des camarades qu'il savait déjà morts, reçut des coups au visage, exigea de s'entretenir avec un officier de l'armée et non avec un agent de la DINA analphabète, encaissa d'autres gifles jusqu'à ce qu'El Negro, excédé par son insolence, dégaine son revolver et lui colle une balle dans le genou.

Ça ne plut pas à l'officier en charge des détenus : son bureau était moucheté de sang et le prisonnier, qui se tordait de douleur sur le parquet, serait désormais incapable de répondre à un interrogatoire. Le jeune capitaine envoya Stefano à l'hôpital sous bonne escorte, où il fut opéré. Les tendons du genou gauche étaient sectionnés, plusieurs bouts de cartilage avaient été emportés par l'impact mais une partie de la rotule semblait épargnée...

Il fallut sa fuite rocambolesque de l'hôpital militaire et son transfert à l'ambassade de France solidaire des fugitifs, son exil à Paris et le flot de mauvaises nouvelles qui leur parvenait pour comprendre qu'ils avaient perdu.

Qu'il avait tout perdu.

Le chef du MIR, Miguel Enríquez, avait été abattu à Santiago les armes à la main, les autres responsables du parti étaient portés disparus ou en fuite. Ce qui restait de la direction du MIR s'était regroupé en région parisienne, mais les dirigeants exilés n'avaient manifestement tiré aucune leçon de leur déroute : chaque membre actif devait regagner au plus tôt le Chili pour y monter des actions terroristes contre les militaires.

Stefano avait refusé d'obéir à ces ordres absurdes :

les fascistes avaient gagné la guerre et lui perdu le goût du suicide. On saurait plus tard que les trois quarts des militants renvoyés au Chili se firent arrêter par la DINA avec la complicité des services secrets français, mais la question n'était pas là : en représailles, Stefano se vit exclure du MIR, lui, le pilleur de banques et membre du GAP qui avait tout donné à la cause révolutionnaire...

Le jeune militant avait échappé aux griffes des tortionnaires, mais pas à la dépression qui suivit son éviction du MIR. Coïncidence ou basse vengeance visant à lui faire payer sa désaffection, Stefano apprit alors qui l'avait dénoncé aux agents de la DINA : Manuela.

Arrêtée le jour même du coup d'État, la femme qu'il aimait n'avait pas résisté à la torture. Elle l'avait vendu, lui et les autres camarades, pour que «ça» s'arrête. Pire, d'après les témoignages, Manuela était devenue une informatrice zélée de la DINA, identifiant des dizaines de militants clandestins, les envoyant *de facto* à la *parilla*.

Alors non, Stefano n'avait pas fondé de famille. Il avait connu d'autres femmes, évidemment, mais il n'avait pas voulu leur faire porter son fardeau, Manuela, et cette éternelle trahison qui affleurait au moindre sentiment... L'amour n'était pas mort le 11 septembre 1973 : il s'était suicidé.

Le claquement d'une porte en bas le sortit de sa léthargie. Le couple d'hirondelles s'activait sous le toit du Ciné Brazil quand Stefano reconnut le pas de Gabriela dans l'escalier. L'étudiante fit irruption dans la cuisine commune avec les traits tirés, l'allure d'une souillonne et le regard un peu glauque malgré son sourire.

— Salut, *tío!*

— Je ne sais pas où tu es allée traîner, dit-il pour l'accueillir, mais si tu as faim, il reste des pâtes.

Gabriela se laissa choir sur une chaise. Ses vêtements étaient chiffonnés mais quelque chose avait changé sur son visage, une expression qui n'avait rien à voir avec la fatigue d'une nuit visiblement trop courte.

— Alors, comment ça s'est passé avec l'avocat? demanda Stefano.

— L'impression de sortir d'une lessiveuse, dit-elle en reluquant la casserole.

— Tu aurais dû enlever ta robe.

— Je n'ai pas eu le temps, ha ha, rit-elle platement.

Gabriela attrapa le reste de bolognaise, entortilla les petits reptiles autour de sa fourchette.

— On a eu le résultat des analyses tout à l'heure, annonça-t-elle. La cocaïne est quasi pure. Quatre-vingt-dix-huit pour cent, d'après le flic des narcotiques.

— La coke d'El Chuque?

— Mm, mm, fit-elle, la bouche pleine.

— Comment cette petite racaille peut se trimballer avec un produit pareil dans les poches? s'étonna Stefano.

— C'est aussi la question qu'on se pose. Et d'après le copain flic d'Esteban, cette coke est un vrai danger public. On n'a pas de preuves pour le moment, mais ça expliquerait l'hécatombe parmi les jeunes de La Victoria.

Le visage du projectionniste ne finissait plus de s'assombrir. Cette nouvelle changeait tout. Stefano pensa à cette petite crapule d'El Chuque croisée à la décharge, à Enrique, à son père qui n'avait plus que ses yeux pour pleurer. Comme son vieil ami curé, tout ce malheur le rendait combatif.

— Je vais appeler Patricio, annonça-t-il. Et Cristián. Flics ou pas, on ne va pas laisser cette saloperie inonder le quartier sans réagir.

Gabriela acquiesça énergiquement tout en mâchant ses pâtes – manger lui redonnait vie.

*

Señal 3 émettait à sept kilomètres à la ronde. Un camion blindé était venu une nuit, des carabiniers basés dans un autre quartier qui, pour se venger d'un reportage de Gabriela peu flatteur pour les forces de l'ordre, avaient saccagé les locaux de la télé communautaire ; Cristián avait à peine eu le temps de sauver l'ordinateur central.

Les relations avec les représentants de l'État étaient tendues mais si l'ordinaire bonne humeur de Cristián désamorçait les mines qu'on lui mettait sous les pieds, l'inhumation d'Enrique avait fait taire le seul média qui s'adressait aux habitants de La Victoria. En passant chez lui avec Gabriela, le père Patricio avait tout remis en cause...

Un barda de câblages et de micros était disposé sur le plateau d'enregistrement. Des affiches couvraient les murs, des lieux de productions artistiques associés à Señal 3 à travers le monde, Copenhague, Brest, Bogotá... Patricio se tenait derrière la table où l'on présentait le journal du soir, un peu nerveux malgré le bâtard à poil beige allongé à ses pieds, la queue fouettant le sol. Le curé avait écrit son texte à la va-vite pendant que Gabriela aidait Cristián à brancher ses machines. Patricio ne connaissait rien à la technique – excepté Dieu, son auditoire était physique –, enfin, il avait compris l'essentiel, regarder la caméra et prendre son temps pour exposer la situation aux téléspectateurs. Pour le son, tout était OK.

Le générique défilait avant l'allocution. Le curé relisait son texte pour la dixième fois, le trouvait ampoulé, sans rythme… Le trac.

— Tu es prêt ? lança Cristián depuis sa console.

Le curé fit signe que oui. Moins stressé, Fidel ronflait à ses pieds… Gabriela, qui avait eu Esteban au téléphone, alluma sa GoPro tandis que le rédacteur envoyait le top.

« Bonsoir… Ce message s'adresse aux habitants de La Victoria et de ses alentours, aux jeunes qui consomment de la drogue, aux parents, à vous, simples citoyens… Nous savons aujourd'hui que de la cocaïne pure est en circulation à La Victoria, et peut-être dans d'autres poblaciones. *Cette cocaïne concentrée, même inhalée, peut entraîner la mort, surtout si elle est mélangée à l'alcool ou prise par des personnes de santé fragile. Autant que vous puissiez m'entendre, ne touchez pas à ce poison, il en va de votre vie. Parlez-en autour de vous, à vos enfants, à vos amis : cette cocaïne peut être mortelle… Mais ce message est aussi un message d'espoir et de justice. Face à l'incurie de la police, un avocat s'est engagé à défendre gratuitement les familles des victimes, les jeunes Claudio, Paco, Juan,*

Enrique. Ce dernier, qui comme vous le savez sans doute est le fils du rédacteur de cette chaîne, Cristián Olivera, sera inhumé vendredi midi au cimetière de La Victoria. Une oraison funèbre sera prononcée demain en son honneur, à l'église de la rue Eugenia Matte, à deux heures précises. J'invite à cette occasion les familles des victimes à se joindre à nous, afin que nous défendions ensemble le seul or qu'il nous reste, nos enfants, et que nous leur rendions la justice qu'ils méritent... L'avocat pénaliste Maître Roz-Tagle sera présent à la cérémonie en mémoire d'Enrique : il vous expliquera comment vous pourrez vous porter partie civile et déposer plainte collectivement auprès de la police. Il ne vous en coûtera rien, je le répète. Il faut que ce trafic cesse avant que d'autres jeunes succombent au fléau. Nous comptons sur vous, sur votre solidarité, pour que quatre enfants de La Victoria ne soient pas morts pour rien... Venez nombreux, et en paix. Et que Dieu vous garde... »

*

Nicole Kidman, en robe de soirée, urinait devant son benêt de mari, un médecin qui ne voyait que lui dans le miroir de la salle de bains : la séance d'*Eyes Wide Shut* venait de commencer quand Gabriela rentra au Ciné Brazil.

Il avait fallu monter un plan de bataille en express pour convaincre Cristián de rouvrir l'antenne de Señal 3 et tout le monde avait joué son rôle. Joint au téléphone, l'avocat avait dit oui à tout : sa présence à l'oraison funèbre d'Enrique, les familles de victimes qu'il y rencontrerait autour du rédacteur, la plainte collective qu'il déposerait en leur nom. Esteban avait même une idée dont il parlerait ce soir – rendez-vous chez lui à huit heures.

Gabriela grimpa l'escalier de service quatre à quatre, chargée d'électricité. Son corps réclamait du sommeil mais après les événements survenus ces dernières vingt-quatre heures, il n'était plus question de dormir. Encore une heure à tuer avant de rejoindre Esteban à Lastarria ; Stefano accaparé par la projection du soir, elle retrouva sa chambre, mit le ventilateur en branle pour brasser l'air du réduit, troqua son jean contre une jupe courte et un chemisier qu'elle trouvait classe, se maquilla légèrement pour souligner le noir de ses yeux. Puis elle brancha sa caméra sur l'ordinateur de son bureau et transféra les rushes des images tournées depuis la veille.

Son idée de documentaire *live* sur la mort d'Enrique commençait à prendre forme de manière plus précise. Elle avait en stock plusieurs témoignages, des entretiens piratés par ses soins, une scène avec le dealer soupçonné du trafic... Gabriela laissa défiler les images : le brainstorming dans l'église, l'éclopé qui leur avait donné le nom d'El Chuque, leur irruption dans la décharge, chez les carabiniers, chez Luis, la garden-party et leur arrivée au restaurant, où elle avait coupé la GoPro – il y en avait déjà pour près de deux heures... La chronologie de son film vola alors en éclats.

Il y avait une scène de nuit qu'elle ne reconnaissait pas. Une scène pour le moins confuse : l'image était sombre, intermittente, aucun plan n'était fixe, mais on entendait de la musique et le brouhaha de discussions avinées. Un bar surpeuplé, avec des spots tournants au-dessus du comptoir : celui du bar clandestin de Bellavista, là où ils avaient perdu contact avec la réalité.

La vidéaste se pencha sur l'écran, troublée. Elle (qui d'autre ?) avait dû filmer depuis son sac à main, cadrant la cohue qui se pressait là. Il y avait beaucoup de monde, des cris d'ivrognes parmi lesquels elle reconnut bientôt Esteban ; il était accoudé au comptoir en compagnie d'un petit brun à chapeau et chemise blanche ouverte. Le genre artiste… Gabriela se souvint vaguement de l'avoir croisé en arrivant dans le bar clandestin. Le type se penchait pour parler à Esteban, visiblement hébété. Le plan donnait la nausée. L'avocat paya une tournée de champagne, tapa le code pour le barman, et sa carte échoua dans les mains de l'homme au chapeau. Ce dernier glissa alors le plus naturellement du monde la carte bancaire dans la poche de sa veste, tout en continuant la discussion, sans que l'avocat réagît…

Gabriela fronça les sourcils. Ils étaient ivres à cette heure mais il y avait autre chose. Le type au chapeau n'était pas en train de profiter des largesses du fils Roz-Tagle : il était en train de le dévaliser.

Huit heures moins dix, déjà. Gabriela vit rapidement la suite, une succession de trous noirs, ou plutôt de plans tournés à vide, comme ces messages accidentels et sans objet qu'on reçoit parfois sur nos portables. En retard à leur rendez-vous, elle prit le temps de basculer la scène du bar clandestin sur son smartphone.

Huit heures du soir : prisonnier d'une secte, Tom Cruise fantasmait à l'idée de se faire violer quand le visage de Gabriela apparut dans la salle de projection.

— Je peux prendre la camionnette, *tío* ?

6

Quand il ne sortait pas, Esteban passait ses soirées chez lui à écouter de la musique en fumant des cigarettes. Il se fichait des écrans, des divertissements, des dîners en ville où il soignerait ses réseaux, de se faire de nouveaux amis, d'aligner les conquêtes comme les soldats de plomb d'une armée aux abois.

La providence l'avait jeté dans les bras de Vera Fuentes, Esteban avait abandonné sa promise aux bras de son meilleur ami et depuis n'avait rien vécu de stable. Du sable mouvant, des amours interchangeables, Kristina, Pilar, Victoria, Karla, des épaules caressées, des seins ronds, des cuisses, Alicia, Jane, Francesca, parties en fumée, de la vapeur de femme qui s'échappait par tous les pores.

Il se voyait comme le monstre de fer de *L'Infini cassé*, une mécanique défoncée dans la boue, de ces robots débiles qu'on imaginait au début du siècle précédent, martial, insensible à ce qui arrive ou vivant tout comme, des clous dans la carlingue et la cervelle brûlée, Colosse aux mains cassées dont il ferait son héros posthume, transfiguration de Víctor Jara dont il perpétuait le chant d'agonie.

Esteban ne savait pas quel rôle exact jouait Gabriela dans son histoire, si elle était liée à son roman inachevé ou à sa vie propre, Catalina de ses songes oppressés. Ce soir, les Drones hurlaient dans les enceintes du salon, un groupe australien influencé par le rock américain des années 1990. *Sitting on the Edge of the Bed Crying* – «assis au bord du lit en pleurs»... Un groupe foutrement déprimant, qui avait accompagné son séjour littéraire en bord de mer... Quintay, ses rouleaux et ses courants meurtriers... L'énigme, lancinante, restait sans réponse depuis leur réveil mais l'impression de malaise ne le quittait pas. Quel élan mortifère l'avait poussé à amener Gabriela sur cette plage ? Que s'était-il passé au juste là-bas ?

Le parquet du salon était frais sous ses pieds nus. Mosquito le salua par un croassement lugubre qui n'allait pas avec les couleurs chatoyantes de ses plumes.

— Toujours là, connard, marmonna-t-il en passant à sa hauteur.

Peut-être qu'il avait faim.

Esteban fit dégringoler les glaçons du compartiment réfrigéré prévu à cet effet, pila la glace dans un bol. Bientôt huit heures trente à l'horloge du four. Le cocktail était prêt, les *ceviches* à mariner dans leur assiette. L'avocat avait passé le reste de l'après-midi à appeler les commissariats de banlieue à la recherche d'El Chuque, en vain. Esteban aurait pourtant été curieux de savoir où il avait trouvé cette cocaïne... Il eut une pensée pour Edwards, qu'il n'avait pas rappelé depuis leur piètre prestation à la garden-party. Ça ne lui ressemblait pas de se soûler à mort le jour où son beau-père accédait à la Cour suprême. Même si Vera le trompait, les problèmes domestiques se règlent chez soi, pas en public, surtout de la part d'Edwards, la pudeur incarnée... Esteban écrasait sa cigarette dans le cendrier chromé quand on sonna à l'interphone.

Le ciel redevint nuit derrière les baies vitrées du salon – Gabriela...

— Salut! fit-elle en entrant. Désolée, je suis en retard.

L'étudiante traversa le salon, vêtue d'une jupe courte à côtes blanches et d'un chemisier noir sexy.

— Tu veux boire un verre?

— Tout à l'heure, fit Gabriela. Il faut que je te montre quelque chose avant.

— Quoi?

— Tu vas voir...

Elle bascula sur le canapé, ouvrit son smartphone.

— Je n'ai pas eu le temps de tout visionner mais en transférant les rushes sur mon ordi, je suis tombée sur ça...

Esteban s'assit près d'elle, qui faisait défiler des images sur son téléphone portable. Des images où il figurait... Il l'arrêta bientôt.

— Qu'est-ce que c'est que ça?

— Je t'ai dit, je filme tout le temps.

Esteban fronça les sourcils.

— C'est-à-dire?

— Le corps d'Enrique, ton arrivée à La Victoria, la réunion dans l'église, l'épisode à la décharge avec El Chuque, les carabiniers... J'ai tout en stock.

Il secoua la tête, incrédule.

— Tu es cinglée, Gab... Imagine que Popper ait remarqué ton petit manège ?

— Personne ne voit jamais rien quand je filme en douce, certifia l'espionne. Encore moins les mecs quand je mets un truc décolleté... Maintenant regarde la suite.

Gabriela retrouva vite la séquence du bar clandestin de Bellavista : des images de cohue, d'ivrognerie.

— Ça te rappelle quelque chose ?

Esteban se pencha sur l'écran, reconnut le clando où ils avaient échoué. La scène restait confuse dans sa mémoire. À vrai dire, il s'en souvenait à peine.

— Ça fait bizarre de se voir, comme ça...

— Tu as vu ta tête ? On dirait une chouette.

La sensation était désagréable, comme si son double existait sans lui.

— Ce type, là, avec le chapeau, fit-elle en désignant l'écran, on dirait que tu le connais...

Il faisait sombre dans le bar clandestin. Gabriela arrêta l'image, une des rares à peu près nettes. Esteban se vit adossé au comptoir, les yeux comme des soucoupes sous le spot, en compagnie d'un homme au feutre noir d'où s'échappaient de longs cheveux filasse. Il soupira devant la barbiche.

— Renato Grazón...

— C'est qui ?

— Un petit escroc qui se fait passer pour un poète urbain, dit-il. Je le croise parfois dans les bars. Un pauvre type.

— En attendant, il t'a escamoté ta carte. Regarde...

Il vit. Un scénario bien rodé, qui collait bien au personnage. Grazón avait dû les repérer dans la foule, profiter de l'ivresse et du monde pour lui faire les poches. Smartphone, cartes de crédit, la vermine devait s'en donner à cœur joie depuis ce matin...

— Tu ne te souviens pas d'avoir parlé avec lui? demanda Gabriela.

— Non. Ou très vaguement... De toute façon, il est trop tard pour faire quelque chose.

L'idée de prévenir sa banque le déprimait, quant à son téléphone, il l'avait déjà changé. Grazón pouvait appeler Pékin, ça ne changerait rien à sa vie.

— Ce type mériterait quand même une bonne correction.

— Oublie ce cafard, il n'en vaut pas la peine.

Gabriela rangea son smartphone dans son sac en vinyle.

— Alors, reprit-elle, c'est quoi l'idée dont tu voulais me parler?

— Je compte demander une autopsie des gamins auprès d'un juge, dit-il. S'ils ont bien été victimes de cette cocaïne, on plaidera pour homicide. Volontaire ou non, ce sera à la justice de trancher. Le résultat des analyses jouera pour nous.

Le visage de l'étudiante s'éclaira.

— C'est Popper qui va être content, se réjouit-elle dans un cynisme de façade.

— Il n'a qu'à faire son boulot.

— En tout cas, c'est une super bonne idée, Roz-Tagle!

— Tu vois.

Elle était si proche qu'Esteban sentait son odeur d'épices douces. Il se souvenait de l'onctuosité de son ventre quand elle l'avait pressé contre lui, ses seins.

— Tu veux un verre pour fêter ça? demanda-t-il.

— Un seul, alors.

Esteban marcha pieds nus jusqu'au bar d'acier patiné du coin cuisine, secoua le shaker qui attendait là.

— Et ton film, relança-t-il, tu as réfléchi à ce que tu allais en faire ?

— Il prend forme, dit-elle, sibylline.

Il remplit les coupes de mousse alcoolisée.

— On peut savoir laquelle ?

— Un documentaire tourné comme une fiction autour des morts de La Victoria, sans voix *off*... Un film accusateur contre l'apathie des carabiniers, l'État...

La vidéaste avait replié ses jambes sur le canapé, sa jupe légèrement retroussée découvrait sa peau dorée.

— En tout cas, moi non plus je n'ai pas remarqué que tu filmais...

Esteban ajouta quelques gouttes d'angostura, dernière touche au pisco *sour*. Les lumières scintillaient derrière les baies vitrées, les teintes du loft viraient à l'orangé. Gabriela saisit le verre qu'il lui apportait.

— À toi, Mata Hari, dit-il en faisant tinter leurs coupes.

Gabriela trempa les lèvres dans le cocktail acidulé, sans le quitter des yeux.

— Alors ?

— C'est bon, fit-elle.

— Ah.

— De se retrouver, je veux dire...

Un sourire adultère dégomma ses vingt-six ans. Elle posa son verre sur la table basse. Esteban n'était pas le genre d'homme à dévoiler ses sentiments, comme s'il avait peur de quelque chose – le bonheur, l'amour, elle? –, mais il la couvait des yeux depuis un moment, lui laissant l'initiative. Gabriela embrassa sa bouche, glissa sa langue entre ses lèvres et sa main sous sa chemise. Sa peau était douce, son ventre musclé. Esteban caressa la cuisse de l'étudiante déjà lovée contre lui, goûta à sa salive. Elle sentit son sexe dur dans sa main, le cajola à travers l'étoffe du pantalon sans cesser de l'embrasser. Lui aussi sentit son désir grandissant, leur souffle qui se mêlait, l'adorable humidité au creux de ses cuisses.

— J'ai envie de toi, Roz-Tagle, murmura-t-elle.
— Moi aussi, Gab... beaucoup.
— Ah oui? feignit-elle de s'étonner.

Gabriela libéra un bouton de son chemisier, puis deux.

— C'est ce qu'on va voir...

*

Si Gabriela n'avait pas de problème particulier avec les hommes, force était de constater qu'hormis son attraction passionnelle pour la blonde Lucía à l'internat de Temuco et le coup de foudre pour Camila lors des révoltes étudiantes elle n'avait rien vécu de transcendant. Les garçons de son âge étaient maladroits, deux mains ne leur suffisaient pas, et la troisième s'avérant souvent la plus gauche, elle n'avait pas fait de vieux os dans leurs bras. Comme disait Camila, «à vingt ans les mecs ont encore du duvet, à trente ils se prennent pour des aigles, à quarante ils s'imaginent plaire aux filles de vingt, à cinquante ans c'est pire, à soixante ils commencent à sentir le sapin, et à partir de soixante-dix, laisse tomber».

Esteban était différent. Il y avait dans ses caresses et ses baisers une candeur presque tragique qui lui rappelait la scène au milieu des blés où Warren Beatty couchait enfin avec Faye Dunaway dans le *Bonnie and Clyde* d'Arthur Penn. Gabriela avait aimé recevoir son sexe, ses mains sur son visage quand il s'enfonçait plus loin, les mots rares murmurés à son oreille, sa poigne quand elle avait tendu ses fesses en une ultime offrande... Oui, il s'était passé quelque chose entre eux tout à l'heure, un instant magnétique au-delà d'une affaire d'orgasme. La Mapuche gambergeait sur le lit car une idée insidieuse s'était glissée dans son âme. Elle avait embrassé Camila sous le porche pendant que les forces antiémeutes matraquaient l'étudiant, et elle avait aimé ça. Passionnément. Comme l'idée de faire le mur du pensionnat avec Lucía pour perdre sa virginité. Ce n'était pas tant la transgression d'un interdit que le danger qui lui procurait cet affolement sexuel. Le danger l'excitait, l'orientation du partenaire n'avait rien à voir là-dedans... Sa fascination/répulsion devant les images du cadavre d'Enrique procédait-elle du même corpus d'idées tordues? Sa rencontre avec Esteban?

Et que ferait-elle de toutes ces images récoltées? un film *dangereux*?

L'air était moite dans la chambre du loft. Un futon japonais à même le sol, une couette de coton blanc où elle s'était glissée comme dans l'eau tiède, aucun meuble, objet ou ornement, rien d'autre que les lumières de la ville pour se deviner lentement; ils avaient refait l'amour dans la chambre du haut, après le *ceviche* qui avait suivi leur première étreinte sur le canapé. Esteban ne disait rien, contemplant le corps de Gabriela, qui comptait les étoiles au plafond. Une fine pellicule d'elle courait encore sur sa peau...

Il dessina une arabesque à la courbe de ses reins.

— C'est quoi cette cicatrice ? dit-il, brisant le silence.
— Oh ! Une vieille histoire...
— Raconte.
— Rien, une araignée qui m'a mordue.

Esteban se pencha sur la cicatrice, impressionnante.

— Une araignée de combien de kilos ?
— J'étais petite, sourit Gabriela.

La peau était toute nécrosée. Il s'accouda sur l'oreiller, à l'écoute.

— Raconte, j'adore les histoires d'araignée...

Ils distinguaient les expressions de leurs visages aux lueurs de la ville. Un bout de couette en guise de nuisette, Gabriela lui conta sa mésaventure, l'année de ses douze ans, quand une araignée l'avait mordue une nuit – on supposait qu'il s'agissait d'une araignée, bien qu'on ne l'eût jamais vue. La piqûre n'était au départ qu'un point rouge près de sa hanche, mais le venin en s'écoulant dans ses veines avait fait monter la fièvre. Trente-neuf, quarante, on alita Gabriela, délirante. La douleur, d'abord lancinante, se fit atroce. La peau fondait autour de sa hanche. Le venin la brûlait de l'intérieur, comme du feu. Quarante, quarante et un, la fièvre allait la tuer. Son esprit vaguait, perdu dans les limbes, Gabriela voyait des oiseaux dressés sur le plafond de sa chambre, des têtes de puma, des «présences» aux formes étranges... Les pommades, les onguents et les prières n'y faisaient rien. On alla chercher la *machi* dans les collines, mais sa vieille tante restait invisible.

Gabriela agonisait, ombre dans la brume, sur son lit de souffrance où pleurait sa mère ; tout le monde croyait sa dernière heure venue, puis la fièvre tomba soudain, sans raison. Deux jours plus tard, Gabriela était guérie : sa peau resterait brûlée, mais elle vivrait... Esteban opinait sur le futon, la main soutenant sa nuque.

— Tu sais ce que c'est, une *machi*? demanda-t-elle.

— Des chamanes mapuches, genre vieille folle psalmodiant des incantations à un totem ?

— Un *rewe*, ça s'appelle, et ce ne sont pas des incantations, comme tu dis, mais un dialogue direct avec la Terre : les volcans.

L'Araucanie se situait sur le redoutable cercle de feu du Pacifique où s'entrechoquent les plaques sud-américaines et océaniques : sept tremblements de terre par an, une catastrophe dévastant le pays tous les trente ans, des *temblores*[1] si fréquents qu'ils passaient souvent inaperçus. Vivant ici depuis des siècles, les Mapuches avaient naturellement trouvé leurs divinités au cœur des volcans, en particulier Ngünechen, le dieu suprême dont les *machi* perpétuaient l'écho... Esteban observait la cicatrice comme si des bébés araignées allaient en sortir.

---

1. Secousses telluriques.

— Pourquoi ta tante n'est pas venue te soigner quand le venin allait te tuer? demanda-t-il.

— Elle croit que mon destin est de prendre sa suite, répondit Gabriela, de devenir *machi* à mon tour, quand elle sera morte... Tous les chamanes ont une révélation, un jour, une crise religieuse qui marque leur vocation aux yeux de la communauté.

— Un rite initiatique, en somme.

— Hum...

Il l'observait toujours sur le lit défait, intrigué.

— Tu es une chamane mapuche?

— Oh! non... Non, pas encore... Disons qu'Ana m'a appris des choses que tu trouverais étranges, éluda la jeune femme. Mais le pouvoir des *machi* ne s'acquiert pas si facilement : d'après elle, il faut d'abord subir une longue série d'épreuves avant d'y prétendre. Ma grand-tante n'est pas venue à mon chevet car elle ne s'inquiétait pas de la guérison. C'était pour elle le signe qui me désignait comme l'élue.

Ses yeux noirs envoyaient des pépites dans la pénombre.

— L'araignée qui t'a empoisonnée fait partie de ces épreuves, poursuivit-il.

— Ana le croit, en tout cas.

— Et toi?

Gabriela haussa ses épaules nues.

— Tout ça tient de la mythologie, pas du chemin que je me suis tracé en quittant ma communauté. Je veux être vidéaste, affirma-t-elle, pas *machi*... Un jour peut-être, quand je serai une vieille folle psalmodiant des incantations à un totem.

Esteban sourit. Il y avait quelque chose de touchant dans sa façon de se débattre avec ses démons, sa condition d'autochtone. Non, cette fille n'était pas ordinaire, il l'avait su dès le premier regard sous le ginkgo... Il était plus de minuit et leurs corps éprouvés par cette journée sans fin n'aspiraient qu'à dormir.

— En tout cas, conclut-il, je ne sais pas ce que tu as fabriqué avec ta vieille tante mais elle a raison, Gab : tu as le don de t'attirer des ennuis.

— Je ne trouve pas que tu sois un ennui, Roz-Tagle... (Gabriela baîlla malgré elle.) Ce serait plutôt le contraire.

La Mapuche prit sa main et l'attira vers elle, les yeux luisants de fatigue.

— Viens donc me dire bonsoir à l'oreille, petit *winka*...

Ils s'enlacèrent sur le futon et ne bougèrent plus, comme pour retenir le temps, sans se dire qu'ils s'aimaient.

C'était un jeudi. Le jour où leur vie basculerait.

7

La villa de Valparaiso était silencieuse à cette heure. Gustavo Schober était descendu au salon pour prendre l'appel de Porfillo sur sa ligne sécurisée. La première phase de l'opération sauve-qui-peut s'était déroulée sans encombre ; les ordinateurs d'Edwards étaient nettoyés, le fiscaliste entre leurs mains, et Carver avait géolocalisé le portable de Roz-Tagle à Bellavista. Porfillo avait réglé le problème à sa manière. Sauf qu'un autre événement avait semé la confusion. Oscar Delmonte, leur complice aux douanes de Valparaiso, avait les oreilles qui traînaient dans les bureaux de ses collègues et l'amour des enveloppes bourrées de cash : l'officier des douanes les avait informés de la requête d'un flic de Santiago, Luis Villa, au sujet d'un échantillon de cocaïne pure saisi à La Victoria, une banlieue tenue par «Daddy», un de leurs intermédiaires. D'après Delmonte, il n'y avait aucune enquête officielle pour le moment – Roz-Tagle semblait agir en solo avec l'aide de Villa – mais Carver avait mis le flic des narcotiques sur écoute.

La corrélation avec l'appel nocturne d'Edwards ne pouvait pas être une coïncidence...

— Je croyais que les compartiments étaient étanches, grogna Porfillo au téléphone.

— C'est ce qu'on disait aussi du *Titanic*, répondit Schober. Je ne sais pas d'où les avocats sortent leurs infos mais la situation est plus grave que prévu.

La nuit s'étendait au-delà des baies vitrées, qui donnaient sur le jardin de la villa. Gustavo chuchotait pour ne pas réveiller Andrea mais son timbre de voix trahissait sa nervosité.

— Edwards ne s'est toujours pas expliqué? demanda-t-il.

— Pas encore, il est toujours dans le cirage.

— Bon Dieu, ça fait des heures!

— Ouais, je sais, on a dû un peu trop forcer sur la dose, se justifia Porfillo. De toute façon il fallait attendre la nuit. Et puis on a perdu du temps à Bellavista.

Schober râla dans le combiné, ce qui n'ébranlait plus son subalterne depuis longtemps.

— Et Roz-Tagle? relança le boss.

— Apparemment, il n'a pas eu le message d'Edwards.

— Il faudrait en être sûr.

— Je te confirmerai après avoir interrogé Edwards. On est en route. À propos, s'enquit Porfillo par acquit de conscience, j'en fais quoi du fiscaliste?

Silence cellulaire. Gustavo fixait le marbre du salon dont les rainures affleuraient à la lumière de la lampe chinoise. Il ne voulait pas aller jusque-là mais Edwards ne leur laissait pas le choix. Cet imbécile les avait mis dans une situation impossible.

— Il faut que ça ait l'air d'un accident, dit-il.
— OK... Et son associé, Roz-Tagle?
— Idem s'il est au courant... Dans tous les cas, il faut le surveiller de près.

Schober entendit des pas dans le grand hall.

— On se rappelle, abrégea-t-il.

Andrea arrivait, les épaules nues sous son déshabillé de dentelle blanche. Le coup de fil avait dû la réveiller, elle qui se couchait tôt.

— Qu'est-ce qui se passe? fit-elle en le voyant au milieu du salon.

Il portait un pantalon de lin beige, un pull aux manches retroussées. Il tenait un portable à la main. Sa ligne sécurisée.

— Rien d'important...
— À une heure du matin? On ne dirait pas.
— Bah...
— Tu es tout pâle.
— C'est la lune qui me donne mauvaise mine, tenta-t-il de plaisanter.

On la voyait poindre sur la cime des araucarias. Andrea Schober jaugea son mari. Peu de gens appelaient sur cette ligne, et toujours pour des affaires plus ou moins secrètes – la preuve, Gustavo ne lui en parlait jamais... Dire qu'il était préoccupé ces jours-ci relevait de l'euphémisme. Il avait oublié le présent qu'il lui faisait tous les ans pour leur anniversaire de mariage, un petit cadeau qu'il avait la délicatesse de déposer dans un endroit à elle – tiroir de lingerie, coiffeuse, table de nuit... Ce matin, rien, nulle part.

C'était la première fois en bientôt quarante ans.

— Il y a un problème?
— Non, pourquoi?

— Tu as l'air soucieux depuis quelques jours… (Elle désigna le portable qu'il tenait à la main.) Tu as de mauvaises nouvelles ?

Gustavo glissa l'appareil dans sa poche.

— Non… Enfin, tu sais ce que c'est : si tu n'es pas sur le pont vingt-quatre heures sur vingt-quatre…

Il laissa sa phrase en suspens avec un rictus qui se voulait rassurant. Andrea n'insista pas, ni n'évoqua le cadeau oublié. Elle n'avait jamais aimé ce rituel, de toute façon. Leurs regards se croisèrent, points de suspension dans la nuit de Valparaiso. Leurs souvenirs de voyages décoraient le salon de la villa – tapis, abat-jour, instruments de musique, vases, poignards, épée de parade –, témoins de la vie qu'il lui avait offerte. Un contrat tacite les unissait mais Andrea se sentait lasse, de cette maison, du temps qui passe, des secrets de son mari… Ce n'était pas nouveau.

— Viens donc te coucher, dit-elle.

*

Les phares chassaient les insectes nocturnes dans les virages. Durán conduisait la berline en silence, portières bloquées, sans un regard pour la loque jetée à l'arrière, Edwards, dont la tête dodelinait contre la vitre teintée. Il semblait dormir, bébé joufflu dans un tee-shirt XXL. Carver et Delmonte suivaient dans l'Audi du fiscaliste, deux lacets derrière lui… Porfillo tapota ses joues vigoureusement : ils arrivaient sur zone.

— Oh, réveille-toi… Réveille-toi !

Une odeur de cuir et de sueur écœurante flottait dans l'habitacle. Edwards émergea péniblement sur la banquette, paupières papillotantes, tandis que la voiture se garait sur une aire de stationnement. Une route côtière. Il faisait presque nuit noire et l'écho des vagues montait jusqu'à eux. Edwards s'ébroua, un goût chimique dans la bouche, constata qu'il portait les mêmes vêtements que le matin et tout lui revint peu à peu : les kidnappeurs qui avaient fait irruption chez lui, l'homme à la mallette, la piqûre dans son cou. Ils l'avaient drogué, bien sûr...

Porfillo fit le tour du véhicule.

— Descends de là, dit-il en tirant la portière.

À l'avant, un taurillon au menton en galoche braquait un silencieux sur son ventre. Trop jeune pour être un ancien de la DINA. Edwards obéit mais ses jambes le portaient à peine. Il s'extirpa avec difficulté de la banquette et sentit la fraîcheur sur sa peau en foulant la terre ferme.

— Avance, ordonna Porfillo.

Les nuages filaient à toute allure sous la lune pâle. Un bruit de moteur se fit alors entendre, celui d'une voiture qui approchait. Edwards songea à se précipiter vers les phares, reconnut son Audi noire et perdit espoir.

— Avance ! aboya Porfillo.

Edwards tituba sur le terre-plein qui bordait la falaise. Un vent violent labourait l'herbe rase du sommet, que les oiseaux avaient fui depuis longtemps. Il vacilla dans les bourrasques. Porfillo se posta devant lui, une veste étriquée boutonnée sur sa bedaine et un marteau à la main.

— Les choses sont simples, mon vieux, annonça-t-il. Tu réponds à mes questions ou je te casse les os...

Edwards recula mais il était déjà au bord du gouffre. Une falaise d'au moins cinquante mètres. Il tenta de faire le point sur la situation, comprit qu'il n'avait pas d'échappatoire. Menton-en-galoche bloquait l'accès à la route, pistolet au poing, Porfillo le menaçait et un homme sortait de l'Audi, maintenant tous feux éteints – Oscar Delmonte.

La peur envahit Edwards, inexorable. L'océan grondait dans son dos, une mer noire. Il vivait un cauchemar.

— Tu as appelé ton associé la nuit dernière sur son portable, commença le tueur. Inutile de nier, tu étais sur écoute. Comment tu as retrouvé ma trace et celle de Schober ?

Edwards frémit un peu plus dans le vent des hauteurs : ils savaient tout. L'ex-agent de la DINA le fixait de ses yeux vides, le marteau comme un jouet d'enfant dans sa pogne.

— Je t'ai posé une question ! siffla-t-il.

— Dans... dans les archives du Plan Condor, répondit l'avocat. J'ai reconnu vos têtes.

Il avait la bouche pâteuse, les jambes tétanisées.

— Comment tu as su pour le Plan Condor ?... Hein ?

Aucune voiture ne passait sur la route. Le coin devait être isolé. Ils le tenaient à leur merci. Il fallait qu'il gagne du temps.

— Ho ! s'énerva le tueur.

— Plusieurs témoignages de la commission Valech parlaient d'un tortionnaire aux mains couvertes de verrues, répondit Edwards. Un agent de la DINA, toi, Jorge Salvi. À moins que tu aies changé de nom.

Le chef de la sécurité gonfla les narines sous le ricanement de son acolyte.

— Et tu es remonté jusqu'à Schober…

— Lui aussi figure dans les archives du Condor, sous une autre identité, confirma Edwards.

Durán continuait de rire sous cape. Ça l'amusait, les histoires de verrues.

— Pourquoi tu as livré la mallette si tu comptais trahir tout le monde ?

— Je ne voulais trahir personne… Ça n'a rien à voir avec l'argent. C'est… c'est quand j'ai découvert vos activités pendant la dictature que j'ai… déconné.

— Tellement que tu as vendu la mèche à ton associé, grogna Porfillo.

— Non… Enfin…

— Tu étais sur écoute, enfoiré ! Alors ? À part Roz-Tagle, tu as prévenu qui d'autre ?

— Personne.

Porfillo brandit le marteau un peu plus précisément.

— Je peux te casser les os un à un, en commençant par les genoux, dit-il. Avec les rochers qu'il y a en bas, personne ne verra la différence… Accouche.

Le vent l'attirait vers le gouffre : Edwards recula d'un pas, au risque de se faire happer. Le sang battait contre ses tempes, ruisselantes de stress. Il fallait trouver un moyen de se rendre indispensable, gagner du temps encore…

— Personne, dit l'avocat. Personne n'est au courant. C'est la vérité.

— Le juge ?

— Non… Non.

— Un flic ?

— Non.
— Et Luis Villa, alors?!
— Je... Je ne vois pas de qui vous voulez parler.
— Un flic des narcotiques, copain avec ton associé.
— Je ne connais pas cet homme.
— Villa et Roz-Tagle sont sur une affaire de drogue à La Victoria.
— Je vous dis que je ne suis pas au courant. Esteban ne me parle pour ainsi dire jamais de ses affaires... Pourquoi je mentirais?

Porfillo renifla, jaugea le *cuico* de Santiago. Il n'avait jamais pu saquer ce genre de types, toujours propres sur eux, et qui ramassaient les petites putes à la pelle.

— Tu n'en as parlé qu'à ton copain avocat?

Edwards se maudit en silence.

— Oui... J'étais ivre quand je l'ai appelé, plaida-t-il. Je ne savais plus ce que je faisais, ce que je disais... C'est la vérité. Vous devez le savoir si j'étais sur écoute...

Les embruns remontaient la falaise comme des volées de plomb. Porfillo grimaça. Si ce bâtard espérait de l'indulgence, il se gourait.

— C'était quoi votre plan à tous les deux?
— Notre plan?
— Si tu as appelé ton associé pour lui parler de moi et Schober, c'est que tu avais une idée derrière la tête, insinua-t-il.

Edwards croisa le regard convergent du tueur, concentré de violence à un mètre de lui, toujours acculé au gouffre.

— Je voulais juste soulager ma conscience, dit-il.

— Comment ça ?

— Mon père a été assassiné lors d'une opération du Plan Condor, confessa l'avocat. En voyant vos visages dans les archives, de mauvais souvenirs sont remontés...

Une silhouette se tenait adossée à l'Audi.

— C'était qui, ton père ? demanda Porfillo.

— L'aide de camp et chauffeur du général Prats, l'ancien chef des armées d'Allende.

— J'étais pas dans le coup, dit l'autre avec cynisme. Dommage.

Edwards serra les dents – *pauvre con*.

— Et ta femme ? reprit Porfillo. Elle était avec toi quand tu as appelé Roz-Tagle hier soir. Tu vas me dire qu'elle n'est pas au courant ?

Le cœur d'Edwards battit plus fort. L'idée que ces salopards puissent s'en prendre à Vera lui était insupportable.

— Non... (Il secoua la tête.) Non, Vera était dans sa chambre. Elle dormait. Elle n'a rien entendu. Elle... elle ne sait rien.

— Alors pourquoi elle a quitté la maison tôt ce matin ?

— On s'est disputés, dit-il. La veille, en rentrant d'une soirée.

— Ah ouais.

Il n'avait pas l'air convaincu. Ou le faisait exprès.

— C'est la vérité, répéta Edwards avec empressement. Une querelle de couple, c'est pour ça qu'elle est partie. Vera n'a rien à voir là-dedans. Laissez-la en dehors de tout ça.

— Dis plutôt qu'elle est allée en parler à son père, renvoya Porfillo.

— Non… Non ! Je le jure.

Les feux d'une voiture passèrent au loin, offrant un bref moment de répit. Edwards voulut tenter quelque chose, comme un baroud d'honneur, mais ses jambes tremblaient au bord de la falaise.

— Tu mens, gronda Porfillo.

— Non… Non.

Les rafales cinglaient son visage. Edwards soutint le regard oblique de l'assassin : non, il n'était pas un lâche. Il vit le marteau brandi sous la lune, son visage haineux, et comprit que cette ordure allait le tuer. Le liquider quoi qu'il arrive… Edwards eut une dernière pensée pour Vera, poussa sur ses jambes qui refusaient d'obéir et, le cœur au désespoir, se jeta dans le vide.

8

Santiago grisonnait malgré le ciel sans nuages, les Andes comme un vaisseau fumant dans l'opaque. Las Condes, le quartier de son enfance, s'était développé de manière spectaculaire, avec ses tours de verre, ses cliniques privées rutilantes, ses banques et ses enseignes racoleuses, ses avenues semblables aux gens qui les empruntaient, sans charme, pressés. Esteban détestait Las Condes, ce matin c'était pire.

La police venait de trouver le corps d'Edwards au pied d'une falaise à trente minutes de Santiago, une chute mortelle qui avait toutes les apparences d'un suicide. Vera pleurait au téléphone. Ne comprenait pas. Esteban ne lui avait pas laissé le temps de demander de l'aide – «J'arrive...». Il conduisait dans les rues arborées du quartier résidentiel, sous le choc. Vera avait parlé d'une dispute entre deux sanglots, mais on ne se jetait pas d'une falaise pour une chose aussi banale. Lui non plus ne comprenait pas ce qui avait pu arriver à son ami.

Camino La Posada : l'Aston Martin dépassa l'avion de chasse exposé à l'entrée du site, le même modèle qui avait bombardé la Moneda, et roula à allure réduite jusqu'au bout de la rue. Edwards et Vera n'habitaient pas un *condominio* mais une maison cachée dans la verdure, avec une grille électrique et des barbelés acérés sur les murs d'enceinte. Esteban s'annonça à l'interphone et remonta l'allée à pied.

Vera attendait sur le perron, les bras serrés dans ses mains trop frêles. Elle aperçut sa silhouette entre les rangées de fleurs, voulut venir vers lui mais le sol l'engluait ; Esteban grimpa les quelques marches, prit la veuve dans ses bras et s'abandonna au malheur.

— C'est horrible…

Edwards était le lien qui les séparait, une chose entendue. Esteban laissa pleurer son ancienne petite amie contre son épaule, murmura des mots réconfortants sans trop retenir ses larmes. Vera portait un legging noir et un petit pull en laine de même couleur, les cheveux détachés. Le chagrin était communicatif, mais ils devaient parler tous les deux avant l'arrivée de la police – c'était la procédure et Vera aurait besoin d'un avocat. Esteban lui releva le menton, caressa sa joue humide.

— Il faut que tu me racontes ce qui s'est passé, dit-il d'une voix douce.

— Oui… (Du revers de la main, elle effaça ses larmes.) Viens, entre.

Ses yeux noisette étaient rouges, cernés. Ils s'assirent sur un des canapés en cuir, partagèrent un café insipide dans ce salon déjà trop grand sans la présence d'Edwards. C'est un pêcheur qui avait découvert le corps : il gisait sur une plage de galets près de Rocas de Santo Domingo, à une centaine de kilomètres de Santiago, les os brisés par la chute. Sa voiture était garée sur le terre-plein au sommet de la falaise, avec ses papiers dans la boîte à gants. La thèse du suicide semblait la plus vraisemblable mais une enquête était ouverte : un lieutenant de police viendrait tout à l'heure.

— Tu as prévenu tes parents ? s'enquit-il.

— Oui. Mon père a annulé ses rendez-vous... Il ne devrait pas tarder.

La fille du juge était effondrée. Esteban prit sa main froide dans la sienne.

— Bon, maintenant raconte-moi ce qui s'est passé.

Elle réunit ses forces, soupira pour évacuer sa peine.

— Edwards était ivre, tu te souviens... Tu sais qu'il ne boit jamais, mais il y avait autre chose, comme de la rage. C'est terrible à dire, Esteban, mais pour la première fois de ma vie, j'ai eu peur de lui... Edwards est devenu violent ; j'ai même cru qu'il allait me frapper.

D'autres larmes dansaient à ses paupières, plus amères. Edwards n'avait jamais porté la main sur une femme.

— Vous vous êtes disputés à quel sujet ?

— Edwards était soûl, répéta Vera.

— Parle-moi sans crainte.

— C'est-à-dire ?

— Tu as rencontré quelqu'un, non ?

Vera baissa les yeux, en signe d'aveu.

— Quelqu'un qui n'a aucune importance, dit-elle.

— Mais Edwards t'en a parlé ce soir-là.

— Oui... Il était au courant de ma liaison, ajouta-t-elle sans entrer dans les détails. Le ton est monté mais Edwards était trop soûl pour tenir une conversation, encore moins de ce genre... Je t'ai dit, il m'a fait peur. Je ne le reconnaissais plus. Il était devenu quelqu'un d'autre. Je me suis enfermée dans la chambre pendant qu'il tournait en rond dans le bureau... Je m'en veux, Esteban. Je suis partie de la maison en lui disant que je le quittais. J'étais furieuse. Je voulais marquer le coup... Et maintenant...

Vera prit son visage dans ses mains. Un rayon de soleil perça par la baie vitrée, donnant un reflet chamarré à ses cheveux châtains.

— J'ai été dure avec lui, poursuivit-elle. Jamais je n'aurais imaginé qu'il se suiciderait... Je lui ai dit que j'allais chez une amie, qu'il me fallait du temps, mais tout n'était pas aussi... désespéré.

Elle fuit le regard d'Esteban, qui pourtant ne la jugeait pas.

— Tu as un amant depuis longtemps ?
— Non. Non, je t'ai dit, il ne compte pas.
— La police risque de penser différemment. Qui d'autre est au courant de votre liaison ?
— Je ne sais pas... Personne. Mais...
— Quoi ?
— Edwards t'a appelé après notre dispute, tu n'as pas eu son message ? s'étonna-t-elle.
— J'ai perdu mon portable après la garden-party, expliqua-t-il. Tu dis qu'Edwards m'a appelé ?
— Oui. J'ai cru au début que c'était au sujet de mon amant, mais non...
— Je ne comprends pas, fit Esteban. Explique-moi.
— Eh bien, je me suis enfermée dans la chambre après notre dispute, dit-elle, se remémorant l'épisode

à mesure qu'elle s'exprimait. Edwards était dans le bureau, je croyais qu'il cuvait, mais en allant me laver les dents, j'ai entendu sa voix derrière la porte. Ça n'a duré que quelques secondes... Comme je ne tenais pas à le croiser, j'ai filé vers la salle d'eau. Je ne sais pas s'il avait conscience de ce qu'il faisait, il balbutiait tellement il était ivre, mais c'est à toi qu'il s'adressait, Esteban...

— Il disait quoi?

— Ses propos étaient confus... incohérents. En fait, je n'ai entendu que des bribes.

— Des bribes de quoi?

Vera regardait le pied du canapé comme s'il pouvait aider ses souvenirs à remonter.

— Edwards parlait d'une personne présente à la garden-party, dit-elle. Enfin, c'est ce que j'ai compris. Comme il ne parlait pas de moi, je suis partie me coucher en le laissant à ses délires d'alcoolique. Je lui en voulais d'avoir levé la main sur moi, le reste importait peu.

Esteban tiqua.

— C'était qui, cette personne?

— Je ne sais pas... Il parlait... d'un type présent à la soirée, répéta-t-elle. Dans son état, ça n'avait ni queue ni tête.

— Un type?

— Oui... Quelqu'un dont il voulait te parler.

— Un de ses clients?

— Je n'en sais rien, soupira Vera.

Le grand miroir du salon reflétait l'humeur changeante du ciel. Esteban revoyait Edwards au cabinet quand il était rentré de vacances, ses aveux de mari cocu, puis son visage spectral quand il avait vu le trio qui accompagnait Adriano et le juge près du kiosque à musique...

— Edwards n'a pas donné de nom ? demanda-t-il.

— Non... Non, comme je t'ai dit, je croyais qu'il divaguait, je n'ai pas fait attention.

— Dis-moi la vérité : ton amant était présent à la garden-party ?

— Ça ne risque pas, répondit Vera, c'est mon prof de yoga.

On sonna alors à la grille de la propriété. Elle sursauta, le rimmel mis à mal.

— Ça doit être la police... (Un voile d'inquiétude passa sur son visage creusé de larmes.) Je leur dis quoi ?

— Oublie ton amant.

— C'est déjà fait.

Vera se redressa, de nouveau volontaire, partit accueillir le policier à la porte.

Un mètre quarante-six : le lieutenant chargé de l'enquête avait la taille d'un Inca mais les traits européens. Bergovic, c'était son nom, de drôles d'yeux globuleux dans un visage ovale, une veste beige à coudières et un langage plus châtié que ne le laissait deviner son allure fonctionnelle. Esteban se présenta comme l'avocat et l'ami de la famille. Bergovic compatit avec les mots d'usage, dévisagea ses interlocuteurs sans qu'on comprenne rien à son regard batracien et s'installa avec eux dans le salon.

D'après les premières constatations, Edwards était mort la nuit précédente en se jetant d'une falaise près de Rocas de Santo Domingo, se rompant le cou après une chute de cinquante mètres. Aucune trace de lutte, pas de blessure par balle ou arme blanche qui pourrait évoquer un meurtre. Une voiture était garée sur le terre-plein au sommet du précipice, une Audi noire à son nom, étayant la thèse du suicide. Vera raconta leur dispute, son repli chez une amie, la réaction disproportionnée d'Edwards, l'incompréhension qui la frappait, ses remords.

Le petit homme écoutait d'une oreille attentive, un carnet gris à la main.

— Votre mari était sujet à la dépression? demanda-t-il bientôt.

— Non... Enfin...

— Oui?

— Edwards n'a pas connu son père, dit Vera. Sa mère est morte d'un cancer quand il avait trente ans... Il en souffrait mais c'était introverti, plein de pudeur... Le genre d'homme à vous dire que tout va bien quand le bateau coule.

— C'était le cas? demanda le policier.

— En quinze ans de mariage, c'était la première fois que nous parlions de rupture, affirma Vera.

— C'est vous qui avez pris la décision de le quitter?

— Il n'y avait rien de définitif.

Bergovic loucha sur son carnet.

— Hum... Votre mari n'était pas ce qu'on appelle un impulsif, plutôt quelqu'un de pondéré, n'est-ce pas?

— Oui.

— Vous croyez que quelque chose ou quelqu'un a pu provoquer chez lui un *burn out*? Une pulsion suicidaire?

— Je ne sais pas, soupira Vera. Je ne comprends pas...

— Vous dites qu'il n'a jamais connu son père...

— Non. Il était l'aide de camp du général Prats, assassiné en Argentine après le coup d'État. Mon père a joué le rôle du père de substitution auprès d'Edwards... Ils étaient très liés.

— Le juge Fuentes, dit-il pour lui-même.

Il griffonna sur son calepin sous l'œil attentif d'Esteban. Quelque chose semblait chiffonner le policier.

— Votre mari ne vous a pas dit pourquoi il s'est mis à boire? reprit-il.

Vera secoua la tête.

— Non... Non, c'était récent.

— Hormis l'alcool, son comportement avait changé ces derniers temps?

— Non... Non...

Bergovic opinait comme pour une enquête de routine. Ses mains étaient minuscules. Il abandonna son carnet de notes et se tourna vers l'avocat de la famille.

— Edwards est votre associé, n'est-ce pas, monsieur Roz-Tagle?

— Oui.

— Votre cabinet a des problèmes de trésorerie?

— Pas à ma connaissance.

— C'est-à-dire?

— L'essentiel de nos bénéfices provient des revenus d'Edwards; je ne me mêle pas de ses affaires mais il a quelques gros clients qui suffisent à nos besoins. Non, conclut-il, pas de problème d'argent.

— Il n'est pas passé au cabinet dans la journée d'hier?

— Je ne sais pas, je n'y étais pas.

— Et la secrétaire ?

— Marta est en congé. Je crois qu'elle rentre ce week-end.

— Hum... Aucune idée donc de l'endroit où votre associé a passé la journée ?

— Non...

Bergovic se tourna vers Vera.

— Votre mari était habillé comment lorsque vous l'avez quitté hier matin ?

— Eh bien... Il avait un tee-shirt. Et un jean.

Vera gardait les mains jointes comme en une prière inutile. Le petit homme hochait la tête d'un air entendu, continuant de noircir son calepin.

— Pourquoi ? releva Esteban. Edwards était vêtu comment lorsqu'on l'a trouvé ?

— De la même manière... Je me demande juste ce qu'il a pu faire de sa journée dans cette tenue ; il faisait frais hier soir... Mais ça n'a sans doute aucune importance.

Esteban sentit que son sourire forcé cachait un cerveau en ébullition.

— L'amie chez qui vous avez posé vos valises confirmera que vous avez dormi chez elle la nuit dernière ?

— Vous insinuez quoi ? intervint l'avocat.

— Je vérifie, c'est tout.

— Quoi ?

Bergovic les fixa, comme mû par une profonde réflexion,

— Il y avait des traces de pas sur le terre-plein au bord de la falaise, dit-il, au moins deux différentes. Des traces récentes.

Esteban regarda le visage déjà pâle de Vera, puis celui de l'officier, imperturbable.

— Vous voulez dire qu'Edwards n'était pas seul au moment de sa mort?

— Mon métier consiste à douter, philosopha Bergovic. Ça peut être aussi le pas d'un promeneur, ou d'un automobiliste qui voulait admirer la vue... Je vous recontacterai quand j'en saurai plus.

— Bien...

— Vous avez quelque chose à ajouter? leur demanda-t-il, affable.

— Non... Non.

Bergovic se leva du canapé et serra la main de la veuve.

— Toutes mes condoléances, madame.

Esteban adressa un signe à Vera, qui resta dans le salon tandis qu'il raccompagnait l'étrange petit homme jusqu'à la porte. Une éclaircie les accueillit sur le perron.

— Vous croyez que quelqu'un a pu pousser Edwards de la falaise?

Bergovic goba un chewing-gum à la menthe.

— Appelez-moi si vous avez une idée...

La grille de la propriété s'ouvrit alors sur une Nissan sombre et rutilante : Víctor Fuentes arrivait, accompagné de son chauffeur. Le nouveau juge à la Cour suprême sortit du véhicule, un blazer bleu marine sur les épaules. Il salua froidement l'associé de son gendre, demanda des nouvelles au lieutenant chargé du constat, la mine fermée sous sa courte barbe blanche : sa fille perdait un mari, lui un presque fils.

— Un suicide? dit-il bientôt. Enfin! Mon gendre

avait tout pour être heureux, c'est insensé, affirma-t-il, péremptoire.

— Une dispute serait à l'origine du drame, compatit Bergovic.

— On ne se suicide pas pour une dispute, asséna Víctor. Bon, ma fille est là, j'imagine…

— Oui, elle vous expliquera mieux que moi. Nous allons mener une enquête de routine, prévint-il sur le mode informatif, c'est la procédure dans ce genre de cas.

— Vous me tiendrez personnellement au courant.

— Bien sûr, monsieur le juge… Au revoir, messieurs.

Víctor Fuentes laissa filer l'officier de police; il allait rejoindre Vera dans la maison mais Esteban le retint.

— Écoutez, Víctor, il y a quelque chose qui me chiffonne. Edwards n'était pas dans son état normal ces derniers temps, à commencer par son comportement à la garden-party. Vous l'avez remarqué…

— C'est vrai que tu as été exemplaire, rétorqua le juge, qui n'avait manifestement aucune envie de discuter avec lui.

— Là n'est pas la question. Edwards s'est mis à boire. Je l'ai croisé avant-hier midi au cabinet. Il avait des problèmes de couple sans doute, mais je suis sûr qu'il y avait autre chose.

— Tu te mets à jouer les Sherlock Holmes, maintenant ?

— Edwards a cherché à me joindre après la soirée, poursuivit Esteban. Je n'ai pas eu son message mais ça ressemblait à un appel à l'aide.

— De quoi tu parles? se rembrunit Víctor. Pourquoi tu n'as pas eu son message?

— Je me suis fait voler mon portable cette nuit-là, mais il voulait me parler d'une personne présente chez mon père. Pas de sa dispute avec Vera...

Le magistrat secoua la tête.

— Ton histoire est cousue de fils blancs, mon pauvre Esteban. J'ai autre chose à faire qu'écouter tes élucubrations.

— Je cherche juste à savoir ce qui est arrivé à Edwards.

— Il s'est jeté d'une falaise, ça ne te suffit pas? renvoya Víctor. Bon, tu m'excuseras, abrégea-t-il, je vais retrouver ma fille.

Esteban le regarda gravir les marches d'un pas leste, passablement énervé – Víctor n'avait pas eu un mot pour lui, qui venait de perdre son ami d'enfance. Il descendit l'allée jusqu'à la décapotable garée dans la rue, respira à fond pour se calmer. Les questions continuaient de se bousculer dans sa tête. Pourquoi Edwards l'avait-il appelé en pleine nuit? La personne présente à la soirée avait-elle un rapport avec son suicide? S'agissait-il même d'un suicide? Sous ses airs compassés, le petit flic aussi avait des doutes... Une joggeuse passa le long de la palissade, couette blond peroxydé jaillissant d'une casquette rose fluo, des écouteurs dans les oreilles. Esteban songea à l'homme dont Edwards voulait lui parler, à la liste des invités qu'il pouvait récupérer chez son père. Il fallait aussi qu'il retrouve Renato Grazón et son smartphone escamoté dans le bar clandestin – en espérant que ce cloporte ne l'ait pas déjà refourgué...

*

Échappant au smog qui enkystait la cuvette de Santiago, le quartier de La Reina abritait les plus belles propriétés de la capitale, camouflées derrière des murs sécurisés. Esteban grimpa la route escarpée qui cheminait à travers la colline verdoyante, dépassa le Parc naturel et les *condominios* florissants alentour.

Calle Valenzuela Puelma : la famille Roz-Tagle habitait une grande maison avec piscine au cœur d'un bois de plusieurs hectares, un petit manoir acheté à prix d'or alors qu'Esteban finissait ses études en Californie. Il gara la décapotable sous les arbres qui bordaient la route. On entendait les oiseaux pépier depuis le parc voisin. Les rares voitures roulaient à allure réduite, freinées par les dos-d'âne. Esteban se présenta à l'interphone, un œil noir vers la caméra de vidéosurveillance qui filtrait les entrées. L'intendant de la maison, Claudio Montes, alias Nestor, lui rappela avec un plaisir non dissimulé qu'il était *persona non grata* chez ses parents, que son père Adriano était absent et que sa mère refusait toute visite, mais Esteban lui coupa l'herbe sous le pied : ce n'était pas ses parents qu'il voulait voir, c'était lui, en privé.

— Qu'est-ce que c'est encore que cette histoire ? grogna le majordome.

— Vous savez que mon associé s'est tué la nuit dernière : c'est moi qui représente Vera, sa femme. La police mène une enquête... Laissez-moi entrer.

Il y eut un silence indécis.

— Écoutez, ce n'est pas le genre de discussion qu'on tient par interphone, s'agaça Esteban. La fille du juge Fuentes a besoin de votre aide. Ouvrez cette grille, je dois m'entretenir avec vous, Nestor. Cinq minutes, pas plus… C'est elle qui m'envoie.

Claudio Montes consentit à le laisser entrer, à contrecœur. Le chant des moineaux contrastait avec la moiteur de cette matinée pourrie. Esteban traversa le jardin luxuriant puis la cour de gravier qui faisait face au manoir. Le majordome attendait en haut des marches, le visage anguleux et peu amène dans son complet sombre.

— Mère est là ?

— Elle ne sort plus de sa chambre depuis ton esclandre à la fête, dit-il sèchement. Tu imagines avec l'annonce du décès d'Edwards…

Esteban ne releva pas. Cravate bordeaux et souliers vernis, Montes le mena vers son bureau du rez-de-chaussée, poussa la porte comme s'il s'agissait d'une corvée. Le secrétariat de l'intendant donnait sur un coin retiré du parc, avec des meubles en bois massif, de la paperasse classée sur les étagères, du matériel informatique…

— Bon, de quoi s'agit-il ?

— Il me faut la liste des invités à la garden-party, déclara Esteban.

— La liste des invités, répéta le majordome. Pour quoi faire ?

— Je représente Vera, je vous l'ai dit. Hormis elle, ces invités sont les dernières personnes à avoir vu Edwards vivant.

— Et ?

— Et leurs témoignages peuvent être précieux pour ma cliente.

— C'est à ton père d'en décider, répondit Montes froidement. Je n'ai pas à interférer dans cette affaire.

— Nos pères respectifs étant les amis que vous savez, ce qui sert les intérêts de Vera sert aussi les leurs, fit Esteban sur le même ton. Elle n'est pas en état de répondre aux questions de la police : donnez-moi une copie de la liste et on n'en parle plus.

Claudio Montes toisa l'avocat. Mauvaise mine. Raison de plus pour se méfier.

— Appelle la fille du juge, que j'en aie le cœur net.

Son air inquisiteur commençait à lui donner de l'urticaire.

— Vous êtes capable de comprendre qu'une femme qui vient de perdre son mari est dévastée de chagrin, ou vous avez l'empathie d'un bulot, *Nestor*?

L'atmosphère se tendit dans le bureau. Montes lisait dans son regard comme dans un livre ouvert – des envies de démolition réciproque. Une voix connue perça alors depuis le couloir.

— Esteban, c'est toi?! J'ai entendu le son de ta voix!

Ne manquait plus que l'autre toc-toc, songea-t-il en voyant débarquer sa mère. Anabela portait un déshabillé vaporeux recouvert d'un châle, des mules à talon et un maquillage assez outrancier chez une malade alitée pour cause de deuil.

— Esteban! s'exclama-t-elle. Qu'est-ce que tu fais là? Mon Dieu, mais tu as une tête épouvantable!

— Bonjour, Mère. Ne t'en fais pas, je ne reste pas longtemps : je suis juste venu demander la liste des invités à la fête de Víctor.

— Oui, d'ailleurs je ne te félicite pas pour ton attitude, rebondit-elle pour asseoir une autorité fantôme. Se battre avec son propre frère : avoue que tu te comportes comme un enfant !

— J'ai ton tempérament frondeur, Mère.

— Ah oui ?

Anabela ne savait pas qu'elle était frondeuse, l'idée lui plaisait.

— Mère, reprit Esteban, la police mène une enquête au sujet de la mort d'Edwards et c'est moi qui représente Vera auprès des autorités. Tu imagines bien comme elle souffre.

Anabela avait déjà le rimmel qui coulait.

— Oui, s'apitoya-t-elle en changeant de registre, la pauvre petite... C'est affreux ce qui arrive. Affreux...

— J'ai besoin des témoignages des invités, ils sont les dernières personnes à avoir vu Edwards vivant et il faut que je prépare sa défense.

— Sa défense ?

— Même pour un suicide, la police mène toujours une enquête.

— Ah.

— Hum, si je puis me permettre, madame Roz-Tagle, s'interposa Montes, je pense qu'il vaudrait mieux en parler à Monsieur votre mari au préalable.

— Et pourquoi donc ? Je vous rappelle que Vera est une amie de la famille, au même titre que ses parents. C'est un peu fort, s'offusqua Esteban en prenant sa mère à partie.

— Tout à fait, assura Anabela.

Montes grommela dans sa barbe – ce petit salaud

allait encore rouler sa foldingue de mère dans la farine.

— N'oubliez pas que vous n'êtes qu'un employé de maison, Nestor. Ma mère n'a pas d'ordre à recevoir de vous. Mère, dites-lui d'obéir, à la fin.

— Obéissez, Claudio, c'est un ordre.

Le majordome croisa le regard supérieur d'Anabela Roz-Tagle, puis celui faussement courroucé de son fils.

— Bien, Madame, acquiesça-t-il, vaincu.

Esteban répondit aux questions empressées de sa mère quant à l'enquête de police, alluma une cigarette pendant que Montes s'exécutait. L'imprimante cracha bientôt trois feuillets, qu'il parcourut rapidement – à vue de nez, il y avait plus d'une centaine de convives – avant de les fourrer dans sa veste noire. Snobant l'intendant, Esteban baisa la main de la star sexagénaire. Elle non plus n'avait pas eu un mot de compassion pour son fils après la perte de son ami.

— Au revoir, Mère.

— Adieu, mon fils… Et essaie d'être digne, pour une fois !

Un asile de fous, qu'il connaissait par cœur.

Claudio Montes raccompagna l'aîné de la famille jusqu'au perron d'où il l'avait jeté l'autre soir.

— Tu ne perds rien pour attendre, souffla-t-il au visage d'Esteban.

Un fiel imbécile, qui lui redonnait presque envie de vivre.

9

Le capitaine Popper n'avait pas apprécié la déclaration lapidaire du curé à la télé communautaire, mais le père Patricio n'avait de compte à rendre qu'à Dieu – et à leur ami Cristián , autour duquel il espérait réunir les familles de victimes.

L'oraison funèbre d'Enrique avait lieu l'après-midi à l'église. En attendant, les sœurs Donata et María Inés avaient arpenté les rues et recueilli un témoignage au sujet d'El Chuque et de sa bande. Parmi eux auraient été vus Matis et Toni, deux enfants de La Victoria dont on restait sans nouvelles depuis le décès de leur mère trois mois plus tôt – Magdalena, une pauvrette traînant dans ses pattes deux gamins en sandales qui ignoraient jusqu'à l'existence d'une baignoire. Atteinte d'une grave et persistante pneumonie que le méchant froid des hivers chiliens aimait raviver, La Victoria ne bénéficiant que d'un dispensaire, Magdalena était morte avant d'avoir pu être soignée.

Le père Patricio se souvenait des deux gamins : Matis et Toni, treize et huit ans, n'avaient pas desserré les mâchoires à l'inhumation de leur mère, un matin misérable où la pluie avait eu l'élégance d'être muette. Ils avaient regardé le linceul s'engouffrer dans la terre et s'étaient enfuis à la sortie du cimetière pour ne plus jamais réapparaître. Comment les orphelins avaient rejoint la bande d'El Chuque importait peu : Matis et Toni, que les sœurs avaient pris un moment sous leur aile, pouvaient leur fournir des informations sur le trafic. Patricio ne serait pas long à leur faire entendre raison.

Après le parc André Jarlan s'étirait une avenue morne et sans piétons qui reliait La Victoria aux quartiers sud. Le père Patricio partit à vélo, un Raleigh à trois vitesses qui pesait son poids de rouille. Les sœurs María Inés et Donata avaient tenté de le dissuader d'y aller seul, prétendant qu'il n'était plus si jeune, mais à soixante-dix-huit ans, le curé estimait se porter comme un charme. L'avantage de la foi, se disait-il en poussant sur les pédales.

Fidel suivait la valse des rayons, la langue ballant en rythme, jetant des regards sporadiques vers le cycliste qui s'échinait au soleil pâle. Patricio l'avait trouvé un matin devant l'église, un bâtard au poil beige et court sur pattes qui ne demandait rien, à peine des caresses. Le chien était encore là le lendemain, à la même place, puis les jours qui avaient suivi, fidèle à ce qui semblait être son poste. Naturellement, l'homme d'Église lui avait ouvert la porte
– Fidel il resterait.

— On arrive ! l'encouragea-t-il.

La décharge se profilait après la zone inondable. Au-delà s'étendait un terrain de plusieurs hectares jadis constructibles, dont la barre de logements sociaux n'avait jamais vu de fenêtres. Patricio ralentit le long de l'avenue, les jambes en coton sous sa chasuble. Il descendit de vélo pour monter sur le trottoir et s'engagea sur le chemin de terre qui menait à la décharge, le chien comme un Zébulon dans ses pattes.

— Joli paysage, tu ne trouves pas?

Le terrain était désolé, jonché de papiers gras, que surveillait un couple de corbeaux perchés sur le monticule d'ordures. Des effluves nauséabonds grimpèrent à ses narines tandis qu'il approchait. Truffe à terre, zigzaguant après de brusques changements d'aiguillage, le chien s'en donnait à cœur joie. Patricio repéra les bras d'une charrette en position DCA, cachée derrière les vestiges d'une cabane de chantier au toit effondré : la carriole des jeunes *cartoneros*, à coup sûr... Il posa son lourd vélo contre la cabane en ruine, fit un panoramique sur les lieux de perdition, rappela Fidel qui furetait déjà vers la barre d'immeuble.

— Reviens par ici, tête d'os!

L'animal refusant de rebrousser chemin, Patricio leva la tête vers le spectre de béton, ses murs noircis par le temps et les intempéries : un bâtiment colossal à plusieurs étages qui devait receler mille cachettes. Il suivit son chien pisteur, qui clopina de nouveau museau au sol, la houppette à la fête. L'immeuble gris où il venait de s'engouffrer n'avait ni vitres ni portes, qu'une structure transpercée par le vide et les courants d'air. La moisissure bullait le long des murs, lais-sant s'écouler des rigoles jaunâtres. Fidel reniflait le sol du rez-de-chaussée, inspiré, agitant la queue en rythme. Patricio découvrit bientôt un brasero dont les cendres semblaient récentes... Fidel jappa. Les gamins étaient là, un peu plus loin sous les voûtes bétonnées.

— Ah! Vous voilà…

Le curé approcha. Les jeunes se tenaient assis en rond comme pour un conciliabule. El Chuque ne comptait pas parmi eux mais Patricio reconnut Matis, adossé à un pilier : même tignasse brune et bouclée, même visage anguleux et inquiet que sa pauvre mère.

— Dieu merci tu es là, souffla-t-il. C'est toi que je cherche, Matis, toi et ton petit frère… Tu te souviens de moi, n'est-ce pas ? Je suis le père Patricio.

L'adolescent, peu regardant sur l'hygiène, baissa les yeux. Ses vêtements, ses baskets crottées, l'orphelin faisait peine à voir.

— Eh bien, vous avez tous perdu votre langue? lança-t-il pour les mettre à l'aise.

Les adolescents fixaient le sol, comme pris en faute. Matis redressa la tête vers le curé du quartier mais sa voix tremblait.

— Pardon, mon père… Pardon.

Patricio s'accroupit lentement, posa sa main maigre sur son épaule, vit qu'il tremblait de tous ses membres.

— Qu'est-ce qui se passe, mon enfant?

Fidel grogna devant Matis, qui retenait ses larmes. Une ombre guettait derrière le pilier de béton, qui grandit au-dessus de Patricio : Daddy.

— Tu n'aurais pas dû te mêler de ça, curé, maugréa-t-il.

Il n'était pas seul : trois hommes l'accompagnaient, tous armés d'une barre de fer ou d'un gourdin. Patricio comprit trop tard qu'il était tombé au mauvais moment, au mauvais endroit. Accroupi, il n'eut pas le temps ni la force de parer l'attaque : Daddy brandit le gros caillou qu'il tenait dans sa main et, un rictus féroce à la bouche, frappa le curé à la tête. La pierre se fracassa sur son front, si violemment que le prêtre s'affala. Fidel aboyait, canines prêtes à mordre.

— Butez-moi ce clébard ! siffla Daddy à ses hommes.

Une brève chasse s'opéra sous les yeux effarés de la bande ; encerclé, menacé de toute part, Fidel tenta de s'échapper par la droite. Un coup violent le cueillit aussitôt sur l'arrière-train. Le chien recula sous l'impact, échappa à la barre de fer qui visait son crâne, fila le long d'un pilier et s'enfuit en gémissant. Daddy pesta face à la maladresse de ses hommes, son gros caillou à la main. Le père Patricio gisait à ses pieds, une plaie sanguinolente à la tête.

— Vous… vous êtes fou, balbutia le curé.

Le vieil homme tenta de se relever mais son regard était trouble. Matis et ses compagnons fermèrent les yeux quand Daddy l'acheva à coups de pierre.

*

Renato Grazón se revendiquait poète chilien d'avant-garde, c'était surtout un parasite notoire. Pique-assiette, sans-gêne et invité surprise de toutes les manifestations culturelles où il s'inventait des titres, voire des identités flatteuses, Grazón s'était spécialisé dans l'hypnose des naïves éblouies par son bagout, les faisait boire pour mieux en abuser sans jamais payer la note. Grazón s'attaquait aussi aux hommes, de préférence tard et pleins aux as.

Esteban avait dégotté son adresse par le biais de son seul éditeur (Contretemps), qui avait publié *Inerties anatomiques* et *Catharsis de la canaille*, deux recueils pour ainsi dire autobiographiques, en baratinant au sujet d'une sélection pour un prix littéraire. Grazón habitait au numéro 122 de la rue Antonia López de Bello, à trois *cuadras* du bar clandestin où l'escroc l'avait dévalisé deux nuits plus tôt. Avec un peu de chance, il serait chez lui…

Le quartier de Bellavista avait fait peau neuve avec ses lampadaires et ses maisons colorées, ses balcons et ses fenêtres peints en violet, orange ou vert fluo, donnant une touche de gaieté à une ville qui en manquait cruellement. La jeunesse avait naturellement investi le quartier, bars et restaurants branchés y poussaient comme des champignons, et si les loyers augmentaient en conséquence, les quelques rues piétonnes faisaient oublier le prix à payer pour s'amuser. Esteban y usait son désespoir d'aristocrate, régalant la faune locale dont Grazón était l'un des protagonistes.

Il n'y avait pas d'interphone à l'entrée de son immeuble, juste un digicode. Esteban fuma contre le capot dans l'attente qu'une personne sorte. Il avait jeté un œil à la liste en sortant de chez ses parents. Juristes, diplomates, capitaines d'industrie, hauts fonctionnaires, politiciens de gauche et de droite, journalistes, personnalités de la télé ou du show-biz, l'avocat connaissait la plupart des invités à la garden-party de nom ou de vue… Un clic se fit entendre au 122. Le voisin, complet marron et bajoues hirsutes, ne prit pas garde à l'ombre qui se glissa dans son dos.

Une odeur d'encaustique émanait du hall. Esteban inspecta les boîtes aux lettres – Renato Grazón, premier étage – et grimpa jusqu'au palier sans croiser personne. Il s'apprêta à sonner, bien décidé à faire valdinguer la porte quand elle s'ouvrirait, tourna la poignée par acquit de conscience et constata qu'elle n'était pas fermée... Il entra, sur le qui-vive.

— Renato?

Un effluve fétide flottait dans l'appartement, un deux pièces mal entretenu dont les rideaux tirés brouillaient le jour. Esteban vit la vaisselle laissée à tremper dans une cuvette sale, la table de Formica et les vestiges d'un repas sur le sol : il y avait une assiette brisée en deux sur le carrelage, des bouts d'omelette... Des traces de lutte? L'odeur se fit plus prégnante, reconnaissable entre mille : une odeur de merde... Esteban avança jusqu'à la salle de bains, poussa la porte entrouverte et aperçut le cadavre adossé au mur. Renato Grazón était assis par terre, bras ballants, les yeux encore révulsés par la terreur.

Esteban resta plusieurs secondes frappé par la vision d'horreur : on avait défoncé son crâne avec un acharnement peu commun – un bout du cerveau était apparent parmi ses cheveux poisseux, des éclats d'os et de matière gélatineuse mouchetaient le carrelage mural, témoins de la violence des coups portés... L'avocat retint sa respiration, les hoquets de son estomac, analysa brièvement la scène de crime. Le sang avait coagulé depuis longtemps, un jour entier au moins ; de la matière fécale avait coulé sous le peignoir quand le corps s'était vidé des heures après la mort, excréments qui avaient séché sur le sol mais continuait d'empester.

On avait dû sonner chez Grazón quand il prenait le petit déjeuner, après la soirée dans le bar clandestin, le traîner et l'exécuter dans la salle de bains en lui brisant le crâne à l'arme blanche : barre de fer, marteau, gourdin... Personne n'avait découvert le corps – le poète n'avait pas tant d'amis. Esteban enfila les gants de vaisselle qui pendaient sur l'évier et fouilla l'appartement à la recherche de son téléphone portable. Acuité visuelle exacerbée, sens affûtés par la peur, il ouvrit les tiroirs, souleva le matelas, les coussins, fouilla les armoires, trouva deux cartes de crédit à son nom dans la table de nuit, qu'il fourra dans sa poche, une liasse d'argent liquide mais pas le smartphone volé cette nuit-là...

Le doute prit une forme hybride : si, comme il le pensait, Grazón était mort depuis plus de vingt-quatre heures, l'escroc n'avait pas eu le temps de refourguer son portable. D'autres l'avaient récupéré avant lui. Ça... Le message d'Edwards. Son suicide. Les traces de pas au bord de la falaise. Grazón la tête éclatée dans sa salle de bains. Son smartphone disparu. Esteban pensait par fragments, au rythme des nausées qui lui soulevaient le cœur. Il ne savait pas ce que tout ça signifiait mais il ne fallait pas rester là. Il jeta les gants dans l'évier, effaça ses empreintes sur la porte d'entrée à l'aide d'un torchon, descendit l'escalier et expulsa l'air vicié sur le trottoir.

Hostile.

L'immeuble, la rue, les feuilles des arbres, le visage des gens : le monde était devenu hostile.

Un bus surpeuplé passa, crachant une fumée noire à hauteur de l'Aston Martin garée contre le trottoir. Esteban traversa le passage clouté, marcha jusqu'au square voisin et s'assit sur un banc. Ses mains tremblaient encore après son irruption chez Grazón. Une petite vieille qui promenait son chien passa au large, suspicieuse malgré son costume de *cuico*. Esteban ne songeait plus à Gabriela, à l'oraison funèbre pour Enrique, à son rôle d'avocat. Il appela Luis Villa, des aiguilles dans le sang.

L'agent des narcotiques répondit à la deuxième sonnerie, sentit aussitôt que quelque chose n'allait pas. Esteban lui raconta ses mésaventures, le faux suicide d'Edwards et le nom du suspect qui devait figurer dans son téléphone volé par Grazón.

— Les tueurs ont récupéré mon smartphone, conclut-il d'une voix précipitée : tu crois qu'on peut récupérer les fadettes ?

— Les factures téléphoniques ? répondit Luis. Non, pas sans l'aval d'un juge... Tu es où ?

— Devant l'immeuble de Grazón, à Bellavista.

— Tu as prévenu la police ?

— Non. Que toi pour le moment.

— Quelqu'un t'a vu entrer dans l'appartement ?

— Non... Non, je ne crois pas.

— OK. Rejoins-moi Calle Londres dans... quarante minutes. Le temps que j'arrive.

*

Gabriela aux abonnés absents, Stefano avait pris un *liebre*[1] pour se rendre à La Victoria.

Les sœurs María Inés et Donata avaient appelé le projectionniste un peu plus tôt, inquiètes. Patricio était parti à vélo de bon matin à la recherche de Matis et Toni, deux orphelins qu'une de leurs amies avait vus traîner avec la bande d'El Chuque : il était maintenant plus de midi et le curé, qu'elles attendaient pour déjeuner avant l'oraison d'Enrique, non seulement n'était toujours pas revenu, mais ne répondait pas sur son portable... Stefano avait emprunté la bicyclette de Donata pour suivre la piste. Il s'était voulu rassurant auprès des sœurs mais lui aussi se faisait du mouron. Dans quoi le curé s'était-il encore fourré ?

Un soleil intermittent cognait sur les tôles ondulées du quartier ; Stefano dépassa les dernières habitations et roula le long de l'avenue qui bordait le parc André Jarlan. La décharge se situait un peu plus loin, hectares de friche abandonnée par les promoteurs. Le vélo de Donata donnait des signes de fatigue, lui pédalait en grimaçant – toujours cette fichue jambe qui le tiraillait.

Un camion de livraison le doubla, ses bouteilles vides bringuebalant à l'arrière de la remorque, quand il aperçut le chien sur le bord de la route : Fidel. Seul... Stefano freina à hauteur de l'animal, déplia sa carcasse pour mettre pied à terre.

— Eh bien, qu'est-ce que tu fais là, mon vieux ?

Le chien de Patricio haletait, immobile sur son

---

[1]. Un «lièvre», petit bus se faufilant dans la circulation à ses risques et périls.

carré de terre, au lieu de courir comme il le faisait d'habitude pour l'accueillir. Fidel émit un jappement en le voyant approcher, les oreilles basses.

— Hein ? Qu'est-ce que tu fais là ?

Le bâtard rangea ses pattes sous son museau touffu, l'œil vitreux. Il adressa un regard implorant à l'ami de son maître, visiblement incapable de bouger. Ce n'est pas pour lui que Stefano s'inquiétait.

— Il est où, Patricio ? fit-il en caressant sa tête. Dis-moi, Fidel, il est où ? Hein ?... Il est où, Patricio ? Montre-moi !

Il « parlait chien », le cœur serré d'angoisse. Fidel se hissa sur ses pattes, voulut faire un pas mais son arrière-train ne fonctionnait plus. Il pointa son museau vers la décharge, souffrant visiblement le martyre. Stefano n'attendit pas pour claudiquer sur le chemin de terre.

Un oiseau pépia dans le ciel saturé, qu'il n'entendit pas : le corps d'un homme reposait non loin du monticule, vêtu d'une chasuble reconnaissable entre mille... Stefano ralentit le pas et découvrit le visage pâle de son ami à terre. Patricio gisait parmi les sacs plastique souillés, le crâne fracturé.

— Non, dit-il dans un souffle.

Du sang avait coulé sur son visage. Il y avait plusieurs blessures à la tête, au front... Stefano s'agenouilla et prit son pouls. Le corps était tiède mais le cœur du curé ne battait plus.

Le vent frais balayait la décharge. Patricio était mort, comme un chien galeux, lui qui avait donné sa vie aux autres, aux miséreux, aux oubliés, aux disparus de la guerre sociale... Une larme coula sur la joue de Stefano. Une larme de colère, qui n'avait pas coulé depuis… qu'importe… Il tuerait les coupables… de ses mains… Il les tuerait tous.

*

Gabriela émergeait à peine quand Esteban lui avait appris le décès d'Edwards, quelques paroles laconiques où il disait partir retrouver sa femme dans leur maison de Las Condes. Cueillie à froid, Gabriela n'avait pas trouvé les mots pour le réconforter et l'avait laissé filer après un baiser trop rapide pour sa peine. Elle était rentrée avec la camionnette au Ciné Brazil dans un état de confusion qui, avec lui, semblait récurrent. Après la nuit qu'ils venaient de passer, la mort d'Edwards faisait l'effet d'une douche froide. Et la sensation de devoir payer au prix fort chaque bonheur de sa vie était parfaitement détestable…

Midi. Les portes du cinéma closes, Gabriela emprunta l'entrée de service et grimpa l'escalier qui menait à l'appartement. Elle trouva la vaisselle du petit déjeuner rangée sur l'égouttoir de la cuisine, le pépiement des hirondelles sous les toits, mais nulle trace de Stefano. Elle prit une douche, l'esprit toujours vandalisé par la mort de l'ami d'Esteban, piocha un bout de fromage dans le frigo et se concentra sur son idée de documentaire. Produire des images non ordinaires comme témoins d'une réalité banale, le plus souvent dégueulasse – du moins dans les *poblaciones*.

Elle avait encore une heure devant elle avant de partir pour l'hommage à Enrique ; Gabriela visionna les rushes tournés depuis le dimanche, chercha des angles d'attaque pour le montage. Elle arriva à la scène du bar clandestin où Esteban s'était fait dévaliser, puis au long trou noir qui succédait à leur dérive – une vingtaine de minutes d'après le timecode. Sans doute avait-elle rangé sa caméra en vrac dans son sac à main, trop ivre pour penser à l'éteindre... Elle fit défiler les images sur l'écran de l'ordinateur mais soudain s'arrêta.

Il y avait une scène, après seize minutes de noir...

La scène ou plutôt les plans se succédaient dans une sorte de clip psychédélique, de nuit et par grand vent. La caméra filmait l'asphalte depuis l'habitacle d'une décapotable lancée sur une autoroute vide, dont les soubresauts incessants faisaient trembler l'image. L'Aston Martin... Gabriela se pencha sur l'écran, stupéfaite. L'angle de prise de vue changea, cadra un instant Esteban, stoïque au volant du bolide malgré le vent qui balayait ses cheveux, avant de vite revenir aux bandes blanches avalées par les phares.

La suite donnait mal au cœur, d'autant qu'on n'entendait rien avec les rafales. Il y eut plusieurs coupures, comme les manipulations maladroites d'un amateur, enfin l'image se stabilisa. Il s'agissait d'une autre scène d'extérieur, cette fois-ci en bord de mer. Ce n'était pas Esteban qu'on distinguait à la lueur de la lune mais elle, Gabriela, sur une plage... Celle de Quintay... L'aube se levait à l'horizon, elle marchait pieds nus vers les rouleaux qui crachaient leur écume phosphorescente sur les coquillages.

Gabriela frémit malgré elle : la scène semblait irréelle.

Qui d'autre qu'Esteban pouvait la filmer ?

Le film prit un tour dramatique quand, telle une

somnambule, elle se vit fendre l'écume pour se mêler aux vagues qui grondaient. Elle reflua une première fois, se rétablit tant bien que mal, et repartit à l'assaut des monstres. Ils tombaient en gros bouillons tumultueux, les courants comme des faux sous ses pieds. Insatiable, Gabriela roula sous une vague énorme et, happée par la masse, disparut de la surface de la terre...

Le plan resta un moment sur l'océan, désespérément vide, puis l'image recula, instable, recula encore, abandonnant la folle sirène sous les flots, jusqu'au *cut* final...

Hallucinant.

Gabriela murmurait, atterrée par sa propre inconséquence : était-elle devenue cinglée ?

Il lui fallut plusieurs secondes avant de retrouver la réalité de sa chambre. Le sentiment d'angoisse ne s'était pas dissipé : si Esteban l'avait filmée, il avait dû remonter jusqu'à la voiture, ranger la caméra dans la boîte à gants avant de redescendre vers la plage... Pourquoi ? Ramasser son cadavre recraché par les vagues ? Et elle, pourquoi avait-elle commis pareille folie ? Son inclination pour le danger devenait suicidaire. Suicidaire et stupide. Ses circuits se brouillaient, comme si plusieurs forces antagonistes s'affrontaient en elle depuis sa première crise mystique. Gabriela avait déjà vécu des rêves éveillés avec sa tante *machi* : si l'état de transe confirmait une sorte de certificat cosmogonique pour celle qu'Ana considérait comme la future chamane de la communauté, Gabriela restait tiraillée entre la vision métaphysique mapuche et la rationalité *winka*. La pensée complexe qui expliquait le flux du monde exigeait le lien à l'autre, encore fallait-il le décrypter. Elle s'était penchée sur le sujet, à l'école de cinéma mais aussi pour son propre équilibre psychique. En créant des lésions sur les trajets des neurones responsables de l'inhibition des flux moteurs pendant le sommeil paradoxal, des chercheurs avaient vu des chats se dresser sur leurs pattes, exécuter des séquences comportementales complexes et même chasser des souris imaginaires – tout en restant endormis au regard des critères neurophysiologiques – comme s'ils mettaient leurs rêves à exécution. Certains humains, «vivant leurs rêves» dans une phase différente du somnambulisme, pouvaient aussi se blesser ou blesser leur partenaire au lit… La folle soirée avec Esteban l'avait-elle poussée à ce stade d'inconscience active?

Qu'avaient-ils convenu ensemble pour qu'il la filme se jetant habillée dans les flots?

Il faisait soudain chaud dans l'ancienne cabine de projection, comme si son métabolisme se dégradait à son tour. La sonnerie de son smartphone retentit alors sur le bureau. Ce n'était pas Esteban mais Stefano.

Elle décrocha, l'esprit ailleurs.

— Gabriela?

— Salut, *tío*.

— Écoute… Je viens de trouver le corps de Patricio à La Victoria, dit-il d'une voix blanche. Dans la décharge.

— Quoi…

— Patricio est mort, répéta Stefano, la voix cassée par l'émotion. Il a été assassiné. Ce matin, ajouta-t-il comme si cela avait de l'importance.

— Non... Mais... qu'est-ce qui s'est passé ?

— Il cherchait deux gamins du quartier, d'après les sœurs, des orphelins qui traînaient avec la bande d'El Chuque du côté de la décharge, dit-il. C'est là que j'ai découvert son corps.

L'air se raréfia dans la chambre. Un silence hors du temps – Patricio.

— Comment... comment il a été tué ? demanda Gabriela, sous le choc.

— Je ne sais pas, répondit Stefano, aussi bouleversé qu'elle, il a plusieurs plaies à la tête. Une arme blanche quelconque.

Le vent soufflait dans le combiné.

— Tu es où ? fit Gabriela.

— Sur place. J'attends les secours.

Un frisson glissa le long de son échine. Des images macabres – elle imagina Stefano seul parmi les ordures veillant le corps de leur ami, le visage inerte de Patricio dans la décharge, les blessures à la tête, les salopards qui l'avaient lâchement assassiné... Elle songea à la mort d'Edwards, à cette menace qui semblait les suivre pas à pas.

— Patricio... Tu es près de lui ?

— Oui... Oui, les secours ne devraient pas tarder.

— Filme le corps, fit-elle d'une voix rauque. Avec ton portable.

— Quoi ?

— Je t'expliquerai, souffla Gabriela dans le téléphone. Mais filme la scène de crime : que Patricio ne soit pas mort pour rien.

— Gabri...

— S'il te plaît !

10

À quarante ans, un homme est fini : carrière professionnelle, amours, argent, si rien n'est balisé, il y a de fortes chances que ce soit trop tard. Oscar Delmonte venait d'avoir cinquante ans et se targuait d'atteindre son âge d'or. Il avait un bon poste au port de Valparaiso, deux enfants de la même femme qui entreraient bientôt à l'université, une nouvelle maîtresse sensiblement plus jeune que la précédente, l'estime de ses pairs et surtout de lui-même. Delmonte aimait les beaux costards, les voitures, les restaurants gastronomiques et les soirées VIP, rire fort pour montrer qu'il était à l'aise dans sa vie, décontracté, souverain. Dommage que tout coûtât si cher, à commencer par ces fichues études... Une maîtresse, passe encore, c'était un marché tacite entre un homme et une femme, mais les gamins à vingt ans étaient aussi autonomes que des souris de laboratoire et ce n'était pas avec sa paye d'officier des douanes qu'il allait entretenir tout ce joli monde. Baisser son niveau de vie n'était pas envisageable. On ne descend pas quand on a monté. Il lui fallait de l'argent, comme tout le monde, toujours plus d'argent. C'était la loi du marché, il s'agissait juste de se trouver du côté de ceux qui l'édictaient.

Gustavo Schober lui avait proposé une affaire en or, risquée mais impossible à refuser dans sa situation. Delmonte avait rencontré l'industriel par l'intermédiaire de Porfillo, le chef de la sécurité du port. Son job consistait à fermer les yeux sur les arrivages du terminal 12, celui de Schober, récupérer la drogue et la refourguer avec Porfillo à leurs différents contacts – «Daddy», son beau-frère, faisait partie des heureux élus. Cinq mois étaient passés depuis la première livraison de coke et Oscar avait amassé l'équivalent de soixante-quinze mille dollars. Pas mal. Sauf que tout s'était précipité – cette histoire de morts suspectes à La Victoria, la trahison du fiscaliste. Heureusement, il y avait les logiciels espions de Carver, la toile d'araignée électronique tissée autour des témoins, en particulier un flic des narcotiques proche de Roz-Tagle.

Delmonte se présenta Calle Londres, en sueur sous son costard Armani malgré la brise sur le trottoir. Il sonna à l'interphone du deuxième étage. Luis Villa, qui venait de rentrer chez lui, répondit aussitôt.

— Oui ?
— Oscar Delmonte, s'annonça-t-il, de la douane de Valparaiso. J'ai des choses à vous dire, en privé...

*

La vision de Grazón gisant dans sa merde hantait encore Esteban. Il pouvait presque sentir l'odeur répugnante qui empuantissait l'appartement, le sang coagulé sur le carrelage mural de la salle de bains, l'odeur de sa propre peur aussi. Il ne voyait plus les bâtiments gris derrière le pare-brise de l'Aston Martin, la rare végétation et les passants de Providencia affairés le long des vitrines. Il avait appelé Gabriela mais elle était déjà en ligne. Il n'avait pas laissé de message. Quelques chiens paressaient sur les trottoirs, insensibles à l'agitation humaine. L'hôtel de ville et ses vieilles tourelles ouvragées défiaient les buildings de verre dont les reflets cherchaient en vain à capter le bleu du ciel. Gabriela rappela alors qu'il ruminait ses équations mortelles, englué dans le trafic.

Sa voix tremblait d'horreur et de colère. L'assassinat du père Patricio obscurcissait un paysage déjà dévasté. Le faux suicide d'Edwards, le meurtre de Grazón, le message sur son portable escamoté, la conversation tourna court.

— Tu es où ? fit Gabriela, électrique.
— Sur Independencia, dit-il au milieu des klaxons. J'ai rendez-vous chez Luis.
— Je te rejoins.

Esteban ne discuta pas. Trop d'événements à la fois, de diagonales en collision. Il se dégagea des pots d'échappement et arriva Calle Londres. Il trouva une place sous les platanes de la place pavée où déjeunaient des employés de bureau, marcha jusqu'à l'ancienne maison coloniale sans cesser de broyer du noir. Le père Patricio avait dû tomber sur les dealers dans la décharge. Ou leur fournisseur. Dans tous les cas, ils n'avaient pas hésité à liquider la figure emblématique du quartier...

Les chiens faisaient partie du décor de la ville,

sans que personne ne se soucie de savoir à qui ils appartenaient ; l'un d'eux sortit de la ruelle voisine où s'entassaient les poubelles, et lui aboya dessus. Abruti. Esteban sonna à l'interphone du numéro 30, entendit la connexion et la voix de Luis qui lui disait de monter, grimpa au deuxième étage après avoir écrasé sa cigarette. La porte était entrouverte sur le palier.

— Luis ?

Esteban pénétra dans l'appartement, sentit une présence dans son dos, trop tard.

— Un mot et tu es mort, fit une voix par-dessus son épaule.

Un homme corpulent guettait contre le mur, armé d'un Glock équipé d'un réducteur de son. Javier Porfillo, la soixantaine tout en muscles, râblé malgré sa grande taille, un nez busqué sous des yeux de hyène : ils se détestèrent au premier regard.

— Tu tombes à pic, Roz-Tagle... (Il ferma la porte à clé.) Avance, les mains en l'air.

Il n'était pas seul. Un jeunot attendait dans la cuisine. Nuque rasée, menton en galoche et allure de videur, Durán braquait une arme sur la tempe de Luis qui, les mains plaquées sur la table, lui adressa un regard penaud.

— Ils m'ont forcé à te répondre à l'interphone, s'excusa-t-il depuis la chaise en paille. Ils disent qu'ils veulent juste te parler... Je suis désolé.

— Boucle-la.

La fenêtre de la cuisine donnait sur la ruelle et n'avait pas de vis-à-vis. Porfillo fouilla sommairement Esteban, constata qu'il n'était pas armé, du canon le repoussa vers le mur. L'avocat se posta près du vaisselier, entendit du bruit dans la chambre voisine, où deux personnes marmonnaient. Porfillo le jaugea un instant, avec le mépris haineux des revanchards. L'ancien agent de la DINA n'avait pas grand-chose sur l'associé d'Edwards : une tête brûlée qui passait son temps à faire chier les compagnies pétrolières, les multinationales et les entreprises chiliennes dans leur ensemble, sans parler de défendre ces bâtards d'Indiens... Roz-Tagle était là, dans son beau costume de *cuico*, les yeux naviguant entre son copain flic et la menace des pistolets.

— Qu'est-ce que vous voulez ? dit-il.

— C'est moi qui pose les questions... (Porfillo désigna le policier.) Qui d'autre que lui est au courant pour Edwards et Grazón ?

— Au courant de quoi ?

— Tu veux qu'on le bute tout de suite ?

Les mains de Luis tremblaient sur le Formica, le canon contre la tempe. Esteban dévisagea le tueur.

— Tu veux dire, qui est au courant de leurs meurtres ?

— C'est ça.

Il gardait les mains en l'air, sous la menace du Glock. Luis avait dû leur dire ce qu'il savait.

— Je te cause, grogna Porfillo. Qui est au courant ?

— Personne, répondit Esteban. Que moi.

— La femme d'Edwards, elle sait quoi ?

— Elle croit que son mari s'est suicidé.

— Tu n'es pas allé chez elle après avoir trouvé Grazón ?

— Non.

— Pourquoi ?

— Pour la protéger.

— De quoi?
— De vous.
Porfillo eut une moue approbatrice.
— Et le petit flic chargé de l'enquête?
— Bergovic? Je ne lui ai rien dit non plus, fit Esteban.
— Pourquoi?
— Parce que je n'aime pas les nains, ils sont tout petits.
Durán esquissa un sourire narquois qui ne plut pas à son chef.
— Continue sur ce ton, Roz-Tagle, je te jure que tu vas le regretter...
— Je n'ai pas appelé Bergovic parce que je n'ai pas confiance dans la police, recadra Esteban.
— Et lui? rétorqua Porfillo en désignant Luis Villa.
— Lui, il est honnête.
Porfillo opina en direction du flic et, visant à peine, l'abattit d'une balle dans le cœur.
Luis fut projeté en arrière, emportant la chaise dans sa chute. Esteban esquissa un geste vers son ami mais Durán le tenait dans sa mire.
— Bouge pas, toi!
Esteban retint son souffle. Luis reposait sur le sol, les yeux encore frappés par la stupeur, un trou dans la poitrine. Porfillo désigna la table de la cuisine.
— Prends la place de ton petit copain pédé, ordonna-t-il.
Ils savaient ça aussi. Esteban sentit la peur lui clouer les jambes. Le tueur alluma la radio posée sur le frigo, chercha une station de musique, augmenta le volume.

— Tu entends ce que je te dis ? Tu t'assois en mettant tes mains bien à plat sur la table ou je te descends comme l'autre lavette... Dépêche.

Esteban évalua ses chances de fuite, à peu près nulles. Durán avait relevé la chaise, l'intimant de s'asseoir à la place du mort.

— Les mains à plat ! siffla Porfillo.

Esteban s'exécuta, les jambes molles. Il y avait toujours des bruits dans la chambre de Luis, quelqu'un qui pianotait sur un ordinateur en s'adressant tout bas à un quatrième larron. De fait, Delmonte et Carver organisaient la petite mise en scène imaginée après l'inspection des échanges électroniques du flic – un pédé notoire, qui fréquentait assidûment les sites de rencontres.

— À nous maintenant...

Esteban vit les verrues sur les mains de Porfillo, deux à l'index, trois sur le majeur, d'autres plus petites sur l'annulaire et les jointures de la main droite. Celle qui d'ordinaire caresse les femmes. Pas trop le style de Porfillo : il posa son pistolet automatique sur le frigo et, plongeant la main à l'intérieur de sa veste, sortit un long objet enveloppé dans un mouchoir aux taches rosâtres. Un marteau.

— C'est avec ça que tu as défoncé le crâne de Grazón ?

Esteban dévisagea le sexagénaire, impassible. Quelque chose pourrissait à l'intérieur de ce type, comme l'écho de cris pas tout à fait tus.

— Avec ta sale gueule et tes mains de boucher, je parie que tu es un ancien barbouze, le provoqua-t-il. Tu étais quoi avant, papy : militaire, flic ?

— Ton associé t'a pas dit ? renvoya l'intéressé.

— Non, il n'a pas eu le temps. Tu dois le savoir puisque c'est toi qui l'as poussé de la falaise.

— Cet imbécile s'est jeté tout seul dans le vide avant qu'on sache la fin de l'histoire, rétorqua Porfillo. C'est pour ça que maintenant tu vas répondre à mes questions. Et ne joue pas au plus fin avec moi, Roz-Tagle, c'est un conseil.

— Je n'ai pas envie de jouer avec toi, gros lard.

— Ah oui? feignit-il de s'étonner. C'est pourtant ce qu'on va faire...

La radio jouait un air de ranchera. Porfillo déroula une bande de gaffeur, arracha un bout d'une vingtaine de centimètres et le colla solidement sur la bouche d'Esteban. Durán enfonça le silencieux dans sa nuque et, pressant sur ses vertèbres, le força à incliner la tête contre la table. Il s'exécuta, attendant la prochaine question. Esteban ne voyait pas le marteau brandi dans son dos : l'acier s'abattit violemment sur son pouce, posé sur la table. Il étouffa un cri quand l'os se brisa. La douleur lui remonta jusqu'au cœur, dénerva son cerveau.

Une poignée de secondes passèrent, pénibles, avant que Porfillo ne retire un coin de bande adhésive. Esteban expulsa un soupir de douleur intense. Durán vissait toujours le canon sur sa nuque, plaquant sa joue contre le Formica.

— Maintenant tu réponds à mes questions, ou je te casse les doigts un à un... C'est pigé?!

Un peu de bave coulait sur la table. Esteban vit l'état de son pouce recroquevillé tandis que Porfillo se penchait vers lui, dégageant une forte odeur de déodorant et d'aisselles ruisselantes de stress.

— Tu as eu le message d'Edwards?

— Non…

Il plaqua la bande de gaffeur sur sa bouche et sans prévenir lui fracassa l'index. Un chuintement jaillit de ses entrailles.

— Je vais te casser les mains, annonça Porfillo. Après on passera aux pieds. À toi de voir.

Esteban ne voyait plus rien sous le rideau de larmes, ni la fenêtre ni le visage des hommes au-dessus de lui. Il respirait avec peine, le regard perdu sur ses doigts fracturés. Porfillo ôta un coin du ruban adhésif.

— Ton associé t'a laissé un message vers minuit, répéta-t-il. Tu l'as eu?

— Non…

— Pourquoi?

— Parce que j'étais avec ma cliente, souffla Esteban.

— L'Indienne?

Son cerveau oublia un instant la douleur qui irradiait sa main – ils savaient tout.

— Oui, dit-il. On est sortis tard ce soir-là, dans les bars… Je n'ai pas eu l'appel d'Edwards… Vous devez le savoir puisque Grazón a volé mon portable cette nuit-là.

— Dans ce cas, comment tu sais qu'Edwards ne s'est pas suicidé? C'est ce que tu as dit à ton copain flic au téléphone! fit Porfillo en désignant le cadavre à terre. Vous étiez sur écoute, bande de nazes!

Esteban avait la gorge sèche. Il ne voulait pas parler de Vera, des bribes entendues dans le bureau après leur dispute: ils ne le croiraient pas.

— Alors?!

— Edwards n'a pas laissé de lettre d'adieux, tenta-t-il. Ça ne lui ressemble pas.

Un animateur surexcité déblatérait à la radio. Porfillo suait à grosses gouttes sous sa chemise.

— Tu baratines, Roz-Tagle.

Il colla le gaffeur. Esteban voulut retirer sa main quand il brandit le marteau mais Porfillo saisit son poignet et, soufflant comme un bœuf, pulvérisa ses derniers doigts valides.

Le plafond tangua dans la cuisine.

— Qui d'autre est au courant de l'affaire ?

— Luis... Luis Villa, répéta Esteban.

La douleur se diffusait jusqu'à son crâne. En proie au vertige, il s'accrocha pour ne pas flancher.

— Qui d'autre ?

— Personne...

— Qui d'autre ?!

— Personne ! dit-il, le corps tendu comme un arc.

— Tu mens, fils de pute ! postillonna Porfillo. Edwards t'a dit pour le Plan Condor, moi, Schober, autrement tu n'aurais pas cherché à récupérer ton téléphone chez Grazón ! Ça aussi tu l'as dit à ton copain pédé !

Condor. Schober. Les mots valdinguaient dans son ciel saturé d'adrénaline.

— Non... (Esteban secoua la tête contre la table où Durán l'acculait.) Non, Edwards ne m'a rien dit de tout ça...

— Tu veux que je casse l'autre main ?!

Esteban serrait les dents devant ses doigts fracturés.

— Oui...

Durán esquissa un sourire, le silencieux toujours planté dans ses vertèbres.

— Putain de connard, siffla Porfillo.

Rageur, il saisit son poignet gauche, qui soudain lui échappa : Esteban planta son coude dans la gorge de Durán, bondit dans le même mouvement, percuta Porfillo d'un violent coup d'épaule et se précipita vers la fenêtre. Durán se tenait la glotte comme s'il s'étranglait, l'arme baissée. Porfillo réagit aussitôt, dans la précipitation cogna son genou contre la chaise, atteignit le Glock sur le frigo au moment où l'avocat se propulsait contre la vitre, qui céda sous l'impact.

Esteban se jeta dans le vide sous une pluie de verre et tomba tête la première du deuxième étage. La fenêtre donnait sur la ruelle ; il rebondit contre un container en acier avant de tomber face contre terre. Le sang afflua sur son visage. Il ne pensait plus qu'à courir, atteindre le bout de la rue avant qu'une balle ne le fauche, mais ses jambes refusaient d'obéir. Il se redressa pourtant, tituba parmi les débris de verre : le sang pulsait contre ses tempes et des étoiles filantes barbouillaient les cieux. Crâne fendu, il ne vit pas le véhicule qui s'était engagé dans la ruelle, une camionnette à la peinture défraîchie qui freina à sa hauteur ; une portière s'ouvrit aussitôt.

— Esteban !

Porfillo hésitait à sauter du deuxième étage, à son âge il risquait de se rompre le cou, il braqua le pistolet à la fenêtre en quête d'une cible. Gabriela enclencha la première tandis qu'Esteban jetait ses dernières forces sur le siège ; elle fit hurler le moteur, renversa les poubelles entassées là et fonça droit devant. Porfillo allait vider son chargeur sur la camionnette mais Durán le retint : le barouf allait rameuter le quartier et ils s'échappaient déjà dans la ruelle.

*

Gabriela roulait sur O'Higgins, le cœur à cent à l'heure. Recroquevillé sur le siège, Esteban était dans un sale état ; du sang coulait de sa tête, sa chemise blanche en était inondée, et les mots peinaient à sortir de sa bouche.

— Ça va ? Ho ! Ça va ?

Il émit un râle, qui se perdit sous le bruit du moteur. Gabriela déglutit, les mains crispées sur le volant. La mort de Patricio, d'Edwards, les tueurs à leurs trousses, Esteban qui roulait des yeux sur le siège, tout allait mal. Elle se tourna vers lui, le souffle court.

— Ho ! Tu te sens comment ?

— Je vois... double.

Au moins il parlait. Elle regarda l'avenue.

— Je vais t'amener chez un médecin.

— Non... non.

— Putain, tu as vu dans quel état tu es ? tempêta-t-elle. On va à l'hôpital, Esteban, et je préviens les flics.

— Non... pas l'hôpital... ni les flics... Luis a été tué... On était... sur écoute...

— Je m'en fous !

— Non... non... Ils vont me trouver... pas l'hôpital...

Il tenait ses mains comme des oiseaux qui allaient s'envoler.

— Mais enfin, c'est absurde! protesta Gabriela.
— Fais ce que je te dis... s'il te plaît.

Son regard flanchait dans son angle mort. Gabriela grogna au volant de la camionnette. La magie blanche de leur première nuit d'amour virait au cauchemar. Elle passa le fleuve Mapocho, suivit Providencia en jetant des regards anxieux à chaque feu rouge, bifurqua à Santa Lucía. L'avenue verdoyante lui fit oublier la Calle Londres, pas le sentiment de panique qui la gagnait. Les gens mouraient autour d'eux, Esteban délirait sur le siège. Bon Dieu, elle ne l'avait pas sorti de ce guêpier pour qu'il lui claque entre les mains!

— Tu tiens le coup? Esteban! Ça va?!

Ça n'avait pas l'air : du tout. Il ne disait plus rien. Stefano, songea-t-elle comme une révélation, il saurait quoi faire... Gabriela s'arrêta le long du parc, empoigna le portable dans son sac et appela le projectionniste. Il décrocha, écouta le débit haché de l'étudiante, comprit aussitôt la situation.

— Tu es où? dit-il pour la ramener sur terre.
— Santa Lucía.
— OK... Maintenant calme-toi et réfléchissons à ce qu'on peut faire.
— Putain, Stefano, tu ne vois pas le cadavre ambulant assis à côté de moi! Il faut aller à l'hôpital!
— Je ne crois pas que ce soit une bonne idée, dit-il. Si ces types n'ont pas hésité à assassiner un avocat réputé et un flic, ce n'est pas un hôpital qui va les arrêter. Ils vont vous chercher, toi et Esteban... Il faut que vous disparaissiez.
— Ah oui, où ça?

— Hum, je connais des gens qui pourraient vous accueillir, rumina Stefano dans le combiné. Laisse-moi passer un ou deux coups de fil. Esteban pourra s'y faire soigner et vous serez à l'abri, le temps de voir comment les choses évoluent.

— Mais la police, répliqua-t-elle, pourquoi ne pas tout leur raconter ?

— On n'a aucune preuve pour la mort d'Edwards. Et si les tueurs l'ont mis sur écoute, c'est qu'ils ont des complicités à tous les niveaux, y compris dans la police.

Elle étouffa un juron. Toute cette histoire la dépassait.

— Rejoins-moi à la maison, l'aida Stefano.

— OK... OK.

Gabriela raccrocha, la gorge nouée, tâcha de se raisonner. Elle pouvait faire confiance à Stefano. Il avait eu la mort aux trousses après le coup d'État, il saurait comment les tirer de là... Un passant se pencha par la portière de la camionnette.

— Dites donc, il n'a pas l'air d'aller bien, votre ami...

Elle se tourna vers Esteban et frémit un peu plus – il psalmodiait des mots incompréhensibles contre l'appui-tête. Gabriela ne répondit pas, enclencha la première et s'englua dans le trafic. Le danger était là, tout proche.

— Ça va aller ? lança-t-elle à l'avocat.

Esteban souriait sur le siège, absent, les dents pleines de sang.

*

Les murs du quartier Brazil étaient couverts de graffitis inventifs, provocateurs. C'était un jour d'été aux rues désertées, tout le monde était parti flâner sur les hauteurs de la ville où l'on pouvait respirer, et Stefano bouillait de rage sur le trottoir du cinéma. Il n'était plus question d'oraison funèbre en l'honneur d'Enrique, des familles des victimes attendues à l'église : le père Patricio venait d'être sauvagement assassiné dans la décharge, son corps rapatrié vers un hôpital du centre. La camionnette arriva enfin à l'angle de la place. Il accueillit Gabriela d'un *abrazo* trop bref pour évacuer le stress – le deuil de Patricio, ils le digéreraient plus tard. Stefano posa la main sur la joue de sa protégée, pâlichonne.

— Tu tiens le coup ?
— Demande plutôt à Esteban...

Les yeux de l'avocat papillotaient. Du sang coulait le long de son cou, inondant sa veste noire, sa chemise. Stefano vit les doigts brisés qu'il maintenait dans sa paume.

— Ils ne l'ont pas raté.
— Aide-moi à l'allonger à l'arrière.

La suspension laissait à désirer mais la banquette était large : ils installèrent Esteban avec précaution, surveillant les regards des rares passants, échangèrent le maximum d'informations avant leur départ précipité. Stefano avait des amis sûrs à Lota, une petite ville minière au sud du fleuve Bío Bío, des gens qui les aideraient. Un médecin les attendait sur place, soit à plusieurs heures de route.

— Ne traîne pas, conclut Stefano.
— Et toi ?
— Il faut que je m'occupe de Patricio.

Gabriela acquiesça, maussade, pressée. Il surveilla la rue pendant qu'elle filait dans sa chambre. Là, elle fourra quelques affaires dans un sac de voyage, l'ordinateur et le disque dur où elle stockait les images de l'enquête. Il lui manquait la scène de Patricio, la découverte de son cadavre filmée par Stefano un peu plus tôt... Sous son matelas, cent mille pesos en liquide, sa fortune. Gabriela quitta la chambre sans se demander ce qu'elle pouvait oublier.

Stefano attendait sur le trottoir désert, près de la camionnette.

— Tu penseras à m'envoyer la vidéo de la décharge sur mon portable? lui lança-t-elle.

Toujours cette histoire de film.

— Oui.

Il ouvrit la portière pour l'inviter à prendre le volant. Les adieux furent brefs.

— Fais attention à toi, dit-il en la couvant des yeux.

— Oui.

Gabriela serra son ami projectionniste une dernière fois dans ses bras.

— À lui aussi, ajouta Stefano.

Les yeux d'Esteban étaient partis loin dans les limbes.

11

Venu des Andes, le fleuve Bío Bío marquait la frontière naturelle qui séparait jadis les colons des territoires mapuches ; Gabriela avait roulé tard après minuit, passé Concepción et le pont qui enjambait le fleuve avant de basculer vers Lota, une quarantaine de kilomètres plus au sud.

L'histoire de Lota, petite ville côtière et ouvrière, mal desservie, livrée à elle-même depuis la chute d'Allende, était celle des perdants du Chili. Lota avait donné ses hommes à la mine, des générations entières avalées par le charbon, la tuberculose et la misère. Les femmes faisaient des enfants qui grandiraient dans l'antre du loup, leurs hommes mouraient à quarante ans, syndiqués. Lota, indigène et pauvre, avait soutenu l'Unité populaire et Lota avait tout perdu : la mine ne vomissait plus ses petits, on avait puni la Peau-Rouge, vendue à des hommes d'affaires de mèche avec le pouvoir qui l'avaient pompée, creusée, exploitée, avant de l'abandonner à son sort.

Lota étalait aujourd'hui ses taudis bigarrés sur des collines rognées par les séismes ; le dernier en date avait vu un pan entier de route bitumée basculer dans le vide, emportant les bicoques de contre-plaqué qui tapissaient le bord de mer, et leurs habitants. Hormis des slogans sur les murets, il ne restait plus rien des victoires de naguère. On ne jouait plus au théâtre, gros cube de béton éventré où même les courants d'air faisaient figure de survivants.

Paco, un ancien de la mine, et ses amis syndicalistes avaient transformé la maison de maître délabrée en hôtel associatif : l'Hotel Social Club, le seul de la ville, dans le Lota *alto*. Le bâtiment, dont les trente chambres étaient souvent vides, abritait les ouvriers qui venaient reconstruire la route après les tremblements de terre, des amis de passage, de rares voyageurs ou touristes égarés. D'après Stefano, personne ne viendrait les y chercher et Paco, vieux camarade de lutte, les aiderait sans poser de question.

Gabriela grimpa les lacets qui menaient à Lota *alto* aux premières lueurs de l'aube, avant de garer la camionnette sur le parking de l'hôtel. Il y avait de la lumière en bas. Un homme sortit aussitôt du bâtiment.

— Je ne te demande pas si tu as fait bon voyage, l'accueillit Paco dans un sourire usé.

Le gérant du Social Club avait soixante-dix ans, un visage affable malgré la rudesse de ses traits, de larges épaules voûtées sous un pull informe et un air qui se voulait réconfortant.

— Merci pour votre aide, dit-elle, fourbue.

La main qu'elle serra avait charrié des montagnes.

— Ton ami, comment il va ? demanda Paco.

— Pas bien.

L'homme à l'arrière semblait dormir, le visage rouge de sang coagulé.

— Je vous ai préparé deux chambres au premier, dit-il. La literie est ce qu'elle est mais vous resterez en famille.

— Et le médecin ?

— Il habite à deux pas.

Un pâle rayon éclairait la façade de l'hôtel associatif. L'ancien mineur aida Gabriela à transporter le blessé jusqu'à sa chambre, une petite pièce à la tapisserie défraîchie, pendant que sa femme prévenait le docteur Romero de leur arrivée. Une partie de leur famille vivait avec eux mais la maisonnée était encore endormie à cette heure. Gabriela accepta un maté, ferma les rideaux tristounets et s'assit sur le bord du lit où Esteban tentait d'émerger. Un effort pénible, à voir son visage blême.

— Ça va, tête de pioche ?

Esteban leva ses doigts tordus, qui avaient doublé de volume. Un spectacle assez navrant. Ses cheveux étaient trempés de sueur, ses vêtements imbibés de sang, mais c'est surtout sa tête qui l'inquiétait – des bosses énormes dont certaines suintaient. Elle prit sa main valide dans la sienne.

— Tu te souviens de ce qui s'est passé ?

L'avocat eut une vague moue qui ne la rassura pas.

— Le docteur arrive, annonça Paco par l'embrasure de la porte.

— Merci...

Esteban avait fermé les yeux dans la semi-pénombre de la chambre. Il ne bougeait plus, de nouveau comateux. Gabriela se sentait vidée, triste et perdue. Que leur était-il arrivé ? Elle posa un gant de toilette humide sur son front, garda sa main brûlante dans la sienne.

— Je t'aime, tête de pioche, dit-elle tout bas. Tu as intérêt à tenir le coup.

Un sourire tourmenté sembla se dessiner sur les lèvres d'Esteban. Ou alors il rêvait... On toqua bientôt à la porte de la chambre. Un homme aux cheveux rares entra, peau mate, chétif, portant une mallette de cuir craquelé et un survêtement enfilé à la va-vite.

— Vous me tirez du lit, se justifia-t-il.
— Désolée.
— Docteur Romero, dit-il en serrant la main de Gabriela. Alors, voyons ça...

Le blessé reposait sur le lit, un gisant dont le plâtre n'aurait pas pris. Le médecin se pencha, observa la pupille, s'enquit des chocs reçus sans faire de commentaires. Ce n'était pas la première fois qu'il traitait des traumatismes à la tête. Il vérifia le pouls, puis la tension, déplia sa sacoche sur le bord du lit. La blessure au crâne était sévère : il nettoya la plaie avec des compresses stérilisées, inclina ses lunettes sur le point d'impact.

— Il va s'en tirer ? murmura Gabriela à ses côtés.
— Huum...

Romero réservait son pronostic. Son ami souffrait d'un traumatisme crânien, il faudrait un scanner pour savoir si des zones vitales étaient touchées, et il réagissait à peine aux tests oculaires. Sa main droite aussi avait beaucoup souffert : tous les doigts étaient brisés, certains en plusieurs morceaux. L'option d'un séjour dans une clinique semblant exclue, le médecin n'y alla pas par quatre chemins.

— Je vais lui faire une piqûre. Il dormira vingt-quatre heures. S'il ne sombre pas dans le coma, il devrait se remettre. Dans le cas contraire, c'est l'hôpital en urgence ou le cimetière.

Gabriela hésita. C'était jouer avec sa vie.

— Et sa main ?

— Pour être franc, je crains qu'il n'en perde l'usage, répondit Romero. Il faudrait faire des radios pour voir l'étendue des dégâts, l'opérer…

— Ce n'est pas possible. Pas maintenant.

— Bon… Dans ce cas je reviendrai avec des attelles. On verra ce que je peux faire. Mais c'est presque anecdotique comparé aux chocs reçus à la tête.

— Merci, bredouilla Gabriela. Merci…

— Il ne vous remerciera peut-être pas de l'avoir laissé dans cet état. Votre ami est entre la vie et la mort, mademoiselle. Sachez-le.

Son métier était de soigner les gens, pas de les laisser mourir sans assistance. Gabriela pinça les lèvres pour ne pas pleurer. Le généraliste prodigua quelques conseils d'un ton moins accusateur, promit de revenir et refusa le moindre peso. Il s'éclipsa aux premiers rayons du soleil, laissant une boîte d'antalgiques sur la table de chevet et une jeune femme désemparée. La tension se relâchait après leur longue route vers le sud. Elle tombait de sommeil mais ne se résignait pas à laisser Esteban à demi mourant. Elle caressa son visage, son front brûlant.

— Ne t'en fais pas, la rassura Paco comme s'il lisait dans ses pensées, ma femme veillera sur ton ami.

Rosita, une métisse enrobée, souriait à la porte. Des gens dévoués, des militants... Une autre époque. Gabriela marcha comme un zombi dans le couloir de l'hôtel, trébucha sur la moquette râpée qui plissait et poussa la porte de la chambre qu'ils lui avaient réservée. C'était simple, vieillot, peu lui importait. Elle ôta ses vêtements dans la pénombre des volets clos et se coula dans le lit.

Sentiment d'impuissance, peur de le perdre, la fatigue plantait ses dards sous ses paupières mais les pensées continuaient de l'assaillir. Leurs proches se faisaient tuer par un ennemi invisible, et l'homme qu'elle aimait était aujourd'hui entre la vie et la mort. Devait-elle le transférer malgré tout à l'hôpital le plus proche, au risque de le livrer aux mains des assassins? Attendre, Pénélope éperdue, son hypothétique retour à la vie? Que se passerait-il s'il mourait, là, dans cette chambre? L'idée même lui tordait la moelle. Non, il fallait qu'il vive, coûte que coûte. Esteban n'était pas une épreuve sur le chemin de son devenir *machi* : il était sa chance... Sa seule chance de sortir de ce guêpier.

Gabriela songea aux territoires mapuches, une centaine de kilomètres plus au sud de Lota, à sa tante *machi* et aux liens mystiques qui les unissaient depuis son enfance. L'étrange coïncidence. Gabriela avait quitté la communauté pour fuir son destin, écartelée entre ses racines et son envie d'étudier chez les *winka,* elle se retrouvait aujourd'hui face à son miroir. Son identité. Ses choix... Ce n'est pas le hasard qui l'avait menée là. Il y avait un sens aux choses, aux événements. Le docteur Romero ne pouvait plus rien pour Esteban, son âme s'était perdue, mais il restait sa grand-tante Ana, et ses dons de guérisseuse... La *machi* : elle seule pouvait l'aider à le ramener d'entre les morts.

Gabriela ferma les yeux, épuisée.

— Tu voulais du danger, tu es servie... Pauvre conne.

TROISIÈME PARTIE

L'INFINI CASSÉ

Atacama – 3

Elizardo Muñez avait à peine connu son père, enseveli dans sa mine, et personne n'avait été assez têtu pour s'y risquer après lui. Il y avait des filons plus sûrs, guère rentables mais qui donnaient du travail aux autochtones et, pourquoi pas, un début de semi-autonomie au peuple atacamène.

Le coup d'État de Pinochet allait rectifier leurs espoirs. Les mineurs ayant majoritairement soutenu Allende, de nouvelles lois antiterroristes leur interdirent de posséder des explosifs, les renvoyant à la pioche. Enfin, les nationalisations des richesses du pays annulées, les multinationales étrangères purent reprendre les affaires en mains. Comme d'autres jeunes sans travail, Elizardo avait quitté l'oasis d'altitude et la mine-cercueil de son infortuné père pour tenter sa chance auprès d'une de ces grosses entreprises qui, disait-on, embauchaient à foison.

Cœur aveugle de l'Atacama, Chuquicamata était la plus grande mine à ciel ouvert du monde : une cuvette de quatre kilomètres de diamètre, dont la roche entaillée jusqu'à huit cents mètres de profondeur serpentait le long des parois, d'où remontaient les camions chargés de cuivre. Une fourmilière à la poussière âcre, dont on ressortait les poumons lestés de particules.

Elizardo Muñez avait travaillé toute sa vie à Chuquicamata. La mine payait mieux que l'agriculture ou l'élevage dans les oasis perdues qu'on leur laissait, et ce n'étaient pas les terres de son père qui valaient la peine de s'échiner. Sa mère s'était tuée à la tâche – six enfants – et Elizardo ne s'était jamais marié : Chuquicamata était sa riche maîtresse, les putains d'Antofagasta sa tirelire cassée, une vie de dortoirs où les mineurs s'entassaient le plus souvent ivres morts pour oublier la dureté, la solitude.

Antofagasta était la principale ville dans le désert du Nord. Les travailleurs de la région s'y agglutinaient en semaine pour nourrir la mine, charriant leur lot de prostituées et de bars où rixes et verres cassés égayaient l'ordinaire. Labeur, abrutissement, alcool, il fallait bien un défouloir à ces damnés de la terre. La plupart des mineurs repartaient le vendredi dans leur famille, laissant la ville sens dessus dessous. Sans autre femme qu'à pratiques tarifées, Elizardo revenait rarement dans sa région d'origine. L'*ayllo* de Cupo se vidait de ses jeunes, partis comme lui à la ville, sa mère était morte, ses frères et sœurs dispersés au vent du désert.

Elizardo avait travaillé vingt-six ans dans l'antre de Chuquicamata, extrayant le cuivre dont le pays avait besoin, sans se douter que Chuquicamata dévorait ses enfants. Intoxiqué par les produits chimiques, essoré depuis la nuit des temps, Elizardo se vit affligé de troubles respiratoires et neurologiques si graves qu'on le déclara un jour inapte au travail. Autant dire à la vie. À cinquante ans, Elizardo en paraissait vingt de plus, ses poumons sifflaient comme une locomotive et il oubliait parfois le passé récent, des choses aussi anodines que son numéro de chambre, l'endroit où il avait garé sa moto, les prénoms des putes vieillissantes elles aussi.

Chuquicamata le rejetant exsangue, une prime de licenciement en guise de retraite, le mineur atacamène s'était résolu à rentrer dans son village d'altitude, l'*ayllo* de Cupo, où il ne poussait plus rien. D'une trentaine d'individus, la population avait fondu comme les glaciers andins. Il ne restait plus que les parois de sel contre la montagne, des guanacos riverains et quelques charognards qui tournoyaient dans le ciel, ces maudits *caranchos,* dont la nature perfide le rendait chaque jour un peu plus fou – il fallait être fou pour vivre seul à cinq mille mètres d'altitude...

1

Stefano était passé sur la *parilla*, mais ce n'est pas tant le souvenir de la torture à l'électricité ou la balle qu'El Negro lui avait logée dans le genou qui le faisaient souffrir, que la trahison de Manuela. Il en rêvait encore la nuit, quarante ans après les faits, sous des formes variées, jamais neutres. Combien de charges d'électricité la femme qu'il aimait avait-elle subies avant de le vendre à ses bourreaux? Lui avait-on tiré une balle dans le genou à elle aussi, pour lui apprendre à mentir?

L'ancien miriste boitait bas en rejoignant la foule massée devant le cimetière de La Victoria, comme si ses vieilles blessures se ravivaient au contact du chagrin, de la mort... Patricio... Stefano repensait à leurs discussions tardives au-dessus du cinéma, à ce monde mal fichu qu'ils remodelaient autour d'un bon plat mijoté pour lui, à son rire peu évangélique quand l'ancien guérillero lui contait ses amours au sein du MIR – «La révolution était surtout sexuelle!» l'asticotait-il. Une façon aimable de lui faire avaler la reddition de Manuela. Stefano n'oubliait pas qu'au plus fort de la répression le curé de La Victoria avait osé afficher les photos de cent dix-neuf prisonniers disparus, les premiers d'une liste qui en compterait plus de trois mille. Si les deux hommes n'étaient pas du même bord, ils étaient bien sur le même bateau... Sa mort le rendait malade.

Les carabiniers aussi avaient été choqués en découvrant le corps du prêtre dans la décharge. On s'était acharné sur lui à coups de pierre avec une hargne qui confinait à la haine. Les problèmes de drogue, de chômage et d'alcool étaient récurrents dans les *poblaciones*, mais pourquoi assassiner la personne la plus dévouée du quartier? Et le corps, pourquoi l'avoir déplacé (c'était le constat de la police)?

Le capitaine Popper et ses hommes n'avaient pas cherché longtemps les meurtriers présumés : le lendemain, les cadavres de la bande d'El Chuque avaient été découverts dans un fossé, ligotés et étouffés par leur bâillon. Règlement de comptes ou élimination des témoins. Tous les adolescents n'avaient pas encore été identifiés et leur chef ne figurait pas parmi les victimes. El Chuque était aujourd'hui le principal suspect mais il n'avait pas pu commettre ces meurtres seul : Popper penchait plutôt pour un gang organisé qui aurait liquidé la bande de dealers avant qu'ils ne se mettent à table – leurs fournisseurs probablement...

Ça ne consolait personne.

Le cimetière de La Victoria se situait à deux cents mètres à peine du poste de police; Stefano renifla en suivant le cortège, les mains enfoncées dans la veste de son vieux costume parisien. María Inés et Donata se tenaient par le bras dans l'allée fleurie, comme si le vent frêle pouvait les faire tomber. À leur âge, le deuil ne se faisait plus : elles mourraient avec. Stefano, Cristián et les sœurs n'étaient pas seuls à se recueillir près de leur ami, ils étaient des centaines à suivre le cercueil de sapin où reposait le curé, jeunes et vieux soudés par la tristesse et la colère pour rendre un dernier hommage à la figure emblématique du quartier.

Trois jours étaient passés depuis la découverte de sa dépouille dans le champ d'ordures. Stefano depuis rongeait son frein. Il avait attendu que la police ait vidé les lieux pour enterrer le chien du prêtre – le pauvre Fidel n'avait pas survécu à son maître – mais un détail continuait de l'intriguer : Toni, l'un des deux orphelins que Patricio cherchait quand on l'avait assassiné.

D'après les sœurs, Toni venait d'avoir huit ans quand lui et son frère Matis avaient pris la poudre d'escampette. Or, si l'aîné comptait parmi les victimes, aucune d'entre elles n'avait moins de douze ou treize ans... Où était passé le petit Toni ? Avait-il réussi à échapper aux tueurs ?

Un soleil opaque écrasait l'allée du cimetière quand on déposa la dépouille de Patricio dans son trou. Les yeux humides derrière ses lunettes de vue, une feuille tremblant dans sa main nervurée, sœur María Inés parlait de paix, d'amour, de miséricorde. Stefano n'écoutait pas l'oraison funèbre de la vieille dame : il ruminait, mâchoires scellées dans l'air poisseux du matin. C'était quarante ans de lutte qu'on enfouissait sous terre.

Une haine sourde lui remonta des entrailles, comme un lointain écho de sa jeunesse... du MIR.

Leurs illusions. Tous ces combats perdus qui constituaient sa vie. Mais on n'enterrait pas le passé : il lui revenait même en pleine face.

*

Si certains groupuscules anarchistes faisaient encore sauter une bombinette de temps en temps, il était loin le temps où les guérilleros du *Frente Manuel Rodríguez* prenaient pour cible les symboles de la dictature – l'attentat raté contre Pinochet, l'assassinat de Guzmán, son conseiller en matière politico-juridique. Il n'y avait plus d'armes dans les caches du MIR disséminées sur le territoire : la révolution à venir ne serait pas politique comme il l'espérait, mais technologique.

Stefano avait racheté le vieux cinéma du quartier Brazil au début des années 2000, celui où il avait trouvé refuge en fuyant la Moneda en feu. Le jeune militant y avait caché son P38 Parabellum avant de se rendre au rendez-vous fatidique. Le cinéma n'était plus qu'une friche aux vitres cassées quand Stefano l'avait acquis, mais le pistolet était toujours là, dans la bouche d'aération de la cave qui lui servait de planque, comme neuf après son séjour dans la graisse. Souvenir de guerre, relique, nostalgie d'une époque où tout n'avait pas été dévoyé, Stefano ne s'était pas résigné à s'en débarrasser…

Il était minuit dans le hall du Ciné Brazil. *Le Portrait de Dorian Gray* venait de clore la dernière séance, la version noir et blanc d'Albert Lewin évidemment, avec Hurd Hatfield et George Sanders. Près de la caisse étaient exposées ses machines argentiques, merveilles mécaniques d'un autre temps. L'entrée de la cave se situait un peu plus loin, sur la droite. Stefano alluma la lumière et descendit les marches de pierre brute, chassant quelques souris curieuses. Il faisait frais, humide, avec cette odeur qu'il n'avait jamais oubliée pour y avoir passé un mois confiné, la peur au ventre... Il dépassa l'étagère où s'entassait son fourbi, les bouteilles de vin alignées qui constituaient sa réserve, saisit le tabouret qui traînait là et le posta sous la bouche d'aération. Son genou grinça quand il se hissa. Enfin, il dénicha la boîte métallique cachée là et l'ouvrit après avoir ôté le scotch qui en scellait les bords. Son vieux P38 Parabellum baignait dans la graisse, avec des balles.

L'arme, non marquée, avait servi aux braquages du MIR avant l'avènement d'Allende. Stefano remonta à la cuisine pour nettoyer le pistolet, démonta chaque pièce avec un soin maniaque, vérifia son fonctionnement.

Il n'avait plus jamais manipulé d'armes mais ce n'est pas ce qui l'inquiétait : dans le groupe de protection du président, il n'y avait que Manuela à tirer mieux que lui.

2

« Cañete 10 km », affichait la pancarte en bord de route.

Le cœur de l'Araucanie…

Le Gulumapu à l'ouest des Andes et le Puelmapu à l'est formaient le Wallmapu, l'ensemble des territoires mapuches. Gabriela avait quatre ans quand sa famille, chassée de leur ferme argentine par une transnationale du textile, avait migré au Chili, dans la communauté de la *machi* Ana. Elle n'avait connu que ce bout de terre, quelques dizaines de maisons éparpillées dans la forêt au pied du lac Lleu-Lleu, sur les contreforts de la petite cordillère où avaient vécu leurs ancêtres. La pauvreté y était imprégnée comme l'eau à la boue, la colère omniprésente, mais sourde à la répression et aux rugissements des camions qui enflaient autour d'eux. Gabriela avait les soucis de son âge : à six ans, elle grimpait chaque soir la colline avec son père, contemplant sans le savoir cette liberté qui hantait son peuple. Chaco profitait de rentrer les animaux pour lui apprendre le mapudungun, leur langue, sans quoi rien n'existait. Il décrivait le paysage autour de leur maison, Gabriela répétait machinalement les mots pour les mémoriser, plus intriguée par les mouvements de sa baguette qui, fendant l'air, dirigeait les bêtes. Chaco était fier de ses enfants, et la plus jeune, Gabriela, avait déjà une mémoire et des dons d'observation étonnants pour son âge. La *machi* Ana l'avait vite remarquée – cette enfant n'était pas ordinaire.

Très tôt, sa tante lui avait enseigné l'Admapu, les prescriptions et coutumes de leur peuple. Elle lui avait parlé de l'intelligence de la matière qui entrouvrait le chemin de la transcendance, le franchissement des frontières invisibles que les chamanes cherchaient dans ce miroir aveugle aux yeux des *winka*, ces amputés du monde frappés de certitudes qu'ils étaient tenus de suivre le doigt sur la couture. La vieille femme lui avait appris la pensée métaphorique et cosmique de ceux à qui on avait laissé le choix entre le glaive ou la croix, leur longue résistance contre l'envahisseur, le pouvoir des *machi* qui avaient le don de communiquer avec la Terre. Elle lui avait parlé de ça et de bien d'autres choses encore, dont Ana gardait le secret pour le jour où sa jeune disciple prendrait sa suite. Oui, cette petite avait le don : celui de parler à la Terre.

Gabriela brûlait, qui d'autre le savait ?

La camionnette de Stefano peinait derrière les camions de transport de bois, plaie lourde sur l'asphalte gondolé. Absente depuis près de trois ans, Gabriela eut du mal à reconnaître le paysage ; les exploitations de pins et d'eucalyptus avaient encore gagné sur la forêt, scalpant les collines en d'édifiantes coupes claires qui défiaient l'horizon. Des rangées d'arbres monotones avaient remplacé les *espinillos* à fleurs jaunes de son enfance, visions désolées qui l'escortèrent jusqu'à Cañete, dernière ville avant le lac Lleu-Lleu.

Gabriela avait dormi une poignée d'heures à Lota, déposé un baiser sur le front enfiévré d'Esteban avant de prendre la route du sud. Un nuage noir la suivit sur le chemin de sa communauté, là où elle avait grandi et ne voulait plus vivre. Ses parents habitaient de l'autre côté de la colline, à une demi-heure de route. Elle résista à l'envie de les voir, ne croisa bientôt plus que des champs et de petites exploitations agricoles. Un cheval broutait derrière les barbelés, les cailloux ricochaient contre le bas de caisse ; Gabriela roula le long de la piste, vit l'étendue d'eau limpide qui écartelait les collines et ralentit, un peu plus écœurée. Le flanc est du lac avait été défiguré, la forêt originelle remplacée par des pins au garde-à-vous, identiques, soldats de bois d'une industrie cent pour cent *winka*...

Un paysan mapuche qui cuisait sous son chapeau la regarda passer, indifférent à la poussière rouge que soulevait la camionnette. Gabriela reconnut enfin les grands araucarias centenaires, les arbustes à fleurs, la clôture de bois au blanc écaillé et le chemin ocre qui menait chez la *machi*.

La ferme de sa grand-tante n'avait pas changé. Le vieux chalet en bois sur un terrain en pente, les clapiers, les pommiers avec lesquels on fabriquait la *chicha*, la grange branlante qui abritait la scierie ; il n'y avait ni véhicule ni engin agricole, juste quelques poules blanches en liberté dans la cour de terre battue et les chiens, compagnons ancestraux des Mapuches, qui les premiers donnèrent l'alarme. Ils étaient trois, deux frères vindicatifs et Pepita, une femelle beige aux yeux mouillés qui, comme le reste, commençait à dater.

La forêt s'étendait derrière la ferme, sur la partie préservée du lac; Gabriela remonta le terrain en pente sous l'œil hoquetant des gallinacés. Alertée par les aboiements, une femme apparut sur le seuil de la maison. Elle fit taire les chiens, jaugea l'intruse dans la lumière vive du crépuscule, la main sur le front pour mater les rayons orangés.

— C'est moi, Gabriela! lança la jeune femme en castillan.

Petite pomme fripée, la *machi* Ana portait un curieux accoutrement – de gros godillots de cuir dur, de lourds colliers d'argent et une sorte de robe de poupée rose et bleu grossièrement coupée dans laquelle son squelette paraissait flotter. Son visage s'éclaira quand elle reconnut Gabriela et elle descendit les marches branlantes du chalet.

— *Mari mari*, Ana!
— *Mari mari!*

La *machi* ne mesurait guère plus d'un mètre quarante et ses os semblaient de verre dans les bras de Gabriela. La grand-tante sentait l'alcool et la cigarette – pas de cérémonie sans offrandes –, ses petits yeux bruns enfoncés dans un visage aux ravines-fleuves. À moitié ivre, elle retenait son trop vieux dentier qui menaçait de sortir de sa bouche.

— Comment vas-tu?
— Bien, mentit l'étudiante.
— Viens, viens, entre!

Ana souriait de toutes ses rides, heureuse de revoir

sa fille spirituelle. La *machi* traîna ses godillots jusqu'au chalet, accrochée au bras de Gabriela. Son mari, un petit père aux cheveux blancs sous son sempiternel chapeau, leur adressa un signe en passant au bout du chemin.

— C'est ça! renvoya-t-elle comme un ordre. Reviens tout à l'heure!

Ana voulait rester entre femmes. Elle installa la revenante dans la cuisine, prépara le maté en prenant selon la coutume des nouvelles de leur famille. Vaisselle propre empilée sur l'évier blanc, chaises de paille autour de la toile cirée, le temps s'était arrêté dans la maison d'Ana. Le confort était minimal, eau courante, électricité et un vieux poste de télévision qui les raccordait au monde. À quatre-vingt-douze ans, la chamane de la communauté avait cinq enfants et dix-huit petits-enfants disséminés dans les collines : leur lignage se croisant, le premier échange prit un certain temps. Gabriela répondait de manière mécanique avant d'exprimer le but de sa visite. Le dentier d'Ana claquait entre ses frêles mâchoires, les années l'avaient un peu plus ratatinée sans rien changer à ses mystères.

— Je t'ai vue souvent en rêve, dit-elle bientôt. Hum, hum... souvent... hum... Après chaque tremblement de terre!

— Ah oui?

— Oh, oui! Le dernier a été terrible! dit-elle en resservant du maté dans les tasses ébréchées. L'armoire est tombée dans la cuisine, un bruit de tonnerre, maintenant toute la vaisselle est cassée!

Elle désigna le vaisselier, effectivement en miettes.

— Seules les bassines en plastique ont tenu le

choc, ajouta Ana, les yeux brillants de malice ou d'alcool. Mais c'est fini maintenant. Hum hum. Il y aura encore des répliques pendant six mois... Encore six mois! assura la *machi*.

— Si tu le dis.

Gabriela voulait faire bonne figure avant de lui parler mais le regard de la vieille femme la transperçait. Sous ses airs goguenards, elle ne semblait pas trop surprise de la voir.

— Alors, s'enquit Ana, tu es revenue pour longtemps?

— Non... Non, je suis juste de passage.

Elle baissa la tête. Le poids des catastrophes.

— Il se passe quelque chose, hum? relança la tante.

— Oui... Oui.

— Eh bien, l'encouragea-t-elle.

On entendait les poules caqueter dehors.

— J'ai besoin de toi pour soigner quelqu'un, dit enfin Gabriela. L'homme que j'aime. Esteban, c'est son nom, un avocat de Santiago, mêlé malgré lui à une histoire de meurtres. Des gens ont essayé de le tuer. Il est dans le coma depuis hier et la médecine *winka* est impuissante... Un vieil ami aussi a été assassiné, ajouta Gabriela en fixant sa tasse vide. Je ne sais pas ce qui nous arrive, mais je ne veux pas perdre un autre être cher.

La *machi* l'observait, fantôme nervuré derrière la toile cirée. Elle tritura ses bracelets d'argent sans mot dire.

— Il s'est passé des choses étranges ces derniers temps, poursuivit Gabriela. Comme... des rêves éveillés. Ou des actes inconscients... Esteban en fait partie. Je ne sais pas pourquoi, ni comment l'interpréter, mais nous sommes liés lui et moi, j'en suis sûre. Je veux dire au-delà de l'amour... Il faut qu'il vive. Son âme est malade... Depuis longtemps sans doute. Elle s'est échappée de son corps mais il faut qu'il vive, répéta-t-elle. Que je le retrouve, coûte que coûte.

Le tic-tac d'un réveil en plastique sur le meuble de la cuisine singeait les pendules d'antan.

— C'est pour ça que tu es venue? demanda la vieille femme. Pour sauver ce garçon?

— Oui... J'ai besoin de ton aide. Je suis perdue...

Une larme coula sur sa joue, la première depuis leur fuite de Santiago. Elle était tiède, avec un sale goût de désespoir. Gabriela l'effaça du revers de la main sans se sentir mieux.

— Ne t'en fais pas, soupira sa grand-tante. Le feu va passer... Demain, ajouta-t-elle. Tu viendras avec moi demain. (Sa main famélique caressa ses doigts.) Pour le *gllellipum*...

*

Guerriers de l'invisible, les *machi* étaient en relation directe avec la Terre et les esprits ancestraux. C'est ce cordon ombilical qui leur permettait d'interpréter les signes des volcans. Maîtres des symboles cosmiques et des itinéraires métaphysiques, ils pouvaient retrouver les âmes malades, restaurer le temps mythique et heureux de l'aube de l'humanité. Les *machi* inspiraient crainte, respect et aussi jalousie. Certains membres de la communauté leur reprochaient de monnayer leurs talents de chamane auprès des *winka* mais tous se méfiaient de leur pouvoir. Les femmes associées à la sorcellerie représentaient le côté noir, froid et morbide, quant aux rares *machi* hommes, revêtus de robes lors des cérémonies, ils n'étaient pas totalement considérés comme masculins, voire suspectés d'homosexualité. La grand-tante de Gabriela n'en avait cure : la misère était chronique chez les Mapuches, les racontars et les rumeurs des chiens dans la boue…

— Tu as les cigarettes ? demanda Ana.

Gabriela ouvrit le paquet pour qu'elle se serve.

Elle avait déjà assisté la *machi* lors de ses transes. Elle avait entendu les mots secrets, ceux qui abattaient les barrières entre le rêve et la réalité immédiate, ouvraient des portes vers les mondes habités par les dieux, les esprits et les morts : les mots qui guérissaient. L'âme d'Esteban avait fui son corps, errant quelque part entre la vie et la mort. C'est elle que la jeune Mapuche venait chercher sur ses terres.

Le vent du matin était frais dans la cour de la maison. Gabriela avait mal dormi, des rêves bossus, et la mixture d'Ana la réveillait à peine. Celle-ci tira trois cigarettes du paquet, qu'elle disposa sur une marche du *rewe*, le totem de bois sculpté. Il y en avait cinq, des marches comme des encoches qui menaient à une petite plate-forme où la *machi* grimpait lors des transes et tournait en défiant la pesanteur. Elle s'agenouilla, ajusta son serre-tête, un *trarilongko* d'argent, saisit le *kultrung*, le tambour mapuche, et commença à frapper en rythme.

Un *yeyipum,* la cérémonie ultime, pouvait durer trois jours, avec des prises de parole ; *le gllellipum* quelques heures seulement, selon la qualité des gens présents autour du *rewe* et le mal à traiter. Ana avait revêtu un châle, un *ükülla* rouge et noir, et un *trapelakucha*, un collier pectoral lui aussi en argent ; Gabriela s'agenouilla près de la vieille femme, qui frappait tel un métronome sur son tambour, au milieu des poules et des chiens indifférents.

La *machi* annonça le début de la séance dans leur langue, adressa quelques mots à Ngünechen, avala une gorgée de vin et se mit à chanter. Sa voix était belle et puissante, une voix de *welfache*, de guerrière soufflant sur le vent et qui chantait pourtant, lancinante. La voix du temps des âges, hypnotique. Gabriela se laissa aller et, au fil de la mélopée, lentement, se sentit partir... Les esprits l'avaient visitée toute la nuit, maintenant la voix de la *machi* la capturait : le rythme du tambour, les bouffées de cigarette qu'elle aspirait et dispersait autour de son visage raviné, les incantations, les mots incompréhensibles aux sens *winka*, le feu et la Terre qui l'enveloppaient comme une écorce, le chant qui reprenait, toujours le même, toujours plus fort, souffrance, mort, résurrection, sa tante agenouillée devant le *rewe*, la terre battue de la cour, les boucles d'argent qui s'agitaient sur son front, petite momie colorée appelant les forces telluriques, et puis le froid mordant du matin, les appels incessants des esprits protecteurs face au monstre qui approchait, museau fumant, sous les ordres du tambour. Gabriela oublia le noir sous ses paupières closes et le monde bascula.

Il n'y eut bientôt plus de poules, de chiens réfugiés sous la grange : la rosée avait coulé sur Gabriela comme un élément liquide, impondérable. La voix de la *machi* aussi avait disparu, partie sous terre réveiller quelque dieu volcan, la laissant seule avec le monstre... Gabriela fit un voyage mystique : elle n'était plus agenouillée dans la cour mais jetée dans les rouleaux de Quintay, cette nuit où elle aurait dû mourir. Elle suffoquait sous l'eau, se débattait en gestes désespérés pour échapper au courant, remontait à la surface, succession de miracles happés comme autant de goulées d'air. Elle affrontait les flots démontés sous la lune, le Monstre revenu pour elle, elle affrontait la force sombre de Kai Kai, le serpent du fond des mers qui depuis la nuit des temps s'opposait à Ngünechen. Un combat fabuleux : Gabriela se revit dans les vagues, boxée par les bras surpuissants qui voulaient l'abattre, l'attirer vers les grands fonds, la noyer. Il n'y avait pas de providence à attendre, de salut.

Un nuage blanc passa dans son esprit. Une série d'anamorphoses au brouillard aveuglant qui la tinrent en haleine.

Elle vit un âne ricanant sous des parois de sel craquelées.

Elle vit Enrique, vivant, qui mâchait de la terre.

Elle vit un homme au loin, à la cuirasse luisante.

Elle vit sa mère, Karla, embrasser un autre que son père.

Elle vit un étudiant se faire tabasser contre une porte cochère.

Elle vit Camila et son éclat de rire cristallin qui semblait se moquer de leur amour raté.

Elle vit un prisonnier nu couvert d'excréments et le rabot que lui passaient ses geôliers pour l'écorcher vif.

Elle vit les yeux d'une araignée, six, en gros plan, avant qu'ils ne partent en fumée.

Elle vit un couple aux voix désynchronisées qui n'arrivaient pas à s'entendre.

Elle vit son frère Nawuel, le *werken* du Conseil assesseur indigène, poussé de force dans un hélicoptère des Forces spéciales, le souffle des rotors chassant les vieux et les enfants.

Elle vit un désert blanc et la cité lacustre au bout de la lagune.

Elle vit Esteban tenant à la main une rose ensanglantée.

Elle vit le père Patricio et son sourire sans dents sur les papiers gras d'une décharge.

Elle vit une jolie jeune femme aux cheveux courts, en noir et blanc, qu'elle ne connaissait pas.

Elle vit la tombe de Víctor Jara et le drapeau mapuche qui flottait dans la brise d'un ciel d'été.

Elle vit sa sœur tenant son bébé et l'homme qui les caressait.

Elle vit le serpent du fond des mers, qui lui chuchotait son nom maudit à l'oreille.

Elle vit le Mal, droit dans les yeux.

Les poils de Gabriela se hérissèrent. Le noir se fit soudain : dédoublée, flottant maintenant au-dessus de la plage, esprit-oiseau, elle vit Esteban qui remontait le chemin vers le bois où ils avaient garé l'Aston Martin. Il tournait le dos à l'océan, sa GoPro à la main, la laissant seule affronter leurs démons. Son amour la trahissait. Il l'abandonnerait, à la première occasion. Leur temps s'était désaccordé. Gabriela tomba des nuées, sur le sable mouillé. Une vague plus grosse s'écrasa sur les coquillages et le Monstre réapparut, plus terrifiant encore : il la tira en arrière et la renvoya crue dans l'écume tourbillonnante.

Emportée par la lame, Gabriela fut précipitée, littéralement pressée sous les tonnes d'eau qui l'écrasaient. Un froid intense la saisit. La joue plaquée contre le sable, manquant d'air, les courants l'aspiraient par le fond. Son sang se glaça : elle était revenue à la première scène, quand elle se débattait dans les rouleaux. Elle vivait en boucle le même cauchemar. Un poids énorme comprimait sa poitrine, l'oxygène accumulé allait la faire exploser, ou la pression de l'océan. Elle sentit la mâchoire du serpent sur sa nuque, l'étau douloureux qui concassait ses os. Elle tenta de remonter à l'air libre, avec les derniers gestes inutiles des noyés, mais elle perdait pied. L'air se raréfia dans ses poumons, puis soudain le froid se dissipa.

La nuit aussi.

Un soleil crépusculaire tombait maintenant sur l'horizon.

Gabriela était de nouveau face à l'océan mais le décor avait changé : des dunes blondes se dessinaient dans les embruns, les vagues assommaient la plage vide mais la menace s'était éloignée... Une douce chaleur s'empara de son corps, pierre volcanique, repoussant le Monstre dans ses froids abysses. La peur qui l'étreignait s'envola dans la brise marine, comme un mirage. Où se trouvait-elle au juste ? Gabriela sentait une présence autour d'elle, une aura fantôme qui approchait. La chaleur ne la quittait pas, elle grandissait même... Son cœur se gonfla, sûr, puissant : la silhouette d'Esteban apparut sous la bande nuageuse. Le vent la faisait frissonner, les vagues se fracassaient sous l'horizon au crépuscule,

mais il était vivant. Elle l'avait ramené à la surface du monde.
Elle l'avait ramené d'entre les morts.

Le tambour s'était tu quand la Mapuche reprit corps avec la réalité.
Une heure avait passé, ou cinq. Gabriela se tenait toujours à genoux au pied du *rewe*. Une bruine tombait sur la cour de la ferme, où les chiens s'étaient dressés sur leurs pattes : aucun n'aboyait mais tous la fixaient, sentinelles immobiles, les yeux terrifiés…

3

Des oiseaux chantaient à tue-tête dans le jardin de l'ancienne maison de maître. Le soleil perçait les meurtrières des persiennes, une avancée de printemps passé pourtant depuis longtemps.

Esteban ouvrit un œil et reconnut la chambre où on l'avait amené, la lampe de chevet avec ses cadavres de mouches sèches, la tapisserie jaunie et à demi déchirée où son délire lui révélait des formes alambiquées – guanacos, renards, créatures ailées planant sur les volcans... L'esprit de l'apprentie *machi* venu le visiter ? Des images brouillées jaillissant pêle-mêle de son cerveau comateux ? Esteban avait la tête en feu, un calvaire à genoux qui lui tirait des migraines antiques, le jour par les persiennes comme autant de flèches dans son crâne. Un goût de chimie pataugeait dans sa bouche asséchée. Codéine. Depuis combien de temps était-il là ?

Il se souvenait à peine de son arrivée à Lota, les images et les sons s'étaient fait la malle, ne laissant qu'un esprit vide creuser sa propre tombe. Il vit sa main droite engoncée dans une attelle à plusieurs branches, ses doigts tordus, brisés, douloureux...

Dans les réminiscences comateuses qui avaient suivi l'agression, Esteban se remémorait le visage de Gabriela et lui qui s'efforçait de sourire à l'arrière de la voiture au cas où il faudrait mourir. L'étudiante lui avait sauvé la vie, elle avec qui il avait fait l'amour, chez lui, il y avait mille ans... Entre les deux il y avait eu le meurtre d'Edwards, celui du père Patricio, la cervelle de Grazón qui mouchetait le mur carrelé de sa salle de bains, le regard de Luis dans la cuisine qui cherchait encore à s'excuser alors qu'on allait le tuer, l'expression de terreur sur son visage quand la brute l'avait abattu de sang-froid...

Un bout de plâtre se détacha du plafond, tombant sur la moquette en accordéon de la chambre. Les morts se relevaient, et venaient frapper aux portes. Esteban vivait par séquences, des bout-à-bout arrachés au néant, quand un éclair noir le frappa. Un souvenir effrayant jaillissait de son cerveau : cette nuit à Quintay, sur la plage, le trou noir dont ils étaient sortis hagards et amnésiques... Un flash insensé venait de remonter à sa conscience, un monde fantasmagorique, parallèle, où il voyait Gabriela se jeter dans les vagues énormes : ou plutôt *il se voyait la filmer*, sa caméra à la main, alors que l'écume la submergeait. Des images refoulées, sinistres.

Esteban eut un moment de panique. C'était comme s'il avait filmé sa noyade... Quelle idée horrible... Mais il n'avait pas rêvé. La robe de Gabriela était moite quand ils s'étaient réveillés, ses cheveux pleins de sable. Elle s'était bien baignée cette nuit-là... L'avait-il poussée à se perdre dans les rouleaux? Avait-il tenté d'assassiner la seule femme aimée?

Les oiseaux chantaient derrière les persiennes de

la chambre. Esteban ne savait pas s'il retrouverait un jour l'usage de sa main, jusqu'où son instinct se chargerait de tout anéantir autour de lui, le temps qui lui restait à vivre : il ferma les yeux comme s'il ne devait plus les rouvrir.

4

Le monticule d'ordures s'épanchait au-delà du pare-brise, derrière le grillage défoncé et les remugles de terre sale. Le curé s'était rendu seul à la décharge de La Victoria, et ne s'était pas méfié : Stefano si.

Il assura le cran de sûreté, glissa le P38 sous sa veste de daim élimée et poussa la portière de la voiture louée plus tôt. Pas un chat à l'horizon : Stefano marcha vers le no man's land, le moral comme les nuages sur la barre d'immeuble... Labyrinthe de béton ouvert à tous les vents, le bâtiment constituait un refuge idéal pour la bande d'El Chuque qui, en cas de descente de police, pouvait facilement s'échapper : ça pouvait aussi être une planque pour le petit Toni.

Stefano dépassa le tas de déchets qui trônait au milieu de la décharge, la plaque de tôle ondulée et les bouts de ferraille nécrosés disséminés çà et là, pénétra enfin dans l'immeuble désaffecté, sur le qui-vive. Le vent courait dans les couloirs humides. Il explora le rez-de-chaussée, guère aidé par la lumière du jour, sans détecter aucun signe de vie. Le projectionniste grimpa l'escalier, arpenta les étages avec précaution, découvrit bientôt les vestiges d'un squat au quatrième : couvertures, sacs de couchage, réchauds, casseroles, boîtes de conserve... Le campement d'El Chuque et sa bande avant leur massacre ?

Il y avait des chaussures parmi leur barda, dont plusieurs paires appartenaient à des enfants...

— Toni ?

Sa voix rebondit sous les voûtes, en vain. L'immeuble semblait désert. Ou Toni jouait à l'anguille avec lui. Stefano rebroussa chemin, dans l'expectative. Le gamin avait dû vider les lieux de peur de finir comme son frère, rejoindre d'autres *cartoneros* dans une banlieue voisine où il sauverait sa peau...

Un ciel plombé l'accueillit sur le terrain vague, l'odeur chassant tout être civilisé. Stefano observa une dernière fois la décharge, comme si un indice allait jaillir de terre. Il y avait juste ce tas de détritus dont les ailes souillaient la brise, les sacs plastique accrochés dans les angles, ce sol trempé où ses chaussures pataugeaient. Un rat zigzagua entre les rebuts. Puis deux. Trois... Ils n'avaient pas peur de lui, vaquant à leurs occupations comme s'il n'existait pas. De gros rats bien nourris. Stefano surmonta son dégoût pour l'espèce honnie et, du regard, suivit les rongeurs dans le réseau olfactif que constituait pour eux la déchetterie. Plusieurs de leurs congénères furetaient un peu plus loin, autour d'une carcasse de Lada défoncée. Trouée de rouille, elle ne valait pas le déplacement chez le ferrailleur, mais les rats la trouvaient à leur goût puisqu'ils en avaient fait l'entrée de leur repaire.

L'un d'eux se dressa à son approche, plus méfiant que menaçant, avant de reprendre sa ronde affairée.

Stefano eut alors un mouvement de recul : un des rongeurs venait de s'échapper de la carcasse en tenant quelque chose dans sa gueule et il aurait juré qu'il s'agissait... d'un doigt. La phalange d'un doigt humain.

Non, tenta-t-il de se convaincre, la vieille peur reptilienne le faisait dérailler. D'autres rats couinaient cependant sous la ferraille... Stefano empoigna le Parabellum, ne tenant pas à affronter ces bêtes à mains nues, de la voix chassa les rongeurs qui curieusement s'éloignèrent. Les plus téméraires se tinrent à distance respectable, attendant qu'il déguerpisse. Stefano rangea son arme et s'accroupit, suspicieux. Il ahana dans le matin gris, repoussa avec peine l'armature de rouille et, après un moment de stupeur, expulsa son petit déjeuner.

Le corps d'un homme était caché sous la ferraille, ou plutôt ce qu'il en restait – les yeux, les entrailles avaient été dévorés par les rats, un festin de chair sous une veste de survêtement rouge elle aussi taillée en pièces. On devinait cependant des cicatrices sur la peau du visage, des marques plus anciennes : ce n'était pas Toni, l'horrible cadavre qui lui mâchait les tripes, mais El Chuque.

Le temps passa sans lui, sans les rats repus, farandole d'épouvante dans le matin blême, sans même l'odeur d'eau croupie qui empuantissait les lieux : trop choqué pour réfléchir, l'estomac retourné, Stefano reflua sans remettre la carcasse en place – à quoi bon.

El Chuque nourrissait les rats. Il pourrissait dans le ventre de la décharge, depuis de nombreux jours à en croire l'état de décomposition du cadavre. El

Chuque n'était donc pas l'assassin de Patricio : il avait déjà été liquidé.

Stefano palpa le pistolet sous sa veste, l'œil acéré. L'immeuble désaffecté, les chemins de boue qui ne menaient nulle part, le ciel bas sur l'étendue morne : Stefano gardait une impression de vide trompeur. Il allait retourner à la voiture quand un détail l'arrêta. Il avait plu cette nuit, une pluie battante contre la vitre qui avait rythmé son insomnie, or il n'y avait pas d'eau sur la tôle ondulée à terre : aucune rigole stagnante.

C'était une plaque de deux mètres sur un mètre cinquante. Même usée par les intempéries, elle valait son poids de pesos chez le ferrailleur... Stefano s'agenouilla en gardant le dos droit pour ne pas achever ses vertèbres, repoussa la tôle au prix d'un bref effort et tomba nez à nez avec un enfant. Le visage d'un gamin qui le fixait depuis son trou, effaré.

Stefano laissa choir la plaque sur le côté comme si elle était brûlante. L'enfant n'était pas seul sous terre : ils étaient une dizaine entassés là, des gosses serrés les uns contre les autres, aussi pâles et crasseux que le jour.

— N'ayez pas peur, les rassura-t-il aussitôt, je suis un ami du père Patricio. N'ayez pas peur...

Les enfants voulurent reculer mais ils étaient déjà acculés aux parois. Depuis quand étaient-ils terrés là ? Leurs paupières clignaient à la lumière pourtant faiblarde du matin. Ils n'avaient pas d'armes, que des réserves d'eau dans un jerrican et des gâteaux à l'huile de palme qui ne calmeraient pas leur faim.

— Sortez de là, les petits, je ne vais pas vous manger ! dit-il pour les encourager.

Stefano arborait son meilleur sourire mais les gamins continuaient de le fixer comme un ogre. Ils étaient sales, couverts de poux et bientôt de vermine s'ils restaient à croupir dans ce trou.

— Qui est Toni ? leur lança-t-il.

— Moi...

Cheveux noirs et raides, Toni était l'aîné, le responsable des petits frères, ceux qui n'avaient pas encore eu le droit d'entrer dans la bande et qu'on chargeait des pires travaux – ramasser les cartons, les plastiques dans les poubelles. Toni remonta à l'air libre, bientôt suivi par le reste de la troupe.

— Pourquoi vous vous cachez ? demanda Stefano. Vous avez peur de qui ?

Toni, bouille noire, garda un silence obstiné. Les visages se crispaient dans son dos.

— Vous savez qu'El Chuque est mort, les relança-t-il, que toute la bande a été décimée... C'est pour ça que vous vous cachez ? Parce que vous avez peur ?... Dites-moi ce qui s'est passé.

Les enfants tenaient leur langue mais ça ne durerait pas – deux ou trois mentons tremblaient sous la bise, prêts à fondre en larmes.

— Vous avez peur de qui ? insista Stefano. Hein ? Dites-moi...

Le plus petit se mit à pleurer. C'était plus fort que lui. Stefano s'accroupit pour être à sa hauteur, prit ses mains noires dans les siennes. Un filet de morve stagnait sous son nez.

— Je te protégerai... Je vous protégerai tous,

assura-t-il au gamin. Mais dis-moi ce qui vous effraie.

Des larmes coulaient sur les joues du garçonnet. Stefano le regarda dans les yeux.

— C'est qui ? Hein ? Qui te fait peur comme ça ?

Les autres guettaient sa réponse, apeurés.

— Daddy, lâcha-t-il entre deux sanglots. C'est Daddy qui a tué tout le monde...

— Oui ! relaya un autre gamin.

— Oui ! Il a tué tout le monde ! Avec ses hommes !

Les langues se déliaient dans la foulée du premier aveu.

— Ils ont tué Matis et la bande ? demanda Stefano. El Chuque aussi ?

— Oui ! Et le vieux curé !

Le cœur du projectionniste battit un peu plus vite.

— Qu'est-ce qui s'est passé ? souffla-t-il. Vous étiez présents ?

Toni acquiesça nerveusement.

— On était cachés. Mais les grands étaient là, avec Daddy. Le curé est arrivé alors que Daddy et ses hommes récupéraient l'argent de la drogue. Daddy a tué le prêtre, et après ils ont embarqué les grands. On n'osait pas bouger tellement on avait peur ! C'est après qu'on a retrouvé nos frères morts, dans un fossé...

— C'est pour ça que vous vous terrez dans ce trou, pour échapper à Daddy et ses hommes ?

— Oui... Oui.

Les plus petits avaient improvisé une cachette sous une plaque de tôle, de peur de finir dans le ventre des rats... Les gosses reprenaient des couleurs en dépit de leur frayeur.

— Qui est Daddy ? demanda Stefano.
— C'est le chef !
— Quel chef ?
— Le chef des carabiniers, dit Toni. C'est lui Daddy !

Stefano blêmit. Popper. L'homme qui avait massacré Patricio à coups de pierre.

*

Si la mort suspecte de quelques jeunes de banlieue n'avait jusqu'alors pas défrayé la chronique, les médias avaient fait leurs choux gras du meurtre du curé de La Victoria, figure historique du quartier.

Les adolescents retrouvés étouffés dans un fossé proche de la décharge n'avaient pas arrangé les choses. Éclatement des repères familiaux, délinquance, drogue, homicides, le commandant Domingo avait sermonné les carabiniers. La police chilienne ne badinait pas avec la criminalité et son supérieur avait mis la pression sur le capitaine Popper : il avait intérêt à étoffer son rapport, avec une piste sérieuse pour éradiquer les trafics, calmer la presse avide de sensations et les huiles qui lui demandaient des comptes. Bref, le chef des carabiniers avait pris un savon. Un moindre mal, se disait-il en gagnant sa voiture...

— Bon bowling, chéri ! lança Guadalupe avec son air de poisson rouge.

Sa femme lui faisait signe depuis le perron du pavillon, la tête déjà à son feuilleton télé... Alessandro Popper s'était marié vingt ans plus tôt avec elle, Guadalupe Delmonte, rencontrée un soir de beuverie avec ses futurs collègues, et il l'avait gardée à la maison puisque c'était sa place. Guadalupe était la sœur d'Oscar Delmonte, un élève-officier autrement plus brillant qui ferait carrière dans les douanes. Guadalupe, hanches larges et seins lourds, n'était pas une beauté mais elle avait du répondant au lit et un père haut gradé dans la police à l'heure de la Concertation : sorti bon dernier de l'école de police, Popper avait alors besoin d'un sérieux piston. S'il s'était vite lassé des hanches de jument de la fille, Delmonte père l'avait placé chez les carabiniers pour une carrière lente mais évolutive, sans savoir qu'il échouerait à La Victoria. « Ce quartier de merde. » Popper ne pouvait pas encadrer cette *población*, qui le lui rendait bien.

Il habitait un lotissement de l'autre côté du pont autoroutier qui délimitait la banlieue rebelle, après la décharge où cet imbécile d'El Chuque avait tenté de le blouser. Le carabinier avait quarante-neuf ans, une vingtaine d'hommes sous ses ordres, dont la moitié était aussi corruptible qu'une banque d'investissement. Alessandro Popper avait bien compris que l'époque était à l'enrichissement personnel, mais La Victoria lui bouchait la vue sur la montagne – celle du fric, que les entrepreneurs locaux et leurs caniches politicards ramassaient à la pelle. Jusqu'à ce barbecue de Noël dans la famille de sa femme... Oscar, son beau-frère, l'avait toujours considéré comme un raté congénital, au mieux avec une condescendance narquoise : sa proposition de collaborer à l'écoulement de la dope avait d'abord surpris Alessandro, puis il avait compris que c'était la chance de sa vie... Popper jouait tout dans cette affaire, son travail, sa retraite, son pavillon, Guadalupe et l'estime de son père qui l'avait pistonné.

Le policier ruminait ses pensées en atteignant sa voiture, une Peugeot achetée d'occasion qu'il changerait bientôt. Il vit alors le mot coincé sous l'essuie-glace. Un billet écrit à la main, truffé de fautes d'orthographe, qu'il déplia et lut à la lumière du réverbère.

« Je sui le frère de Matis. Voyon nous se soir à la décharge. Cé pour la drogue. »

Popper relut le mot, incrédule. D'où sortait ce morveux ? Et comment avait-il eu son adresse ? Il ne savait pas que l'éphémère successeur d'El Chuque à la tête de la bande avait un frère, mais ce dernier avait pu le suivre, ou repérer sa voiture quand il passait devant la décharge en rentrant du commissariat – le lotissement était à moins de deux kilomètres.

Matis avait-il dit à son frère qu'il était aussi « Daddy » ? El Chuque avait-il constitué un trésor de guerre, qui était passé de main en main ?

Le policier n'hésita pas longtemps : il avait une arme dans la boîte à gants de la Peugeot et il ne pouvait pas laisser un témoin pareil dans la nature…

La nuit tombait derrière le pare-brise. Même la lune était cachée par l'immeuble désaffecté. Popper s'engagea sur le chemin bouillasseux, les phares balayant les ombres au rythme des suspensions fatiguées. Il dépassa une sorte de mare verdâtre où baignait de l'huile de vidange, évita un nid-de-poule et se gara à hauteur du tas d'ordures.

Le carabinier coupa le contact de la Peugeot, attendit quelques secondes, scrutant les alentours.

Quelques gouttes de pluie s'écrasèrent sur la vitre. Le frangin devait l'attendre plus loin, au squat de la bande de dealers. Popper vérifia son arme, la nicha dans la poche de son gros blouson de cuir, empoigna sa lampe torche et poussa la portière.

Le ciel, d'un violet presque crémeux, l'accompagna vers l'immeuble de béton. Il entendait de légers bruits autour de lui, comme des rats qui furetaient, frémit en songeant au cadavre d'El Chuque qui pourrissait sous une carcasse... Guidant ses pas à la lueur de la torche, Popper aperçut enfin une silhouette à l'abri de la pluie : un mioche en survêtement avec des chaussures trouées qui ressemblait à Matis, ou au souvenir qu'il en avait. Réfugié à l'entrée du bâtiment, le gamin semblait sur ses gardes. Popper garda la main dans la poche de son blouson, serrant la crosse de son Glock.

— C'est toi le frère de Matis ? lança-t-il en approchant.

Le petit brun grelottait sous son abri de béton, comme prêt à déguerpir.

— Oui, dit-il d'une voix à peine audible.

Le carabinier baissa sa lampe pour ne pas l'effrayer : encore quelques pas et il avait le morveux à portée de main. Dix ans à peine, une gueule noire comme sortie d'une mine.

— Tu voulais me voir ? dit-il d'une voix douce.
— Oui...
— Alors, c'est quoi cette histoire ? Hein ? Comment tu t'appelles ?

Popper dépassa le pilier et soudain entendit le cliquetis d'un chien qu'on arme, là, dans son dos.

— Mets ton autre main dans la poche de ton

blouson, ordonna une voix d'homme. Sans toucher à ton arme. Au premier geste brusque, je te jure que je te fais sauter la tête.

La voix se situait à un mètre, derrière son épaule gauche. Popper songea à défoncer le type d'un coup de pied dans le ventre, sentit en une fraction de seconde la présence qui se rapprochait, fit volte-face et reçut un terrible coup à la tête.

*

Quand Popper rouvrit les yeux, il était allongé sur une chape de béton et le sang ne circulait plus dans ses poignets. Le carabinier cligna des paupières devant la lampe à gaz qui l'aveuglait. La tête lui brûlait. Il voulut se redresser mais les vertiges et ses mains liées réduisaient sa motricité à celle d'un morse sur la grève. Se dégageant de la lumière à force de jurons, il parvint à se caler contre un pilier, haletant. Il était dans une pièce de l'immeuble abandonné, seul face à un homme aux cheveux blancs qui le fixait comme une martre l'écureuil.

Alessandro Popper mit quelques secondes avant de reconnaître le projectionniste. L'ami du curé. Il avait une vieille pétoire à la main et le regard du type qui savait s'en servir. Le salaud l'avait assommé sans prévenir, lui qui savait se battre, il s'était fait piéger comme un bleu, et se retrouvait maintenant à la merci du vieux gauchiste.

— Tu as encore une chance de t'en tirer, dit Stefano d'une voix trop calme.

— Pas toi, menaça Popper entre ses dents. Tu sais ce qu'il en coûte de s'en prendre à un policier ?

— «Daddy», c'est ça? Te fatigue pas à nier, les petits m'ont tout raconté. Ceux que les grands protégeaient : Toni, le petit frère de Matis, les autres…

Le visage du *paco* se figea dans la lueur blafarde.

— C'est quoi ces conneries?

— C'est toi qui as tué le père Patricio, dit Stefano d'un ton neutre. Et Patricio était mon vieil ami…

Popper sentit le mauvais coup. Personne n'entendrait ses appels dans ce bâtiment désaffecté et loin de tout, il était bien placé pour le savoir. Il voulut se redresser mais Stefano le repoussa du pied.

— Maintenant la règle est simple, Popper : ou tu réponds à mes questions ou tu pourris ici, avec les rats… J'étais avec Allende à la Moneda le jour du coup d'État, ajouta-t-il d'un air rogue, ne me prends surtout pas pour un agneau.

Stefano releva le chien du Parabellum.

— Tu fournissais la cocaïne à la bande d'El Chuque : le but était d'inonder la *población*?

Popper vit dans ses yeux que ce malade était capable de le descendre.

— Non… Non, répondit-il, la bande était censée dealer dans le centre-ville sous couvert de *cartoneros*. Y a pas d'argent à La Victoria pour la coke. Mais cet abruti d'El Chuque en a refourgué dans le quartier, un lot qu'il a volé pendant la coupe sans savoir qu'elle était pure.

— Alors tu l'as liquidé…

Popper cherchait une issue parmi les couloirs humides.

— Et le père Patricio? (Stefano braqua le P38 sur l'œil gauche du flic.) Hein, pourquoi tu l'as tué? Réponds!

— Il nous est tombé dessus alors que les dealers récupéraient de nouvelles doses, plaida-t-il mollement. C'était pas prémédité.

— Mais tu l'as tué à coups de pierre pour diriger les soupçons vers El Chuque, qui nourrissait déjà les rats de la décharge. Puis toi et tes hommes avez massacré les autres, devenus des témoins gênants.

Un silence glacé passa entre les murs de béton, seulement perturbé par le souffle de la lampe à gaz. Popper cherchait toujours un moyen de fuir. Il n'aimait pas la voix du type.

— Qui te fournit la cocaïne? relança Stefano.

— Putain, je prends les enveloppes pour la boucler, c'est tout, grogna-t-il. J'ai pas posé de questions parce qu'ils donneraient pas de réponses!

— Qui?

— Je te dis que j'en sais rien : les types m'ont jamais donné leurs noms, que des pseudos à la con!

La sueur coulait sur le visage adipeux du flic. L'odeur de la peur.

— Tu mens, Popper... Dis-moi qui te fournit la coke.

Les yeux du *paco* vaguaient toujours dans l'obscurité de l'immeuble.

— Tu ne t'échapperas pas, prédit Stefano, pas sans mon accord... On va passer un marché tous les deux : tu me donnes le nom de tes fournisseurs et je te laisse filer, ou je t'abandonne aux rats avec une balle dans chaque genou.

Il visa la rotule gauche.

— Putain d'enculé...

— Dis-moi le nom de ceux qui te refilent la came

et tu es libre de partir, répéta Stefano sans baisser la garde. Tu as ma parole. Alors ?

Popper réfléchit une poignée de secondes. Il se méfiait du vieux communiste, de son marché de dupe, seulement il était coincé dans ce maudit cube de béton, fait comme un de ces putains de rats, et l'autre allait l'estropier.

— Porfillo, lâcha-t-il comme on mord.
— C'est qui ?
— Le chef de la sécurité du port de Valparaiso.
— C'est là qu'arrive la cocaïne ?
— Faut croire.

Stefano sonda le regard du tueur. Valparaiso était la plaque tournante du commerce maritime, le chef de la sécurité bien placé pour fermer les yeux sur certains containers.

— Ce Porfillo, il a des complices ?
— Je sais rien de plus, fit Popper.
— Comment tu le connais ? Réponds !
— C'est pas moi qui le connais, c'est mon beau-frère.
— Son nom... Son nom ! siffla Stefano, le doigt pressé sur la queue de détente.
— Delmonte...
— Lui aussi est à Valparaiso ?
— Oui.
— Il fait quoi là-bas ? cracha Stefano à sa figure blême. C'est quoi son rôle ?
— Douanier... Il est officier des douanes, au port.
— Ses autres complices ? Hein, qui sont les autres complices ?
— C'est tout ce que je sais, je le jure. Je suis qu'un intermédiaire. Rien du tout ! C'est la vérité ! Écoute,

tout le monde a besoin de fric, justifia Popper. Je ne pouvais pas savoir que cette dope tuerait des gens. C'est El Chuque qui a merdé, asséna-t-il pour se disculper. Je t'ai dit tout ce que je savais, maintenant laisse-moi partir.

Porfillo, Delmonte, le port de Valparaiso : Stefano avait enregistré les informations... Il fit signe au carabinier de se relever.

— Bouge ton gros cul.

La lune se levait au-dessus de la décharge. Popper sortit le premier de la barre d'immeuble, les mains toujours liées dans le dos. Un tronçon d'autoroute passait au loin, derrière le serpent des rails de sécurité dont il ne distinguait à peu près rien dans la nuit. Il fit quelques pas sur les bouts de carton éparpillés autour du monticule, épicentre de toutes les puanteurs. Le vieux gauchiste le suivait, l'arme braquée sur lui. La lumière des astres l'aida à se repérer. La Peugeot était là. Stefano émit un bref sifflement, qui se perdit sur le terrain vague... Une silhouette apparut alors, un enfant crasseux qui avança timidement vers eux. Un autre gamin lui emboîtait le pas, sorti d'on ne sait où. Popper se tourna vers le projectionniste.

— Allez, le pressa-t-il, libère-moi, qu'on en finisse.

Stefano chercha les clés de voiture dans sa poche. Les enfants de la décharge étaient maintenant une demi-douzaine, d'autres affluaient encore. Popper pivota sous la lune, reconnut le frère de Matis entrevu plus tôt. L'appât.

— Libère-moi ! feula-t-il.

Stefano ne broncha pas. Le cercle des gamins se resserrait.

— Tu as donné ta parole que tu me laisserais partir ! protesta-t-il.

— Mais tu es libre de partir, Daddy...

Popper eut un regard furieux qui se transforma en haine. Ce fils de pute s'était foutu de lui. Il n'allait pas le relâcher mais le laisser comme ça, les mains liées dans le dos. Stefano désigna un des enfants des rues, qui se tenaient à distance.

— Celui-là s'appelle Toni, dit-il d'une voix glaciale. C'est le frère de Matis, celui qui t'a sucé la bite en pleurant... et que tu as étouffé, avec les autres.

Popper s'agita. Les Serflex entaillaient ses poignets, maintenant en sang, et la salive lui manquait. Une bouffée d'angoisse tétanisa ses jambes.

— Je te donnerai de l'argent, s'empressa-t-il. Cinq cent mille pesos, c'est ce qu'ils m'ont donné comme avance ! Ramène-moi et je te les donne tout de suite : cinq cent mille !

Les gamins de la décharge étaient sans armes mais une lueur étrange perçait entre leurs paupières cernées de noir.

— Regarde leurs yeux, *Daddy*... Regarde comme ils ont faim.

L'ogre recula mais il était encerclé. Il ne voulait pas comprendre, pas encore. Popper tourna sur lui-même à mesure que le cercle se rétrécissait, vieux lion décati assailli par les hyènes. Il proféra des menaces qui ne leur faisaient plus peur : Toni se baissa pour ramasser une pierre, bientôt imité par son voisin, puis un autre...

— Non ! Non, attends !

Stefano venait de grimper dans la Peugeot. Il enclencha la première et fit une embardée sur le terrain vague. Popper fonça tête la première vers la voiture qui s'échappait, voulut ouvrir la portière en hurlant, une tentative désespérée : il bascula tête en avant et mordit la poussière, au milieu des pouilleux.

5

Esteban divaguait dans la chambre de l'Hotel Social Club, soûl d'antalgiques. Son retour à la vie s'était soldé par de brèves rechutes, des remords, comme si les images refoulées de cette nuit à Quintay le poursuivaient depuis ses abysses, mais les mots prononcés par le tueur entre deux coups de marteau restaient gravés dans sa tête : le Plan Condor.

Les sbires de Pinochet avaient éliminé les sympathisants d'Allende de la manière la plus sauvage, mais les cadavres criblés de balles qui jonchaient les rues de Santiago avaient choqué la communauté internationale ; tirant les enseignements du coup d'État chilien, la junte de Videla qui prendrait le pouvoir trois ans plus tard en Argentine avait fait de l'enlèvement, la liquidation et la disparition des opposants le fer de lance de son système répressif, niant ainsi toute implication dans les meurtres de masse – les fameux « disparus » d'Argentine, estimés à trente mille personnes[1]. Les meurtres extraterritoriaux du Plan Condor suivaient le même procédé,

---

1. Voir *Mapuche*, Série Noire, 2012.

effectif des mois plus tôt après la réunion secrète des dictateurs sud-américains à Valparaiso, sous l'égide de Pinochet. Même si un groupuscule fantoche avait revendiqué l'attentat de Buenos Aires, Edwards se doutait que son père Arturo avait été assassiné dans le cadre du Condor.

Esteban savait que son ami avocat avait été torturé *in utero* dans le stade de Santiago, que sa mère avait été libérée après l'assassinat de son mari loyaliste en Argentine. Cet amour paternel fantôme lui manquait comme la main aux amputés. Depuis toujours Edwards avait cherché des figures tutélaires compensatoires – Víctor Fuentes, son beau-père, Adriano même parfois. Edwards taisait ses angoisses sous son masque d'avocat méritant et stylé, mais Esteban avait entendu les cris qu'il poussait dans son sommeil, ces terreurs nocturnes que leurs silences masculins au matin ne dérangeaient pas, tous ces mots que les deux étudiants croyaient ne pas devoir se dire sous prétexte qu'ils étaient hommes et amis. Son inconscient, une trouille verte qui puait la moisissure des murs aphones.

Le puzzle commençait à se mettre en place dans sa tête meurtrie. Bien sûr, ce n'était pas les tromperies de Vera qui avaient provoqué la déroute émotionnelle d'Edwards : il avait eu affaire à une personne liée au Plan Condor, qu'il avait croisée à la garden-party... Schober ? Le tueur aux verrues avait prononcé ce nom chez Luis Villa.

Si ses vêtements avaient disparu, le contenu de ses poches était réuni sur la table de chevet : un téléphone à carte, ses clés de voiture, des billets de banque, et la liste des invités chez ses parents. Esteban voyait double en déchiffrant l'identité des convives, mais le nom de Schober figurait parmi eux : Gustavo Schober.

Esteban n'attendit pas le retour de Gabriela à l'Hotel Social Club pour entamer les recherches.

*

La *machi* avait écouté le récit de Gabriela de longues heures, révélant les forces telluriques qui s'étaient affrontées en elle lors de sa métempsycose. La journée s'était étirée jusqu'au soir où, épuisées, les deux femmes avaient dormi jusqu'à midi, avant de partager un dernier repas dans la cuisine branlante du chalet. Quitter la communauté était toujours un déchirement : Gabriela avait serré la vieillarde chiffonnée contre sa poitrine – se reverraient-elles un jour ? Ana l'avait accompagnée à la barrière de la ferme, suivie de ses chiens de nouveau guillerets, agitant ses breloques en signe d'au revoir, sûre que l'âme de son ami *winka* était revenue guérie de son voyage cosmogonique. Mais la *machi* aussi avait vu des choses lors du *gllellipum*... Elle parlerait à la Terre – la petite en aurait besoin...

Après deux jours hors du temps, Gabriela revenait à Lota et l'hôtel associatif où l'attendaient les amis de Stefano. Étaient-ce les esprits des volcans rameutés par la *machi*, les étranges visions qui l'avaient traversée durant la transe, les soins du docteur Romero ou l'obstination d'Esteban à survivre ? Gabriela avait appris son rétablissement par un message de Paco sur son portable, presque sans surprise.

Le soleil déclinait sur la petite ville minière ; elle

grimpa la corniche sans un regard pour l'océan qui montrait les dents en contrebas. Des enfants chichement vêtus virent la camionnette contourner la Plaza de Armas, des Indiens ou des métis pour la plupart qui prenaient l'ombre sous les oliviers. *Empanadas*, confiture, avocats, fruits, épices, herbes aromatiques, elle avait même trouvé du poisson frais au marché – pour le pisco, il attendrait...

On ne devinait pas, devant l'allure paisible du vieux médecin de famille, ce que le diable d'homme avait traversé dans sa jeunesse. Guillermo Romero avait été interne à l'hôpital militaire de Santiago où s'entassaient les blessés du coup d'État. L'un d'eux, franco-chilien, avait reçu une balle à la tête et venait de décéder quand Stefano avait rejoint la chambre, son genou fraîchement opéré. Romero connaissait le jeune militant du MIR, ils avaient grandi dans le même quartier, partagé les mêmes bancs d'école. Au vu de son passeport français, les putschistes avaient autorisé le transfert de la dépouille d'Hugo Vásquez-Moraux à l'ambassade. Romero découpant son plâtre et le bourrant de morphine pour supporter le voyage en brancard, Stefano avait revêtu les habits du défunt et le bandage ensanglanté qui recouvrait sa tête. Le médecin ne risquait pas tant sa vie pour un copain d'enfance que pour sa jeune « assistante », Leslie, amante et sympathisante socialiste réfugiée chez lui. Stefano méconnaissable, le trio avait quitté l'hôpital en ambulance avant de rejoindre l'ambassade de France au nez et à la barbe des militaires qui en bloquaient les accès. Là, après des semaines d'angoisse et de tractations, le « décret

504 » de Pinochet avait fini par expulser les gêneurs, désormais condamnés à l'exil.

Leslie était morte vingt ans plus tard dans le sud de la France d'un banal accident de voiture, et Guillermo Romero était rentré à Lota pour finir ses jours près de sa famille. C'est ici qu'il avait connu Paco.

Prévenus de son retour, les deux hommes accueillirent Gabriela avec des nouvelles rassurantes : son ami avocat allait mieux et, malgré sa main droite fracturée, naviguait depuis le matin sur Internet.

— Vous êtes des anges! fit-elle en leur donnant l'*abrazo*.

— Oh non! s'esclaffèrent-ils de concert.

Les ouvriers riaient dans la salle du restaurant après leur journée de travail ; la Mapuche déposa les courses à la cuisine commune, salua les femmes qui s'escrimaient là et grimpa les marches quatre à quatre. La chambre à l'écart où on avait installé Esteban donnait sur le jardin de l'ancienne maison de maître. Il avait dormi près de trente-six heures, connaissait maintenant tous les chants des oiseaux derrière les persiennes et les heures où Rosita venait changer ses pansements. Gabriela le trouva alité devant son ordinateur, vêtu d'un tee-shirt au bleu passé, la main empêtrée dans une attelle à cinq branches. L'avocat avait le teint pâle, le crâne recousu et un sourire de moribond mais ses lèvres étaient toujours aussi appétissantes. Elle écrasa un baiser sur sa bouche.

— Comment ça va, tête dure?
— Mieux. Et toi?

Un nuage bleu pétrole voilait son regard. Gabriela

l'embrassa encore. C'était bon de le revoir, son visage, ses paupières, son petit nez, tout lui manquait.

— Tu as faim ? Je t'ai trouvé du poisson frais au marché, Rosita est en train de le préparer.

Elle envoya valser ses ballerines sur le parquet, s'assit au bord du lit, inspecta son crâne amoché en ironisant. D'après Paco, Gabriela était partie quelques heures après leur arrivée, sans plus de précisions.

— Tu étais où ? demanda-t-il bientôt.

— En vadrouille, éluda l'étudiante, penchée sur l'ordinateur allumé sur le lit.

Elle vit la mine patibulaire d'un militaire au visage grossier, les yeux légèrement rapprochés, une photo noir et blanc qui semblait dater.

— C'est qui ?

— Le type qui m'a cassé les doigts, dit-il sobrement.

L'Internet dont disposait l'Hotel Social Club de Lota rappelait le vingtième siècle mais Esteban avait fini par retrouver sa trace dans les archives du Plan Condor mises en ligne par l'avocat paraguayen. Le visage du tueur était plus jeune, moins affaissé, mais le regard de hyène croisé chez Luis Villa était le même : Jorge Salvi, d'après la fiche, né le 12 mai 1949 à Valparaiso, un agent de la DINA spécialisé dans la fabrication de faux passeports et documents nécessaires aux agents du Condor. Schober aussi était présent dans les archives, sous le nom d'Eduardo Sanz, capitaine de la Marine rattaché à la DINA – aucun doute possible, malgré les années écoulées.

Gustavo Schober avait fait fortune dans le business maritime dans les années 1980 : il possédait notamment les eaux territoriales sur la côte nord, une flotte de bateaux de pêche et une usine de transformation de poissons à Antofagasta, ainsi qu'un terminal sur le port de Valparaiso.

— Ça ne te dit rien ?

Gabriela enregistrait les données mais Esteban avait un temps d'avance.

— Non, quoi ?

— Luis parlait de lots de cocaïne cachés dans des poissons congelés, dit-il. Schober a la logistique pour acheminer la drogue jusqu'au port de Valparaiso, le terminal pour la débarquer...

Gabriela fixait l'écran, songeuse.

— Ça voudrait dire que les deux affaires sont liées, celle de La Victoria et les meurtres ?

— Tout le laisse penser... Sauf qu'en l'état seule une photo d'archives vieille de quarante ans révèle le passé criminel de Schober, ajouta Esteban, qui avait déjà réfléchi au problème. On n'a aucune preuve de son implication dans les meurtres d'Edwards et Luis. Quand bien même sa participation au Plan Condor serait avérée, avec une armée d'avocats et en faisant traîner les choses, Schober s'en sortirait avec un *mea culpa*.

— Et le type qui t'a cassé les doigts, Salvi ? rétorqua Gabriela. Tu as quand même été témoin d'un meurtre.

— Salvi aussi a dû falsifier son identité : pour le moment ce type n'est qu'un fantôme... Mais j'ai peut-être une piste pour Schober.

Esteban cliqua de sa main gauche, ouvrit le site sélectionné. D'après l'édition en ligne d'un magazine économique, Schober venait de monter un joint-venture avec Cuxo, une multinationale américaine d'exploitation et de prospection minière, créant sa propre entreprise, Salar SA. L'avocat connaissait bien le sujet pour avoir défendu des mineurs : accaparés à soixante-dix pour cent par les transnationales étrangères, les concentrés de minerais étaient traités en dehors du Chili, qui rachetait le produit fini après une forte plus-value de ces mêmes sociétés, lesquelles ne payaient pas ou peu de royalties...

— Quel rapport avec les morts de La Victoria ? demanda Gabriela.

— Je ne sais pas, dit Esteban. Mais Edwards a pu travailler sur le projet minier de Schober et le partenariat avec Cuxo, la multinationale US.

— Il ne t'en a pas parlé ?

L'avocat secoua la tête. Rosita toqua alors à la porte de la chambre : les *ceviches* étaient prêts...

Ils se lièrent vite d'amitié avec Paco et sa famille, des gens qui ne faisaient pas de manières. Une aide précieuse vu les circonstances, dont l'ancien mineur faisait peu de cas – ils avaient connu la clandestinité des sympathisants de gauche, Stefano était un vieil ami du docteur Romero et ils n'avaient pas besoin d'en savoir plus. Les discussions allaient bon train dans la grande cuisine où Rosita et ses sœurs avaient préparé trop de plats. Rassérénée par leur présence, Gabriela ne dit pas à Esteban ce qu'elle avait vécu chez la *machi*. Lui non plus n'évoqua pas les images ressurgies de sa mémoire, le sentiment de honte et d'effroi qui l'accablait. L'appel de Stefano à l'Hotel Social Club les précipita dans un tourbillon.

*

— Popper ?!
— Je n'ai pas eu le choix, fit Stefano.
Sa voix avait changé, Gabriela ne le reconnaissait plus.
— Mais enfin... qu'est-ce qui s'est passé ?
— J'ai retrouvé les petits de la bande, dit-il, ceux que les grands protégeaient à leur manière. Ils m'ont tout raconté. Popper aussi, par la force des choses : le meurtre de Patricio, le deal. Dans tous les cas, c'est lui et ses hommes qui écoulaient la cocaïne à La Victoria, avec El Chuque dans le rôle du marchand de mort. Il y a surtout d'autres complices : un certain Porfillo, le chef de la sécurité du port de Valparaiso, et aussi Delmonte, un flic de la douane, qui doivent récupérer la drogue en transit... Ça vaudrait le coup d'aller voir.

Il y eut un blanc dans le combiné.
— Attends... Attends, je te passe Esteban.

Il se tenait près d'elle, qui avait mis le haut-parleur du téléphone.
— Stefano, écoute... Je crois qu'on tient le responsable de tout ça : Schober, un industriel qui a participé au Plan Condor. Un des tueurs a prononcé son nom devant moi quand j'étais chez Luis. Schober a fait fortune dans le business maritime, il a notamment une flotte de navires pour acheminer la drogue jusqu'à Valparaiso, et un terminal sur le port... Edwards voulait m'en parler, quand ces salopards l'ont assassiné. Je ne connais pas encore tous les tenants et aboutissants mais Schober est mêlé à l'affaire, j'en suis sûr. Et ta piste confirme que le port de Valparaiso est l'épicentre du trafic : Schober a des

bureaux là-bas, sa résidence principale, des hommes à ses ordres…

Valparaiso, où avait été imaginé le Plan Condor, Valparaiso où la Marine aux ordres de Pinochet avait fait des manœuvres avant le coup d'État : Stefano vivait à rebours.

— Tu as des preuves de tout ça ? demanda-t-il.

— Mon témoignage, autant dire rien du tout, fit l'avocat. Je ne connais pas le nom de mes agresseurs et ça m'étonnerait qu'ils figurent dans les fichiers de la justice.

— Ton copain Luis était quand même policier.

— Ça ne les a pas empêchés de l'abattre de sang-froid… Tout le monde était sur écoute, Edwards, Luis, moi, d'autres personnes peut-être. Un réseau de surveillance suffisamment élaboré pour être réactif quasiment en temps réel. Schober n'est pas seul, il a une équipe de pros derrière lui, des tueurs, des spécialistes de l'espionnage électronique et des complices jusque dans la police. On ne peut plus avoir confiance en personne. Il va falloir se débrouiller seuls.

Après ce qu'il venait de vivre avec le chef des carabiniers, Stefano se voyait mal le contredire.

— Ils savent peut-être où vous êtes, réalisa-t-il alors. Un mouchard quelconque a pu vous localiser.

— Si c'était le cas, il y a longtemps qu'ils seraient venus me liquider.

— Oui… Sans doute.

L'avocat était le seul témoin des meurtres. Raison de plus pour se tenir loin de Valparaiso.

— Vous feriez mieux de rester planqués à Lota, dit Stefano. Au moins le temps de te remettre.

— Ha ha, pour ça n'y compte pas trop! lâcha Esteban dans un petit rire sans joie.

Ils étaient pris dans les barbelés.

*

Minuit sonna dans l'appartement du Ciné Brazil. Près du poêle, Anita Ekberg prenait un bain de nuit dans une fontaine romaine. Stefano était assis dans la cuisine, regardant le P38 posé sur la table comme s'il était responsable de ses actes. Trop de colère accumulée sans doute, d'innocents et d'espoirs assassinés. Le logement semblait vide sans Gabriela, partie avec l'avocat. Il venait de les avoir au téléphone. La tension retombait, contrecoup des derniers événements, et il ne savait trop quoi penser. Stefano se sentait vieux, usé, une sculpture de métal abandonnée sous la pluie. Il n'avait pas dit ce qui s'était passé dans la décharge, juste que Popper était mort après avoir avoué les meurtres et le trafic. Mais Esteban avait raison : tout venait de Valparaiso.

Des nuages troublaient la lune par la fenêtre de la cuisine. Stefano gambergeait dans le silence de la nuit, le regard perdu sur le vieux pistolet. L'avocat était hors course même s'il s'en défendait, Gabriela consignée avec lui à Lota. Stefano ne pouvait pas les laisser comme ça. Il devait stopper Schober et ses tueurs avant qu'ils ne les retrouvent. Car la petite était en danger avec Esteban, beaucoup plus qu'elle ne l'imaginait. Stefano savait qu'elle partirait un jour du cinéma, comme les enfants nous quittent, mais ses sentiments s'étaient cristallisés depuis le décès de Patricio. Gabriela était son esprit-fille, son espoir après la mort, l'ADN d'un autre futur pour son pays. Il n'avait pas su protéger Manuela à l'époque : il ne pouvait pas perdre une deuxième fois la femme qu'il aimait le plus au monde.

Il décida d'aller à Valparaiso, dès le lendemain. Une fois là-bas, il verrait quelle option serait la moins mauvaise.

Incapable de dormir, Stefano prépara un sac de voyage, y glissa le Parabellum et les munitions, quelques affaires de première nécessité. Une petite araignée brune déroulait son fil depuis l'abat-jour de la lampe 1900 posée sur le secrétaire de la chambre. Il chercha sur Internet et trouva plusieurs photos de Gustavo Schober, plus ou moins récentes, celles d'un septuagénaire au physique avantageux, les cheveux gris ramenés en arrière, qui lui sembla familier... Où l'avait-il croisé ? Une photo notamment datait du début des années 2000, lors de l'inauguration de l'usine de transformation de poisson à Antofagasta : Stefano observa de longues secondes le visage glabre de l'homme d'affaires, ses traits réguliers, et son cœur lentement se serra.

Un rideau de larmes l'aveuglait après qu'El Negro lui avait démoli le genou dans le bureau de la Villa Grimaldi, mais le visage était resté net dans son souvenir. Le jeune officier qui avait passé un savon à la brute, l'homme qui par humanité l'avait sauvé en l'envoyant à l'hôpital, c'était lui : Gustavo Schober.

6

Port mythique des cap-horniers du Pacifique Sud jusqu'à l'ouverture du canal de Panamá, Valparaiso avait failli être rayé de la carte après le tremblement de terre de 1906 qui avait dévasté la moitié de la ville. Les riches avaient rebâti leurs maisons sur les collines, les autres s'étaient accrochés à ce qu'ils pouvaient. Régulièrement, les incendies continuaient de ravager les quartiers pauvres, mal raccordés, mais avec ses *cerros* aux maisons colorées entassées contre les flancs pentus des collines, ses ruelles baroques, ses graffitis subversifs et ses funiculaires d'un autre temps, Valparaiso restait la plus belle ville du pays.

De petits bus intrépides se faufilaient dans le trafic, toujours intense le long du port de commerce ; Stefano dépassa les échoppes des marchands ambulants, joua du klaxon et gara la voiture de location dans un parking souterrain proche de la mer. Il remonta à pied à l'air libre, un ticket en poche.

Il était midi à l'horloge de l'hôtel de ville, vaste bâtiment bleu et blanc dont l'architecture rappelait l'époque coloniale. L'esplanade pavée donnait sur l'avenue grouillante où les trolleys bigarrés chassaient les piétons imprudents. Stefano enfonça les mains dans les poches de sa veste en daim, traversa sur les passages cloutés en prenant garde aux chauffards sans pitié pour son genou d'éclopé. Il avait laissé le P38 dans le coffre de la voiture, au fond du sac. Un simple repérage pour le moment.

L'accès au port de commerce était bloqué par de hautes grilles acérées. D'après les infos d'Esteban, le terminal 12 appartenait à Schober. Stefano marcha jusqu'au petit port de pêcheurs accolé au monstre industriel – des milliers de tonnes étaient débarquées chaque jour des porte-containers et autres vraquiers géants qui accostaient les quais. Le ciel était bleu au zénith, le vacarme de la circulation moins oppressant aux abords des chalutiers. Quelques marins recousaient les filets après leur matinée en mer, une cigarette à la bouche, sans un regard pour les bateaux flanqués de bouées orange qui promenaient les touristes dans la baie. Stefano acheta un *empanada* à l'une des boutiques qui longeaient le port de pêche, s'assit sur un banc où il pouvait surveiller le ballet ininterrompu des camions devant les grilles. Trois grues gigantesques alimentaient les remorques depuis les ponts des navires, leurs containers empilés comme des cubes défiant la pesanteur. Il pensait toujours à l'officier de la Villa Grimaldi, au chemin sordide qui les réunissait aujourd'hui... Une mouette stoïque attendait près du banc, l'œil oblique. Stefano lui lança un bout de son chausson aux épinards, guère fameux, que le volatile avala d'un coup de bec avant de s'envoler comme si on pouvait le lui chiper. Aucun véhicule privé n'entrait ou ne sortait du port de commerce, seulement des camions chargés de marchandises.

Stefano quitta le banc où soufflait l'air marin, se dirigea vers la guérite du gardien qui filtrait l'accès aux quais et demanda comment accéder aux bureaux du terminal 12.

Le type, un petit gros au nez de tapir, l'accueillit d'abord avec méfiance.

— On peut pas entrer avec sa voiture par ici, répondit-il, c'est réservé aux camions! Pour les bureaux, faut aller à l'autre bout du port, du côté de la plage de San Mateo!

— Ah bon?

— Eh oui! Vous avez un passe ou une accréditation?

— Non...

— Alors c'est pas la peine, mon vieux! rétorqua le gardien, goguenard. C'est tout privé, le port de commerce!

Ça semblait lui faire plaisir. Stefano avait parfois du mal à comprendre ses contemporains.

— M. Porfillo, dit-il, c'est toujours lui le chef de la sécurité?

— Bah, oui, je crois, pourquoi?

— Vous pouvez m'indiquer ses bureaux?

— Pareil! Les bureaux, c'est de l'autre côté! Mais sans passe, c'est mort!

Stefano salua le type à la grille sans lui tordre le nez, performance qui le renvoya au parking souterrain. Il lui fallut vingt minutes pour trouver une place près de la petite plage de San Mateo, dix de plus pour repérer la sortie des employés du port.

Il y avait peu de passage sur le trottoir, étroit et frôlé par la circulation. Stefano se planta près de la grille blanche : une vingtaine de voitures étaient garées dans la cour intérieure, des motos, au pied d'un grand bâtiment blanc où se concentraient les bureaux. La brume commençait à tomber sur la baie. Stefano se demandait si Schober, Porfillo ou Delmonte étaient là, derrière une des fenêtres qui tapissaient les étages. Le temps passa, plein de gasoil. Il observa les allées et venues, faisant son possible pour paraître naturel sur le trottoir, jusqu'à ce qu'une silhouette distinguée apparût derrière la grille électrique : celle d'un homme de taille moyenne aux cheveux gris qui s'engouffra bientôt dans une BMW noire rutilante. Les vitres étaient teintées mais Stefano eut le temps de reconnaître Schober.

Il traversa l'avenue sous un tonnerre de klaxons, trottina sans ressentir de douleur au genou jusqu'à sa voiture garée plus loin. Par chance, Schober resta bloqué un moment à la grille avant de s'engager sur la deux voies. Stefano démarra dans son dos et, forçant le passage au nez d'un minibus, prit le véhicule en chasse.

Des picotements grimpaient au bout de ses doigts, son cœur battait plus vite. Le trafic le long de la mer était trop dense pour se faire repérer et il n'avait pas peur, ni de Schober ni de ses hommes. Il s'attendait à rouler en accordéon pendant un moment, mais la BM mit bientôt son clignotant et bifurqua vers une petite rue sur la gauche. Stefano ralentit à son tour, suivit la berline allemande au milieu d'une haie de palmiers et, gardant ses distances, la vit s'engouffrer par la grille d'une villa. Celle de Schober probablement : on distinguait une terrasse derrière les feuillus, avec une balustrade de bois blanc dominant le jardin...

Stefano poursuivit sa route sur la portion d'asphalte qui ne menait nulle part : la rue aux palmiers donnait accès à deux autres villas de standing et un piton rocheux haut d'une trentaine de mètres. Un cul-de-sac.

*

Un soleil blanc perçait la brume sur la baie, même les couleurs des maisons sur les collines s'étaient éteintes.

Gustavo Schober observait la vue depuis la terrasse à l'étage, anxieux. Si le meurtre de Grazón n'avait fait qu'un entrefilet dans les journaux, comme celui du flic des narcotiques, retrouvé mort chez lui dans « des circonstances encore non élucidées », le fils Roz-Tagle restait introuvable depuis sa fuite. Porfillo assurait qu'aucun nom n'avait été prononcé durant son interrogatoire mais il avait fait allusion au Plan Condor, l'imbécile. Maintenant, l'associé d'Edwards s'était échappé avec une piste qui pouvait mener jusqu'à eux. La menace était réelle : que se passerait-il si Roz-Tagle retrouvait Porfillo dans les archives du Condor ? S'il remontait le fil de leur passé commun ?

— Ta valise est prête ! lança Andrea depuis la chambre à coucher.

Gustavo aperçut la silhouette de sa femme derrière les voilages blancs à demi tirés. Andrea préparait ses valises quand il partait en voyage d'affaires. Quand ils partaient en vacances aussi, d'ailleurs.

— Merci, chérie, dit-il en repoussant les rideaux qui voletaient sur la terrasse.

Gustavo suivit les gestes ménagers de sa femme, si parfaitement orchestrés. Andrea était un sacré brin de fille quand il l'avait repérée parmi les autres. Vingt ans, le bel âge, disait-on. Il la regardait différemment aujourd'hui. Sa peau d'abricot s'était naturellement ternie, la jeunesse avait migré vers d'autres femmes, elle s'était un peu épaissie avec la ménopause et se montrait sexuellement moins disponible, mais il ne l'aimait pas moins : ses yeux faisaient toujours pâlir les étoiles, lui qui aimait tant briller pour elle.

— Tu dois me trouver un peu vieillot, non ? fit-il en approchant.

— Pourquoi tu dis ça ?

— Après tout ce temps, je ne sais toujours pas m'occuper de ma valise.

— Tu oublies toujours quelque chose, justifia Andrea. Et puis ça me fait plaisir.

Elle mentait. Gustavo était un homme de la vieille école : il n'aurait jamais songé à changer les couches des enfants, donner le bain, les amener chez le pédiatre ou le dentiste. Elle releva la tête, croisa l'expression de son visage.

— Quelque chose qui ne va pas ?

— Non… non.

Juste un brusque accès de tendresse, que Gustavo ne s'expliquait pas. C'était la millième fois qu'ils se quittaient, pourquoi ce sentiment de vulnérabilité ? La menace qui pesait sur lui le rendait plus sensible aux choses. Ou alors il se sentait vieillir. Un air nostalgique flotta dans la chambre à coucher. Le tableau face au lit japonais, la coiffeuse, sa boîte à bijoux, la commode où elle rangeait ses jolis dessous, tout était pourtant à sa place.

— Tu t'inquiètes pour cette histoire dans le Nord ? relança Andrea.

— Non... non, assura Gustavo, pas spécialement.

Il avait encore deux achats de terre à finaliser. Ce n'était pas le moment de partir en voyage d'affaires mais les vendeurs de la région étaient des ploucs qui signaient les papiers de la main à la main, refusant tout chargé de pouvoir, et l'enjeu était trop gros pour qu'il repousse l'opération.

Andrea contourna le lit *king size* et approcha. Ils se connaissaient par cœur.

— Tu peux me parler, tu sais.

— Oui, je sais.

— Alors ?

Il haussa les épaules.

— Bah, rien, ce voyage me barbe, c'est tout... Je dois me faire vieux.

Ils avaient six ans de différence. Andrea le dévisagea, guère convaincue. Gustavo lui souriait, dans son rôle de mâle dominant. L'occasion de tester ce qu'il avait dans le ventre.

— Pour tout te dire, tu as oublié le cadeau de mariage l'autre jour, fit Andrea. Tu sais que je n'y attache pas d'importance, mais c'est la première fois en bientôt quarante ans.

Ses yeux s'agrandirent, ondes sur le lac.

— Mon Dieu... Écoute, ma chérie, je suis confus...

— Qu'est-ce qui se passe, Gustavo ? enchaîna-t-elle sans faire grand cas de ses effusions. Ça fait une semaine que je t'observe : tu as la tête ailleurs. Même devant la télé.

— Je suis désolé... Pour ton cadeau, je me rattraperai, je te le promets.

— Je m'en fiche, je t'ai dit. Je préférerais savoir ce qui te met dans cet état.

Andrea s'était faite à lui, à son rôle de femme organisatrice de sa vie domestique. Il la regardait comme un gamin pris en faute.

— Alors ?

— J'ai… j'ai comme un mauvais pressentiment, avoua-t-il. Une sottise sans doute. Mais je n'arrive pas à m'en débarrasser. Comme un mauvais rêve le matin…

— Je croyais que tu rangeais ce genre d'intuition dans la case « histoires de bonne femme ».

— Eh bien, tu vois, il n'est jamais trop tard pour changer ! dédramatisa-t-il, un brin macho.

Andrea savait qu'il ne lui disait pas la vérité. La baratinait-il pour couvrir une passade, une aventure avec une autre femme ? Elle ne se faisait pas d'illusions, escort girls, entraîneuses, putes, son industriel de mari fréquentait d'autres filles, qu'on lui mettait le plus souvent dans les pattes pour honorer un contrat. Avait-il une maîtresse, une femme plus jeune susceptible de la remplacer ? Andrea surveillait sa ligne, après cinquante-cinq ans les années comptaient double, mais elle ne pouvait pas lutter contre une fille de trente ou quarante ans.

— Tu ferais mieux de te détendre, dit-elle.

— Bien sûr.

— Ton avion est à quelle heure, déjà ?

— Six heures trente.

Andrea prit la main de son mari et la posa sur sa poitrine – leur code quand elle avait envie de faire l'amour.

— Ça nous laisse encore un peu de temps, non ?

Il lui souriait, cette fois-ci pour de bon. Andrea poussa la valise et l'attira sur le lit. Elle savait faire jouir son mari sans se forcer, ça le détendrait peut-être...

De fait, quand ils se rhabillèrent vingt minutes plus tard, Gustavo plaisantait sur la fréquence de leurs rapports. Andrea noua sa cravate. C'est vrai qu'ils ne l'avaient pas fait depuis longtemps, qu'il ne devrait jamais y avoir de routine, que le temps assassin jouait contre tous les couples de la terre. Enfin, elle l'accompagna jusqu'au perron de la villa. Cinq heures de l'après-midi. La voiture attendait au pied des marches, moteur ronronnant sous ses vitres fumées. Busquet prit la valise de son patron et la nicha dans le coffre de la BMW, direction l'aéroport.

— Bon voyage! lança Andrea, radieuse dans le soleil déclinant.

Gustavo Schober sourit à sa femme mais il n'avait pas envie de la quitter. Toujours ce sentiment de perdition, qui revenait en trombe malgré le bon moment de tout à l'heure... Que lui arrivait-il? Il fit un pas vers Andrea et l'embrassa comme s'ils n'allaient plus se revoir.

*

Muni de jumelles inamovibles à cent pesos la minute, le promontoire du rocher jouissait d'une vue «imprenable» sur la baie et le port de Valparaiso. Il dominait surtout le pan de colline où Schober avait sa villa. Stefano se mêla aux touristes chiliens et étrangers qui se frictionnaient en riant de la brusque chute de température liée à la brume. Elle avait envahi l'océan, réduisant les bateaux de guerre à des maquettes pour grands enfants.

« *Apaga tu tele, vive tu vida*[1] », disait le graffiti peint sur un mur. Un kiosque vendait des glaces à quelques pas de là, tenu par une grosse dame à la toque de papier blanc. Près du muret, sa propre paire de jumelles en mains, Stefano ne tarda pas à localiser la propriété, à environ deux cents mètres à vol d'oiseau. Un bon poste d'observation. La villa, en partie cachée par la végétation, était tournée vers la mer : on apercevait un bout du jardin, immense et boisé, une partie du toit et de la terrasse supérieure, deux volets ouverts au rez-de-chaussée. Il n'y avait qu'un voisin au-delà du mur d'enceinte, une belle maison de maître en cours de rénovation... Stefano espionna les allées et venues, donna le change aux touristes qui l'entouraient.

Sa veste de daim commençait à prendre l'humidité. Quelques chalutiers indolents sur une mer d'huile, des pélicans en piqué sous le regard impavide des pêcheurs au bout du ponton, la brume et toujours aucun signe de vie dans la villa de l'industriel. Le temps passa, élastique. La fraîcheur se faisait plus corrosive pour ses vieux os mais son genou le laissait tranquille. Les touristes frileux avaient déserté le promontoire, comme le soleil derrière les nuages. Stefano acheta une crêpe au sucre à la grosse dame, nota enfin un mouvement dans le jardin luxuriant : la BMW noire entrevue ce midi vint se garer devant les marches.

Schober apparut bientôt sur le perron, portant un

1. « Éteins ta télé, vis ta vie. »

costume clair et une valise à la main. Une femme l'accompagnait, qu'il prenait par la taille tout en conversant. Le chauffeur était un jeune aux cheveux ras qui, vu la carrure, devait être aussi son garde du corps; il s'empara du bagage et le déposa dans le coffre pendant que l'homme d'affaires embrassait sa femme : une brune, de dos dans sa focale. Stefano se concentra sur sa cible. Gustavo Schober adressa un dernier signe d'au revoir, grimpa à l'arrière de la berline aux vitres teintées et disparut de son champ de vision...

Les mouettes planaient sur le piton rocheux qui dominait la baie. Schober était parti avec son chauffeur et ne rentrerait pas de sitôt à en croire sa valise, laissant sa femme seule dans la villa... Stefano réfléchit un moment avant de passer à l'action. Il n'avait de toute façon plus rien à perdre.

*

Le soir déclinait doucement sur Valparaiso. De l'autre côté de la baie, les lumières de Viña del Mar s'allumaient une à une, perçant la brume du Pacifique. Andrea sortit vaporeuse d'un bain à l'huile d'argan, vêtue d'une simple tunique à motifs mapuches. Son arrière-grand-mère avait paraît-il connu la « Pacification de l'Araucanie » à la fin du dix-neuvième siècle, une guerre ethnique où on coupait les seins des femmes, les oreilles, le sexe des hommes, témoignages rémunérés en vue d'un blanchiment accéléré du territoire. De l'histoire ancienne qu'on prenait pour du folklore...

— Vous avez encore besoin de moi, Madame?

— Non, c'est bon, Sonia, vous pouvez y aller ! lança Andrea depuis le grand escalier du hall.

L'employée de maison avait rendez-vous ce soir avec un galant – ou encore un de ces machos prêts à se fendre d'une soupe aux *mariscos* sur le port pour lever la soubrette et l'abandonner à ses casseroles sitôt consommée. Andrea descendit les marches de bois peint, les joues encore brûlantes après son moment de détente, puis se rendit dans la cuisine pour prendre un en-cas, bien suffisant quand elle dînait seule. Originaire de la région, Gustavo avait acheté la villa d'un haut dignitaire de l'État, quatre cents mètres carrés au sol et trois hectares de jardin où soufflait le bon air de l'océan. Andrea repensait à ce que son mari lui avait dit avant de partir, à son malaise quand ils s'étaient quittés : c'était comme s'il avait peur de quelque chose, ou de quelqu'un, comme s'il recherchait chez elle une sorte de protection maternelle. Ce côté petit garçon ne lui ressemblait pas. Gustavo avait des soucis – de gros soucis. Et en faisant l'amour avec lui tout à l'heure, Andrea avait bien senti qu'aucune femme n'était derrière tout ça. Ses affaires dans le Nord paraissaient louches, avec ses coups de fil nocturnes et ses silences embarrassés. Andrea ne s'occupait pas de son business, elle vivait dans une prison dorée depuis trop longtemps pour avoir encore le goût de s'échapper.

On sonna alors à la grille de la villa.

*

Un antique canon en fonte braquait un Pacifique vide d'ennemis. La petite plage de San Mateo s'étendait au bout du port de commerce, où de molles vagues berçaient le crépuscule. Il faisait plus frais avec le vent de la mer, les vendeurs de *churros* avaient tiré les rideaux de fer sur les boutiques. Porfillo marcha vers la jetée désertée après les heures chaudes de la journée, dépassa le canon rouillé des conquistadores et descendit les marches qui menaient à la plage.

Le chef de la sécurité ruminait depuis des jours, et le coup de fil qu'il venait de passer à Santiago n'avait pas arrangé son humeur de chien. Il faut dire qu'il avait sacrément merdé avec Roz-Tagle. Non seulement Porfillo avait parlé du Plan Condor devant l'avocat, mais il avait prononcé le nom de Schober... Il ne l'avait pas avoué au boss pour ne pas l'alerter, pour se couvrir aussi. Il préférait se dire que le *cuico* avait l'esprit trop accaparé par la douleur, que le patronyme de Schober lui avait échappé, qu'au pire ça n'impliquait que des crimes oubliés par l'Histoire. Mais si Porfillo n'en avait pas parlé à son vieux complice, c'est qu'il n'était pas si sûr de son coup...

Un drapeau rouge claquait dans la brise quand l'ancien agent de la DINA atteignit la plage – baignade interdite toute l'année. Porfillo ne vit d'abord personne devant la mer, que de l'écume moutonnant à la traîne, avant d'apercevoir les deux hommes à l'ombre de la jetée : Carver, le hacker yankee, et Delmonte, du bureau des douanes, qu'il tenait à voir d'urgence et sans témoins. La thèse du suicide tenait toujours pour Edwards même s'il y avait un petit lieutenant teigneux sur l'affaire, la mise en scène de Carver aussi avait l'air de prendre (les flics avaient retrouvé l'ordinateur de Luis Villa branché sur un site pédophile près de sa dépouille : meurtre crapuleux, vengeance privée, la police attendrait d'en savoir plus avant de communiquer sur cette très mauvaise publicité), mais il y avait un problème qui concernait directement Oscar Delmonte : Daddy. Ou plutôt Alessandro Popper, son beau-frère et chef des carabiniers de La Victoria, un des intermédiaires chargés d'écouler la coke dans la capitale. D'après ses sbires, Popper avait disparu de la circulation.

— Comment ça, disparu ? grogna Delmonte.
— Son téléphone ne répond pas et on a retrouvé sa voiture calcinée sous un pont d'autoroute, expliqua Porfillo d'une voix rauque. Ouais, appuya-t-il devant le regard incrédule du douanier, Popper ne s'est pas présenté à son poste ce matin, personne ne sait où il est, ni sa femme ni ses hommes... En clair, ton beauf s'est volatilisé.

Delmonte sortit les mains des poches de son costard tape-à-l'œil, la mine contrariée. Près de lui, un mètre quatre-vingt-dix, poils roux et peau blanche, Carver ne disait rien. Il pouvait espionner plusieurs cibles à la fois, sous tous les supports électroniques imaginables, monter des coups tordus comme avec le petit flic pédé qui passait son temps sur des sites de rencontres, pas faire réapparaître des hommes de chair et d'os.

— Tu crois quoi ? demanda Delmonte, l'œil sombre.
— Que Popper s'est fait descendre.
— Par qui, putain ?!
— Je sais pas, fit Porfillo en grattant ses verrues. Les carabiniers ont lancé des recherches mais pour le moment ils n'ont aucun témoin. Ni piste.

— Un officier de police ne disparaît pas comme ça, merde ! jura Delmonte.

— Faut croire que si.

Carver se taisait toujours à l'ombre de la jetée – ces foutus Chiliens avaient un accent à couper au couteau. Le policier des douanes était furieux après son abruti de beau-frère, d'autant que c'est lui qui l'avait mis sur le coup. Le portable de Porfillo retentit alors dans la poche de sa veste. C'était Durán, depuis la plate-forme de surveillance.

— Quoi ?! aboya le chef de la sécurité.

— Il y a quelqu'un chez Schober, dit-il, un ouvrier de la voirie. Sa femme l'a laissé entrer mais le type est louche. J'ai vérifié : il n'y a pas de travaux en cours dans le secteur.

7

Stefano n'avait pas repéré de gardien à l'entrée de la villa, juste une caméra de surveillance et le sigle d'une agence de sécurité avec alarme et réponse armée vingt-quatre heures sur vingt-quatre. Son plan restait risqué. Il pouvait y avoir d'autres mouchards à l'intérieur de la maison, des chiens, voire un garde ou des employés de maison, comme celle qui venait de partir. Enfin, sauf dans le cas peu probable où la femme de Schober ne conduisait pas, le garage devait abriter une voiture : c'est avec elle que Stefano comptait ressortir de la propriété. La brune entrevue plus tôt au bras de Schober le suivrait, de gré ou de force…

Les palmiers prenaient le frais dans la brume du soir. Stefano se présenta à la lourde grille, revêtu des habits de travail achetés plus tôt dans une boutique du centre, la casquette enfoncée sur la tête. Braqueur de banques à l'époque du MIR, ce n'était pas la première fois qu'il se grimait. Ses mains étaient moites, le Parabellum coincé sous la veste blanche, chargé. Il sonna une nouvelle fois. Des bus hurlaient sur l'avenue de bord de mer, tout au bout de la rue en cul-de-sac ; on répondit enfin à l'interphone, une voix de femme qui s'avéra être celle de Mme Schober.

Stefano se fit passer pour un employé de la voirie : il y avait un problème d'écoulement des eaux dans le voisinage, une avarie dans les tuyauteries souterraines qui pouvait causer des dégâts dans tout le quartier...

— Vous devez avoir un bout du jardin inondé, non ? lança-t-il sous l'œil panoptique.

— Le jardinier n'est pas là, répondit la voix, repassez demain.

— Pas recommandé ! s'ingénia-t-il. Avec les infiltrations dans le secteur, il y a des risques d'éboulement ! C'est du sérieux, madame ! Si vous voulez, en cinq minutes c'est réglé !

Un moment hésitante, Andrea Schober consentit à le laisser entrer. Stefano baissa la tête sous la caméra de surveillance, passa la grille électrique et remonta l'allée en épiant les alentours. Pas de chien méchant patrouillant sous les frondaisons, ni de garde armé : la chance était avec lui. La femme de Schober attendait en haut des marches, un châle brodé sur les épaules. Stefano songeait à la meilleure façon de la convaincre de le suivre. Au pire il la bâillonnerait : Santiago n'était qu'à une heure et demie de route et personne ne les verrait entrer par la porte de service du Ciné Brazil. Son pas ralentit à mesure qu'il découvrait les traits d'Andrea Schober. Une jolie femme de soixante ans, ce n'était pas ça... Mais ce visage, ce regard... Stefano se liquéfia dans la lumière du crépuscule.

Il n'avait pas cherché à savoir ce qu'était devenue

Manuela en rentrant d'exil : elle était *là*, sous ses yeux qui refusaient encore d'y croire.

Était-ce un rêve ?

Un mauvais rêve ?

Le bonheur de la savoir vivante ne dura pas. Car Stefano comprit la supercherie et tout espoir s'effondra : non seulement Manuela l'avait vendu à ses bourreaux de la Villa Grimaldi, mais l'officier en charge des prisonniers avait fait d'elle sa femme. Andrea Schober.

*

On demandait aux militants du MIR de tenir vingt-quatre heures s'ils venaient à être arrêtés. Affectée au groupe de protection du président, Manuela avait tenu. Puis elle avait parlé. Quand l'insupportable vous refuse le droit de mourir, tout le monde finit par parler. La souffrance physique et morale suintait de ses jeunes yeux, une faille indicible où les tortionnaires s'étaient engouffrés : il leur fallait des noms, des lieux de rendez-vous, les planques où se terraient ses compagnons, sous peine de redevenir un transfo électrique. Brisée, Manuela avait vendu son âme pour quelques promesses, pour que «ça» s'arrête.

Les détenues qui acceptaient de collaborer étaient regroupées dans une chambre de la Villa Grimaldi, une pièce avec de vrais lits jamais loin des lieux d'interrogatoire. Les murs n'étant pas épais, les cris des nouveaux arrivants finissaient de les terroriser. Manuela n'était pas seule, trois autres femmes partageaient la pièce. L'officier chargé de leur groupe venait les voir presque tous les jours, prenait des nouvelles de leur santé, parlait de l'avancement de leur dossier. Les détenues lui quémandaient des cigarettes, le droit d'envoyer et recevoir des lettres de leurs familles, mortes d'inquiétude après tout ce silence et la répression visible à chaque coin de rue. Le capitaine Sanz était fin psychologue, bel homme et plutôt conciliant avec les prisonnières : elles ne seraient plus torturées tant qu'elles restaient sous sa protection, elles pourraient même, sous l'œil de la censure, échanger des courriers avec leurs proches.

Certaines histoires d'amour naissaient dans ce monument d'horreur. Il y avait les femmes qui, foutu pour foutu, couchaient avec leur officier interrogateur pour des faveurs matérielles – cuisiner, manger de bonnes choses plutôt que le brouet quotidien –, d'autres par intérêt, résignation, par espoir d'être libérées ou pour avoir le sentiment de vivre encore. Peu le faisaient par amour, mais quand les caresses sont des lignes à haute tension enfoncées dans le vagin, la main d'un homme fait l'affaire. Se rassurer qu'on est bien une femme, pas la traînée promise aux viols plus ou moins ajournés selon l'humeur des geôliers.

Manuela s'était laissé séduire par le jeune capitaine Sanz, qui la convoquait souvent dans son bureau. Une bonne recrue d'après ses mots. L'officier avait un langage châtié et des manières douces au milieu de cet enfer. Après des mois passés à la Villa Grimaldi, la fière militante n'était plus que l'ombre d'elle-même, mais son ombre était encore une forme de beauté. Manuela n'en manquait pas. Eduardo Sanz avait manœuvré jusqu'à ce que la guérillera lui mange dans la main. Bien sûr il avait fallu l'apprivoiser, la mater façon mustang, serrer la bride, lui enfoncer le mors pour lui apprendre à marcher droit, mais Manuela s'y était faite. À lui, à sa proposition de quitter ensemble l'arrière-cour putride de la DINA, de recommencer leur vie sous une nouvelle identité.

Sanz avait expliqué ce qui arriverait à l'ancienne militante du MIR : même ceux qui collaboraient ou acceptaient de travailler pour eux à l'étranger se faisaient tuer un jour ou l'autre. Ce n'était qu'une question de temps. Alors pour sauver sa peau, Manuela était devenue Andrea – Andrea Schober.

Ils n'avaient plus jamais parlé de cette période, de l'idéologie marxiste qui avait voulu s'emparer du monde, du passé. Un pacte silencieux les unissait, garant de leur affection à défaut du reste : car si l'officier à fine moustache l'avait arrachée aux salles de torture de la Villa Grimaldi, Andrea y avait laissé son amour...

Stefano Sotomayor.

Pour elle aussi le choc était rude.

Il y eut un silence au pied des marches, interminable. Les anciens amants se dévisageaient, séparés par un mur encore infranchissable. Leurs regards fusionnaient, à la fois stupéfiés et subjugués par ce qui leur arrivait. Stefano était trop bouleversé pour engager la discussion, il ne voyait qu'un amour d'outre-tombe et ce silence qui durait – qui durait depuis quarante ans... Il ôta sa casquette, par réflexe, ou pour se donner une contenance qu'il n'avait plus. Son plan s'écroulait. Il voulait piéger Schober en enlevant sa femme, Stefano se retrouvait face au seul amour de sa vie : celui d'un autre.

Joie de le savoir vivant, honte, confusion, Andrea l'observait comme si l'impossible refluait mais l'homme au pied des marches était bien réel : plus voûté que dans son souvenir, ses cheveux blancs comme une phosphorescence dans le crépuscule peint du jardin. Une apparition. Elle serra son châle sur ses épaules comme s'il la protégerait. Elle n'avait jamais vu de fantôme.

— Qu'est-ce que tu fais là ? dit-elle à mots tremblants.

— Tu es seule ?

— Oui... Oui.

Ils se dévisageaient toujours, avides, blessés, cherchant dans l'autre ce qu'ils avaient pu perdre. Des pensées carambolages.

— Tu me fais entrer ? demanda Stefano.

— Oui... Oui.

Andrea laissa passer son compagnon-revenant devant elle, décontenancée. Elle nota qu'il boitait légèrement tandis qu'ils traversaient le hall à l'escalier monumental, sans oser d'autres mots que des banalités. Les hautes fenêtres du salon donnaient sur les arbres fruitiers du jardin, et l'océan tout au fond.

— Tu veux boire quelque chose ? dit Andrea d'une manière mécanique.

— Non. Non merci.

La maîtresse de maison l'invita à s'asseoir sur un des canapés. Stefano ne la quittait pas des yeux. De la glace. Ils ne s'étaient pas revus depuis le 11 septembre 1973, ce matin maudit devant la Moneda bombardée où ils juraient de s'adorer jusque dans la mort. Stefano oublia son plan de kidnapping. Il vivait dans le ventre de sa mémoire.

— Pourquoi tu me regardes comme ça ?

— Je savais que tu m'avais vendu à la Villa Grimaldi, dit-il, pas que tu étais partie avec un de tes bourreaux… Manuela.

Andrea resta un instant sans voix. Il savait ça. Elle sentit sa rage la transpercer, et la tunique qu'elle portait lui sembla soudain indécente.

— Je ne m'appelle plus Manuela, dit-elle enfin.

— C'est dommage : c'est la femme que j'aimais.

Chaque mot touchait une corde sensible. Elle était toujours belle mais des rides amères ternissaient la commissure de ses yeux. Ils se toisèrent, comme pour se tenir à l'écart l'un de l'autre, sans savoir qu'ils se trouvaient dans le même piège.

— On ne peut rien contre le temps, dit-elle. Notre amour date d'une autre époque.

— Celle où on me tirait une balle dans le genou pour me faire parler, rétorqua Stefano. El Negro, tu l'as connu aussi ? Un des tortionnaires à la Villa Grimaldi… Tu y étais, n'est-ce pas ?

Andrea se raidit sur son carré de sofa.

— J'ai tenu vingt-quatre heures, dit-elle, sachant qu'il connaissait les consignes en cas d'arrestation.

— Moi aussi. Mais je n'ai donné que des morts ou des gens déjà entre leurs mains.

— J'ai été capturée parmi les premiers, se défendit-elle, je ne savais pas qui était vivant ou mort… Ils m'ont torturée à l'électricité pendant des jours, Stefano, sans cesse… Je voulais mourir… disparaître… Tu es passé par là, ne me juge pas.

Il ne la jugeait pas. Pas encore.

— Ça a dû te faire bizarre de m'entendre hurler.

— C'est toi qui me tortures, Stefano.

Andrea avait les yeux mouillés de larmes. Il ne l'avait jamais vue pleurer. Ils n'avaient pas eu le temps.

— Personne ne t'en veut d'avoir parlé sous la torture, tenta-t-il de se radoucir. Mais pourquoi collaborer jusqu'à travailler pour eux? Pourquoi te marier avec un officier de la DINA?

Andrea respirait mal, la poitrine oppressée par le regard de son ancien amant. Il était resté le même, convaincu, impétueux.

— Je n'étais plus rien, je te dis. Et je ne veux plus parler de ça, ajouta-t-elle.

Assis à l'angle du canapé, Stefano tenait sa casquette, ou plutôt il la malaxait entre ses mains.

— Tu ne sais pas le plus drôle dans l'affaire, Manuela? Quand El Negro m'a tiré une balle dans le genou, c'est ton mari qui m'a sauvé en me faisant transférer à l'hôpital : Sanz, l'officier dont tu es tombée amoureuse.

— Je n'étais pas amoureuse, j'essayais de sauver ma peau.

— Tu étais amoureuse de qui? Moi peut-être?

Les mots lui faisaient mal, à lui aussi. Andrea releva les yeux, ils étaient beaux et tristes, comme la dernière fois qu'ils s'étaient étreints devant la Moneda. Stefano ne savait plus quoi penser. Le vent du soir secouait les feuillages derrière les fenêtres, et lui devenait fou.

— Pourquoi tu viens me parler de ça aujourd'hui? lui lança-t-elle. Hein? Qu'est-ce que tu veux?

Stefano observait le salon de la villa, ses lampes et

ses meubles ouvragés, leurs souvenirs de voyages disposés çà et là, peiné à l'idée qu'on ait volé sa vie, leur vie. Un théâtre absurde. Stefano avait une boule dans la gorge. Il fallait qu'il se ressaisisse, qu'il oublie leur passif, leur amour, ne voir plus en Manuela qu'Andrea Schober et établir un plan B pour sortir du guêpier où il s'était fourré.

Andrea attendait une réponse qui ne venait pas.

— Ton mari est parti ? dit-il enfin.

— Pourquoi tu demandes ça ?

— Je veux lui parler.

— De quoi, du passé ? Ça changera quoi ?

— Ton capitaine travaillait pour la DINA, fit Stefano d'une voix monocorde, tu savais qu'il avait participé au Plan Condor ?

— Non… Non.

Elle non plus ne le quittait pas des yeux.

— Qu'est-ce que tu veux ? répéta Andrea.

— Savoir sur quelle affaire Schober travaille en ce moment.

— Pourquoi ?

— Réponds-moi, s'il te plaît.

Stefano avait les mains croisées sur son habit de travail. Elle comprit qu'il avait menti pour entrer dans la maison. Andrea remarqua la bosse sur son flanc droit – un revolver ?

— Alors ?

— Une affaire dans le Nord, répondit-elle.

— Où exactement ?

— À San Pedro. San Pedro d'Atacama…

— Le type qui l'accompagne, c'est qui ? reprit Stefano. Son garde du corps ?

— Et son chauffeur. Pourquoi ?

— Ils vont faire quoi là-bas ?

— Je ne sais pas, s'agaça-t-elle, une histoire de ventes de terrain... Ce n'est pas le premier voyage d'affaires qu'il fait là-bas.

— Du côté de San Pedro ?

— Oui.

Stefano acquiesça, le cerveau de nouveau opérationnel. L'avocat avait parlé d'une société d'extraction minière la veille au téléphone, que Schober venait de créer : Salar SA... Les ventes de terrain dont elle parlait devaient y être liées.

— Schober achète ces terres pour sa nouvelle société ?

— Je n'en sais rien, je te dis. Et je m'en fiche.

Andrea avait repris sa stature de femme mûre, tenant son châle d'une main ferme sur sa poitrine.

— Ton mari revient quand de voyage ?

— Après-demain... Pourquoi tu veux le voir ?

— Parce qu'il est impliqué dans plusieurs meurtres, annonça Stefano tout de go.

La bouche d'Andrea se pinça. Elle ne s'attendait pas à ça.

— Un ami cher a été assassiné par sa faute, un curé de Santiago, enchaîna Stefano d'une voix claire. C'est pour ça que je suis là : pas pour toi... Toi, tu n'es plus à moi depuis longtemps.

Andrea cherchait à restaurer la distance qu'elle n'aurait jamais dû céder mais le doute s'immisçait. L'attitude de Gustavo ces derniers jours, le cadeau oublié, le pressentiment qui le taraudait au moment de se quitter, les appels nocturnes sur sa ligne sécurisée : un mauvais coup se préparait, comme au temps de ses missions secrètes, qui n'avait rien à voir avec l'industrie maritime... Son regard s'échappa alors vers le jardin. Stefano se retourna d'instinct vers les fenêtres et vit quatre hommes armés qui remontaient l'allée à pied.

Il empoigna le pistolet qu'il cachait sous sa veste.

— C'est qui, souffla-t-il à Andrea, la sécurité?

— Oui...

— Porfillo fait partie du lot?

Elle opina nerveusement. Stefano se posta à la fenêtre. Déjà les hommes se déployaient autour de la maison. L'un d'eux avança à croupetons vers la tonnelle de la terrasse, en costard bordeaux et revolver à la main : Stefano brandit aussitôt le Parabellum et fit feu à travers la vitre, qui vola en éclats.

Touché au torse, Delmonte bascula contre les plantes grimpantes, tandis qu'une pluie de verre se répandait sur le teck. Stefano se tourna vers Andrea, qui retenait son souffle au milieu du salon.

— Où est l'autre entrée de la villa? Réponds!

Il leva le P38 à hauteur de son visage, les yeux fous. Andrea fit un signe vers le hall.

Durán et Porfillo entraient par la buanderie quand une détonation retentit depuis l'aile ouest, suivie d'un bris de vitre. Delmonte était tombé le premier sur l'intrus. Porfillo entraîna Durán par la porte des domestiques. Aucun appel de Delmonte. Ils atteignirent le hall en visant les angles, braquèrent leurs armes vers l'escalier de bois peint et virent trop tard qu'ils étaient dans le champ de tir. Le Parabellum cracha des flammes depuis les marches : Porfillo appuyait sur la queue de détente lorsqu'un souffle brûlant emporta son doigt. Il jura en lâchant le

Glock, qui glissa sur le marbre, et se jeta en arrière au moment où un second projectile allait lui pulvériser le crâne.

Le chef de la sécurité vit son arme au milieu du hall et son binôme reculer sous l'impact d'un feu rapproché. Durán étouffa un cri, touché deux fois à l'abdomen, et s'écroula, mort.

« Fils de pute ! » siffla Porfillo, la phalange de l'auriculaire emportée par la vitesse de l'acier. Il n'avait plus d'arme, une brûlure intense à sa main droite et du sang comme des petits cailloux répandus autour de lui. Une odeur de poudre flotta dans le grand hall de la villa, une odeur de mort. Il ne fallait pas rester là, déjà le tueur embusqué descendait les marches. Porfillo s'échappa sans se soucier des gouttelettes carmin qui couraient à sa suite.

Stefano entendit ses pas refluer vers la buanderie : il songea une seconde à se lancer à ses trousses mais il fit volte-face à l'instant où un autre homme débarquait dans la pièce, un grand rouquin à la peau claire. Carver pointa son pistolet vers l'escalier et tira sans trop viser. Une pluie de plâtre vola sur les stucs, deux balles qui ratèrent leur cible. Stefano fit feu. Carver appuya sur la détente puis un choc le plia en deux, comme un coup de poing à l'estomac ; il s'arc-bouta, une déflagration dans le ventre, tandis que son arme lui échappait. La douleur apparut aussitôt, exponentielle. Carver s'accroupit, le souffle court.

Le cadavre de Durán était étendu à terre et lui ne pouvait plus bouger. Il roula sur le marbre où s'écoulait déjà un sang vermeil.

Plâtre et poudre se dissipèrent, impondérables ;

Stefano descendit la dernière marche de l'escalier, le cœur battant, agita le pistolet comme si une dernière cible mouvante pouvait surgir de nulle part, mais il n'y en avait plus... Plus que les gouttes rouges du quatrième homme qui filaient vers la buanderie. Il n'avait pas le temps de tergiverser : si les voisins étaient trop loin pour avoir entendu les coups de feu, Stefano avait cinq, peut-être sept minutes devant lui avant que d'autres gardes rappliquent... Le rouquin gisait à terre, les mains contre son abdomen qu'il couvait comme un objet précieux. Un Glock reposait à deux pas de là, qu'il ne pouvait plus atteindre. Stefano repoussa l'arme et s'accroupit pour fouiller ses poches. Rien.

Il jaugea le blessé, un gringo d'une cinquantaine d'années qui se tenait le ventre comme si ses intestins allaient jaillir. Stefano évalua la plaie sous ses mains rougies de sang.

— Tu as une sale blessure mais tu peux encore t'en tirer... (Il arma le Parabellum.) Maintenant, ou tu parles ou je t'achève.

L'homme peinait à déglutir.

— Tu entends ce que je te dis ?

Carver frémit malgré la douleur qui le clouait au sol. Le type aux cheveux blancs approcha le canon brûlant du P38 à deux centimètres de son œil.

— Tu es américain ?
— ... Oui.
— C'est quoi ton rôle dans l'histoire ?
— Les... écoutes... L'informatique.
— C'est toi qui pistais Edwards ?

L'homme fit un signe affirmatif. Un spécialiste de l'espionnage, un hacker.

— C'est quoi ton nom ? Réponds !
— ... Carver.
— L'autre type, celui qui s'est enfui, c'est qui ?

Des sueurs froides inondaient le visage du blessé.

— Porfillo... Le chef de la sécurité... du port...

Stefano avait à peine eu le temps de voir son visage.

— Schober, c'est lui qui organise le trafic de cocaïne ?

Carver acquiesça faiblement.

— D'où vient la cocaïne ?
— Je sais pas... Je m'occupe... que des écoutes.
— Tu mens ! Pour quelle officine tu travailles ? (Le canon brûlant toucha sa paupière.) Dis-moi !
— La DEA...

Drug Enforcement Administration, l'agence antidrogue américaine. Stefano grimaça sans relever son arme.

— C'est la DEA qui fournit la coke à Schober ?
— Non... Des lots détournés... confisqués...
— Quel rapport avec Edwards ? Les meurtres ?
— Je... sais pas. *I swear*...

Carver donnait des signes de faiblesse, l'œil vitreux. Stefano se tenait accroupi, l'adrénaline pulsant à pleines veines. Il avait tué deux, peut-être trois hommes si celui-ci venait à mourir. Il songeait à se redresser quand il sentit une menace dans son dos. Trop tard : l'épaule gauche brisée, Oscar Delmonte s'était traîné depuis la terrasse, son revolver à la main maintenant brandi vers l'intrus. Il y eut une seconde de stupeur entre les deux hommes. Stefano s'apprêtait à recevoir l'impact mais la détonation retentit avant que Delmonte ne presse la détente : projeté en avant, le douanier tomba face contre terre et ne bougea plus. Le cœur de Stefano battait à tout rompre : celui de Delmonte avait explosé sous le choc hydrostatique, répandant déjà une petite flaque rouge qui allait grossissant sur le marbre.

Un silence lugubre emplit le grand hall. Andrea se tenait dans l'embrasure de la porte, pâle comme un linge. Elle posa le Glock sur le meuble chinois, sans un mot. Stefano se redressa avec peine, les jambes molles devant la femme qui venait de lui sauver la vie. Elle ne disait rien, choquée par ce qu'elle avait commis. Ça sentait la poudre, la peur à plein nez.

Stefano avança vers Andrea et la prit dans ses bras. Elle tremblait. Elle tremblait contre son épaule.

— Merci, souffla-t-il dans ses cheveux. Merci...

L'espace d'un instant, Stefano ne savait plus s'il serrait Manuela ou la femme de Schober. Un instant seulement : car il ne fallait pas rester là. S'ils avaient l'intention de le liquider, les types de la sécurité avaient dû désactiver les caméras de surveillance avant d'entrer dans la villa mais Porfillo allait demander des renforts. Stefano se dégagea de leur étreinte et regarda Andrea droit dans les yeux.

— Écoute... Un avocat de Santiago enquête sur une affaire de meurtres et de trafic de drogue, une affaire dont Schober est la pierre angulaire. De quoi finir sa vie en prison, lui et ses complices. On n'a pas encore tous les éléments mais tu dois te tenir à l'écart de tout ça... Tu comprends ?

Elle fit signe que oui. Stefano se noyait dans ses yeux.

— Tu connais quelqu'un chez qui tu pourrais te

mettre au vert? reprit-il. Un endroit où disparaître quelques jours?

Elle réfléchit une poignée de secondes.

— Oui, dit-elle enfin. Oui...

— Schober connaît cette personne?

— Non... Juste son prénom, répondit Andrea. C'est une amie du taï-chi... Il sait à peine qu'elle existe.

— Bon... Tu as une voiture, j'imagine?

— Oui.

— Prends-la, dit-il. Laisse-moi ton portable, un numéro où je peux te joindre, et disparais deux ou trois jours, le temps de régler l'affaire. Je te tiendrai au courant. D'ici là, fais la morte.

Andrea releva la tête vers son amour de jeunesse.

— C'est déjà fait, Stefano, murmura-t-elle. C'est déjà fait...

Une larme perlait à sa paupière. La seule qui les trahirait.

Stefano essuya ses empreintes sur le Glock pendant qu'elle enfilait une veste, sans un regard pour les cadavres qui jonchaient le hall.

— Fichons le camp d'ici, dit-il.

8

Porfillo roulait depuis des heures sur la Panaméricaine. Son doigt arraché lui tirait des jurons douloureux et ce n'était pas le paysage de collines désertiques qui allait atténuer son ressentiment. Le tueur dans la villa était un pro. Un type sûrement en lien avec Roz-Tagle. Un messager de la Mort. Dans tous les cas, Porfillo avait préjugé de leur force... « Le fils de pute », répétait-il, sa main gauche cramponnée au volant de la Fiat. La droite pissait le sang. Il serrait le moignon de l'auriculaire dans un mouchoir, la douleur l'élançait et cette saloperie n'en finissait plus de couler.

Porfillo était passé chez lui pour soigner sommairement la blessure, embarquer quelques affaires et des médicaments avant de quitter Valparaiso par la voie express, selon la volonté de Schober, qui s'occupait du reste. Le boss était furieux. L'intervention dans la villa avait viré au fiasco. Durán travaillait sous ses ordres à la sécurité du port, Delmonte à la douane, leur disparition éveillerait les soupçons des flics, et le seul rescapé de la fusillade, Carver, s'il survivait à son opération, serait difficile à rapatrier aux

États-Unis. Schober avait envoyé des hommes faire le ménage dans la villa mais, aux dernières nouvelles, Andrea Schober n'était plus là. Elle avait disparu, elle et sa voiture…

Porfillo roulait toujours, fiévreux. Les pilules de speed l'empêchaient de dormir, il avait mal aux mâchoires à force de les broyer et la chaleur ne tombait pas. Prochaine station à cent kilomètres, affichait une pancarte. Il venait de faire le plein, sans rien manger. Les six cafés avalés depuis son départ précipité lui pesaient sur l'estomac, il manquait une phalange à son petit doigt et il avait envie de tuer… Les kilomètres de désert défilaient, monotones, faits d'arbustes rabougris et de bétail rachitique cuisant dans les enclos de fermes plus ou moins à l'abandon. Il y avait toujours un terrain vague à la sortie des rares villes croisées, des graffitis sur des murs à demi écroulés, des gens par terre qui vendaient des rebuts sur des couvertures, des boissons dans des glacières, un pays de gueux dressés à coups de trique. Le soleil poussiéreux n'arrangeait pas l'impression de déshérence.

Porfillo passa Coquimbo, Rio de Janeiro miniature avec sa croix blanche érigée sur la colline, et poursuivit sa route sur la Panaméricaine.

La population se raréfiait à mesure qu'il s'enfonçait dans le désert, quelques granges bancales accablées de chaleur, du vide au kilomètre, un champ d'éoliennes surgissant au sommet des collines, l'air sec dans l'habitacle de la Fiat et toujours cette foutue ligne droite qui l'hypnotisait. Porfillo ébroua sa carcasse, les yeux brûlants de fatigue. L'overdose de café-machine n'en finissait plus de lui tordre le ventre. Il fallait qu'il chie. Une envie pressante. Dans ces cas-là, il pensait à autre chose, sa maîtresse, Mónica, qui s'inquiéterait peut-être de son absence au port, à sa passion pour le football. Le Chili avait été bon lors de la dernière Coupe du monde, il pensait aux buts marqués en serrant les fesses, 3-1 contre l'Australie, 2-0 contre l'Espagne, l'honneur du pays quand ils s'étaient qualifiés pour les huitièmes de finale, puis cette défaite glorieuse contre le Brésil organisateur, 1-1 avant la fatidique série de penalties. Et puis la Copa América...

Une aire d'autoroute se profila enfin. Il ralentit sur la file de droite. La station semblait fermée depuis le vingtième siècle mais il y avait une cahute un peu plus loin qui vendait des viennoiseries et des sandwiches pour les routiers de passage. Porfillo bifurqua et gara la voiture sur l'espèce de parking prévu à cet effet, près des deux gros bahuts qui prenaient le soleil du désert.

Il boutonna sa veste pour cacher l'arme à sa ceinture et poussa la portière de la Fiat. Un vent chaud le cueillit aussitôt.

— Putain...

Il marcha jusqu'aux routiers accoudés au comptoir, qui conversaient à l'ombre du boui-boui. Deux moustachus bedonnants. En cuisine, un édenté et sa femme s'activaient autour du four à micro-ondes. Au menu du jour, pain et fromage fondu. Porfillo s'adressa au vieux sans un regard pour sa pomme pourrie de femme et les deux sangliers qui se détendaient après les kilomètres de poussière avalée.

— Y a des chiottes dans ce palace ?

Le tenancier leva des yeux d'aigle à la retraite.

— La cabane à gauche, dit-il, près du poteau... Doit y avoir du papier.

Les deux types gloussèrent au comptoir, comme s'il y avait quelque chose de drôle, guère perturbés par le regard assassin de Porfillo. Enfin, personne ne fit de remarques sur son pansement rouge de sang. La cabane se situait près d'un poteau électrique assez grossier qui depuis longtemps n'alimentait plus rien. Le générateur de la boutique tournait à plein régime, accolé aux toilettes et sa bonbonne d'eau. Porfillo poussa la porte du réduit en se bouchant les narines.

Il en ressortit quatre minutes plus tard, à peine soulagé. Cet endroit était juste bon pour les porcs. Il fuma une cigarette à l'ombre pour se calmer, commanda des bouteilles d'eau et un de leurs sandwiches minables, qu'il avala malgré tout. Ce putain de doigt arraché attisait sa haine... L'un des routiers portait un tee-shirt à l'effigie d'une marque de bière locale : il désigna à Porfillo la zone située un peu plus loin, en plein soleil.

— Hé ! Z'avez pas vu l'écriteau ?

« Zone fumeur », disait l'affichette, surplombant un cendrier rempli de mégots plantés dans le sable, au milieu du désert. L'ancien agent de la DINA lui renvoya comme un nid de serpents :

— T'as des choses à redire, toi ?
— Oh ! tempéra le routier. Je plaisante !

Pas lui.

Porfillo avait deux automatiques dans le coffre de la Fiat, un pistolet mitrailleur, leurs munitions, une matraque, des bombes lacrymogènes, un gilet pare-balles. Son kit de survie en terrain hostile.

Atacama – 4

Oiseaux couards mais perfides, les *caranchos* ne s'attaquaient qu'aux animaux nouveau-nés, aux blessés, aux faibles, aux malades – vaches, veaux, lamas, guanacos, des proies faciles, sur lesquelles le rapace s'acharnait avec une cruauté rare. En quelques secondes, les *caranchos* arrachaient les yeux ou s'attaquaient aux parties génitales, extirpaient les viscères pendant que les femelles mettaient bas, privilégiaient les chairs vulnérables quand l'animal s'y attendait le moins, des assauts effectués par surprise et toujours par-derrière : une terreur, à peine plus gros qu'un corbeau.

Elizardo Muñez en éprouvait une phobie guerrière. Les *caranchos* avaient massacré ses veaux, retrouvés agonisant dans leur sang, des trous dans les orbites et meuglant tout leur soûl ; ils s'en prenaient même à son âne. Des tueurs en série. Des oiseaux de malheur qui, avec le temps et la dégradation de sa santé, finissaient par le rendre fou. Elizardo les voyait partout, pas seulement dans le ciel quand ils profitaient des courants ascendants, la menace des *caranchos* occupait tout son espace mental. À quoi bon monter un élevage? nourrir les rapaces?! L'ancien mineur en avait la cervelle retournée, comme la mine de son père dont on apercevait encore les vestiges un peu plus bas, au pied du volcan.

L'*ayllo* de son enfance avait été déserté depuis longtemps, Elizardo restait seul avec son âne et les *caranchos* qui voulaient sa peau. À cinq mille mètres, un défi à la pesanteur. Heureusement l'Étranger était venu un jour. L'Atacamène avait oublié lequel mais, grâce à lui et ses promesses de dollars, sa vie de montagnard malade et isolé avait changé. Simple gage en attendant les papiers de la vente, l'Étranger lui avait offert une carabine flambant neuve et des boîtes de munitions pour éloigner ces maudits oiseaux. Une aubaine par les temps qui couraient. Depuis, Elizardo les guettait tous les jours, tapi à l'ombre de l'enclos où frissonnait son âne, l'œil acéré vers le ciel, prêt à faire feu… Non, il ne se contenterait pas d'éloigner les *caranchos* : Elizardo les tuerait. Il les tirerait tous, comme des putains de pigeons.

9

Le soleil flambait sur les montagnes, dégradé rose orangé dans l'air du crépuscule. Le *rancho* bordait la Vallée de la Lune, à une poignée de kilomètres de San Pedro, et Busquet n'avait jamais vu un spectacle pareil – toute cette caillasse...

Busquet avait grandi à La Serena, mille kilomètres plus bas dans le désert du Nord, une ville jetée dans la poussière où passaient les semi-remorques en déféquant leur gasoil. Busquet avait commencé sa carrière comme leader du Mafia Tuning Club, une boîte de nuit ambulante avec sono dans le coffre ouvert de sa voiture customisée : il partait avec les copains le week-end déambuler dans le centre en quête de chair fraîche et quelques castagnes, pour se faire la main. Le jeune homme avait été vite repéré par les flics locaux, qui lui avaient conseillé de déguerpir du secteur s'il ne voulait pas s'attirer des ennuis, ou de se faire embaucher dans une agence de gros bras – gardien de nuit, videur, agent de sécurité. Busquet avait fait les deux : quitter La Serena pour Valparaiso, où il avait été intégré dans l'équipe de Porfillo au port. Cinq ans plus tard, il se retrouvait chauffeur et garde du corps de Gustavo Schober, un des gros industriels de la région. Un bon job, qui lui faisait voir du pays. La preuve : il n'avait jamais vu la Vallée de la Lune quand le soleil se couche sur l'océan minéral. Ça le changeait des posters de bonnes femmes à poil.

Surveillant l'entrée du *rancho*, Busquet n'entendait pas les propos échangés à l'ombre de la terrasse, mais la tension était palpable entre le boss et le chef de la sécurité.

Porfillo venait d'arriver après vingt heures de route sans presque dormir. La fatigue et la douleur avaient creusé ses rides, relâché la peau de son cou sans atténuer la dureté de son regard. Son petit doigt arraché le tiraillait, les derniers événements le mettaient sur la sellette et Schober ne décolérait pas après le désastre dans la villa. Il avait dû envoyer Carver au chaud dans une clinique privée – grassement payé, le chirurgien n'avait pas posé de question sur l'origine de la blessure par balle –, baratiner la bonne de la villa pour qu'elle se tienne loin de ses chiffons, mais, si ses hommes avaient fait disparaître les corps de Durán et Delmonte, Andrea était toujours aux abonnés absents. Gustavo se faisait un sang d'encre : sa femme ne répondait pas au téléphone, ni n'appelait, sa voiture n'était plus dans le garage, aucune de ses amies ne l'avait vue et les deux détectives lancés à sa recherche brassaient du vide.

Porfillo venait au rapport. Lui aussi était nerveux.

— Le vieux qui nous est tombé dessus doit être de mèche avec Roz-Tagle, grogna-t-il sous le toit en paille de la terrasse. Un détective, ou un ex-flic qu'il a dû engager. Et cet enfoiré s'est mis à défourailler sans crier gare.

Gustavo oublia un moment sa femme.

— Toujours aucune idée d'où il sort ?

— Non, confessa Porfillo.

— Ah oui ? Et d'après toi, comment il m'a retrouvé ? Hein ? Comment ce type s'est pointé chez moi la bouche en fleur pour faire un carton ?

C'était plus une insinuation qu'une question. Porfillo ne répondit pas.

— Le Plan Condor, oui, poursuivit son patron en modérant sa fureur, dont tu as parlé à Roz-Tagle pendant l'interrogatoire chez le flic. C'est comme ça qu'il est remonté jusqu'à moi... Tu avais besoin d'ouvrir ta grande gueule ?!

— Roz-Tagle n'a pas prévenu la police, renvoya le fautif en guise de diversion.

— Mais il est sur notre piste, grâce à toi.

Les deux hommes se regardaient en chiens de faïence.

— On ferait peut-être mieux de se mettre au vert, avança Porfillo.

— Non... (Schober secoua la tête.) Non, il faut que je finalise l'affaire, c'est l'histoire de vingt-quatre heures. Je signe ces fichus papiers, après on verra comment récupérer Andrea.

— Personne ne t'a contacté à son sujet ?

— Un ravisseur, tu veux dire ? Non... Personne.

Porfillo continuait de trouver ça louche.

— Le tueur de la villa a parlé à Andrea avant la fusillade, dit-il. Si elle avait été kidnappée par ce type, ou pour le compte de Roz-Tagle, ils auraient déjà cherché à te contacter.

— Hum... On veut peut-être me laisser mariner, dit Schober, se servir d'Andrea comme moyen de chantage et faire monter les enchères.

Porfillo gratta ses verrues, peu convaincu. Il sentait le coup fourré. Andrea au fond n'avait jamais été qu'une petite pute.

— Il y a une chambre au premier, fit Schober pour marquer la fin de l'entrevue. Tu n'as qu'à t'installer là en attendant le médecin.

Porfillo acquiesça mollement, empoigna son bagage en tenant son doigt blessé contre sa poitrine et racla ses semelles sur les marches comme pour effacer ses empreintes.

Le vent du soir courait dans les feuillus qui ceinturaient le *rancho*. Gustavo regarda le ciel tomber sur la montagne. Les roches rosissaient au crépuscule et il ne savait plus quoi penser. Où était Andrea ? Pourquoi restait-elle silencieuse ? Qui était le tueur engagé par Roz-Tagle – et dans quel but ? Gustavo se sentit soudain seul, et le mauvais pressentiment ne le quittait pas, comme si tout ce qui arrivait était déjà écrit...

L'appel de la clinique privée le sortit de sa léthargie : l'estomac perforé, Carver n'avait pas supporté le choc postopératoire.

*

Stefano chassait les camions sur l'autoroute du Nord, les doublait dans un bruit de tonnerre.

La Panaméricaine qui remontait le couloir chilien s'arrêtait à La Serena : après quoi, un désert accidenté voyait les routiers prendre le pouvoir sur une route étroite, aux virages acrobatiques. Semi-remorques chargés de liquides hautement inflammables dépassant en pleine côte une file de camions cul à cul, convoi doublant dans les lacets de collines vertigineuses à grand renfort de klaxon, en aveugle, en vous frôlant à plus de cent, Stefano grognait des injures face aux embardées suicidaires de ces fous du volant. La fatigue commençait à se faire sentir. Il conduisait depuis des heures, happé par le défilé des bandes blanches, l'esprit en boucle entre deux flashes info à la radio. Toujours pas de nouvelles de la tuerie dans la villa. Porfillo et ses sbires avaient dû nettoyer la place : avec un agent de la DEA sur le carreau, eux non plus ne voulaient pas avoir affaire à la police. Ça ne disait pas si Schober resterait à San Pedro, si Manuela tiendrait sa langue comme elle le lui avait promis…

Elle et Stefano s'étaient séparés après une courte mais intense discussion dans sa voiture. Il lui avait dit ce qu'il savait sur les activités occultes de Schober, son implication dans les meurtres et son intention de le voir finir ses jours en prison. Elle n'avait émis aucun commentaire, se contentant d'opiner. Ils ne s'étaient pas étreints en se quittant, trop secoués sans doute par ce qu'ils venaient de vivre, mais le regard de Manuela le hantait toujours. Pourquoi lui avait-elle sauvé la vie ? Pour se racheter de ses fautes ? Parce que, comme lui, une infime parcelle de son cœur l'aimait encore ? Stefano était bouleversé, par elle, la mort perpétuée dans son sillage. Le monde qu'il s'était bricolé depuis son retour d'exil avait été pulvérisé. Il avait laissé Popper se faire lyncher par les gamins, abattu deux hommes, peut-être trois avec

Carver, et il se sentait prêt à en tuer d'autres, qu'importe les conséquences...

Des *animitas* – «petites âmes» – ponctuaient les bas-côtés, cortège funèbre de sépultures baroques rappelant le prix humain payé à l'expansion d'un pays en perpétuel chantier. À chaque kilomètre ou presque se dressaient des croix blanches et des couronnes de fleurs pour célébrer le dieu du pneu, du gasoil. Stefano se concentra sur l'asphalte, d'interminables lignes droites tirées au cordeau sur un désert de rocaille et de cactus où s'extrayait la première richesse de la nation : les mines du Nord, l'or poussiéreux du Chili.

Il profita d'une station-service pour faire le plein d'essence et d'*empanadas*. Gabriela ne rappelait pas. Eux aussi devaient être en route. Stefano était resté évasif au téléphone après la fusillade. Il y avait des douilles de P38 un peu partout sur la scène de crime et il ne voulait pas les mouiller si on l'accusait. Il n'avait pas dit non plus ce que le couple Schober représentait pour lui. Gabriela s'apitoierait sur son destin d'homme floué quand lui avait un goût de sang dans la bouche. Ils étaient convenus de se retrouver à San Pedro d'Atacama, où Schober était parti pour affaires. Pour eux cela seul importait...

D'autres kilomètres se couchèrent sur l'asphalte, le laissant divaguer au fil de ses pensées. Manuela était partout, dans les nuages qui striaient le ciel, les tombes de bord de route, les traces d'accident. Stefano revoyait son visage au moment de se quitter, les larmes qui affleuraient à ses paupières sans dire leur nom et ce dernier regard fuyant dans la nuit de Valparaiso. Qu'en ferait-il ? Le paysage changea sans qu'il y prît garde. Quelques chevaux égarés dans des champs arides broutaient les maigres racines que le soleil épargnait ; d'un côté l'océan Pacifique, les crêtes éblouies des vagues partant en fumée d'embruns, de l'autre des kilomètres de cactus et de poussière. Il entrait dans le grand désert du Nord qui s'étendait jusqu'en Bolivie et au Pérou. Des nids d'arbustes s'accrochaient à la terre, asséchés par le soleil et le sel marin, autant de lagunes vides, domaine des oiseaux et du vent...

L'après-midi s'étirait comme un ruban incandescent. Stefano coupa par le littoral et Taltal, fit une nouvelle pause avant de rejoindre la funeste Ruta 5. Une route superbement monotone, où des larmes de fatigue se mêlaient à d'autres plus anciennes. Les camions par dizaines arpentaient le désert, fourmis guerrières dans une course au profit qui ne faisait pas de prisonniers : des bouts de pneus éclatés jonchaient la route à deux voies, des bouts de ferraille, de carcasses après les freinages d'urgence dont témoignaient les barrières défoncées. Toujours aucune nouvelle de la tuerie chez Schober à la radio... Stefano atteignit Antofagasta avant la nuit, un enfer de baraquements, de machines, de tubes, de cheminées crachant du sable, des camions toujours, lourdement chargés et soulevant des torrents d'air âcre.

Ses yeux le brûlaient. Il dépassa un fort en pneus façon Mad Max, puis le pénitencier austère qui marquait la fin de la zone industrielle ; tombant de fatigue, il loua une chambre à la sortie de la ville.

C'était un hôtel-dortoir pour mineurs conçu comme une prison, avec ses coursives et ses escaliers en fer, ses chambres minuscules et sa télé plantée face au lit simple comme ultime gage d'abrutissement. Le tenancier demanda deux mille pesos pour la nuit, qui devinrent bientôt cinq cents. Stefano avala les restes d'*empanada* froids et appela Gabriela. Elle et l'avocat avaient pris un vol pour Antofagasta via Santiago, loué une Mercedes à l'aéroport et ralliaient la petite station balnéaire de Mejillones pour la nuit. Stefano n'épilogua pas au téléphone : le bureau indigène de San Pedro n'ouvrant pas avant le lendemain, ils se donnèrent rendez-vous là-bas à neuf heures et se souhaitèrent bonne nuit.

Le lit de la chambrette était rudimentaire mais bienvenu après les kilomètres de poussière ; exténué, Stefano s'endormit aussitôt et ne rêva pas. Ni de Manuela, ni d'autre fantôme du passé, le P38 à portée de main, en guise de comité d'accueil.

*

Il y a des femmes qui, arrivées à l'hôtel après un long voyage, prennent un bain moussant et se passent de la crème sur le corps jusqu'à ce que leur peau de lait d'amande imprègne les sens alentour, d'autres une douche et s'habillent en vitesse ; Gabriela installa son matériel vidéo sur la tablette et, la batterie de sa GoPro mise à recharger, transféra les données de sa carte SD sur son ordinateur... Elle avait monté « la mort de Patricio » à Lota, la séquence dans la décharge alors que Stefano attendait les secours. Un mauvais moment qui, elle l'avait juré, ne serait pas vain : ses images étaient la mémoire vive de leur enquête.

On entendait l'eau ruisseler dans la salle de bains

où Esteban se douchait. Gabriela lui avait caché la scène suicidaire tournée l'autre nuit sur la plage de Quintay, leur idée horrible de la filmer au milieu des vagues, cette folie inconsciente qui aurait dû la tuer : ce que la Mapuche avait vu lors du *gllellipum* lui faisait encore froid dans le dos. Le danger, avec lui, était *aussi* irréel.

Un vent tiède coulait par les stores ouverts. La vidéaste visionnait les derniers rushes quand Esteban sortit de la salle de bains, torse nu.

— Comment va ta main ? lui lança-t-elle.

— Pas pratique pour se doucher mais ça va...

Les plaies de son crâne en partie résorbées, l'avocat avait insisté auprès du docteur Romero pour se faire poser un plâtre en résine plutôt que de garder les attelles, sans quoi il ne pourrait enfiler son costume qui revenait du pressing. Le médecin l'avait prévenu qu'un simple plâtre ne réparerait pas ses doigts fracturés, qu'ils le feraient souffrir jusqu'à la fin de ses jours, mais il avait baissé pavillon devant son sourire d'ange crevé. Leur destin se jouait ailleurs, à l'autre bout du pays.

Trois cents kilomètres les séparaient encore de San Pedro, où ils avaient rendez-vous avec Stefano. Un couple de trentenaires tenait un *lodge* isolé sur la côte d'Antofagasta. Sous une paillote, des jeunes alanguis sur des canapés design fumaient des pétards à la lueur du crépuscule. Gabriela et Esteban avaient loué un des bungalows qui donnaient sur la mer avant d'éparpiller leurs affaires, pour la plupart achetées dans des boutiques d'aéroport. La décoration de la chambre était simple, les lumières indirectes, avec un grand lit et des murs en terre ocre. Le sweat débraillé de Gabriela avait glissé sur son épaule, dévoilant la bretelle noire de son soutien-gorge ; Esteban approcha de l'ordinateur où elle s'escrimait à assembler ses scènes. Le visage de Luis, encore vivant sur l'écran, lui fit un sale effet. C'était aussi un témoignage à charge contre les carabiniers et le trafic à La Victoria...

— Qu'est-ce que tu comptes faire de ces images ? demanda-t-il.

— Je t'ai dit, un témoignage de la mort d'Enrique, fit-elle sans quitter l'écran des yeux. Une sorte de documentaire *live*, qui remontera jusqu'à Schober et ses complices...

Il resta un moment silencieux devant l'ordinateur. Gabriela lui avait montré ses œuvres plus anciennes à Lota, ses ébauches, notamment une fiction expérimentale d'une dizaine de minutes stockée sur sa machine. L'histoire en elle-même était assez banale (un couple qui rate tous ses rendez-vous jusqu'à se retrouver par hasard chez une tierce personne), l'intérêt résidait dans le décalage de chaque scène, filmée avec les bruitages et les dialogues de la scène suivante en colonne sonore, créant un chaos synchronisé rigoureusement minuté. Le résultat était surprenant, drôle parfois, un peu dadaïste – les retrouvailles du couple se déroulant en plein générique de fin... Une fille douée, pour la vie comme le reste. Rien à voir avec lui.

Esteban ne comprenait toujours pas son comportement l'autre nuit sur la plage de Quintay. L'alcool n'excusait rien. Qu'il s'avilisse aux yeux de ses parents procédait d'un suicide social volontaire, calculé, mais cette fille ne lui avait rien fait. Mieux, elle l'avait arraché des griffes de ses tortionnaires pour qu'il se réfugie à Lota, prenant tous les risques... Gabriela croisa son regard triste par-dessus son épaule.

— À quoi tu penses? demanda-t-elle.
— À ton film...
— Ah?
— Ce serait un moyen de piéger Schober.
— Tu veux dire, en le filmant à son insu? Oui... Encore faut-il pouvoir l'approcher : il doit être sur ses gardes après ce qui s'est passé dans sa villa.
— S'il est toujours à San Pedro, Schober sera bien obligé de me parler.
— Avant de te loger une balle dans la tête, conclut Gabriela. Lui ou un de ses hommes.

L'océan grondait par la fenêtre du bungalow. C'est elle maintenant qui le regardait d'un air bizarre.

— Il est hors de question que quiconque retouche à un de tes cheveux, Roz-Tagle, dit-elle dans ses yeux bleu pétrole. C'est compris?

Esteban caressa le creux de sa clavicule.

— On verra avec Stefano, dit-il.
— C'est tout vu.

Il lui sourit du bout des lèvres, caressant la peau fine de son épaule. Comment imaginer que le même homme l'avait abandonnée l'autre nuit dans les flots déchaînés? Gabriela ne voulait pas croire au danger qu'il représentait, à ses zones de perdition, elle l'aimait comme ça, tendre, énigmatique, créatif. Esteban dut lire dans ses pensées. Il glissa sa main sous son sweat et prit son sein au creux de sa paume. C'était doux, onctueux, si joliment féminin. Il fourra sa langue entre ses lèvres pour goûter sa salive

– encore. Ils n'avaient pas fait l'amour depuis trois siècles. Gabriela répondit à son baiser comme si elle n'attendait que ça, caressa son torse perlé d'eau et gémit de plaisir quand sa main plongea dans sa petite culotte.

Il n'y avait plus de devenir *machi*, de morts, de mystères autour de Stefano, Schober, plus de film documentaire pour compromettre les tueurs, de signes à interpréter, de métempsycose. Gabriela attira Esteban vers le lit, prit son temps pour déboutonner son pantalon et le prit très lentement dans sa bouche. Il la prendrait bientôt tout entière, quand elle se donnerait sans compter les blessés et les morts qui rôdaient autour d'eux. En attendant elle effleura son gland par petites touches, puis l'avala jusqu'à ce qu'il ne soit plus qu'un petit chat grimpé trop haut sur l'arbre, miaulant, là, entre ses lèvres.

*

Des *camanchacas* barraient l'horizon, ces nuages-spectres des Indiens disparus dont on disait qu'ils revenaient en bandes vaporeuses, au bon souvenir des *winka*...

Gabriela ne lâchait plus la main d'Esteban. Les rouleaux défilaient comme une traînée de poudre le long des dunes, sur des kilomètres. Elle frissonna dans la brise du soir. À l'autre bout de la baie, les petites lumières de Mejillones s'invitaient à la mort du crépuscule comme des lampions à la fête ; ils venaient de faire l'amour et la jeune Mapuche observait le spectacle de la nature avec un sentiment de déjà-vu... Quintay, le bord de mer où ils s'étaient réveillés parmi les pélicans, ce trou noir où ils étaient tombés comme d'une étoile, ce vide bouillonnant qui l'attirait, vertige horizontal : elle revoyait la scène vécue lors de sa transe, son combat pour remonter à la surface, jusqu'à l'apparition d'Esteban sous les nuages, si semblables aux spectres des *camanchacas* qui s'enfuyaient maintenant à l'horizon... Gabriela n'avait pas parlé de ce qu'elle avait traversé chez sa tante, ses visions fantastiques, terrifiantes, ces choses qu'elle avait vues pour la première fois de sa vie aussi distinctement. La *machi* n'avait rien dit au moment où elles s'étaient quittées mais elle avait senti son trouble, comme si un événement tragique surviendrait bientôt... Ana allait-elle mourir, lui cédant cette place dont elle ne voulait pas? Y avait-il un lien entre ses dons de *machi*, « guerriers de l'invisible », et sa façon de filmer incognito ? Avait-elle une relation mystique avec l'âme d'Esteban ramenée d'entre les morts ?

Ils restèrent un moment silencieux devant la mer, hypnotisés par les roulements d'un Pacifique qui portait mal son nom. Le dernier rayon du soleil rasait les crêtes vif-argent des vagues qui allaient là, recrachant leur écume comme des baleines furieuses échouées sur le sable. Gabriela se lova dans les bras d'Esteban, comme le premier soir où ils s'étaient endormis ensemble. Amitié, poésie, tendresse, désir, peur, amour, elle éprouvait tout pour lui.

Les *camanchacas* avaient disparu à l'horizon, la nature s'était comme eux fondue dans le décor.

— Je voudrais rester là toute ma vie, dit-elle au milieu du fracas.

— Tu en aurais marre, Gab...

Mais il la serra un peu plus fort, comme si la meilleure part de lui-même pouvait lui échapper. Gabriela sentait le sexe, le parfum des fleurs cueillies plus tôt au fond de son ventre. Esteban la revoyait tout à l'heure sur le lit, les regards si étranges qu'elle lui adressait en tendant sa croupe pour qu'il jouisse en elle, des regards entre la surprise et l'effarement... Gabriela était le signe qu'il n'attendait plus, la rose dans son désert affectif, la Catalina de chair et d'os pour qui il achèverait son roman.

Sa rédemption.

10

Bouquet de verdure au milieu du désert, l'oasis de San Pedro d'Atacama était l'étape obligée pour visiter les splendeurs environnantes – geysers, lacs, *salar*, lagunes, réserves ornithologiques, volcans et formations rocheuses à plus de quatre mille mètres d'altitude. Si les bus et les tour-opérateurs s'y pressaient l'été, la saison était passée : hormis la petite place centrale où quelques touristes penchés sur leur carte buvaient un café, les rues de San Pedro étaient presque vides à l'heure où les premières boutiques ouvraient. La Mercedes arriva après une course de trois cents kilomètres, moteur fumant.

Parti à l'aube de sa chambre-cellule d'Antofagasta, Stefano attendait à la terrasse d'un bar près du marché couvert. Esteban repéra sa tignasse blanche à l'ombre, comprit au premier regard qu'il n'avait plus affaire au même homme. Des sutures dans les yeux, les traits tendus, presque durs, Stefano n'était plus le sexagénaire boiteux qui projetait des films dans un cinéma de quartier, il était l'ancien bras armé du MIR entraîné à réagir et tuer de sang-froid. Il n'avait donné aucune précision sur les morts semés sur sa route, ce qui s'était passé au juste dans la décharge et dans la villa de Schober, Esteban n'en demanderait pas : ce type était un vrai danger public.

— Ça fait plaisir de te voir, dit-il en l'abordant à la table où il finissait son petit déjeuner. La dernière fois, je te voyais double.

C'était juste après l'agression. Stefano se leva pour l'accueillir. L'avocat avait le crâne cabossé, la main droite prise dans la résine, le teint des convalescents et brûlait d'une fièvre qui n'était pas seulement due aux coups reçus. Gabriela suivait, tout sourire dans un jean délavé.

— Moi aussi je suis contente de te voir, *tío*, fit-elle en lui donnant l'*abrazo*.

Stefano prit l'étudiante dans ses bras – oui, c'était bon de la sentir vivante.

— Le bureau indigène n'ouvre pas avant dix heures, dit-il en désignant le bâtiment ocre de l'autre côté de la rue. Vous avez déjeuné ?

Un Atacamène peu disert tenait le bar-restaurant ; ils attendirent de recevoir la commande sur la terrasse pour évoquer l'affaire. Stefano ne savait pas le rôle exact de Carver, si d'autres agents de la DEA détournaient la cocaïne saisie pour le compte de Schober, mais la proximité d'un Américain n'avait pour lui rien de surprenant : la dérégulation imposée par les Chicago Boys de Pinochet avait servi de laboratoire à la mondialisation néolibérale de Reagan, bradant les richesses du pays aux entreprises privées et aux multinationales le plus souvent nord-américaines pendant que la CIA formait les agents chargés de mater les récalcitrants. Seuls les États-Unis n'avaient pas ouvert d'enquête concernant les crimes du Plan Condor, et Kissinger, la tête pensante de l'époque, avait toujours refusé de témoigner. La CIA avait fermé les yeux sur les assassinats extraterritoriaux, exploité les renseignements arrachés sous la torture : qu'un ancien criminel chilien comme Schober collabore avec un agent véreux d'une officine américaine et une multinationale d'extraction minière était dans l'ordre des choses.

— CIA, DEA, c'est plus ou moins le même combat, grommela Stefano.

Esteban se tourna vers Gabriela, qui avalait une tartine d'avocat aux épices.

— Il est toujours comme ça ? demanda-t-il après la diatribe de son ami gauchiste.

— Et encore, normalement il lit *El Mercurio* pour se mettre en train, dit-elle.

— Le journal de papa, ironisa-t-il.

Esteban croisa le regard de l'ancien miriste, un fossé où reposait un soldat mort.

— Schober est impliqué dans un trafic à grande échelle avec des complicités à tous les étages, asséna Stefano. Il n'aurait pas commis ces meurtres et pris tous ces risques s'il ne se savait pas protégé. Il y a une histoire de gros sous, de pouvoir et de corruption derrière tout ça. C'est l'essence même du capitalisme.

— Il nous faut des preuves pour attaquer Schober en justice, fit Esteban, pas une série de cadavres.

— Tu diras ça à Porfillo quand tu le verras.

Un minibus de touristes partait pour une excursion vers les geysers. Esteban se demanda si Stefano portait une arme sous sa veste. Il alluma une cigarette, perplexe.

— Ça n'explique pas le lien entre la cocaïne et l'achat de terres dans la région, dit-il. Jamais Edwards ne se serait fourvoyé dans une histoire de drogue. Il y a autre chose, forcément, un business avec Schober...

— Sa nouvelle société minière ? avança Stefano.

L'avocat jeta une poignée de billets sur la table.

— C'est ce qu'on va vite savoir...

Le bureau venait d'ouvrir de l'autre côté de la rue.

*

La Loi indigène de la Concertation avait modifié les textes en faveur des peuples autochtones mais, si le Chili avait signé les grands traités internationaux pour leur reconnaissance, les territoires atacamènes restaient peu ou prou livrés à eux-mêmes. La pression des entreprises minières sur les agents de l'État s'était soldée par l'insertion de ces mêmes entreprises dans les Aires de développement indigène ; pour faire bonne figure, on laissait les Indiens gérer l'entrée des parcs nationaux, les femmes vendaient leur artisanat dans les ruelles de San Pedro mais les hommes continuaient de déserter la région pour travailler dans les mines, chair à canon d'une guerre économique livrée par tous contre tous.

Esteban avait défendu plusieurs mineurs de San José, ensevelis pendant plus de deux mois sous sept cents mètres de terre. Les «33», comme on les appelait ici. Passé le cirque médiatique qui avait suivi leur miraculeux sauvetage, les mineurs, qui croyaient monnayer leur récit sans plus avoir à travailler, avaient dû déchanter : roulés par l'agence d'avocats américains qui gérait leurs droits, souffrant d'alcoolisme, de claustrophobie exacerbée, la plupart durent retourner à la mine, quand ils n'avaient pas sombré dans la dépression. Esteban avait harcelé les autorités compétentes pour réclamer des indemnités compensatoires mais, malgré les certificats médicaux, ce qu'il avait obtenu au final était dérisoire – ils étaient des héros, oui ou non ?

Ils traversèrent la rue poussiéreuse sans un regard pour les chiens endormis le long des trottoirs. Le bureau de gestion des terres et de l'irrigation de San Pedro était tenu par une femme atacamène aux traits fatigués. Simple secrétaire (son chef était parti ce matin pour Calama), Eugenia regarda le *cuico* qui venait d'entrer avec un mélange de défiance et de curiosité : une jeune Mapuche l'accompagnait, et un homme aux cheveux blancs vêtu d'une veste en daim marron clair. Esteban se présenta comme avocat enquêtant sur une nouvelle société d'extraction minière, Salar SA, propriété de Gustavo Schober, sans réussir à dérider l'employée.

L'association autochtone n'avait aucune personnalité juridique ni aucun rapport concerté avec l'administration qui la chapeautait : elle se contentait surtout de faire entrer les cotisations et d'organiser les «prises d'eau». Interrogée sur le sujet, Eugenia expliqua la situation, critique. Les communautés paysannes se regroupaient dans des *ayllos*, oasis d'altitude où s'écoulait l'eau des Andes, mais la pénurie avait créé des quotas. En l'absence de régulateurs et de surveillance – les ingénieurs et les technocrates qui édictaient les lois vivaient loin d'ici –, certains chefs de village s'octroyaient des débits d'eau supérieurs aux règles établies, vendaient leurs terres ou leurs vieilles mines à des sociétés privées qui, elles-mêmes voraces en eau, asséchaient les terres des petits exploitants locaux.

— Les nappes phréatiques ont été tellement pompées qu'il n'y a pas eu de fleurs ce printemps dans le désert, déclara l'Atacamène.

Gabriela soupira, les problèmes autochtones étaient les mêmes partout.

— Salar SA fait partie de ces sociétés privées? demanda Esteban.

L'employée acquiesça.

— Je pourrais jeter un œil aux documents dont vous disposez?

— C'est que... je ne suis que la secrétaire du bureau, dit-elle. Il faudrait demander l'autorisation à mon chef.

— C'est l'affaire de quelques minutes.

— Peut-être, mais...

— Je ne travaille pas pour les sociétés privées, précisa l'avocat, je défends au contraire des petits paysans qu'on essaie de spolier.

Eugenia croisa le sourire amical de la jeune Mapuche. Après tout... Les roulettes de sa chaise étaient voilées mais l'ordinateur en état de marche; la secrétaire consulta sa machine sans un mot, tira plusieurs feuillets de l'imprimante qu'elle tendit à l'avocat de Santiago. D'après le document, des parcelles de trois à dix hectares avaient été vendues récemment à Salar SA, les premières quatre mois plus tôt, la dernière la veille : nom du vendeur, un certain Juan Pedro Alvillar... La signature de Schober figurait sur les actes de vente, comme gérant de la société acquéreuse.

— M. Schober est venu hier signer ces papiers, ici même ?

— Oui... Les gens d'ici aiment savoir à qui ils ont affaire, répondit-elle. On fait plus confiance à une poignée de main qu'à un fondé de pouvoir.

— Hum... Vous savez si Schober est toujours en ville ?

— Sans doute, fit Eugenia. Mon patron est parti à Calama pour une histoire de papiers manquants.

— Quels papiers ?

— M. Schober doit acheter les terres d'un de nos administrés...

— Quand ?

La secrétaire du bureau indigène pianota sur son clavier d'ordinateur.

— Aujourd'hui, normalement, dit-elle en prenant l'écran plat à témoin. Enfin, dès que les papiers seront arrivés de Calama...

Esteban bascula par-dessus le comptoir pour visualiser l'écran informatique : une parcelle de douze hectares achetée par Salar SA dans la zone du *salar* de Tara. Nom du vendeur : Elizardo Muñez. Il croisa le regard irisé de Stefano : Schober aurait besoin de la signature du dénommé Muñez pour officialiser la vente.

Esteban déplia la carte de la région sur le comptoir.

— Vous pouvez localiser les terres acquises par la société de Schober ?

Eugenia dessina bientôt des cercles rouges sur la carte. Les parcelles en question se situaient dans les hauts plateaux, autour du *salar* de Tara, bijou minéral dont les terres étaient inconcessibles... Pourquoi Schober avait-il acheté les terres qui ceinturaient le site protégé ?

— Il y a des mines ou des gisements là-haut ?

— Pas à ma connaissance, répondit la secrétaire.

— Vous connaissez M. Muñez ?

— C'est un mineur à la retraite qui ne descend plus de sa montagne, expliqua Eugenia. Il n'y a plus grand monde là-haut...

— Pourquoi, le manque d'eau ?

— Non... Au contraire, il y a une nappe phréatique sous ses terres, une des rares qu'on trouve si haut... Non, ajouta l'Atacamène, le problème de Muñez, ce serait plutôt l'alcool. L'alcool et tous les produits chimiques qui lui ont déglingué la santé...

*

Une route goudronnée grimpait vers les hauts plateaux de l'Atacama, succession de collines d'herbes rases et touffues dont les couleurs douces tempéraient mal leur nervosité. D'après les indications d'Eugenia, Elizardo Muñez habitait un hameau au bout d'une piste, quelque part en bordure du *salar*... Gabriela conduisait la Mercedes, un œil sur Esteban qui somnolait à l'arrière, shooté par les antalgiques. Il ne s'était pas plaint une seule fois depuis leur départ de Lota. Ses doigts fracturés devaient pourtant lui faire mal, songeait-elle en surveillant le rétroviseur central... Stefano se tenait à ses côtés, l'esprit vagabondant par la vitre de la voiture. Il pensait toujours à Manuela, à ce qu'ils avaient vécu l'autre nuit dans la villa. Il avait d'abord été dur avec elle, lui reprochant des faits survenus à une époque où tout était différent. Qu'elle ait aimé sincèrement ou non l'officier de la DINA n'y changeait rien. En se mettant au vert sans prévenir Schober de leur traque, c'est lui aujourd'hui qu'elle trahissait. Payait-elle ses dettes envers son passé ou sauvait-elle sa peau, encore une fois ? Une pensée l'effleura, absurde : et si elle le faisait pour lui ?

Les montagnes crevaient les cieux quand ils quittèrent la portion d'asphalte. Un chemin caillouteux filait entre les gigantesques créations minérales. Ils croisèrent un troupeau d'alpagas en plein vent qui s'enfuirent à leur passage, traversèrent des vallons lumineux aux lacs endormis, dévalèrent des collines abruptes où gisaient des carcasses rouillées de camions, des bouts de pneus, de plastique... des détritus laissés par les humains. La Mercedes gravit quelques pitons, navigua entre les sculptures de roche qui jaillissaient de terre, beautés brutes esseulées au milieu du désert. La route grimpait encore. Eux mâchaient des feuilles de coca, silencieux devant le spectacle nu de la nature. L'horizon soudain s'élargit, vert et bleu à perte de vue. Ils ne croisèrent plus que de rares fermes, petits points perdus dans les herbes, des arbustes jaunes fouettés par le vent et des aigles souverains.

Quatre mille huit cents mètres d'altitude : l'air était si pur qu'il semblait redessiner les contours.

— On ne devrait plus être très loin, dit Stefano, penché sur la carte.

Les volcans surveillaient le vide, titans anthracite au calme apparent – l'un d'eux était toujours en activité. Gabriela ralentit bientôt, puis roula au pas sans cesser de scruter l'immensité vierge.

— Qu'est-ce qui se passe ? fit Stefano.

Ils étaient au milieu d'une ligne droite, pour ainsi dire seuls au monde.

— Là-bas, fit l'Indienne en désignant la plaine, il y a quelque chose...

Trois petits plots, alignés comme des soldats de plomb... Muñez habitait à quelques centaines de mètres, le hameau qu'on apercevait sur les contreforts du volcan.

— Allons jeter un œil, dit Esteban à l'arrière.

La Mercedes garée sur le bas-côté, ils foulèrent la steppe en direction des monticules. Dévalant les sommets des Andes, un vent glacé les cueillit à mi-chemin. Gabriela colla son sac à main sur sa poitrine pour se protéger du froid, Esteban marchait devant, les pans de sa veste malmenés par les bourrasques, Stefano fermait la marche. Ils arrivèrent gelés. Les trois monticules aperçus de loin étaient en fait des cylindres de canalisation fixés dans un socle de béton : trois puits, ou sondes de prospection d'eau souterraine, qui n'étaient pas l'œuvre d'un fermier.

Esteban inspecta les cylindres d'acier, chacun fermé par un gros cadenas. Il y avait une petite plaque scellée au métal : Salar SA.

La société de Schober.

La secrétaire atacamène parlait d'une nappe phréatique sous les terres de Muñez.

— Aucun puits n'était mentionné sur les cartes du bureau indigène, nota Stefano.

— Non... Mais les mines ont besoin d'eau, fit Esteban.

— Celles que compte exploiter Schober? Tu crois que c'est pour ça qu'il achète les terres de Muñez, pour l'eau?

— On dirait, puisque la mine de son père n'a jamais rien donné... Mais il y a quelque chose que je ne comprends pas. Le *salar* de Tara est un site protégé : Schober va les creuser où, ses mines, si celle de Muñez et les autres terres achetées sont vides de minerais?

Une détonation retentit alors dans la montagne. Un coup de feu, suivi d'un second, dont l'écho brouillait le vent. Ils se regardèrent, interloqués.

— Ça vient du hameau de Muñez, souffla Gabriela.

*

Une piste sèche grimpait au village de montagne. Les tirs avaient cessé mais personne n'était rassuré dans la voiture. Ils n'avaient qu'un vieux P38 et les détonations étaient celles d'un fusil. C'était l'avis de Stefano. Ils le croyaient sur parole. Gabriela ralentit à l'approche du hameau, gara la Mercedes le long de la piste.

Des ruelles poussiéreuses, la croix blanche d'une église inclinée comme une pipe de stand forain, des maisons en parpaings sans portes ni fenêtres tombant en ruine : l'*ayllo* semblait abandonné depuis des années. Ils claquèrent les portières, épiant les ombres derrière les éboulis. Il n'y avait aucune trace de véhicule, ni de présence humaine, juste une ville où les fantômes des mineurs tiraient à balles réelles... Stefano marchait devant, le Parabellum sous sa veste. Le froid était prégnant mais le vent moins violent à l'abri du volcan. Quelques baraques écroulées les menèrent à l'ancienne place du village, elle aussi désertée... Leurs regards se croisèrent – où était passé le tireur? On n'entendait plus que le craquement du sel sur les parois de la montagne et la bise qui leur mordait le visage.

Une brève tornade souleva les scories de la rue, qui se dispersèrent en masses tourbillonnantes. Le braiment incongru d'un âne les tira de leur torpeur. Ça venait d'un peu plus haut. Ils gravirent la petite pente et découvrirent un enclos à l'angle d'un four à pain d'argile en partie détruit. L'âne en question avait grise mine, ses oreilles pelées comme des oranges, et le regard aussi doux que sa peine semblait longue. Une maison était accolée à l'enclos, un bâtiment en parpaings avec une porte close et une grange abritant une moto. Une vieille 125.

— Il est là, souffla Esteban.

Stefano saisit son arme. Gabriela caressait le museau de l'âne avant de les suivre, quand un vieillard édenté jaillit soudain de la maison, un fusil à la main.

— Vous venez pour les *caranchos*? lança-t-il, l'arme braquée à hauteur de poitrine.

Ils ne firent plus un geste. La peau tannée par les intempéries, l'Atacamène les transperçait du regard.

— Vous venez pour les *caranchos*? répéta-t-il en désignant le P38.

— Heu, non... (Esteban fit signe à Stefano de ne

pas intervenir.) Non, c'est vous qu'on vient voir, monsieur... Vous êtes bien Elizardo Muñez?

— Bah oui!

L'ancien mineur était vêtu d'un gros poncho de laine aux couleurs évanouies, d'une casquette NYC et d'une paire de bottes fourrées en caoutchouc.

— C'est pas pour les *caranchos* que vous êtes là? répéta-t-il. Saloperies de bêtes! Des nuisibles, des nuisibles de la pire espèce qui s'en prennent même à mon âne! (Il s'exaltait tout seul.) Ah! On a beau leur tirer dessus, ils reviennent toujours à la charge! À croire qu'ils évitent les balles, les maudits salauds!

Six dents tenaient encore à sa mâchoire, dont deux valides, tandis qu'il faisait des moulinets avec sa carabine.

— Dites, fit Esteban, ça ne vous dérange pas de ranger votre fusil? Vous allez blesser quelqu'un si ça continue.

— C'est pour les *caranchos*, radotait-il, ils sont partout!

Son haleine empestait le mauvais alcool et ses yeux roulaient, atomisés. Muñez baissa son arme sans même s'en rendre compte.

— Il n'y a plus personne dans le village? demanda Esteban avec innocence. Vous vivez seul ici?

— 'sont partis! fit l'autre d'un geste circulaire. Tous! Il reste que moi!

À voir sa mine soudain joviale, la solitude ne semblait pas lui déplaire. Muñez dévisagea le *cuico* au costume noir poussiéreux sans s'étonner de sa main plâtrée, puis il prit un air suspicieux comme s'il venait de réaliser quelque chose.

— Si vous êtes pas là pour les *caranchos*, pourquoi vous êtes là alors ?

— Pour la vente de vos terres, monsieur Muñez, répondit Esteban. Elles sont à vendre, n'est-ce pas ?

— La mine de mon père ! Pardi qu'elle est à vendre ! Hé, ça vaut de l'argent !

— Un bon paquet même, monsieur Muñez.

— Pardi !

Esteban croisa le regard de Gabriela, qui filmait tout depuis son sac.

— Dites-moi, poursuivit l'avocat, il y a quoi dans cette mine ?

— Y a eu mon père, répondit-il au débotté, trente ans qu'il est resté là-dedans ! Ha ! Quand on l'a retrouvé, son squelette était rien que du sel !

Un bout du fils était visiblement resté dans la mine. Esteban surfa sur le chaos.

— Mais aujourd'hui il y a quoi, monsieur Muñez ?

— Rien, rien du tout ! Rien du tout parce qu'il n'y a jamais rien eu ! Ah, pour ça qu'il s'est crevé pour rien, le paternel !

— Mais vos terres sont quand même en vente, s'ingénia l'avocat.

— Tout ! certifia-t-il. Tout est à vendre !

Les bras noueux du vieil Indien moulinaient sous le poncho. Douze hectares, d'après l'acte consulté au bureau indigène.

— Mon père est tombé dans la mine, s'agita Muñez, pff ! On a remonté sa momie ! 'pouvez en faire du caillou !

L'âne eut un braiment plaintif depuis l'enclos, qui n'arrangea pas la prestation de son maître. Cet homme était clairement fou.

— Vous savez qu'il y a de l'eau dans vos terres, monsieur Muñez?

— Pour sûr!

On ne l'aurait pas cru, à voir sa tête azimutée.

— Elles s'étendent jusqu'où, vos terres? tenta Esteban.

— Là-bas, là-bas!

Ses bras s'envoyaient paître au pied du volcan, vers les puits découverts tout à l'heure.

— Il y a eu des sondes pour évaluer les nappes phréatiques : ça ne figure sur aucun des documents que j'ai pu consulter. Vous êtes au courant?

— J'ai ma réserve, rétorqua l'édenté.

Il désigna la citerne de l'autre côté de la cour. Un dialogue de sourds.

— Schober doit acheter vos terres aujourd'hui, non? Personne ne vous a appelé pour convenir d'un rendez-vous?

— Bah, si, le gars de San Pedro! Bon Dieu, il faut que je descende à la ville! réagit soudain Muñez comme sous le choc d'une révélation. Voilà que vous allez me mettre en retard! Je serais déjà parti si ces sales bêtes avaient pas attaqué l'enclos!

Le vieil Indien tenait toujours sa carabine à la main, une Winchester flambant neuve. On ne pouvait pas dire la même chose de la moto qui prenait la poussière sous la grange.

— C'est Schober qui vous a offert ce fusil, dit Esteban.

— Pour tuer les *caranchos*! Des démons, ces bêtes-là! certifia l'ancien mineur.

— Sûr.

Esteban gambergeait devant l'enclos. Il pensait à

Schober, qui attendait Muñez au bureau de San Pedro, au film de Gabriela et aux preuves qu'il leur manquait pour le confondre... Il se tourna vers Stefano, désigna la carabine du vieux cinglé.

— Tu saurais tirer avec ça?

C'était un modèle récent, semi-automatique.

— Hum, fit l'intéressé dans un haussement d'épaules.

Esteban arracha la Winchester des mains de Muñez et la passa à Stefano qui, sourd aux protestations de son propriétaire, l'évalua rapidement : mire, magasin, queue de détente, la carabine semblait en parfait état.

— Je n'ai jamais essayé, mais oui, dit-il.
— Précisément ?
— Ça dépend de la distance... Pourquoi ?

*

Elizardo Muñez n'avait pas fait d'histoires pour vendre ses terres. La mine l'avait avalé cru et recraché à moitié fou, le cerveau brûlé par le soleil du désert et les émanations chimiques. L'Atacamène vivait seul dans un *ayllo* perdu qui n'avait qu'une richesse : son eau.

Comme les autres paysans de la région, Muñez avait tenu à signer les papiers avec l'acheteur en direct. Gustavo Schober venait d'avoir Vitorio au téléphone, le responsable du bureau de gestion des terres de San Pedro parti le matin régler les problèmes de papiers à Calama, la ville administrative de la région. Vitorio avait récupéré les fameux tampons manquants et leur avait donné rendez-vous dans l'après-midi, le temps pour le vieux cinglé de descendre de son nid d'aigle.

Schober attendait le coup de fil du bureau indigène, anxieux, pressé. Le *rancho* loué pour l'occasion était à dix minutes de voiture, il réglerait vite l'affaire et pourrait enfin rentrer à Valparaiso. Gustavo appréhendait de retrouver la villa. Andrea ne donnait pas de nouvelles, elle n'était pas rentrée et les détectives n'avaient toujours aucune piste. Il se tramait quelque chose, et il commençait à croire que ce diable de Porfillo avait raison : il aurait déjà reçu une demande de rançon si Andrea avait été enlevée. Sinon pourquoi le laisser dans l'expectative ?

Non loin de là, son complice grattait les verrues épaisses de ses phalanges, visiblement contrarié. Gustavo lui avait demandé une fois pourquoi il ne se les faisait pas enlever, et il avait récolté une fin de non-recevoir : *c'était ses verrues*... Drôle de type. Ils n'étaient pas amis. Les amis ont le même humour, et Porfillo était un rustre. Efficace, mais brutal. Il errait comme un ours de la terrasse à sa chambre climatisée, aveugle au spectacle des roches embrasées. Un médecin était venu soigner son doigt arraché et la douleur le rendait teigneux. Il grommelait contre Muñez, les retards administratifs, la chaleur, les lézards qui s'aventuraient sous ses pas, le gros pansement à sa main droite et le feu lancinant qui en émanait.

Moins nerveux, Busquet surveillait l'entrée du *rancho* depuis son pliant, le chemin de terre et les bosquets de l'oasis, un soda à la main. Ils jouaient aux cartes de temps en temps tous les deux, rien de plus. Pas la même génération : Busquet ne pensait qu'aux bagnoles, aux filles customisées qui allaient avec. Un bon chauffeur, on ne pouvait pas lui enlever ça. Mais l'arme à la main, même avec l'auriculaire réduit de moitié, Porfillo le rectifierait en moins de deux...

« La chevauchée des Walkyries » résonna alors sous les arcades de la terrasse où le boss se morfondait. Sa ligne domestique. Gustavo décrocha en voyant le numéro de Muñez – il devait être arrivé au bureau de San Pedro...

— Monsieur Schober ?
— Qui est à l'appareil ? se renfrogna-t-il.

Ce n'était pas la voix du vieux fou.

— Esteban Roz-Tagle, l'associé d'Edwards.

Gustavo mit le haut-parleur et adressa un signe à Porfillo qui, alerté par l'expression de son visage, approcha.

— Qu'est-ce que vous voulez ? dit-il bientôt.
— Vous proposer un marché...
— Quoi ? Quel marché ?
— Muñez est avec moi, annonça l'avocat. Je vous le rends, lui et ses terres, contre la réponse à quelques questions et une requête... Appelons ça un arrangement compensatoire pour les victimes de La Victoria.

Gustavo pâlit à l'ombre de la terrasse. Roz-Tagle le suivait à la trace.

— De quoi parlez-vous ? dit-il, décontenancé.
— Des terres que vous convoitez près du *salar* et du cinglé qui les possède. Muñez ne signera aucun acte de vente avant que nous ayons une petite discussion tous les deux. La police n'est au courant de rien pour le moment mais cela pourrait ne pas durer.

Un blanc passa dans les ondes. Il croisa le regard suspicieux de Porfillo.

— Je n'ai pas confiance, maugréa Gustavo.

— Moi non plus je n'ai pas confiance en vous, Schober, pas une seconde. Mais nous avons encore un moyen de régler cette affaire entre nous. C'est ça ou je balance tout à un juge... Retrouvons-nous à sept heures au *salar* de Tara, enchaîna-t-il d'une voix ferme. Muñez sera là. Il y a environ trois heures de route depuis San Pedro : en partant maintenant, vous devriez y être bien avant la nuit.

Gustavo regarda sa montre. Le délai était trop court pour mettre un plan B en marche.

— Si c'est un coup fourré...

— Sept heures au *salar* de Tara, dit-il avant de raccrocher.

11

— Tu n'as pas plus risqué comme plan ?
— C'est le meilleur, fit Esteban.
— Se jeter dans la gueule du loup, grognait Stefano, tu appelles ça un plan.
— Schober ne se rendra pas compte que je le filme, assura Gabriela. J'ai l'habitude de le faire. Son témoignage vidéo fournira les preuves qu'il manque pour envoyer ces salopards en prison.

Ils échangeaient des regards de connivence. L'avocat comptait attirer Schober au lieu de rendez-vous, l'interroger et le pousser aux aveux pendant que Gabriela filmait la scène depuis son sac. Stefano, caché près de là avec la carabine, se chargerait de tenir en respect les hommes de Schober s'ils devenaient nerveux. Il serait leur unique protection.

— Sauf que tout repose sur moi, objecta Stefano.
— C'est toi le héros de l'histoire, dit Esteban en guise de réponse. Sans tes coups de force, on serait encore à chercher Schober sur Internet.
— Il a raison, renchérit la vidéaste.

Stefano secoua la tête. Deux inconscients. Adossé

à l'enclos où somnolait son âne, Muñez recomptait ses doigts à défaut de son argent.

— S'ils n'obtempèrent pas, reprit Stefano, ou si je rate mes cibles ? Il y a trop de facteurs aléatoires.

— C'est un risque à prendre... Et puis j'aurai ton P38, dit Esteban.

— Tu as vu l'état de ta main ? Tu n'es même pas capable de le tenir.

— Je suis gaucher, déclara l'avocat.

— Ah oui... Et dis-moi, jeune homme, fit Stefano en le regardant dans les yeux, tu as déjà tiré sur un être humain ?

Esteban haussa les épaules.

— Ce qui compte, c'est d'être capable de le faire, non ? Et puis si tout se passe comme prévu, je n'en aurai pas besoin.

Les deux hommes se sondèrent.

— Je t'aime bien pour un *cuico*, dit Stefano, mais Gabriela aussi risque de se faire tuer.

— C'est vrai, Gab, concéda Esteban en se tournant vers l'intéressée.

— Va te faire foutre, Roz-Tagle, je viens avec toi... Je viens filmer.

Son air buté rappelait soudain son âge. Stefano ronchonnait toujours. Que l'avocat joue sa vie à la roulette le regardait, mais il entraînait Gabriela dans son opération-suicide. Il ne pouvait pas comprendre la perte qu'il lui causerait ; il n'y a que les aristocrates à se moquer de l'avenir.

— Ne t'en fais pas pour nous, *tío*, abrégea-t-elle, une fois les aveux de Schober en boîte, on lui livre Muñez et ils repartent à San Pedro pour signer les papiers. Au moindre signe de danger, tu interviens.

Ils étaient convenus d'un code – un bras levé – mais Stefano continuait à ne pas aimer ce plan...

Seule une piste en cul-de-sac permettait d'accéder au *salar*. Schober chercherait à baliser le terrain mais en se positionnant derrière les flamants roses, de l'autre côté de la rive, Stefano avait une chance de passer inaperçu aux yeux des tueurs. Venant de San Pedro, il leur faudrait au moins trois heures pour rejoindre le lieu de rendez-vous. Ils avaient profité du battement pour parcourir les trois kilomètres, roulant au pas pour ménager l'âne qui clopinait à la suite de la Mercedes.

Il était maintenant plus de six heures au tableau de bord et le vent secouait l'habitacle. Dans l'attente, plus personne ne parlait. Ils s'étaient tout dit, répété dix fois le plan pour piéger Schober, dans les détails, mais la peur grimpait à mesure que trottait l'horloge. La tête collée à la vitre arrière, Muñez scrutait le ciel comme si les *caranchos* allaient plonger sur eux façon Messerschmitt. Stefano gambergeait à ses côtés, la carabine calée entre les jambes. Il avait repéré le lac tout à l'heure mais il serait loin des cibles et son temps de réaction limité en cas de coup dur... Esteban fumait à l'avant, la vitre entrouverte. Il écrasa sa cigarette. Six heures vingt au tableau de bord.

— J'ai faim, se plaignit Elizardo.
— Mâche ta coca, le rembarra Gabriela.
— Et ma Winchester ?
— La ferme, on t'a dit.

Dehors le vent emportait tout. Les minutes duraient des heures dans l'air confiné de la voiture. Schober ne devrait plus être très loin maintenant. Stefano appréhendait l'idée de se séparer ; Gabriela serait seule avec Esteban et, même armé du pistolet, il ne ferait pas le poids face à un tueur aguerri comme Porfillo...

— Ça va être l'heure, annonça l'avocat.

Trop tard pour tergiverser. Stefano boutonna sa veste, empoigna la Winchester et jeta un dernier regard à Esteban.

— Tu me la ramènes vivante, hein...
— Compte sur moi.

Gabriela tentait de lui sourire mais Stefano sentit l'angoisse qui montait au moment de se quitter. Du doigt, il caressa sa joue.

— Fais attention à toi, petite.
— Promis, *tío*.

Il poussa la portière de la Mercedes, le cœur lourd.

— Allons-y, lança-t-il à Muñez.

D'une blancheur aveuglante, le *salar* de Tara s'étendait jusqu'aux montagnes boliviennes ; Stefano détacha l'âne qui grelottait près du pare-chocs, fit signe à l'ancien mineur de monter sur son dos.

— On va où ? demanda Muñez, qui semblait avoir tout oublié.

— Faire une balade.

À près de cinq mille mètres, le manque d'oxygène accélérait la déshydratation, interdisant tout effort prolongé : Stefano cala une nouvelle feuille de coca contre ses gencives, remonta le col de sa veste pour se protéger du vent gelé et, tirant l'âne par la bride, se dirigea vers le massif anthracite du volcan. La voix de l'Atacamène se perdait dans les rafales – une histoire de dollars sans queue ni tête où passait le fantôme de son père enseveli. L'âne avançait sans rechigner sur le chemin caillouteux ; ils grimpèrent à flanc de montagne, slalomant entre les sculptures rocheuses et les éboulis. Enfin, après vingt minutes de marche hiératique, ils atteignirent le piton rocheux repéré un peu plus tôt.

Stefano reprit son souffle après l'ascension. Plus bas dans la lagune, des centaines de flamants picoraient avec ferveur l'eau turquoise du lac, spectacle grandiose dans le soleil déclinant. Muñez se tenait perché sur son fidèle compagnon, impassible.

— Tu restes là jusqu'à ce qu'on te fasse signe de descendre, lui rappela Stefano, OK ? Si tu fais ce qu'on te dit, tu auras ton argent.

— Les dollars !

— C'est ça.

Le vieil Indien sourit sous son poncho de laine. Difficile de deviner ce qui filtrait encore dans ses circuits brouillés. Enfin, la carabine à la main et les poches alourdies de cartouches, Stefano dévala la pente qui menait au *salar*. La coca réduisant sa bouche à un bain d'amertume, il rejoignit la terre ferme et avança contre le vent.

Occupés à leur tâche, les échassiers ne bronchèrent pas à son approche. Stefano repéra la Mercedes de l'autre côté du lac, composa le numéro d'Esteban. Ils firent un test d'écoute, concluant : malgré un bruit de fond constant dû au vent, il entendait correctement la voix de l'avocat... Stefano évalua ses chances de faire mouche en cas de complications. Deux cents mètres : sans lunette de visée et avec ce vent, il avait une chance sur deux de rater sa cible. Sans compter les oiseaux qui lui bouchaient la vue.

Il se déplaça à pas comptés pour ne pas les effrayer,

trouva une position de tir adéquate. La visibilité était meilleure, l'angle assez large pour une protection maximale. Il s'allongea sur le sol craquelé, la carabine à portée de main, et attendit... Le temps passa, anxiogène. Elizardo Muñez n'avait pas bougé du piton, trois cents mètres plus haut. Non, Stefano n'aimait pas ce plan... Un bruit de moteur se fit alors entendre au loin. Il aperçut la poussière soulevée par un véhicule, nuage rapide dans les rafales, et se tapit un peu plus contre le sol.

Le 4×4 stoppa au sommet de la butte qui dominait le *salar*. Deux minutes passèrent, interminables... Stefano ravala sa salive à la coca : il tenait la vie de Gabriela entre ses mains.

*

Un couple de *caranchos* tournoyait au-dessus de la lagune. Hormis cette tache sombre et mouvante, le ciel était d'un bleu limpide sur le *salar*. Esteban et Gabriela attendaient à l'abri de la Mercedes. Le vent violent des hauts plateaux ramenait l'écume de sel vers la rive, soulevant les vaguelettes du lac turquoise où s'affairaient les flamants. Nulle âme humaine à des kilomètres à la ronde. Stefano était pourtant quelque part, de l'autre côté du rivage...

Esteban fumait par la vitre entrouverte, ressassant les équations mortelles dans sa tête martelée. Une boule lui nouait le ventre. Contrecoup de la mort d'Edwards. Imminence du danger. Émoi. La fin de l'histoire. De vieux sentiments remontaient de ses entrailles, comme si tout se jouerait là, bientôt, des sentiments anciens où Gabriela n'avait pas de place.

Les derniers rayons du soleil glissaient le long des crêtes. Le vent secouait l'habitacle de la Mercedes comme s'il voulait entrer. Esteban se taisait, le visage sombre derrière ses lunettes. Gabriela non plus n'était pas tranquille. Elle devrait approcher de Schober pour avoir une chance de capter ses paroles : ils avaient fait un test sonore tout à l'heure mais les tueurs se méfieraient. Certes, ils étaient convenus d'un signal visuel avec Stefano en cas de problème (un bras dressé et il ferait feu en guise de sommation), mais s'ils avaient décidé de les liquider, sans autre forme de procès ?

On apercevait Muñez et son âne au sommet d'un piton rocheux, presque invisible dans la masse grise du volcan. Ils lui avaient promis les dollars de Schober, un *rancho* à San Pedro où ses vaches ne craindraient plus les attaques des rapaces, un raccourci du bonheur qui avait fait son chemin dans son cerveau calciné... Bientôt sept heures au cadran du tableau de bord. Esteban vérifia pour la dixième fois le chargeur du P38, la balle logée dans la chambre, avec des envies de meurtre.

Il pensait toujours à Edwards torturé dans le ventre de sa mère, à la fausse couche à laquelle elle avait échappé dans les sous-sols du stade de Santiago quand ses geôliers avaient été privés de viol, à l'appel à la barbarie du blason national – « Par la raison ou par la force ». Il pensait à ce médecin fils de bourgeois, Salvador Allende, qui, ramassant les cadavres d'enfants dans les rues, avait effectué plus de mille cinq cents autopsies des victimes de la pauvreté, cette époque où le Chili faisait partie du tiers-monde malgré ses richesses, avec des taux de mortalité infantile effarants – malnutrition, maladies, mauvais traitements, carences irrémédiables, parents décédés ou livrés à eux-mêmes, un enfant pauvre sur quatre n'atteignait pas ses dix-huit ans –, ce médecin devenu politicien pour que les enfants cessent de mourir dans son pays, Allende bâtissant le premier Parti socialiste sans argent, battant campagne avec la seule aide de la population, les cheminots, les ouvriers, les artistes, quarante ans de lutte désespérante avant d'enfin accéder au pouvoir, Allende qui, sachant que les carences alimentaires altéraient à jamais le cerveau des enfants, avait comme première mesure gouvernementale fourni du lait aux plus petits quand ils arrivaient à l'école, pour qu'ils aient au moins une chance de grandir, mais c'était déjà trop pour les *cuicos* du genre Roz-Tagle, la CIA, Nixon, qui avait vociféré auprès de son ambassadeur : « *Il faut buter ce fils de pute!* »

Esteban pensait à son enfance, à sa famille, à son père et son grand-père, son arrière-grand-père et ceux qui avaient précédé dans la céleste lignée, ces gens cultivés et respectables qui lui avaient menti toute sa vie, jusque dans sa généalogie intime, sa famille, ses amis, ses professeurs – *mensonges! mensonges!* Il repensait à son enfance à Las Condes, La Reina, avec ses espaces verts, ses universités high-tech et ses clubs de sport, une vie parallèle où les gens comme lui bénéficiaient du tout-à-l'égout quand, les eaux torrentielles de l'hiver dévalant les Andes en charriant tout sur leur passage, les canalisations des plus déshérités débordaient de merde faute de raccordements dignes de ce nom – la cuvette de Santiago, la bien nommée, où fermentait le peuple, la populace qui n'aurait jamais aucune part du gâteau.

L'esthète avait brillé à l'université sans se soucier de qui pouvait y accéder, on avait tracé son chemin sans dire qu'on avait effacé celui des autres, et lui avait tout gobé. La menace communiste ? L'URSS et les pays de l'Est avaient fermé leurs ambassades pendant que les « camarades » se faisaient massacrer par la clique de Pinochet. La probité du vieux Général ? Possédant une simple voiture le jour du coup d'État, il avait vécu dans un bunker doré, détournant des millions de dollars sans jamais répondre d'aucun de ses crimes, du sang jusque sur les dents.

Esteban en vomissait des vipères.

Son père, l'irrésistible Adriano Roz-Tagle, n'avait pas collaboré avec la dictature, il s'était contenté de s'enrichir en récupérant les services publics bradés au privé, il avait accaparé les moyens de communication en attendant l'heure où il faudrait faire avaler la pilule d'une transition en douceur à la population et sauver la face d'un État de délinquants. Dans ce grand écran de fumée, Esteban avait eu une star pour mère, ce miroir aux alouettes où la pauvre croyait voler, rien que du piteux, du rêve cosmétique dont la nostalgie, c'était peut-être le pire, la faisait boire, boire pour oublier qu'elle n'était plus qu'une alcoolique accrochée au strapontin d'une dernière séance commencée sans elle. Dans sa chair, ses cellules, son sang, Esteban s'était senti infiniment trahi : ses parents, sa famille, les livres d'école, la société entière et les gens qui la constituaient lui avaient menti en Cinémascope, comme quelqu'un apprenant adulte qu'on l'a adopté, un séisme silencieux. Son propre passé était devenu illégitime, l'argent qui lui revenait illégitime, les femmes qui lui tombaient crues dans les bras illégitimes, ses amours même avaient été illégitimes, de simples accointances de classe, tout était faux, gâché, pourri, comme s'il avait vécu jusque-là l'existence d'un autre, d'un imposteur. En partageant le cabinet d'avocats avec Edwards, en culbutant les petites princesses de son rang sans en aimer aucune, en respirant l'air de l'appartement payé avec l'argent de ses parents, Esteban n'avait jamais vécu qu'en imposteur. Même écrivain, il serait un imposteur. Un Roz-Tagle. La distance qui le séparait des gens ordinaires avait été intégrée dans le corps social du pays, celui d'un malade : lui s'était désintégré du corps social.

Il avait explosé en vol.

Tout était à vendre au Chili. Même la Villa Grimaldi avait été bradée à un militaire à la fin de la dictature, avant de devenir un lieu de mémoire sous la pression des associations de victimes. C'est là qu'Esteban avait reçu le coup de grâce.

La Villa Grimaldi se situait dans le quartier de La Reina, où ses parents avaient acheté leur manoir. Esteban visitait ce parc enfin paisible où, au gré des témoignages, on pouvait croiser les visages des torturés, des disparus, ces photos noir et blanc aux silences douloureux – *infiniment* douloureux...

Dans le jardin de la Villa Grimaldi, chaque rose portait le nom d'une femme assassinée. Un tendre hommage pour celles qui avaient connu l'enfer. Esteban était tombé devant l'une de ces victimes, Catalina Ester Gallardo Moreno... Pourquoi ce jour-là ? Pourquoi elle ? Son sourire d'une modernité folle, ses cheveux à la garçonne, son air pétillant et gai, sa jeunesse jurée à la face du monde, toute cette beauté qu'on avait mordue au visage pour lui apprendre à vivre, aujourd'hui réduite à une étiquette dans un parterre de fleurs ensoleillé : cette vision l'avait foudroyé.

Esteban était tombé amoureux d'une fleur, une rose rouge du nom de Catalina, par aversion pour les siens : un choc dont il ne s'était pas relevé.

Les lits électrifiés où on attachait les gens comme elle, les électrodes dans le vagin et le rectum qui les convulsaient de douleur, leurs hurlements de terreur sous les yeux de leurs frères ou maris qu'on forçait à regarder, les baignoires où on les étouffait, les viols, les viols collectifs, les viols par des bergers allemands, ceux qu'on jetait des hélicoptères attachés à des rails de chemin de fer pour éviter qu'ils ne remontent à la surface, le cadavre d'un enfant retrouvé trente ans plus tard avec douze balles dans le corps, les sévices qu'il fallait « interpréter dans le contexte », tous ces mensonges avalés maelstrom, tourbillon, pourriture, Allende autopsiant les enfants le cœur brisé, le même acculé au suicide dans la Moneda en flammes, Víctor Jara supplicié, quarante ans et autant d'impacts de balles dans la peau, un massacre riant pour des bourreaux qui savaient à peine lire, Catalina la petite pute rouge qui avant de devenir une rose en avait pris pour son grade : les larmes qui avaient coulé ce jour-là à la Villa Grimaldi coulaient toujours.

Víctor Jara aux mains cassées, Catalina, les héros de ses livres étaient des morts.

Gabriela sur le siège oublia les rares nuages dans

le ciel tombant : Esteban lui tendait une feuille de papier pliée qu'il venait de sortir de sa poche.

— J'ai écrit ça pour toi, dit-il.
— C'est quoi ?

Sa main tremblait un peu.

— La fin de l'histoire.

Gabriela déplia la feuille, suspicieuse. Elle découvrit un texte manuscrit, une sorte de poème en prose, reconnut la petite chanson de Catalina à son Colosse qui manquait encore à son *Infini cassé*... Elle acheva la lecture et redressa la tête.

— Ça veut dire quoi ?
— Que l'histoire finit mal, Gab.

Elle s'éboua sur le siège de la Mercedes – c'était bien le moment d'avoir cette discussion.

— Celle de ton livre, dit-elle, pas la nôtre.
— C'est pareil, non ?

Esteban la regardait comme s'il pouvait trouver dans l'éclat de ses yeux noirs la réponse qui le sauverait, mais la nuit était tombée du mauvais côté des astres.

— Il faut que je te dise quelque chose, enchaîna-t-il. Au sujet de cette foutue nuit à Quintay... Je me suis souvenu de ce qui s'est passé en sortant du coma : je t'ai filmée, Gab, avec ta caméra. J'ai filmé ta noyade... Et si tu t'en es sortie, ce n'est pas grâce à moi. Moi je t'ai abandonnée au milieu des vagues, comme un lâche. Le dernier des lâches que j'ai toujours été...

La Mapuche ravala sa salive. Ainsi lui aussi avait « vu » cette scène.

— Je ne suis pas à la hauteur, dit-il. De ton amour,

de ta magie… Regarde-moi, fit-il en prenant sa main brisée à témoin, je suis tout juste bon pour la casse. Alors que toi…

Gabriela serra les dents : l'homme qu'elle aimait avait des serpents dans la tête. Une force maléfique testait son pouvoir de *machi*, ou quelque génie malin, mais elle n'avait pas ramené son âme d'entre les morts pour qu'il lui claque comme une bulle de savon entre les mains.

— Écoute bien ce que je vais te dire, Roz-Tagle… J'ai grandi avec le feu et le vent, ils me parlent. Si tu as perdu l'esprit des pierres et des morts, pas moi. Je peux relier le passé au présent, entendre la voix de la Terre et calmer les volcans pour tes beaux yeux, je peux même courir après tes avatars et te les ramener indemnes, sur n'importe quelle plage où tu auras été assez cinglé pour m'emmener… Ça te paraît valable comme suite à notre histoire? Je peux aussi t'en inventer une autre, lâcha-t-elle, une histoire plus meurtrière ; je pourrais par exemple te dire que j'aime les femmes parce qu'un homme à la peau vérolée m'a coincée un jour sur le chemin de l'école, un type laid à vomir qui jurait de trancher la gorge de ma sœur si je parlais. Et celle de l'école religieuse où on enfermait les sauvages comme moi pour nous apprendre à vivre, tu la connais? Et l'histoire de la petite *machi* qui soigne l'âme de son amant en se noyant sous ses yeux, tu veux l'entendre par la voix de qui? Pour toi, je suis capable d'inventer n'importe quoi, jusqu'à un avenir dont tu ne soupçonnes même pas l'existence ! Ce qui s'est passé cette nuit-là sur la plage fait partie d'une autre histoire, la nôtre ne fait que commencer, OK ?!

Gabriela cherchait des mots d'amour, les mots qui sauvent, mais un 4×4 dévalait la colline.

Schober.

12

Moins quinze degrés la nuit, deux ou trois le jour, et des vents hostiles qui fouettaient les herbes rases : ils ne se rendirent pas compte tout de suite qu'ils étaient si haut dans la chaîne montagneuse. La route qui menait au *salar* de Tara n'était pas particulièrement abrupte, c'est au col seulement qu'une pancarte indiquait l'altitude, près de cinq mille mètres, et la route grimpait encore.

Busquet conduisait le Land Rover. Près de lui, Gustavo Schober avait les yeux rivés sur les monts déchiquetés des Andes, ruminant son ressentiment comme des perles acides. Il avait toujours maîtrisé, organisé, planifié, brillamment exécuté : aujourd'hui Roz-Tagle le traquait et il avait un coup d'avance. Comment avait-il remonté sa piste ? Porfillo se taisait à l'arrière du 4×4, le doigt douloureux malgré les médicaments, mais il n'en pensait pas moins : la petite pute du MIR n'avait jamais été qu'une girouette opportuniste vendue au plus offrant. L'amour aveuglait Gustavo, c'est avec son cul qu'elle s'était sauvée, rien d'autre. Porfillo était sûr qu'elle avait vendu la mèche au tireur dans la villa – l'achat de terres à San

Pedro, son silence après la fusillade pour laisser le temps à Roz-Tagle de débusquer Muñez...

Busquet donnait des coups de volant pour éviter les obstacles. Ils avaient croisé un minibus de touristes qui rentrait d'excursion sur la partie goudronnée une demi-heure plus tôt, avant de bifurquer sur la piste menant au *salar*. Depuis, plus rien que de la caillasse et du vent. Trois heures de route les séparaient de San Pedro, où Schober avait suspendu le rendez-vous au bureau indigène. Ils longèrent des statues de roche, d'improbables monticules géants défiant la pesanteur, et un troupeau de vigognes craintives à flanc de colline que Busquet chassa à coups de klaxon sous les encouragements de Porfillo. Marrant de les voir courir vers les crêtes comme si elles avaient le diable aux fesses – vigogne, lama ou guanaco, ils ne voyaient pas la différence.

Les camions en route pour la frontière empruntant l'itinéraire asphalté, il n'y avait plus que des trafiquants de 4×4 à traîner dans les environs, venus de Bolivie ou d'Argentine. Ils traversèrent des paysages lunaires, des aiguilles de sel et de roche volcanique figées dans l'éternité, des figures qui semblaient venir d'une autre planète. Gustavo se concentra sur le rendez-vous avec Roz-Tagle, sa proposition d'un «arrangement compensatoire». Que voulait-il, de l'argent ? Une forte somme contre la signature de Muñez ? Ils suivirent une piste de terre brune, faisant voler les cailloux sous les roues du Land Rover, évitant les nids-de-poule, ici préhistoriques. Le *salar* n'était plus très loin, quelques kilomètres à peine. Ils dépassèrent un défilé grandiose, cathédrale de roche rouge aux flèches crevant l'azur.

— Manque plus qu'une attaque d'Indiens à cheval, ironisa Porfillo pour détendre l'atmosphère.

Il avait grandi avec les westerns où les sauvages mordaient la poussière, des figurants du cru qu'on avait peints en rouge le plus souvent. Il oublia la douleur sourde à son auriculaire, le temps de penser aux westerns de son enfance, puis continua de ruminer. Ils arrivaient enfin sur le site, une lagune aux teintes bleutées dont les reflets scintillaient dans le crépuscule.

— Arrête-toi, ordonna Schober.

Ils venaient d'atteindre le sommet de la colline, qui donnait une vision panoramique sur le *salar* ; quelques flamants roses et un lac se dessinaient tout en bas, nappe turquoise perdue dans le désert blanc. Schober prit les jumelles, scruta la mer de sel depuis le pare-brise poussiéreux, repéra bientôt le point sombre sur la gauche, en bordure du lac : un véhicule attendait au milieu de nulle part.

Roz-Tagle.

*

Esteban et Gabriela avaient regardé le Land Rover dévaler la piste. Il composa le numéro de Stefano et, la communication établie, glissa le portable dans la poche intérieure de sa veste noire. Gabriela déclencha sa caméra. Sa batterie était chargée, la GoPro calée dans son sac. Elle poussa la portière de la Mercedes, le cœur battant. Esteban était déjà dehors, la veste boutonnée sur le vieux pistolet coincé dans sa ceinture.

Le 4×4 ralentit aux abords du lac, puis s'arrêta à

une vingtaine de mètres. Perturbés dans leur pêche, les flamants levèrent la tête à l'approche des nouveaux arrivants, mais aucun ne s'envola. Gabriela rejoignit Esteban près du capot.

— Tu restes derrière moi, OK ? dit-il.

— Avance, que je t'aie dans mon champ...

Trois hommes descendaient du Land Rover. Esteban reconnut Porfillo, le tueur aux verrues, puis Schober. Grisonnant, le visage grave, court sur pattes sans trop d'embonpoint, vêtu d'une veste de peau retournée et de chaussures épaisses, l'homme d'affaires avait perdu le sourire bronzé des photos Internet. Le troisième devait être son garde du corps.

Le vent froid fouettait leur visage. Ils se jaugèrent un moment de loin, enfin Schober ajusta ses lunettes de glacier et avança vers la Mercedes. Difficile de savoir s'il cachait une arme sous sa pelure. Esteban se méfiait plutôt de Porfillo : emmitouflé dans une grosse veste de laine, l'ancien agent de la DINA se tenait derrière la portière ouverte du Land Rover, un gros pansement au doigt, mâchant un chewing-gum.

Le sol était blanc, presque transparent. Gabriela et Esteban rejoignirent Schober à mi-chemin des deux véhicules.

— Qu'est-ce qu'elle fait là ? dit-il sans un regard pour l'Indienne.

— Cette jeune femme est ma cliente, répondit l'avocat, elle représente les parents des victimes de La Victoria.

Toujours cette histoire...

— Muñez est là ?

— Oui.

— Où ?

— Là-haut, répondit Esteban.

Il se tourna vers le volcan et agita sa main valide : une silhouette se détacha bientôt d'un piton rocheux, celle d'un homme grimpé sur un âne.

— Dites à vos gorilles de se tenir tranquilles, reprit Esteban, le temps que Muñez descende de son perchoir.

Gabriela restait en retrait, le sac vintage à hauteur de hanches. Schober dévisagea le fils du multimillionnaire.

— Qui me dit qu'il n'y a pas quelqu'un caché à l'arrière ? fit-il en désignant la Mercedes.

— Allez vérifier si ça vous chante.

Il fit signe à Porfillo de jeter un œil à la voiture. Esteban croisa le regard oblique du tueur sans voir qu'il portait un gilet pare-balles sous sa veste de laine. Porfillo inspecta le véhicule, tenant le Glock à la main malgré son pansement, rassura son patron – personne…

— Bon, reprit Schober, c'est quoi au juste cet arrangement ?

— Un marché, comme je vous l'ai dit au téléphone, répondit Esteban. Muñez et mon silence sur les meurtres, contre certaines explications et une partie de l'argent du trafic.

— Quel trafic ?

— Celui de la cocaïne qui transite par le port de Valparaiso, avant que votre acolyte Porfillo la refourgue à des flics véreux comme Popper ou Delmonte. Ça vous suffit ou vous voulez le nom de l'agent de la DEA chargé des écoutes et de la surveillance électronique ?

Les deux hommes se faisaient face, tanguant dans les rafales. Schober ne réagit pas à la provocation.

— Qu'est-ce que vous voulez, Roz-Tagle ?

— Deux cent mille dollars pour chaque famille des victimes de La Victoria, dit-il tout de go. En liquide évidemment, ce qui ne devrait pas vous poser de problème. Quatre familles ont perdu leur enfant à cause de votre dope, je vous laisse faire le calcul... Une broutille pour vous, pour eux de quoi reconstruire une vie à leur échelle.

Schober ne s'attendait pas à ça. Huit cent mille dollars, il n'y avait qu'à piocher dans le trésor de guerre. Mais il restait un homme d'affaires et n'avait pas confiance.

— Qui me dit que vous ne courrez pas à la police après avoir encaissé l'argent ?

— Pour leur dire quoi ? Vous avez récupéré mon portable avec le message d'Edwards : je n'ai aucune preuve de votre implication dans les meurtres, que mon témoignage quand vos sbires ont tué Luis Villa dans son appartement de Santiago.

Des petits nuages de sel moutonnaient à leurs pieds. Voilà pourquoi Roz-Tagle gardait le silence...

— OK, opina Schober. Vos familles auront leur argent.

— Je veux aussi les réponses à certaines questions : vous avez engagé Edwards comme fiscaliste pour optimiser le montage financier entre Salar SA et Cuxo, votre partenaire américain ?

L'autre secoua la tête.

— Il a pourtant été en contact avec vous, puisque vous l'avez fait assassiner.

— Edwards n'était qu'un porteur de valises, évacua Schober. S'il n'avait pas été trop curieux, rien ne serait arrivé.

— Baratin : jamais Edwards ne se serait mêlé à une histoire de drogue. C'est vous qui avez graissé la patte des flics, Popper, Delmonte, les autres…

Schober ne broncha pas, le visage rougi par le froid.

— Combien d'autres policiers sont impliqués dans le trafic ? reprit Esteban.

— Ce n'est pas vos affaires.

— Celles de qui alors, des agents de la DEA qui détournent la cocaïne saisie vers le Chili ? Vous avez réactivé vos vieux contacts du Condor, des agents américains et des flics corrompus pour acheminer la drogue via vos réseaux maritimes ?

— Ça changera quoi ?

— Le temps que je mettrai à m'endormir sans me poser toutes ces questions. Alors ?

— Alors quoi ?

— À combien s'élève le trafic ?

Schober resta impassible, les mains enfoncées dans les poches de sa veste de peau. Porfillo, Busquet et Gabriela observaient la joute à quelques mètres de là, habités de sentiments contraires.

— Pourquoi prendre tous ces risques ? insista Esteban. Générer du cash ? Je sais que vous avez acquis des terres autour du *salar*, le pressa-t-il, que des prospections ont été faites malgré le statut inconcessible du site naturel… Vous avez trouvé de l'eau dans les terres de Muñez, dans les autres parcelles aussi ? Pourquoi creuser les puits ?

— D'après vous ?

— Parce que les mines ont besoin d'eau, dit-il.

C'est pour ça que votre société d'extraction a acquis les terrains renfermant les nappes phréatiques : une fois l'eau à disposition, la multinationale avec qui vous vous êtes associé apportera la technologie pour exploiter le filon.

Une salve d'écume moucheta leurs pieds.

— Tu n'es pas si abruti qu'on le dit, nota Schober.

— Il y a quoi dans ces sous-sols : de l'or, du minerai ?

— Du lithium.

— Mauvaise nouvelle pour la nature.

— Pas pour les gens qui vont y travailler.

— Il est où, ce gisement ?

Du pied, Schober frappa le sol translucide.

— Là, dit-il.

Le *salar* de Tara : une merveille de la nature a priori protégée...

— Un gisement important, j'imagine.

— Miraculeux serait plus juste.

— Quitte à saloper un site unique au monde.

— Où broutent des lamas, renchérit l'entrepreneur. Vous êtes bien naïf, Roz-Tagle.

— Et vous bien de votre époque malgré le temps qui passe, lâcha Esteban entre ses dents. Tous les coups sont permis, hein...

Gabriela sentit la tension monter entre les deux hommes. Elle avait filmé plus qu'il ne lui en fallait ; elle se racla la gorge pour lui signifier d'arrêter l'interrogatoire mais Esteban n'écoutait pas. Il venait de comprendre : l'argent de la cocaïne avait servi à corrompre les services chargés de la protection du site naturel, dont la richesse du sous-sol ne figurait sur aucun registre. Salar SA avait commencé à prospecter sans annonce officielle ni autorisation légiférée devant les autorités compétentes. Vu les sommes mises en jeu pour l'exploitation d'une mine, Schober avait obtenu un passe-droit, une faveur au plus haut sommet de l'État.

— Combien vous avez versé aux politiques pour obtenir l'autorisation de prospecter sur un site protégé ? relança Esteban. Ils savent que c'est l'argent de la drogue ?

— Ce n'est pas le genre de question qu'on se pose.

— Le ministère des Mines est dans le coup ?

— Non.

— Pourquoi ?

— Parce que les gouvernements changent, répondit Schober. Et qu'un accord est toujours renégociable...

Qui était au-dessus du pouvoir exécutif ? Le législatif... La Cour suprême... Bien sûr. Esteban avait pris le problème à l'envers : Edwards n'avait pas été engagé par Schober pour optimiser le montage financier entre les sociétés d'extraction, il avait reçu une valise de cash pour corrompre son principal client, Víctor Fuentes. Le père de Vera.

— Le juge Fuentes, dit Esteban d'une voix blanche : une fois nommé à la Cour suprême, il aurait le pouvoir de modifier les textes de loi et autoriser l'exploitation du *salar* de Tara...

Schober eut un rictus. Quelque chose commençait à ne pas coller dans cette discussion. Roz-Tagle n'avait réellement aucune preuve contre lui.

— Maintenant c'est moi qui vais te poser une question, lâcha l'ancien officier. Qu'est-ce qui m'empêche de vous liquider, toi et l'Indienne ?

— L'homme qui vous tient en joue, en ce moment même, répondit Esteban.

Un piège.

— Putain de connard, marmonna-t-il.

Schober s'écarta brusquement, laissant le champ libre à ses hommes qui n'attendaient que ce signe pour dégainer. Esteban sentit le danger : du coude, il repoussa Gabriela dans son dos, saisit le Parabellum dans le même mouvement. La vidéaste lança le signal à l'intention de Stefano mais Porfillo avait un temps d'avance : il tira deux fois sur Esteban, qui recula sous l'impact, avant qu'un projectile ne frappe le tueur en pleine poitrine.

Porfillo rebondit contre la portière du Land Rover sans lâcher son Glock : le gilet pare-balles venait de lui sauver la vie. Les flamants roses s'envolèrent en hurlant, effrayés par les coups de feu. Esteban mit un genou à terre sous le regard tétanisé de Gabriela. Il porta la main sous sa veste, la ressortit ensanglantée.

Porfillo se réfugia derrière le 4 × 4, secoué par le tir du sniper mais toujours en vie. Les détonations retentissaient depuis la rive opposée du lac, des balles de gros calibre qui pulvérisaient la carrosserie, les vitres, un vrai ball-trap. Porfillo vit Busquet qui grimaçait à terre en se tenant la cuisse, les balles fusaient et Schober était pris entre deux feux. Rien à craindre de l'Indienne, recroquevillée contre la Mercedes comme si ses mains pouvaient la protéger. Porfillo évalua en une seconde la position du tireur embusqué, plein ouest, héla Gustavo en lui faisant signe de rappliquer.

— Reste pas là, putain !

Schober se précipita vers le Land Rover quand un projectile lui brisa la hanche. Il fit une brève contorsion et s'affala dans un cri douloureux. Gabriela ne respirait plus, clouée de peur contre le pare-chocs : Esteban se tenait à mi-chemin des deux véhicules, sa chemise blanche pleine de sang qu'il regardait s'écouler. L'auréole grandissait. Il n'avait pas lâché le P38. Schober geignait sous son gros manteau : il voulut ramper vers le 4×4 mais deux balles expulsèrent une fine pellicule de sel tout près de son visage. Il était dans la ligne de mire du tireur.

Esteban ne pouvait plus se redresser, ni même lever le bras qui tenait le Parabellum. Le sang coulait sous sa veste noire. Il tangua au milieu des rafales, une brûlure dans le ventre.

— Esteban, attention ! Esteban !

Il vit Gabriela réfugiée contre la Mercedes, son visage rempli d'effroi qui implorait.

— Non !!

Porfillo brandissait son arme. Gabriela pour dernier horizon, Esteban n'esquissa pas un geste de défense. Le tueur lui vida son chargeur dans le corps.

Schober grimaçait toujours entre les deux véhicules, incapable de se relever. Porfillo enfonça un nouveau chargeur dans le Glock, à l'abri du capot. Son doigt blessé s'était remis à saigner. Saloperie. Il se ressaisit vite. Le sniper aussi devait recharger son fusil. Porfillo en profita pour avancer à croupetons jusqu'au pare-chocs. Il avait maintenant douze balles en stock et l'adrénaline en fusion dans ses veines. Il se dressa d'un bond, visa l'Indienne et pressa la queue de détente : Porfillo allait l'abattre quand un nouveau coup le frappa au plexus, si violent qu'il bascula en arrière.

« Le fils de pute ! » pesta-t-il en se réfugiant derrière la carrosserie. Le sniper avait changé d'angle de tir : cinq centimètres plus haut et il n'avait plus d'œsophage. Porfillo tira plusieurs coups en aveugle en direction du lac, vit les pneus crevés du 4 × 4, Busquet affalé contre la roue, une balle en pleine tête. Comment sortir de ce guêpier ?! Son doigt pissait le sang, lui tirant des jurons étouffés, et il n'atteindrait jamais la Mercedes, à supposer que les clés soient dessus. Le sniper les tenait dans sa ligne de mire de l'autre côté de la rive et il ne pourrait pas le déloger, pas avec un simple pistolet et cette douleur affreuse au doigt. Il n'avait pas d'autre solution que de fuir s'il voulait sauver sa peau. En l'état, Schober était intransportable.

— Fais quelque chose, putain ! sifflait le boss.

Porfillo grogna, la main crispée sur la crosse de l'automatique. La frontière : c'était sa seule chance.

Il s'enfuit en courant, plein est.

*

Les oreilles de Stefano bourdonnaient. Il était certain d'avoir touché Porfillo au thorax mais le tueur ne s'était pas écroulé. Un gilet pare-balles : voilà pourquoi ses tirs restaient sans effet sur cette vermine. Stefano avait arrosé le Land Rover où il se réfugiait, frappé les cibles à découvert, changé de position pour ouvrir l'angle sans réussir à protéger Esteban. La panique gagnait : une vingtaine de coups de feu avaient été échangés et il ne voyait plus Gabriela.

Plus de cent mètres les séparaient. Coupant au plus court, Stefano traversa les eaux peu profondes du lac, la carabine à la main, sans plus sentir la vieille blessure à sa jambe. Le 4×4 lui cachait en partie la vue, mais Porfillo s'échappait en zigzaguant sur la mer de sel : une cible mouvante, trop lointaine pour qu'il ait une chance de la toucher... Le vent gelé cinglait son visage quand Stefano arriva sur les lieux de la fusillade.

Gabriela tenait la tête d'Esteban sur ses genoux, effarée : les jambes, le ventre, la poitrine, il avait au moins huit impacts dans le corps, d'où ruisselait un sang vermeil. Stefano s'approcha de Schober qui, blessé à la hanche, le dévisageait comme un revenant. C'était le cas. Il effectua une fouille rapide, trouva un pistolet automatique qu'il glissa dans la poche de sa veste. Schober geignait de douleur, cramoisi de froid sous ses lunettes de glacier.

— Qui... qui es-tu ?

Stefano ne répondit pas. À deux pas de là, Gabriela caressait le visage d'Esteban, les yeux mi-clos. L'avocat vivait encore, pas pour longtemps... Stefano voulut dire un mot de réconfort mais aucun ne venait. Des larmes muettes coulaient sur les joues de Gabriela. Elle releva la tête vers l'ancien miriste. Désolation, rage, impuissance. Elle désigna la mer de sel où Porfillo s'était enfui, le regard vide absolument.

— Tue-le... Tue-le.

13

Ce bâtard de Roz-Tagle et l'Indienne qu'il traînait avec lui avaient tenté de le piéger. Un troisième larron assurait leurs arrières : le tueur de la villa, forcément... Porfillo manquait d'oxygène. À cinq mille mètres d'altitude, il fallait boire beaucoup d'eau pour irriguer le cerveau, mâcher de la coca, mesurer ses efforts et les réduire au minimum sous peine de collapser. Il avait couru un kilomètre, alourdi par le gilet pare-balles qui l'avait sauvé, d'abord en zigzag pour échapper aux tirs du sniper, avant de ralentir, exténué.

Porfillo reprit son souffle, se retourna encore pour voir s'il était poursuivi : personne. Qu'une étendue blanche et aveuglante malgré le soleil qui se retirait derrière les montagnes. La tête lui tournait et son doigt blessé l'élançait après l'échange de coups de feu. Il saignait toujours sous le pansement imbibé. Porfillo tâcha de garder son calme. Dans son souvenir, la frontière bolivienne était à huit kilomètres à peine, à l'autre bout du *salar* : il allait se perdre dans la nature... L'ancien militaire marcha d'un pas cadencé, le souffle court. La réverbération brûlait ses rétines, il avait laissé ses lunettes de soleil dans le Land Rover, et chaque pas lui coûtait. Il songea à se débarrasser du gilet pare-balles, renonça : le harnachement pesait son poids mais il le protégeait du vent glacé et il n'était pas sûr d'avoir définitivement échappé au tireur... Roz-Tagle avait son compte mais il avait dû abandonner Schober. Blessé ou pas, les jours de son complice étaient comptés. Les siens aussi s'il ne passait pas la frontière.

Porfillo ne pensait plus à la façon dont on avait pu déjouer sa vigilance, il n'avait pas une goutte d'eau sur lui et les rafales le faisaient vaciller. L'auriculaire arraché lui faisait de plus en plus mal, le sang gouttait de son pansement. Il se retourna de nouveau ; le soleil déclinait derrière les cimes, teintant le sol d'un rose craquelé. Le froid le prenait à la gorge. Trop d'air avalé dans sa fuite. De l'hiver en buée lui descendait, liquide, jusqu'à l'estomac. Ou le manque d'oxygène l'étourdissait. Il pressa le pas, les poumons brûlants. La nuit ne tarderait pas à tomber. D'ici une demi-heure il n'y verrait plus rien. Heureusement que le paysage était plat, la direction facile à suivre. La Croix du Sud lui donnerait le pôle, s'il était capable de la retrouver parmi toutes ces putains d'étoiles.

Marcher. Droit devant. Le plus vite possible, autant que ses jambes pouvaient le porter, sans penser à la douleur de son doigt. Six kilomètres. Ses pensées se fragmentaient. Le froid tétanisait ses muscles. La fatigue. Le contrecoup du stress. La fusillade. Schober resté sur le carreau. Marcher encore. Cinq kilomètres. Il s'encouragea : plus que cinq kilomètres. Une fois passée la frontière, tout était possible... Porfillo jeta un énième regard dans son dos. Le bleu du ciel avait fondu avec la lune. Avec son cerveau en manque d'oxygène. Il marcha encore, la gorge comme un rasoir. La soif. La frontière bolivienne. Il n'y connaissait personne mais il trouverait. Le vent des hauts plateaux le faisait tituber, ses jambes se vidaient de leur sang, de leur sève, il pestait en glissant sur les plaques de sel. Il n'avait pas le temps de se reposer, la nuit guettait, l'engloutirait... Plus que quatre kilomètres.

Des oiseaux noirs planaient dans le ciel. Un couple de rapaces, des *caranchos* qui habitaient la montagne. Porfillo se retourna de manière mécanique et resta quelques secondes immobile, le regard fixé sur un point au loin... Un point qui, lentement, semblait grossir... Un mirage. Un délire dû à l'altitude, à ce vent qui rendait fou. Il attendit encore, le souffle rauque dans sa poitrine, écarquillant les yeux comme s'il pouvait mieux voir... Non, pas de doute : la forme sur la mer de sel semblait même se mouvoir... Il saisit son arme, vérifia son chargeur. Trois balles. Le reste des munitions était dans le Land Rover. La forme approchait toujours. Porfillo parcourut une centaine de mètres, le Glock à la main gauche pour soulager son doigt blessé, se retourna encore et comprit qu'il était inutile de fuir : la silhouette gagnait sur lui, inexorable.

Il s'arrêta, éreinté. La silhouette était maintenant distincte, celle d'un type perché sur un âne... Un putain d'âne : Porfillo distinguait ses oreilles pendantes, le trot et le mouvement qu'il formait avec le cavalier... Il avançait, méthodique, au milieu des bourrasques, les pieds touchant presque le sol tandis que l'animal s'échinait. Le tueur de la villa. L'homme aux cheveux blancs.

Cinquante mètres : Porfillo brandit son arme, visa au-dessus de l'âne et rata sa cible.

— *La concha de tu madre !*

Le vent faisait dévier son bras. Ou la douleur de son doigt l'empêchait de se concentrer. Il se campa plus fermement sur ses jambes, fixa sa main gauche sur son poignet, mit le cavalier en joue et pressa la détente. L'écho de la détonation hurla dans le vent. L'autre avançait toujours. Porfillo laissa passer une rafale, visa de nouveau, plus nerveux, comprit trop tard que c'était lui la cible. Le fusil cracha le feu au moment où sa dernière balle se perdait dans la tourmente : Porfillo se plia en deux, la tête propulsée en avant sous le choc, et lâcha le Glock dans un râle.

Le cavalier avait tiré à hauteur des jambes, trois projectiles dont deux avaient trouvé la chair. Porfillo s'agenouilla et posa la main gauche à terre. Une balle avait traversé le gras de sa cuisse, il y avait du sang partout sur son pantalon et une douleur aiguë se répandait dans le bas du ventre. Le fils de pute lui avait tiré dans les couilles. Il déglutit, vit la blessure et ce fut pire. Un carnage. Porfillo trouva la force de se redresser.

Le cavalier s'était arrêté à une dizaine de mètres. Le même tireur qu'à Valparaiso armé d'une carabine et un âne pelé qui le regardaient, tous les deux impassibles. La main gauche de Porfillo se crispa sur le cran d'arrêt dissimulé dans sa veste de laine. L'enfoiré pouvait le descendre à tout moment mais qu'il approche... encore un peu.

L'impression d'impassibilité perçue par le tueur

était trompeuse. Car Stefano venait de reconnaître l'ancien agent de la DINA : ces traits grossiers, ce regard convergent, comment les oublier... Stefano maudit la salive qui lui manquait. Il avait à peine vu son visage dans la maison de Schober, mais Porfillo était l'interrogateur de la Villa Grimaldi, El Negro, la brute qui lui avait démoli le genou à coup de revolver. Alias Jorge Salvi, subordonné de Sanz/Schober... Stefano n'avait jamais cherché à retrouver son tortionnaire auprès des associations des Droits de l'Homme à son retour d'exil, El Negro n'était qu'une crapule fasciste parmi d'autres. Il se trompait. Le passé et le présent étaient liés, comme le fil invisible qui l'avait relié pendant quarante ans à Manuela. Tout était en place dans le théâtre d'ombres que constituait sa vie. Un ultime règlement de comptes avec l'Histoire.

Vacillant dans le vent glacé, Porfillo ne reconnut pas l'homme qui lui faisait face. Celui-ci ne bougeait pas, perché sur son âne, la carabine à la main.

— Qui tu es? lâcha-t-il, grimaçant de douleur. Hein?

Stefano observait le bourreau, arc-bouté dans le soleil couchant. Du sang coulait sous son gilet pare-balles, de petites gouttes régulières qui dessinaient des figures obscures sur la mer de sel. Une méchante blessure. Sans eau, avec ce froid, il n'irait pas loin... Gabriela voulait qu'il le tue mais la mort pour lui serait trop douce. Stefano leva la tête vers le couple de *caranchos* qui le suivait depuis tout à l'heure. Il ferait bientôt nuit sur le *salar* de Tara. Dans quelques minutes, le pistolet tombé aux pieds de Porfillo ne lui serait d'aucun secours contre les assauts des rapaces.

Au mieux cette charogne mourrait de froid. Au pire ils le dépèceraient vivant...

Stefano le laissa aux *caranchos*.

*

Le buste de Busquet roula contre la roue du 4×4, le visage pulvérisé par la balle de gros calibre. Schober râlait un peu plus loin, inaudible dans le tourbillon du vent.

Gabriela n'avait d'yeux que pour Esteban, paupières papillotantes sous le ciel éteint des Andes. Elle ne savait plus par quel bout le prendre dans cette bouillie d'amour et de sang : elle murmurait son prénom, sa joue posée contre la sienne, et d'étranges visions lui remontaient des entrailles. Gabriela avait déjà vécu cette scène chez la *machi*, quand les anamorphoses s'étaient substituées aux rouleaux : la chaleur de son corps contre elle, l'âne ricanant, la mer de sel... Tout ça n'avait pas de sens.

Le vent glacé les figea un peu plus. De la lave.

Le monde d'Esteban était trouble, depuis longtemps sans doute. Il distinguait encore les contours de Gabriela sous le ciel cobalt... Quel spectacle. Quel spectacle magnifique. La douleur irradiait son corps mais son esprit flottait librement : ô Gabriela, pourquoi ce regard si sombre et si triste ? Elle murmurait son prénom, caressait ses cheveux comme s'il allait partir, la quitter, alors qu'il n'avait jamais été aussi bien, détaché de lui-même... Il visita le *salar* au crépuscule, ses reflets phosphorescents, trouva sur le chemin quelques amours littéraires, Catalina et les autres, tous ses vieux fantômes qui ce soir se donnaient rendez-vous dans ses bras. C'était la fin de l'histoire. Une vie imaginée, rêvée. Pour une fois il ne s'était pas trompé. Gabriela était son amour en activité, sa femme magnétique.

— Je ne te laisserai plus tomber, Gab... Si tu sens... une présence... un jour... *machi* ou pas... ce sera moi.

Il respirait avec peine, les poumons noyés. Un voile se dessina sur ses yeux bleu pétrole.

— Reste avec moi, Esteban... Reste.

Elle le serrait fort pour le retenir, elle sentait qu'il se dérobait, qu'il fuyait comme l'eau entre ses doigts. Esteban voulut la rassurer mais son sourire était plein de sang.

— Tué à quarante ans, dit-il dans un souffle, comme Víctor Jara...

Une larme brûlante coula sur sa joue, que le vent effaça.

Gabriela resta là longtemps, cœur vide au pied du volcan, à cacher son visage contre le sien et le bercer en vain.

Elle étreignait son mort.

14

— Tu as parlé à la police de Valparaiso ? demanda Stefano.
— Oui...
— Et tu leur as dit quoi ?
— Que j'étais chez une amie du tai-chi. Une sorte de retraite spirituelle, sans nouvelles de mon mari parti en voyage d'affaires... Comme convenu.
— Ils t'ont crue ?
— Je crois, oui...

La voix de Manuela tremblait légèrement au téléphone. Stefano l'avait informée de ce qui s'était passé dans le *salar*, les conséquences à prévoir, élaborant un plan de repli dans l'urgence qui les épargnerait tous, mais son seul souci était de ramener Gabriela saine et sauve. Il avait attendu de rentrer à Santiago pour rappeler la femme de Schober.

— Je leur ai dit que je n'étais pas au courant des affaires de Gustavo, reprit-elle. Juste qu'il était dans le Nord pour un business minier. Que je ne savais pas ce qu'on lui reprochait...

Manuela était manifestement ébranlée par la tournure que prenaient les événements.

— Ils vont continuer à t'interroger, dit Stefano. L'affaire a trop de zones d'ombre pour qu'ils te laissent tranquille.

— Quelle affaire? Il n'y a aucun témoin vivant d'après les flics, que Gustavo... et toi... Mais toi tu n'existes pas.

Stefano déplaça son pion.

— Tu pourrais témoigner sur le passé de Schober : son rôle à la DINA puis comme agent du Plan Condor.

— Ça changerait quoi?

— Ça mettrait la justice sur la bonne piste.

— Une piste vieille de quarante ans... (Elle soupira dans le combiné.) Tu ne comprends pas que ça n'a plus d'importance, qui a participé à quoi, quand et où? Je ne veux plus entendre parler de ces histoires, Stefano, ni témoigner de cette époque... Je veux juste qu'on me fiche la paix.

— Tu préfères l'amnésie, comme tout le monde, dit-il sur un ton de reproche.

— Oui, renvoya-t-elle tout de go. Écoute, j'ai accepté le deal que tu m'as proposé, je l'ai respecté et le respecterai vis-à-vis des flics. Ne m'en demande pas plus.

Stefano avait la gorge sèche.

— Pourquoi tu m'as sauvé la vie alors?

— Parce qu'ils allaient te tuer, répliqua Manuela. Parce que je te croyais mort depuis longtemps, comme les autres, et que je ne voulais pas qu'on te tue une deuxième fois... C'est une chose entre moi et moi, n'y vois rien d'autre qu'une dette mal digérée. Oublie notre histoire. Ce qui s'est passé l'autre nuit dans la villa.

Stefano ne voulait pas abdiquer. Pas après tout ce qu'ils avaient traversé.

— Si un juge te convoque pour parler du passé de Schober, dit-il, tu feras un faux témoignage ?

— Je le fais pour toi, je peux le faire pour lui.

Ses mots le frappaient comme des balles. Stefano croyait parler à Manuela mais c'est Andrea Schober qui lui répondait. Elle n'avait pas abattu Delmonte parce qu'une parcelle d'elle l'aimait encore, elle l'avait fait pour sauver sa peau.

Il s'était trompé... La politique, ses amours : il s'était trompé toute sa vie.

Stefano raccrocha, des lames dans le cœur.

*

La police des frontières avait trouvé les corps au matin, après un coup de fil anonyme au commissariat de San Pedro ; l'avocat de Santiago gisait au milieu du *salar*, le corps criblé de balles, ainsi que le chauffeur de Schober, un industriel qui faisait des affaires dans la région. Schober, grièvement blessé à la hanche, grelottait de fièvre dans un 4×4 Land Rover aux vitres pulvérisées. Repéré par le vol concentrique des oiseaux, un troisième corps reposait à quelques kilomètres de là, près de la frontière bolivienne, le cadavre d'un homme atrocement mutilé – les parties génitales avaient été arrachées par les charognards, qui s'étaient acharnés sur la blessure...

Stefano n'avait pas traîné dans l'Atacama après la fusillade. Muñez renvoyé chez lui à dos d'âne, il avait ramené Gabriela, muette, jusqu'à Santiago et le cinéma de quartier où elle logeait depuis quatre ans. Ils ne l'avaient plus quitté.

Les jours avaient passé, sombres, lents, convalescents.

Le juge Fuentes savait-il que l'argent reçu pour le corrompre venait de la cocaïne, que Schober était un ancien criminel aujourd'hui occupé à vider les hauts plateaux de l'Atacama de la seule richesse qui l'intéressait, son lithium? L'enquête au sujet des meurtres rebondissait, le «suicide» de l'associé de Roz-Tagle, l'exécution suspecte de son ami policier dans son appartement, le silence amnésique de Schober après son opération de la hanche, les soupçons qui pesaient sur l'industriel après le passage de l'avocat au bureau indigène de San Pedro, Stefano suivait les événements dans la presse, préparant ses meilleurs plats que Gabriela refusait d'avaler.

Elle s'était enfermée dans sa chambre noire, en sortait parfois la nuit pour une douche ou remplir une bouteille d'eau, fantôme d'appartement dont le vide omniprésent rendait chaque objet plus dérisoire. Un parfum d'hébétude et de colère sourdait des murs. Stefano tournait en rond dans sa chambre. Andrea Schober avait renoncé depuis longtemps à la justice, à lui. Le destin les avait précipités les uns contre les autres, une collision imprévue et pourtant inéluctable qui le laissait aujourd'hui exsangue.

Il ne restait qu'une jeune femme rongée de chagrin, Gabriela, et l'onde funèbre de leurs amours mortes sur une mer de sel.

Stefano n'avait pas peur des traces qu'il avait pu laisser dans le *salar* ou dans la villa de Schober : il avait peur de ce vide. Que Gabriela le quitte. De devenir vieux sans elle, sa seule jeunesse et sa seule raison d'imaginer l'avenir.

Les sœurs de La Victoria avaient raison, il y a un âge où l'on ne fait plus le deuil : on meurt avec. Il avait déjà perdu son vieil ami curé, qu'adviendrait-il si Gabriela partait du cinéma ? À défaut de l'aimer comme une femme, pourrait-il l'aimer encore comme sa fille ? Stefano rêvait. Car il avait failli dans le *salar* de Tara.

Il n'était pas le héros que l'imprudente s'était imaginé, le défenseur de la Moneda en flammes qui avait repris les armes pour les sauver. Il avait laissé Esteban se faire tuer, massacrer, sous ses yeux : l'homme qu'elle aimait.

Le soleil était chaud, la ville une étuve. Stefano gara la camionnette le long du trottoir où les vendeurs de sodas cuisaient sous leurs casquettes. Il avait soif. L'été n'y était pour rien, ni l'alcool bu la veille au soir pour s'étourdir.

Gabriela était sortie de sa chambre moribonde, ce matin-là, des traits d'insomnie sur le visage mais jolie pourtant, avec ses mèches brunes savamment calées sous son béret blanc. Stefano n'avait pas osé le lui dire. Il n'était plus son *tío*, son ami, son confident, ni le héros d'aucune histoire.

— Tu es sûre que tu ne veux pas que je t'attende ? demanda-t-il bravement.

— Non... Non, merci.

Gabriela portait ses ballerines imitation lézard, son sac à main vintage et la robe bleue à motifs de leur premier jour. Pour leurs adieux. Elle claqua la portière et, sans un mot pour le projectionniste, se dirigea vers la grille du cimetière.

Un chien se grattait près de l'entrée, comme si toutes les puces du cône Sud logeaient sous ses oreilles. Gabriela ne fit pas attention à lui : les allées du Cementerio General de la Recoleta étaient larges et arborées, avec ses jardins, ses tombes familiales bien entretenues, ses caveaux... Son pas était lent, comme abîmé. Elle eut une pensée pour Violeta Parra en passant devant sa plaque toujours fleurie, pour les disparus de la dictature et leurs noms gravés sur le mausolée qui lui faisait face. D'après le gardien à l'accueil, la tombe qu'elle cherchait se situait au bout de l'allée 6, sur la gauche.

Le grand chien beige croisé devant la grille s'invitant au pèlerinage, Gabriela longea le champ de croix sommaires où reposaient les pauvres de Santiago. Son cœur se serra devant le cimetière des enfants, les boîtes de jeux sur les autels miniatures, les cerfs-volants, les doudous crasseux battus par les pluies... Le chien errait sur ses pas, reniflant on ne sait quoi. Gabriela suivit le long mur d'enceinte, tourna à gauche au bout de l'allée 6.

Les restes de Víctor Jara avaient été transférés à l'ombre d'un bougainvillier, une tombe sans fioritures où deux guitares prenaient l'eau malgré l'auvent et le rosier blanc qui les protégeaient. Des bijoux de pacotille ou artisanaux pendaient au-dessus de la stèle. On y trouvait aussi des statuettes, des roses dans des vases, des fleurs en plastique dans de simples bocaux, ainsi qu'un livre d'or rempli de témoignages et de mots d'amour d'un peuple qui ne pouvait pas oublier.

Víctor Jara...

Gabriela ne savait pas quel passe-droit Esteban avait pu obtenir, depuis quand il avait notifié ses dernières volontés chez un notaire, mais sa dépouille reposait désormais à quelques pas de celle du martyr chilien.

La famille Roz-Tagle avait dépêché un émissaire à San Pedro d'Atacama, chargé de ramener le corps de leur fils. La vidéaste n'avait pas assisté aux obsèques, qui avaient eu lieu le matin même «dans la plus stricte intimité». Elle ne tenait pas à voir ses parents, ses frère et sœur, sans doute vexés qu'Esteban ait refusé de rejoindre le caveau familial... Gabriela approcha, les mains moites sous le soleil. Une gerbe un peu prétentieuse ornait la sépulture. Le style Roz-Tagle, loin, si loin de leur fils... Le chien qui l'escortait se réfugia à l'ombre de l'auvent, langue pendante. Gabriela saisit le carnet Moleskine dans son sac à main, relut l'épitaphe qu'Esteban lui avait donnée avant de mourir, la petite chanson de Catalina pour son Colosse qui manquait à son livre...

> *Les hirondelles se sont rassemblées*
> *Sereines,*
> *Sur des fils barbelés,*
> *Comme elles j'attends*
> *Couchée dans l'herbe*
> *Un signe du temps,*
> *L'été s'est étouffé*
> *On l'a pendu*
> *Dans le jardin,*
> *Balancé*
> *Foutu*

À la casse,
Reste tes yeux
Tes yeux de glacier bleu
Qu'on dit
À la casse
J'emporte les séquelles
Les blessures,
Et les morsures du ciel
Du verre pilé
Dans les poumons
Des collisions
Ta voix a disparu
On l'a pendue
Dans le jardin,
Balancée
Foutue
À la casse,
Reste tes yeux
Tes yeux de glacier bleu
Qu'on dit
À la casse,
Tu n'as laissé dans la chambre
Qu'une violente odeur de peau
Elle est là qui s'en balance
Petite brise dans les rideaux
Reste tes yeux
Tes yeux de glacier bleu
Qu'on dit
À la casse...

Quand Esteban l'avait-il écrite ? Dans le bungalow de bord de mer où ils avaient fait l'amour pour la dernière fois ? Avait-il pressenti qu'il se ferait tuer sur le *salar*, que son roman s'achèverait avec elle, avec sa propre mort ?

Gabriela était trop dévastée pour imaginer les réponses adéquates. Elle ne savait plus si le passage d'Esteban dans sa vie était une nouvelle épreuve sur le chemin de la *machi,* ce que deviendrait le monde sans lui : elle glissa l'épitaphe dans le carnet, qu'elle déposa sur sa tombe.

L'Infini cassé, leur histoire d'amour.

L'histoire de leur pays...

Le temps se disloqua. Le temps mapuche, où la rationalité *winka* n'a pas de prise. Gabriela ferma les yeux pour ne pas pleurer. Des images macabres tirées de sa chambre noire ressurgirent aussitôt, qui la firent frissonner. Elle avait filmé la mort d'Esteban dans l'Atacama, son exécution près du lac, des images terribles qu'elle avait intégrées dans son film... Maintenant que tout était fini, il ne restait plus qu'un trou noir dans son cœur, un vide cosmique où s'égarait son esprit. Un séisme. Ils avaient joué avec le feu des volcans et le feu les avait réduits à un tapis de cendres. Gabriela voulut se coucher sur lui, si proche encore, s'allonger sur le corps froid de son marbre, se répandre là jusqu'à ce qu'elle soit vieille ridée de larmes, elle voulait vomir les pleurs ravalés dans sa chambre de montage où Esteban était mort vingt fois, mais le chien dressa la truffe et émit un bref aboiement en direction de l'allée.

Une apparition brouilla ses ondes magnétiques.

— Salut...

Camila était là, cinq mètres à peine, dans sa petite robe noire à bretelles. Elle approcha de Gabriela comme si elle risquait de se casser.

— C'est Stefano qui m'a dit que tu étais là...

Camila l'avait eu tout à l'heure au téléphone, mais ce n'est pas pour ça qu'elle avait filé au cimetière.

— Dis... C'est quoi ce film que tu m'as envoyé?

Un ovni. Une bombe documentaire qui pulvériserait la vieille classe politique : Schober, le juge Fuentes, la police, tous les symboles du pouvoir encroûté qu'elles défiaient depuis leurs premières manifs étudiantes en prenaient pour leur grade. La députée était prête à faire éclater l'affaire au grand jour, à envoyer des copies du film aux médias, *The Clinic*, les sites web, Señal 3, toute son équipe parlementaire était sur le coup. Ils feraient tomber ces crapules, vengeraient leurs morts. Camila parlait de justice, de juges indépendants, pour en finir avec cette clique impunie qui avait troqué les écussons contre des cols blancs, elle lui donnait du courage pour affronter la suite mais Gabriela ne réagissait pas. Elle restait prostrée devant la stèle d'Esteban, hantée par ses visions. Sa mort.

Camila fit un pas vers elle, dont les cils clignaient à peine, et doucement l'enlaça. Gabriela ne broncha pas, anéantie, sentit bientôt son cœur battre contre le sien. Était-ce le contact de ses bras qui la ramenait au monde, la simple compassion, la tendresse? Les images morbides du *salar* s'évanouirent peu à peu dans la brise, oiseaux de malheur. Un trop-plein d'émotions lui nouait le ventre : Gabriela enfouit son visage dans les cheveux de son amie pour s'y cacher, y disparaître à jamais, mais Camila releva son joli menton et lui sourit, invincible.

— Viens... Gab. Viens, je te ramène.

Leur génération n'avait pas peur, de rien, elles

l'avaient juré. Gabriela se laissa entraîner dans l'allée du cimetière et, abandonnant au chien l'idée de les suivre, s'accrocha au bras de Camila qui cette fois ne la lâcherait pas – elles avaient tellement de choses à se dire...

En guise de bibliographie

La biographie d'un livre peut se résumer par la seule inspiration, magie des artisans, ou par une aventure humaine plus ou moins incertaine. Celle de *Condor* aura duré près de quatre ans, commençant par des lectures chiliennes – parmi les livres les plus marquants, ceux de Pierre Kalfon, comme toujours excellent, *Un chant inachevé* par la veuve de Víctor Jara –, puis des voyages, des rencontres, Karla Mapuche, Sergio Nahuel son ombre dans la lune, la *machi* Ana, José Luis *el divino maricón*, Cacho *corazón* toujours *rebelde*, après quoi des première, deuxième, troisième versions pourries épuisant mes lectrices – Gwen, Stef, Clem – et enfin un éditeur, cheval fougueux transformé pour l'occasion en bête de trait – six versions à se coltiner, la dernière corrigée la veille de l'envoi aux épreuves. Une belle histoire, dure, comme le Chili.

Paris, octobre 2015.

DU MÊME AUTEUR

Aux Éditions Gallimard

Dans la collection Série Noire

PLUS JAMAIS SEUL, 2018.
CONDOR, 2016, Folio Policier n° 850.
MAPUCHE, 2012, Folio Policier n° 716.
ZULU, 2008, Folio Policier n° 584.
UTU, 2004, Folio Policier n° 500.
PLUTÔT CREVER, 2002, Folio Policier n° 423.

Dans la collection Folio Policier

SAGA MAORIE, Haka – Utu, 2016, n° 798.
LA JAMBE GAUCHE DE JOE STRUMMER, 2007, n° 467.

Dans la collection Folio 2 €

PETIT ÉLOGE DE L'EXCÈS, 2006, n° 4483.

Aux Éditions Baleine

HAKA, 1998, Folio Policier n° 286.

Dans la collection Le Poulpe

D'AMOUR ET DOPE FRAÎCHE, 2009, coécrit avec Sophie Couronne, Folio Policier n° 681.

Chez d'autres éditeurs

POURVU QUE ÇA BRÛLE, Albin Michel, 2017.
LES NUITS DE SAN FRANCISCO, Flammarion, 2014, Folio Policier n° 842.
COMMENT DEVENIR ÉCRIVAIN QUAND ON VIENT DE LA GRANDE PLOUQUERIE INTERNATIONALE, Le Seuil, 2013.

NOUVEAU MONDE INC., La Tengo Éditions, 2011.

QUEUE DU BONHEUR, édité par le MAC/VAL, 2008, d'après l'œuvre du plasticien Claude Closky.

RACLÉE DE VERTS, Éditions La Branche, collection Suite noire, 2007, Pocket n° 14870.

Aux Éditions Pocket Jeunesse

MAPUCE ET LA RÉVOLTE DES ANIMAUX, illustré par Christian Heinrich, 2015.

KROTOKUS Ier, ROI DES ANIMAUX, illustré par Christian Heinrich, 2010.

Aux Éditions Thierry Magnier

MA LANGUE DE FER, littérature jeunesse, collection Petite Poche, 2007.

JOUR DE COLÈRE, littérature jeunesse, collection Petite Poche, 2003. Nouvelle édition, 2016.

Aux Éditions Syros

L'AFRIKANER DE GORDON'S BAY, littérature jeunesse, collection Souris noire, 2013.

ALICE AU MAROC, littérature jeunesse, collection Souris noire, 2009.

LA DERNIÈRE DANSE DES MAORIS, littérature jeunesse, collection Souris noire, 2007.

LA CAGE AUX LIONNES, littérature jeunesse, collection Souris noire, 2006.

COLLECTION FOLIO POLICIER

Dernières parutions

575. Jo Nesbø — *Le bonhomme de neige*
576. René Reouven — *Histoires secrètes de Sherlock Holmes*
577. Leif Davidsen — *Le dernier espion*
578. Guy-Philippe Goldstein — *Babel Minute Zéro*
579. Nick Stone — *Tonton Clarinette*
580. Thierry Jonquet — *Romans noirs*
581. Patrick Pécherot — *Tranchecaille*
582. Antoine Chainas — *Aime-moi, Casanova*
583. Gabriel Trujillo Muñoz — *Tijuana City Blues*
584. Caryl Férey — *Zulu*
585. James Sallis — *Cripple Creek*
586. Didier Daeninckx — *Éthique en toc*
587. John le Carré — *L'espion qui venait du froid*
588. Jeffrey Ford — *La fille dans le verre*
589. Marcus Malte — *Garden of love*
590. Georges Simenon — *Les caves du Majestic*
591. Georges Simenon — *Signé Picpus*
592. Carlene Thompson — *Mortel secret*
593. Thomas H. Cook — *Les feuilles mortes*
594. Didier Daeninckx — *Mémoire noire*
595. Graham Hurley — *Du sang et du miel*
596. Marek Krajewski — *Les fantômes de Breslau*
597. François Boulay — *Traces*
598. Gunnar Staalesen — *Fleurs amères*
599. James Sallis — *Le faucheux*
600. Nicolas Jaillet — *Sansalina*
601. Jean-Bernard Pouy — *Le rouge et le vert*
602. William Lashner — *Le baiser du tueur*
603. Joseph Bialot — *La nuit du souvenir*
604. Georges Simenon — *L'outlaw*

605.	Kent Harrington	*Le serment*
606.	Thierry Bourcy	*Le gendarme scalpé*
607.	Gunnar Staalesen	*Les chiens enterrés ne mordent pas*
608.	Jo Nesbø	*Chasseurs de têtes*
609.	Dashiell Hammett	*Sang maudit*
610.	Joe R. Lansdale	*Vierge de cuir*
611.	Dominique Manotti	*Bien connu des services de police*
612.	Åsa Larsson	*Horreur boréale*
613.	Saskia Noort	*Petits meurtres entre voisins*
614.	Pavel Kohout	*L'heure étoilée du meurtrier*
615.	Boileau-Narcejac	*La vie en miettes*
616.	Boileau-Narcejac	*Les veufs*
617.	Gabriel Trujillo Muñoz	*Loverboy*
618.	Ântoine Chainas	*Anaisthêsia*
619.	Thomas H. Cook	*Les liens du sang*
620.	Tom Piccirilli	*La rédemption du Marchand de sable*
621.	Francis Zamponi	*Le Boucher de Guelma*
622.	James Sallis	*Papillon de nuit*
623.	Kem Nunn	*Le Sabot du Diable*
624.	Graham Hurley	*Sur la mauvaise pente*
625.	Georges Simenon	*Bergelon*
626.	Georges Simenon	*Félicie est là*
627.	Ken Bruen	*La main droite du diable*
628.	William Muir	*Le Sixième Commandement*
629.	Kirk Mitchell	*Dans la vallée de l'ombre de la mort*
630.	Jean-François Vilar	*Djemila*
631.	Dashiell Hammett	*Moisson rouge*
632.	Will Christopher Baer	*Embrasse-moi, Judas*
633.	Gene Kerrigan	*À la petite semaine*
634.	Caryl Férey	*Saga maorie*
635.	James Sallis	*Le frelon noir*
636.	Gabriel Trujillo Muñoz	*Mexicali City Blues*
637.	Heinrich Steinfest	*Requins d'eau douce*
638.	Simon Lelic	*Rupture*
639.	Jenny Siler	*Flashback*

640.	Joachim Sebastiano Valdez	*Les larmes des innocentes*
641.	Kjell Ola Dahl	*L'homme dans la vitrine*
642.	Ingrid Astier	*Quai des enfers*
643.	Kent Harrington	*Jungle rouge*
644.	Dashiell Hammett	*Le faucon maltais*
645.	Dashiell Hammett	*L'introuvable*
646.	DOA	*Le serpent aux mille coupures*
647.	Larry Beinhart	*L'évangile du billet vert*
648.	William Gay	*La mort au crépuscule*
649.	Gabriel Trujillo Muñoz	*Mezquite Road*
650.	Boileau-Narcejac	*L'âge bête*
651.	Anthony Bourdain	*La surprise du chef*
652.	Stefán Máni	*Noir Océan*
653.	***	*Los Angeles Noir*
654.	***	*Londres Noir*
655.	***	*Paris Noir*
656.	Elsa Marpeau	*Les yeux des morts*
657.	François Boulay	*Suite rouge*
658.	James Sallis	*L'œil du criquet*
659.	Jo Nesbø	*Le léopard*
660.	Joe R. Lansdale	*Vanilla Ride*
661.	Georges Flipo	*La commissaire n'aime point les vers*
662.	Stephen Hunter	*Shooter*
663.	Pierre Magnan	*Élégie pour Laviolette*
664.	James Hadley Chase	*Tu me suivras dans la tombe et autres romans*
665.	Georges Simenon	*Long cours*
666.	Thomas H. Cook	*La preuve de sang*
667.	Gene Kerrigan	*Le chœur des paumés*
668.	Serge Quadruppani	*Saturne*
669.	Gunnar Staalesen	*L'écriture sur le mur*
670.	Georges Simenon	*Chez Krull*
671.	Georges Simenon	*L'inspecteur Cadavre*
672.	Kjetil Try	*Noël sanglant*
673.	Graham Hurley	*L'autre côté de l'ombre*
674.	John Maddox Roberts	*Les fantômes de Saigon*
675.	Marek Krajewski	*La peste à Breslau*
676.	James Sallis	*Bluebottle*

677.	Philipp Meyer	*Un arrière-goût de rouille*
678.	Marcus Malte	*Les harmoniques*
679.	Georges Simenon	*Les nouvelles enquêtes de Maigret*
680.	Dashiell Hammett	*La clé de verre*
681.	Caryl Férey & Sophie Couronne	*D'amour et dope fraîche*
682.	Marin Ledun	*La guerre des vanités*
683.	Nick Stone	*Voodoo Land*
684.	Frederick Busch	*Filles*
685.	Paul Colize	*Back up*
686.	Saskia Noort	*Retour vers la côte*
687.	Attica Locke	*Marée noire*
688.	Manotti – DOA	*L'honorable société*
689.	Carlene Thompson	*Les ombres qui attendent*
690.	Claude d'Abzac	*Opération Cyclope*
691.	Joe R. Lansdale	*Tsunami mexicain*
692.	F. G. Haghenbeck	*Martini Shoot*
693.	***	*Rome Noir*
694.	***	*Mexico Noir*
695	James Preston Girard	*Le Veilleur*
696.	James Sallis	*Bête à bon dieu*
697.	Georges Flipo	*La commissaire n'a point l'esprit club*
698.	Stephen Hunter	*Le 47e samouraï*
699.	Kent Anderson	*Sympathy for the Devil*
700.	Heinrich Steinfest	*Le grand nez de Lilli Steinbeck*
701.	Serge Quadruppani	*La disparition soudaine des ouvrières*
702.	Anthony Bourdain	*Pizza créole*
703.	Frederick Busch	*Nord*
704.	Gunnar Staalesen	*Comme dans un miroir*
705.	Jack Ketchum	*Une fille comme les autres*
706.	John le Carré	*Chandelles noires*
707.	Jérôme Leroy	*Le Bloc*
708.	Julius Horwitz	*Natural Enemies*
709.	Carlene Thompson	*Ceux qui se cachent*

710.	Fredrik Ekelund	*Le garçon dans le chêne*
711.	James Sallis	*Salt River*
712.	Georges Simenon	*Cour d'assises*
713.	Antoine Chainas	*Une histoire d'amour radioactive*
714.	Matthew Stokoe	*La belle vie*
715.	Frederick Forsyth	*Le dossier Odessa*
716.	Caryl Férey	*Mapuche*
717.	Frank Bill	*Chiennes de vies*
718.	Kjell Ola Dahl	*Faux-semblants*
719.	Thierry Bourcy	*Célestin Louise, flic et soldat dans la guerre de 14-18*
720.	Doug Allyn	*Cœur de glace*
721.	Kent Anderson	*Chiens de la nuit*
722.	Raphaël Confiant	*Citoyens au-dessus de tout soupçon...*
723.	Serge Quadruppani	*Madame Courage*
724.	Boileau-Narcejac	*Les magiciennes*
725.	Boileau-Narcejac	*L'ingénieur aimait trop les chiffres*
726.	Inger Wolf	*Nid de guêpes*
727.	Seishi Yokomizo	*Le village aux Huit Tombes*
728.	Paul Colize	*Un long moment de silence*
729.	F. G. Haghenbeck	*L'Affaire tequila*
730.	Pekka Hiltunen	*Sans visage*
731.	Graham Hurley	*Une si jolie mort*
732.	Georges Simenon	*Le bilan Malétras*
733.	Peter Duncan	*Je suis un sournois*
734.	Stephen Hunter	*Le sniper*
735.	James Sallis	*La mort aura tes yeux*
736.	Elsa Marpeau	*L'expatriée*
737.	Jô Soares	*Les yeux plus grand que le ventre*
738.	Thierry Bourcy	*Le crime de l'Albatros*
739.	Raymond Chandler	*The Long Goodbye*
740.	Matthew F. Jones	*Une semaine en enfer*
741.	Jo Nesbø	*Fantôme*
742.	Alix Deniger	*I cursini*

Composition : APS-Chromostyle
Impression Novoprint
le 20 mars 2018
Dépôt légal : mars 2018
1ᵉʳ dépôt légal dans la collection : février 2018

ISBN 978-2-07-274768-7/ Imprimé en Espagne.

337482